画魔

轩胖儿 著

辽宁人民出版社

© 轩胖儿 2021

图书在版编目（CIP）数据

画魔 / 轩胖儿著 . —沈阳：辽宁人民出版社，
2021.8
（暗夜悬疑小说系列）
ISBN 978-7-205-10220-3

Ⅰ . ①画… Ⅱ . ①轩… Ⅲ . ①长篇小说—中国—当代
Ⅳ . ① I247.5

中国版本图书馆 CIP 数据核字（2021）第 122492 号

出版发行：辽宁人民出版社
　　　　　地址：沈阳市和平区十一纬路 25 号　邮编：110003
　　　　　电话：024-23284321（邮　购）　024-23284324（发行部）
　　　　　传真：024-23284191（发行部）　024-23284304（办公室）
　　　　　http：//www.lnpph.com.cn
印　　　刷：北京长宁印刷有限公司天津分公司
幅面尺寸：145mm×210mm
印　　张：12
字　　数：322 千字
出版时间：2021 年 8 月第 1 版
印刷时间：2021 年 8 月第 1 次印刷
责任编辑：赵维宁
封面设计：乐　翁
版式设计：一诺设计
责任校对：耿　珺
书　　号：ISBN 978-7-205-10220-3
定　　价：49.80 元

目 录

第一卷　画魔 ――――――――

第一章　虐杀

画虎画皮难画骨，知人知面不知心。

近段时间，NY 市的天气就如同难以琢磨的人心一样，时阴时晴。正隆大厦是 NY 市最高的建筑，像一颗璀璨的明珠一样点缀在众多的钢铁巨兽之间。大厦商住两用，20 层以下是商务楼，20 层以上是公寓式住宅，几乎聚集了 NY 市一半以上的各界精英。

一大早，就见几辆警车停在大厦门口，刺眼的警灯不停地闪烁着，很多看热闹的人聚集在警车旁，指着大厦议论着。

没人知道发生了什么事，但强烈的好奇心让人们不愿离开，都盼着第一时间得到内幕消息，以作为茶余饭后吹牛聊天的资本。

一辆黑色 JEEP 大切诺基风驰电掣地驶来，一个漂亮的急刹车停在警车旁，一人从车上下来，他穿着便装，小平头，戴着墨镜，表情严肃，他看了看站在大厦门口执勤的民警，从口袋里掏出证件夹在胸前，看了看手腕上戴的电子表：5 月 14 日 07:30。

"半小时，还不算慢，这城市的堵车的确该治理一下了！"他嘀咕了一句，向大厦走去。

围观的群众被来人的风采吸引，纷纷议论着。

群众甲：他是市刑警大队五中队的中队长，叫什么来着……

群众乙：叫刘天昊，经常上电视！

群众丙：哎，对对对，就是三小时破了金正街灭门惨案的那个，年轻啊，我还以为他是挺大岁数的老头儿呢。

群众丁：号称现代版大柯南，走哪死哪，可邪乎呢！

群众戊：你别乱说，人家刚从警校毕业就立了大功，现在都成了中队长，前途不可限量。

群众甲：模样也不错，个子又高，我看不如把你闺女介绍给他。

……

执勤民警向刘天昊敬礼："刘队好！"

刘天昊向执勤民警挥了挥手，迈开大步向大堂走去。刑警虞乘风从大堂迎了出来，向刘天昊挥手打招呼。

刘天昊问道："乘风，什么情况？"

"你怎么才来？"虞乘风眉头皱成了一个疙瘩，显然是遇到了疑难案件。

刘天昊抿了抿嘴，斜看了他一眼："一点小事儿耽搁了。"

"不是又去探监了吧？"虞乘风小声问道。

"哪有这么早去探监的……"刘天昊歪头看向虞乘风："嘿，你学谁不好非学韩队，多管闲事吧你，赶紧说说情况！"

虞乘风不再揪着不放，憨憨一笑，说道："两个小时前110指挥中心接到报警，有居民反映1506室有很浓烈的臭味，民警联系户主，但始终联系不上，按程序请示后，找锁匠打开门，在卧室里发现一具女尸，已经高度腐烂，而且……"说到这里他向四周看了看，一副欲言又止的模样。

刘天昊咂了咂嘴："你眼瞅着赶上单田芳老师了，要不我给你介绍介绍去电台当主播得了。"

虞乘风连连摆手，放低声音："女尸全裸，呈'大'字形吊着，初步勘验，身上有多处外伤和电击伤……"

刘天昊咳嗽两声，看了看四周，富丽堂皇的大厅里除了一名保安外再无他人。保安竖起耳朵听着，见虞乘风没了声音，这才假装摆弄桌子上的登记本。

刘天昊说道："行了，那个……咱们上去再说吧。"

刘天昊知道，这种案子一定是各种新闻媒体关注的对象，如果案情泄露出去，肯定对破案不利。

电梯是三菱制造，面积很大、运行安静、速度快，装修风格偏重于豪华，金属衬板散发着金灿灿的光芒，堪比超五星级酒店的电梯。

"住在这栋大厦的都是什么人？"刘天昊用手指敲了敲电梯的铭牌。

虞乘风答道："20层以下是文化创意类的公司，20层以上是商务公寓，大多住的是高级白领！出事的是房主本人，模特林娜娜，签约在星娱文化旗下。"

"是那个模特！"刘天昊小声嘀咕着。

虞乘风憨憨一笑："您认识死者？"

刘天昊瞪大眼睛看着虞乘风："林娜娜呀，你真不知道？非常有名气的模特，经常上八卦新闻，大长腿、特性感、特敢脱的那个……"

虞乘风默不作声，盯着电梯里的广告发呆。

"你真不知道？"刘天昊又问道。

虞乘风笑了笑，挠了挠头，说道："略知一二。据说她和本市很多富商暗中都有来往，开放得很，说是模特，实际上就是……"

刘天昊摆了摆手："明白！"

虞乘风："不过，这些都是小道消息，八卦。"

刘天昊耸了耸肩："这年头儿，说不定这一刻还是八卦，下一刻就变成了令人震惊的真相，谁能说得准呢！想当好一名刑警，必须眼观六路耳听八方，消息灵通了破案才容易。"

虞乘风凑近刘天昊："你小点声，韩队来现场了，让他听见，准保你没好果子吃。"

刘天昊皱了皱眉头，表情带着疑惑："师父亲自来出现场？不能吧？典型的信任危机呀！"

……

随着"叮"的一声，电梯停在十五楼，电梯门刚一打开，一股浓浓的尸臭味就迎面扑来，虽说两人已经习惯了这种味道，还是忍不住干呕了一下。

他们心里却清楚，这种味道代表着一个人的死亡，也意味着有一名罪犯等着他们去惩戒。

肩上的责任重于山！

1506室门口围着警戒带，一名执勤民警戴着口罩笔直地站着，见刘天昊两人走来，便立正敬礼，脸上带着仰慕的神色。

还没等刘天昊问话，就见韩忠义从1506室旁边的防火通道走出来，看了看手表，冷着脸盯着刘天昊："动作太慢了，从接到报案开始到现在，时间过去了半小时，你很可能错过了破案的最佳时间。"

刘天昊赔笑道："师父，我这一路连闯了两个红灯，要不还到不了呢，交警那边您看……"

"知法犯法，违章的事自己去交警队接受处理，先出现场！"韩忠义说完便向案发现场走去。

"哎，师父！"刘天昊伸手拦住韩忠义。

韩忠义冷冷地看着刘天昊。

刘天昊把口罩、手套和鞋套递给韩忠义，一本正经地说道："请自觉戴上手套、鞋套再进现场。"

韩忠义推开刘天昊的手："少来这套，赶紧干活儿。"

说归说，韩忠义还是从上衣口袋里掏出手套和鞋套穿戴好，随后才进入房间。虞乘风耸了耸肩和刘天昊对视一眼，拿过口罩等物，戴好后才向里面走去。

刘天昊进门前看了看走廊尽头的监控，拍了一下虞乘风的肩膀，指着监控头。还没等他说话，就听韩忠义的声音传来："不用看了，15层走廊的监控坏了，物业公司一直没修，案发当日没有任何影像资料可查。"

刘天昊悄悄地冲着韩忠义竖起大拇指，跟着进入房间中。

1506室的面积很大，200平方米的四室两厅，装修风格偏暖，一看就知道是女孩闺房，客厅布置简单，却应有尽有，家具和所用的物品都价值不菲，进入主卧室后，一股更加浓烈的尸臭味扑面而来。虞乘风虽说戴了两层口罩,还是忍不住干呕了一下。

卧室很大,布置也不同于一般人家。房间的窗户都挂着百叶窗,光线很暗,房间中央是一张巨大的床,床头挂着一张死者艺术照,照片开放而大胆,让人一看就联想到那方面,床对面的墙上挂着一面巨大的镜子,从镜子上可以看到床上的一切,不禁让人浮想联翩。

床头有一个小型的控制台,按钮旁标注着日本字。

刘天昊在案发现场转了一圈,向社区民警了解了情况,这才来到床的控制台前站定:"师父,这情趣床可不便宜,国内仿制的还报价 5 万多呢!"

"什么你都知道!"韩忠义冷冷地看了他一眼,又咂嘴说道:"我说你出现场时正经点儿不行吗,别整那些没用的!"

刘天昊无奈地与虞乘风对视一眼,随后目光转向床对面的巨大镜子,凑近韩忠义悄悄问道:"师父,您怎么亲自来出现场了,是您不放心我,还是想抢功?"

"我需要抢你的功吗?先勘查现场,其他的事一会儿再说。"韩忠义一剑封喉,阻断刘天昊继续说下去的可能。

靠门口的墙上挂着一个铁质的米字架,女尸就挂在上面,雪白的墙壁上有一些皮鞭印儿。架子旁放着很多器具,有皮鞭、狼牙棒、微型电击器、绳子、注射器、蜡烛、铁钩子等,米字架正前方放着一个画板支架和一张木凳,颜料盘和画笔放在支架旁。

几名警察正在拍照取证,闪光灯发出惨白的光,照在女尸身上,形成了一幅诡异的画面。

女尸四肢被紧紧地绑在米字架上,呈现一个"大"字,头垂在一边,长头发胡乱地垂着,双眼紧闭,眼睑和嘴唇呈现黑紫色,对比之下,丰满的胸部和部分雪白部分泛着青黑色的大长腿非常显眼。身上有多处外翻的伤口,伤口已完全腐烂,一些不知名的蛆虫在伤口里爬来钻去,胸前和大腿根部有焦黑痕迹,颈部两侧有一道模糊的指压痕,尸水顺着尸体流到地面上,混合着死者流下的便溺,黏糊糊一大片。

一个人活着的时候，灵魂可以是调皮的，可以是严肃的，可以是憨厚的。肉体千姿百态，漂亮的、丑的、胖的、瘦的。可一旦死亡，只剩下一具丑陋而冰冷的尸体再无区别。

刘天昊以手做刀，冲着虞乘风比画了一下。虞乘风立刻会意并摇了摇头，意思是法医还没到位。刘天昊走到尸体前，开始替代法医做初步的验尸工作。

作为一名刑警，能够根据尸体的状况判定信息是基本功，刘天昊出师自韩忠义，韩忠义又是出了名的神探，验尸的本领绝不比专业的法医逊色。

不得不说，每名神探必定有几个人的支持，虞乘风算是其中之一。当刘天昊验尸完成后，虞乘风立刻把记录本递给他，上面已经记录好与死者相关联的信息。

刘天昊几乎用飞一般的速度看完整个记录，随后向韩忠义点了点头。

韩忠义轻轻叹了一口气，对刘天昊说道："说说吧。"

刘天昊脸色一正，像是换了一个人，眼神深邃起来，表情变得毫无波动："死者林娜娜，签约在星娱文化旗下，兼职给画家当人体模特，社会关系比较复杂。据了解，生前与多名男性都有过交往，交往的男性大多数都是经济基础较好、有一定社会地位的中年男性。经现场勘查和初步尸检，初步判定死者为机械性窒息死亡，死亡时间大约为三天前，可以断定是他杀。死者生前受过虐待，身上多处鞭伤，胸部和下身部分曾被高压电击伤，手臂和大腿还有针刺的痕迹，不排除吸毒的可能，至于生前是否被性侵，还得等法医做进一步解剖后才能定论。"

韩忠义嘴角一撇："说点我不知道的。"

刘天昊嘴角微微扬起，顿了顿才说道："好。"

第二章　军令状

刘天昊走到画架旁，指着颜料盘说道："根据剩余颜料中所含的水分比例，可以判断出使用颜料的时间与死者死亡时间大约吻合，也就是说，凶手在死者生前或是死后画过画，而这幅画应该被凶手带走了！"

"继续！"

"画板架子、木凳、颜料盘、颜料、画笔都是国外的品牌货，价值不菲。据了解，死者林娜娜并不会画画，不可能有这么专业的东西，因此这些应是凶手带来的，很可惜，上面的指纹被清理掉了，或者说，凶手画画的时候戴着手套，根本就没留下指纹。"

"在死者的物品中没发现银行卡和现金、手机，凶手拿走的可能性很大，另外台式电脑的硬盘也被拆下来拿走了。但死者的其他财物，如金银首饰等贵重物品还在，房间中没有被翻过的痕迹，由此可以排除凶手是因财杀人，我个人认为他拿走死者这些物品的真正目的，是为了掩饰拿走死者的手机和电脑硬盘的事实，银行卡和现金是为了迷惑警方顺带着拿走的。"

韩忠义的脸色缓和了很多，却依然阴沉："还有吗？"

"凶手是男性的可能性比较大，可能做过海员、海军、渔民一类，擅长画画，家境富裕，左撇子，曾经患过精神类疾病，身高应该在175厘米以上，孔武有力，可能有重度的鼻炎，有强烈的自信，并具备一定的反侦查能力。"刘天昊自信地说着。

虞乘风在一旁急速地记录，不时地看看韩忠义。

韩忠义没说话，只是静静地盯着刘天昊，等着他的答案。

"捆绑死者手脚用的是水手通常结，这种绳结具有自紧易解的特性，打绳结的手法很专业，说明凶手可能当过海军或海员、渔民，也可能拥有自己的游艇。"

"颜料盘和画笔放在画架的左侧，画架左侧地面上有部分滴落的颜料，右侧却很干净，由此可以判定他可能是左撇子。"

"家境富裕这点刚才说过，学画画本身就是一件烧钱的事，没钱不可能玩得这么专业。"

"死者的身高大约170厘米，身上多数伤痕为鞭痕，鞭痕自上而下，位置又以肩部和胸部为主，这说明凶手至少不比死者矮，从鞭伤的程度来看，抽打力度很大，需要凶手拥有很好的臂力。另外，死者双手被绑在铁架子的位置很高，要想轻松地绑住她，至少需要175厘米的身高。"

"在颜料盘旁边有一包刚刚打开的纸抽，却用了很多张纸，有轻度鼻炎的人在运动时很少有鼻涕，但在静止时鼻涕就会流个不停，用纸量会很大，如果凶手利用了很长时间画画……"

"等等！我有问题。"虞乘风停止记录。

刘天昊立刻停住话头望向他。韩忠义冰冷的目光也瞄向他。

"如果凶手对死者进行了性侵，也有可能会用到很多纸……对吧？"虞乘风试探性地问着。

韩忠义冷着脸没说话。

刘天昊点点头："对，也有这种可能，只要法医的尸检报告出来，就会立刻知晓。"

"你继续！"韩忠义向刘天昊说道。

"凶手事后清理过现场，指纹、鞋印、用过的纸巾等可以确定凶手身份的痕迹已被清除干净，说明凶手具有一定的反侦查能力，作案后他有充足的时间清理现场，却留下了画板、颜料、画笔等物，很明显，这是凶手故意留给办案人员的，因为他觉得警察破不了案，留下线索就是为了嘲笑警方的无能。"

韩忠义哼了一声，波澜不惊的脸上出现了一丝凶狠："这只是猜测而已，也许凶手就是疏忽了！"

"怎么判断凶手曾经患过精神类疾病？"虞乘风问道。

刘天昊冲着女尸努了努嘴："现场这些不足以表明吗，甚至可以说他现在就是一个十足的精神病人，极度变态，有严重的虐待、暴力倾向。"

韩忠义看了刘天昊一眼："还可以。不过，如果凶手智商很高并具有反侦查能力，现场的这些证据很有可能是他设下的陷阱，比如左撇子、擅长绘画、水手结以及拿走死者的财物等，在侦破过程中，得随时调整方向，以免被误导。"

韩忠义句句说在点子上，让刘天昊心中对这位老刑警敬佩不已，不由自主地点了点头。

"案子交给你了，需要多长时间？"韩忠义问道。

刘天昊眼眉一挑，眼神中充满了挑衅："三天！"

虞乘风暗地推了推刘天昊，拼命给他使眼色。

"这可是军令状，你考虑好了。"韩忠义嘴角向下撇，冷笑一声，意思是你个初出茅庐的小子，还敢大言不惭地说三天破案，简直是自不量力。

"军令状就军令状。"刘天昊知道这是韩忠义的激将法，但倔强的性格使他绝不会后退半步。

韩忠义嘴角微微扬起一丝不易察觉的弧度："行，那就三天，三天内破不了案，我调你去内勤！"说完话他立刻转身离开。

"这么严重！师父，我能不能再考虑一下……师父，唉！"

虞乘风表情木讷地耸了耸肩，随后又冲着韩忠义离去的方向努了努嘴。

"师父，我送送您！"刘天昊愣了一下后急忙追了出去。

韩忠义走到门口停住脚步，冲着门外嘟囔了一句："你怎么才来？"

"队里还有其他案子，老李生病请假，我替他出的现场，刚完事就过来了，挺快的了。"

老李是刑警队的老法医，经验丰富，早年因劳累落下了病根儿，需要到医院定期治疗。

"要学会科学合理地搭配时间，你这样会耽误破案的！"

"官僚！"

随着一声女人的冷哼，女法医韩孟丹走了进来，差点和追出去的刘天昊撞在一起。她穿着白大褂，戴着口罩，齐耳根的头发显得她很干练，白大褂把身材的凹凸曲线展现得淋漓尽致，她没理会刘天昊，径直走到尸体前，打开随身的箱子开始工作。

韩忠义轻叹一口气，来到走廊按下电梯按键。

"师父，您还没说您为什么亲自来出现场呢。"刘天昊追过来说道。

"死者林娜娜和钱小苗是好朋友，钱小苗是钱局的千金，这个你知道吧？"

刘天昊似乎明白了一点，缓缓地点了点头。钱小苗是 NY 市公安局局长钱建国的独生女，人长得清纯可爱，从小就跟着父亲在公安局玩耍，资历稍微老一点的警察都认识她。

"小苗对林娜娜的死很伤心。钱局担心你破案进度慢，所以让我亲自督导破案，不过现在看来，他的担心多余了。"韩忠义终于露出一丝笑容，拍了拍刘天昊的肩膀，显然他对这名徒弟的表现还算满意。

"钱小苗和林娜娜很熟吗？"刘天昊问道。

韩忠义点了点头，说道："她俩是大学同学，毕业后又都在 NY 市工作，私下里经常聚会，林娜娜刚毕业来 NY 市的那段时间，就住在钱小苗家里，你说她俩熟不熟？"

"明白了。师父，三天内破不了案就调我去内勤的事真的假的？您就是嘴上一说对吧？"刘天昊说话时嬉皮笑脸，内心却打着鼓。

韩忠义一向不苟言笑，说过的话必须兑现，要是真的调他去内勤做事务性工作，就等于扼杀了他的梦想。

韩忠义盯着刘天昊："我在钱局那儿推荐你，又夸下海口。你破不了案不但我的脸没地儿搁，更无法向死者和亲属交代，调你去内勤算轻的！"

姜还是老的辣！

刘天昊挠了挠脑袋，他感到自己落入了韩忠义设计好的圈套中，却浑然不知。

"你不会想打退堂鼓吧？"

"坚决完成任务！"刘天昊立正敬礼。

随着"叮"的一声，电梯门打开了。

"算你小子识相，记住，三天期限虽然是你提出的，实际也是钱局给你的期限，我没任何保留，全力以赴吧！"韩忠义说道。

刘天昊学着《乡村爱情》里刘大脑袋的腔调："那必须地。"

韩忠义低声说道："钱局让我转告你，少去监狱看你叔，多学习业务！"

"师父，这是我的私事，又不耽误破案！"

"少废话！"韩忠义说完这句就上了电梯。

刘天昊再次立正敬礼。

"三天！"韩忠义指了指自己的眼睛，又指了指刘天昊。

"明白！"刘天昊送走了韩忠义，站在走廊上愣着神。

他知道钱局的叮嘱也是为了他好，这些话之前跟韩忠义也说过，意思他都清楚，可他放弃清华大学转而考入刑警学院就是因为他叔叔。

他从小就和叔叔一起生活，叔叔也是一名警察，敬业、业务能力强，是他立志学习的榜样，在他很小的时候就教他各种破案的知识，直到他参加高考的那年，叔叔因为一起案件受了牵连丢了公职，还因利用公职收受贿赂和渎职的罪名锒铛入狱，而且在事后他叔叔并未退赃，刑期按照上限判的。

刘家几乎没有任何存款，也没有另外的地方藏钱，怎么可能有收受贿赂这种事？

他知道叔叔的为人，绝不可能利用职权收受贿赂，也绝不可能为此放过任何一名罪犯，这其中有太多的蹊跷。因此他不顾劝阻，放弃上清华的机会转而考了刑警学院。

此后，他的唯一理想变成了当一名刑警，为叔叔伸冤。

本硕连读毕业后，他不顾导师的挽留，毅然回到 NY 市当了一名刑警，他终于知道当年牵连叔叔入狱的五号案件影响巨大，甚至惊动了刑警总队。证据表明，叔叔因收受犯罪嫌疑人的贿赂，耽搁了抓捕时间，导致犯罪嫌疑人逃跑，至今未被逮捕归案。刘天昊曾提出过要重审五号案件，可由于他与叔叔之间是亲属关系得按照规定避嫌，所以到目前为止，他连五号案件的卷宗都没见到。

无奈之下，他只好到监狱去探望叔叔，以求在他那儿得到一些信息，令他失望的是，叔叔的态度和当年一样，对五号案件只字不提。

他能知道的也就是从当年的报纸和杂志上看到的内容，案件的细节却无从得知。

监狱的生活并不美好，每次看到叔叔日渐花白的鬓角和苍老的面容，他都不敢直视……

想到这儿，刘天昊心中一痛，不由得叹了一口气。

第三章　富商的癖好

"昊子！"虞乘风的声音把刘天昊拉出回忆。

刘天昊长出了几口气，舒缓了情绪后回到林娜娜家的客厅，看到虞乘风正拿着吧台上的摆台。

摆台里的照片是死者林娜娜的，是她和一些名人、富商之类的合影，其中还有很多是电影演员。

刘天昊指着照片说道："死者的社会关系还真不是一般的复杂。"

虞乘风点点头："无论哪个时代都不缺交际花，哎，我听说她最近和房地产开发商刘大龙走得很近，八卦新闻上说，他就特别好这口儿。"

刘大龙虽然是房地产业的后起之秀，近几年来却连续做了几个大楼盘，赚得盆满钵足，资产高达上百亿元，也是 NY 市数一数二的大佬级人物。

刘天昊的手停在一幅照片前，照片是五名女子的合照，她们身上透着一股青春的味道。其中一名就是死者林娜娜，另外四人也都是好身材，相貌不俗。

"哎，你说现在这些女人啊，长得都一个模样，瓜子脸、大长腿、大胸，眼睛大得和牛似的，双眼皮跟大碗宽面似的，再加上夸张的眼睫毛，怪不得某个大佬说自己是脸盲症，搁谁都得脸盲！"虞乘风感慨着。

刘天昊附和着哼哼两声，岔开话题问道："你刚才说刘大龙好哪口儿？"

虞乘风向卧室方向努了努嘴："听说还有人报过警，说刘大龙下手太重，差点要了她的命，不过后来那女的撤了案，没了消息，应该是拿足了钱。"

"刘大龙还真是变态！"刘天昊撇了撇嘴。

"这些暴发户一有了钱，价值观就开始扭曲，三观不正！"虞乘风说道。

"法医验尸还需要时间，我先去一趟星娱文化了解情况，再去拜访刘大龙。"刘天昊说道。

"OK，走吧。"

刘天昊停住脚步，说道："你不用和我去！凶手拿走死者手机和电脑硬盘一定有目的，你去查查林娜娜的电话记录，再去一趟技侦大队，查查她的微信、微博还有其他社交软件的记录，也许会有收获。"

虞乘风有些失望："可是……"

他想起了钱局交给他的任务，刘天昊聪明、擅长推理，做事富有激情，但缺点是不够稳重、不守规矩，做事容易出现纰漏，需要一名老练沉稳的搭档配合，说白了就是盯着他、别出事。

刘天昊摆了摆手："咱们只有三天时间破案，得分头行动。破不了案，都得完蛋。"

虞乘风看了看正在验尸的韩孟丹。

刘天昊小声说道："你别和她比，她哥是韩队，后台很硬，肯定没事，咱俩可不行！"

虞乘风点了点头："好吧，有事随时联系我，做事儿稳当点。"

刘天昊来到韩孟丹身旁："孟丹呐……"

"在我工作期间请不要打扰。"韩孟丹连头都没抬。

刘天昊碰了个钉子，却没气馁，举起手正要张口说话，却听见韩孟丹冷冰冰的声音："别说话，别催我，尸检报告两个小时后我会放在你的办公桌上。你的车留给我，以免耽误时间，谢谢！"

刘天昊挑了挑眉，抿了抿嘴："OK."

……

星娱文化办公场所的艺术气息很浓厚，红砖、麻绳、轮胎、旧乐器等充斥着整个空间，开放式的办公风格很有氛围，文艺范的小年轻的三三两两地围聚在一起，有的拿着几本书低声谈论着，有的抱着吉他围成一圈，木吉他独特的音质令人心旷神怡。

接待刘天昊的是星娱文化的负责人杨红，名字比较俗，人却清新养眼，据说也是模特转行做的职业经理人。

仔细一看，她化的妆不浓不淡恰到好处，眉目间带着一股难得的英气。

刘天昊努力地挺直身子，因为他发现杨红的身高几乎和他差不多，无论是衣着穿戴还是行为举止都非常得体，高雅又不失性感。

"娜娜死了？那不可能，前几天时尚杂志还访问她呢！"听到林娜娜死亡的消息后，杨红的表情很夸张，随后她慢慢平静下来，问道："怎么死的？"

"你最后一次见到她是什么时候？"刘天昊反问道。

杨红抿着嘴想了一阵，皱着眉头说道："想不起来了，娜娜是名模，虽说签约在星娱旗下，却不受公司管控。"

"她平时有没有与人结怨？"

"这个……她平时很少来公司，偶尔一次参加公司组织的活动也都是走个过场，她人还可以，没架子，要说结怨，还没听说过。"

"那她平时都和什么人来往？"

杨红思索一下，说道："她交往的人可就多了，官员、社会名流、土豪大金主、金牌经纪人、社会大哥、小流氓，只要对她的事业有益，她都不会拒绝交往。"

"这里面有没有比较特别的？"

杨红微微摇摇头，说道："她接触的人都很特别，肯定都不是普通人。"

"那有没有特别之中更特别的？"

"我听说她最近和富强集团的刘总走得很近，刘总你知道吧？非常特别的一个人。"杨红说道。

"你认识刘大龙？"

杨红犹豫了一下，随后一笑："刘总多有名气，整个 NY 市谁不认识，而且，他还是我们星娱文化的股东。"

"他是星娱文化的股东？"

杨红点了点头："百分之三十的股份，因为这栋大楼是他的产业，他入股后不但可以免交房租，还有大量的资金注入。娱乐圈其实玩的就是钱，没钱寸步难行，但现在不比从前，投资者很谨慎，能遇到刘总这样的大金主实在不容易。"

刘天昊听说过娱乐圈比较铜臭，听杨红这么一说，心里顿时更没了好感，但他对这些并不感兴趣，于是问道："你和林娜娜的关系怎样？"

"还可以，算不上太好，也不差，纯工作上的关系吧。"杨红答道。

"公司里有没有和林娜娜私交比较好的？"

杨红抿着嘴思索了一阵，眨了眨眼睛："应该没有，公司的其他签约模特都是集中居住的，有的是两人合住，身价稍微高一些的是单间，她们之间来往比较多。林娜娜属于名模，不愿意住在公司提供的公寓，所以和公司的人交集很少。"

　　"林娜娜有男朋友吗？"

　　"她平时交往的男人可不少，不过是不是男朋友就不知道了，反正没听说她正式介绍过，绯闻男友倒是不少，刘大龙就是其中之一。"杨红说到这里，眼神里居然闪过一丝不易察觉的神色。

　　刘天昊盯着杨红的眼睛，突然问道："林娜娜是你介绍给刘大龙的吧？"

　　杨红听到这句话，神色立刻出现一丝慌张，却很快掩饰过去，笑着说道："刘总气场那么足，谁不想巴结一下，他是在一次公司酒会上认识娜娜的，哪还需要我介绍呀！别忘了，他也是星娱文化的股东！"

　　杨红的那一丝慌张一闪而过，却逃不过刘天昊的眼睛。如果是杨红把林娜娜介绍给刘大龙，那她就一定知道林娜娜和刘大龙之间的那些事儿，甚至她也可能参与进来。

　　刘天昊扫了一眼杨红诱人的身材，心中暗道可惜，他无法想象刘大龙那种人玩弄杨红的场面，更无法想象林娜娜这种名模气质的女孩躺在刘大龙身下的情形。

　　刘天昊微微一笑以掩饰内心的惋惜，转移了话题："林娜娜在这儿有个人物品吗？"

　　杨红点了点头："有，她在这里有个单间，化妆、换衣服都在那儿。"

　　"可以带我去看看吗？"

　　杨红优雅地做了一个"请"的动作，半露出来的两团肉和身上若有若无的香气让刘天昊不由得一阵心悸，她走路时胯部扭动得恰到好处，把女性的线条显露无遗。

　　模特就是模特！

　　……

化妆间很小，除了一些必要的化妆柜等，还有一个衣柜，里面放着各式各样的衣服。

刘天昊查看了所有物品，都是些女人衣服、化妆品和一些廉价的首饰，并未发现有用的信息。最后，他从一个小格子里拎出一条黑色绳子，问道："这个是什么？"

杨红捂着嘴扑哧一笑："那个是丁字裤啦。"

刘天昊轻咳两声，拎着丁字裤看，小声嘀咕着："这么细，穿和没穿有啥区别。"

杨红笑着说道："丁字裤能够突显模特的身材，有机会我带你看看真正的丁字裤穿法。"

她的意思表面上看是邀请刘天昊参加模特秀之类的活动，但细想一下，却充满了异样的诱惑。

"这种丁字裤只有杨小姐这种超级身材穿上才好看，别人怕是不行。"刘天昊调侃之余又拍了一个马屁。

杨红眼中泛着桃花，电了刘天昊一眼。刘天昊深知娱乐圈的水深，一旦沾惹上，怕是要坏了他当刑警的梦，所以他躲避着杨红的眼神，急忙岔开话题，胡乱问了一个问题："杨小姐，签林娜娜这样一个模特，公司每年需要付给她多少钱？"

杨红对刘天昊的反应有些失望，正常的男人很难抗拒她这种重量级美女的诱惑，刘天昊看似对自己有意思，却在关键时刻避开了她的眼神。

"正常来说都是公司收取模特的费用，比如培训费、中介费、包装和炒作费用等，可林娜娜不同，她自带粉丝，为了留住她，公司每年给她的年薪是 50 万，其他的费用都是由公司全额支付。"杨红漫不经心地摆弄着手指，听她的语气，显然对公司这种做法不满。

"她有经纪人吗？"刘天昊问道。

"没听说，和公司的业务往来都是她自己来谈的。"杨红答道。

"林娜娜这种级别的模特没有经纪人和经纪公司？"刘天昊虽说不

懂娱乐圈，却也知道一些事情。这个圈里，无论是哪个职业，都缺少不了经纪人这个环节。

"也许有但我不知道吧。"杨红回答得马马虎虎。

刘天昊又询问了一些林娜娜工作上的问题，见没什么收获，就起身告辞。杨红死缠着要刘天昊的微信，互加微信后这才放他离去。

刘天昊站在星娱文化的大门口，下意识地摸了摸口袋，想起车留给了韩孟丹，叹了一口气："没车还真不方便！"

他向马路看去，准备打车回刑警大队。一辆红色的宝马五系轿车一个急刹车停在他身边，车窗打开后露出一张异常妖媚的脸，虽说她戴着墨镜，却挡不住那股妖媚劲儿。

"帅哥，去哪儿呀？我捎你一段。"女人的声音又甜又糯，让人很难拒绝，尤其是一名未经人事的年轻男人。

刘天昊瞥了女人一眼，立刻转身向星娱文化走去，像是老鼠见了猫一般，边走边向不太远处的杨红说："哎呀，我的手机好像落在化妆间了。"

妖媚女人摇了摇头，解开安全带。

"没有，咱俩加了微信后你拿着手机走出来的！"杨红的精明出乎刘天昊的意料，看出他与宝马女关系不一般，于是给他补了一刀，然后幸灾乐祸地看着尴尬的刘天昊。

宝马五系熄火，车门打开，女人摘下墨镜扭着丰满的臀部来到刘天昊身前："昊子，你为什么一直躲着我？"她脸上露出幽怨之色，好像一名等待夫君回家却久等不来的小媳妇一般。

第四章　老狐狸

刘天昊回过头，咧嘴一笑："哎呀，是佳佳呀，我想你还来不及呢，怎么可能躲，刚才你戴着墨镜我没认出来！看看，看看，你又性感了很多，这身材……"

杨红虽说脸上还保持着微笑，眼神中的寒意却告诉对方，她已经把她当成了情敌。

王佳佳笑起来很媚，甩了甩大波浪的长发，越过刘天昊向杨红伸出手，高耸的胸部有意无意地蹭了蹭刘天昊的胳膊，吓得刘天昊急忙向一旁挪了一步。

"你的眼神像是要吃人哟。我叫王佳佳，刘天昊的前……女友。"王佳佳向杨红介绍着自己。

杨红微微一笑，与王佳佳轻轻握了握手，说道："佐川一政最喜欢吃身材丰满又细皮嫩肉的女人。你们聊，我还有事！"说罢，她有意无意地看了一眼刘天昊，转身进入星娱文化大门。

王佳佳是刘天昊的高中同学，当年被同学们誉为金童玉女，两人一同考上了清华大学，要不是刘天昊突然改念了京都刑警学院，恐怕两人的孩子都能上街打酱油了。

车上弥漫着一股淡淡的香水和女人体香味儿，加上王佳佳火辣的身材，让刘天昊不敢直视。

"昊子，谁是佐川一政？"王佳佳并未立刻发动车辆，她想着杨红刚才说的话，心中有些好奇。

"哦，佐川一政是日本最著名的食人魔，1981 年 6 月 11 日，他开枪杀害了要好的女同学，随后又把死者大腿等部分的肉割下，烹饪后吃掉，两天后，在他准备抛弃腐烂尸体时被抓。"刘天昊介绍道。

王佳佳的脸色一变，抿着嘴一直不说话。对于杀人、食人魔这种事刘天昊见得多了，自然见怪不怪，王佳佳是女生，哪受得了这种话题。

他正琢磨着说点什么以缓解尴尬，王佳佳却笑了："好啦好啦，咱不说那些恶心人的事了。昊子，你现在可是名人了，有好处得带着我呀。"

刘天昊呵呵一笑："什么名人，只不过是个最普通的基层警察罢了，尽自己的职责破案，惩戒恶人。可不像你，宝马都开上了。"

"什么呀，宝马五系能算宝马嘛！"

"你变了。"刘天昊记得当年的王佳佳是一名清纯的女孩，在她的眼睛里看不到一丝烟火之气，可现在她变得这么物质。

王佳佳并不否认，反而说道："人总是会变的，你也变了。"

正想着如何接话，电话响了起来，是虞乘风来电，刘天昊松了一口气，急忙接通电话。

"昊子，我查了林娜娜的通话记录，你猜她最后几个电话是打给谁的？"虞乘风的语气显得无比兴奋。

"谁？"

"刘大龙！他和林娜娜几乎每天都通话，每次通话的时间还不短。"

"刘大龙果然有问题。还有什么线索？"刘天昊瞥了一眼正在开车的王佳佳。

"没啦！"

"查查刘大龙的车，看有没有进出林娜娜小区的记录。"刘天昊感觉事情正朝着顺利的方向发展着，要是不出意外，这桩案子很快就会告破，那时，他就可以真正出师了。

他一直在盼着，盼着脱离韩忠义独立断案的那一天，也许不久后，他还能接触到当年震惊 NY 市的五号案件，解开叔叔入狱之谜。

"OK，我跑一趟交管部门，去查查刘大龙的车！"

"这点屁事儿还需要去交管中心嘛，你自己就搞定了，别忘了顺便帮我查查林娜娜的微博和微信记录啊。"

虞乘风是有名的电脑高手，可以跻身于世界一流黑客之列。

"这可不能乱搞啊，知法犯法，要是把网警招来就完了。"虞乘风还是一贯地守规矩。

"反正就三天时间，我调去内勤，你也好不了。你想办法搞定，再见！"刘天昊放下电话冲王佳佳嘿嘿一笑。

"你负责林娜娜案子的事儿都传开了，这可是震惊半个 NY 市的大案要案，这个案子我跟定了。"王佳佳脸上露出自信的笑容。

刘天昊满脸疑问："你还知道什么？"

王佳佳抿着嘴得意地笑："很多，多到出乎你的意料。我可是名记哟！NY 市这点事还能瞒得住我？"

刘天昊苦笑一声："好吧，名'记'同志，但目前案子还处于保密期，很多事情……"

"哟哟哟，我的大侦探，你就帮帮忙好吧，这个案子能让我的粉丝重新涨回来，要不我活不下去了，你养我呀？"王佳佳的手非常自然地摸到了刘天昊的大腿上，还用力捏了捏。

"你是网络主播？"刘天昊舒服得大腿差点没抽筋！

"算不上，只是在平台上开了一档节目，应该叫……主持人。"王佳佳显然对主播这个词有些不满意。

刘天昊叹了一口气。

"别叹气，时间紧迫，我觉得你现在应该去富强集团找刘大龙！"王佳佳说道。

刘天昊心中暗自苦笑，说道："要不咱俩换换职业得了，你来当警察，破案肯定快！"

王佳佳一笑："刘大龙那点破事儿谁不知道，祸害了不少漂亮姑娘，林娜娜本来就和他摘不开，现在出了这事儿，不找他找谁？"

刘天昊不知道说什么好，只好应付道："有道理。"

现代是一个信息极度发达的时代，人人捏着一部手机，变成了流动的记者，微信朋友圈、微博、Facebook 这些载体每秒钟都更新着数以万计的信息，让人们时时刻刻掌握着整个世界的动态。

"答应我好吗？我晚上陪你……"王佳佳说到这里停住话头，眨了眨眼睛，言外之意是没说的部分你自个儿琢磨，想象着是什么就是什么。

刘天昊听得心怦怦地跳，瞥了一眼穿着性感的王佳佳，咽了一口口水，心道："不知王佳佳什么时候变得这么开放，这种事能这么直接说吗！"

当年的王佳佳可是清纯玉女形象，现在看来，她的形象和人设完全翻了个个儿。

王佳佳不等刘天昊说话，便按下一键启动，引擎轰鸣声立刻响起，脚下油门一踩，宝马车的引擎发出强大的声响，一股强悍无比的推背感袭来。

……

富强集团是 NY 市有名的地产开发公司，刘大龙是黑道出身，靠着拆迁发了财，原始资本积累完成后，他开始不断地做慈善事业，后来又成为市政协委员，成为有名的企业家。他没别的爱好，就是喜欢年轻漂亮的姑娘，身边几乎一天一个，很少有姑娘能在他身边待到两天以上。

刘大龙再厉害也不敢怠慢警察，他满脸堆笑地把刘天昊迎进巨大而豪华的办公室。当他看到身材火辣的王佳佳后，视线不时地瞟向她的胸部和大腿。

环视办公室，刘天昊暗自感叹：物质能给人带来的是极致的享受，虽说这种想法充满着铜臭味，却无法否认物质生活带来的诱惑力。

"刘总，您认识林娜娜吗？"刘天昊坐在包裹性极好的意大利沙发上开门见山地问道。

刘大龙那张被酒色腐蚀的脸上露出一丝慌张，随后迅速被他的老练和镇静代替，先是笑了一阵，略微平静后，才说道："刘警官，不瞒您说，我这人就是好色，一天接触那么多女人，怎么可能都记得名字。"

刘大龙的直白让刘天昊一愣，心道："这老头儿够直的，当着女人的面，这种话也不避讳。不过从他的反应来看，他故意隐瞒和林娜娜之间的关系一定有问题。"

刘大龙每天都和林娜娜通电话，怎么可能记不住名字？

如果林娜娜的死和刘大龙相关，凭着刘大龙的身经百战、老奸巨猾，绝不可能轻易就范。

刘天昊知道自己低估对方了，以至于第一回合交锋就落下风，不过他并未气馁，因为他就是他——遇强则强的刘天昊！

刘大龙趁着刘天昊愣神的工夫向王佳佳挤了挤眼睛。

王佳佳并不在意，甜甜一笑："刘总，报纸和杂志上说您和林娜娜关系可不一般呀！"

"都是些小报和八卦杂志，信不得。要不这样，等刘警官问完话，你单独留下来，我请你吃个晚餐，然后和你细说说。"刘大龙的眼中发出异样光芒。

"刘总这是醉翁之意不在酒呀！"王佳佳笑着白了刘大龙一眼，这一眼却带着无尽的媚意，发自骨子里面的媚！别说是刘大龙一般的老色鬼，对把持力比较高的刘天昊照样具有致命的诱惑力。

刘大龙像吸了毒品一般享受，手指不停地敲在桌子上，眼珠左右不停闪动。

刘天昊把林娜娜的照片拿出来，递给刘大龙："您先看看这张照片，能否让您想起点什么？"

刘大龙把目光从王佳佳身上依依不舍地离开，接过相片，戴上眼镜看了看，脸上的表情没有丝毫变化，呷呷嘴说道："嗯，是个美人儿，可惜死了。"

"我可没说她死了，您是怎么知道的？"刘天昊笑着问道，却紧盯着刘大龙的眼睛。

刘大龙干咳两声，摘下眼镜擦了擦，避开刘天昊的逼视，缓了好一阵才说道："现在信息这么发达，你早晨放了个屁，上午全 NY 市就都知道了，这还算事儿，是吧大美女？"

"刘总这是话糙理不糙！"王佳佳的声音甜得能腻死人。

刘天昊接着问道："根据死者手机的通信记录，她几乎每天都要和你通电话，你为什么说不认识她？"

刘大龙反应很快，脸上的笑容瞬间消失不见，取而代之的是不快："我没说不认识她，只是说认识的女人太多，想不起名字而已。还有，我是星娱文化的股东，和旗下的模特通电话沟通业务也没什么吧！"

很明显刘大龙这是在狡辩。

刘天昊收起照片，正要再问话，却见刘大龙按了座机电话的免提键。

"杨秘书，不是说市长上午要来公司视察吗，什么时候到？"

"哦……市长啊……对……应该……快到了，要不您现在下楼接一下吧。"女秘书反应略慢了一拍，却还是及时地弥补了失误。

刘天昊和王佳佳对视一眼，两人几乎是一瞬间看穿了刘大龙的把戏。

刘大龙挂了电话，呵呵一笑："我是真忙，你看，市长要来视察公司，谈一个百亿元级别的大项目，点了名要见我，不去还不行。得了，二位还有什么事就找杨秘书问吧。"

第五章　认尸

刘天昊虽知道刘大龙在撒谎，却没有任何证据，再问也不会有结果。刘大龙还是政协委员，社会影响力很大，就算想羁押他，程序也非常复杂，一个不慎还会落个滥用职权的罪名。至于女秘书，能够配合刘大龙糊弄警方，说明她很识相，对于警方的盘问肯定是一问三不知。

"好吧，刘总，我会再来的！"刘天昊向刘大龙伸出手。

刘大龙象征性地和刘天昊握了握手，当他和王佳佳握手时，却一直握着不放，直到王佳佳脸上有了厌烦之意，这才松开手。

刘天昊客气一番后告辞，拉着王佳佳的手在刘大龙的色眼注视下快速离开。

"就这么走了？"王佳佳问道，在她的印象中，刘天昊绝不是一个轻易服软的人。

"老狐狸，不过他跑不了！"刘大龙的狡猾激起了刘天昊的倔脾气。

电梯下降得很快，很安静。刘天昊还拉着王佳佳的手，两人的手已经冒了汗。王佳佳虽说很开放，却也被这一抓弄得心怦怦跳，但她不敢动，生怕动了之后刘天昊会松开手。

这种温暖的感觉已经离开她很长时间了！

"喂，你是吃醋了，还是不愿意让那糟老头儿占我便宜？"王佳佳歪着头看着刘天昊。

"当然是……担心你会被那老头儿占便宜。"刘天昊回答道。

"本姑娘可没那么容易上手，你想多了，我和刘总那么说还不是为了你！"王佳佳的手躲在刘天昊的手里，好像一只温顺的小猫。

刘天昊嘿嘿一笑，调侃道："你的手可不如以前软乎啦，是不是……嗯？"

"哎，你想什么呢？"王佳佳伸手在刘天昊的大腿根儿上轻轻地掐了一把。这一掐让刘天昊想起当年上高中时两人若即若离、似懂非懂的那段感情，一个牵手、一次捶打、掐肉都带着青涩而暧昧的味道。

电梯打开，又上来两个男人，男人冷冰冰地看了一眼刘天昊，随即把目光盯向王佳佳的胸部。

刘天昊装作一本正经的模样："这个糟老头儿有问题，得好好查查。"

王佳佳像是丝毫不在乎另外两个男人的存在，说道："昊子，今天晚上到我家吧，我……"

刘天昊瞥了一眼旁边的男人，急忙岔开话题："今晚我还有任务，怕是不能长时间在那儿。"

王佳佳开始笑，笑得另外两个男人也受到影响，嘴角咧了起来。

王佳佳说道："你想哪儿去了，我是想请你去我家吃饭，以表示对你的感谢。"

刘天昊脸上一红，幸运的是，他长期在外面工作，脸晒得比较黑。也难怪，像王佳佳这种尤物，对于任何男人都是极具杀伤力的，更何况两人之前还有那么一段。

"是吗？我好像还不太饿，而且单位还有些事要处理……"

电梯里的两个男人微微耸了耸肩表示不屑，也是对刘天昊的不识趣而感到惋惜。

……

刘天昊站在公安局大门前，看着红色的宝马带着轰鸣声离去，闻了闻手，轻叹一口气。

"闻够了没有？够了就跟我去尸检中心。"韩孟丹声音冷冰冰的，让人不由自主地想起冰冷的尸体。

刘天昊吓了一跳，回过头才看到一张冷若冰霜但精致的脸。

"你走路不能出点声吗？人吓人会吓死人的！"刘天昊不敢直视韩孟丹的眼睛，只好小声嘀咕着。

韩孟丹虽说给人的感觉冰冷，相貌和身材却没得说，五官单独摘出来都不算最好看，搭配在一起后却显得出奇精致，加上常年锻炼身体，身体看起来紧绷绷的富有弹性。

刘天昊走在韩孟丹的后面，盯着她的身体看着。

"别乱看，抬起头走路！"韩孟丹冰冷的声音传来。

刘天昊尴尬地轻咳一声，抽了抽鼻子，她一身的福尔马林味儿，让人想起医院走廊的味道。

"林娜娜的父母来了，要认尸，不过，现在尸检还未完成，尸体有些……"韩孟丹说到这里停了下来叹了一口气。她知道如果让死者的父母看到正在解剖中的女儿会是什么结果，所以她没敢答应。

"能不能简单恢复一下，让死者父母看看？"刘天昊立刻明白了韩孟丹的难处。

"头部可以暂时恢复一下，身体不行，另外，认尸的时间不能太久，否则，很多检测结果都会变得不可控。"韩孟丹说道。

刘天昊点了点头，眉头皱成了一个疙瘩。

……

尸检中心的灯全部亮着，房间里虽然开了排气扇，却仍然充满混合着福尔马林药水的尸臭味。

林娜娜的母亲很年轻，长相几乎和林娜娜一模一样，林父大高个儿，相貌颇为英俊，他扶着林母向前走着，能看得出来，他的内心充满痛苦，却不敢在林母面前表现出来，只得强忍着。

当林母看到林娜娜那张苍白的脸时，她再也控制不住，"哇"的一声哭了出来，挣脱开林父的手扑向林娜娜的尸体。

要不是刘天昊阻止得及时，那张盖着尸体的白色布单就会被林母掀起来。

"孩子，我的孩子！"林母被刘天昊和林父架住，双手却努力地伸向林娜娜的脸。

林父的眼泪险些跟着流下来，却强忍着，拉着林母。林母喊了几声，竟然一口气没上来晕倒在地。林父有些慌乱，向韩孟丹和刘天昊发出哀求的眼神。韩孟丹急忙查看，发现林母只是背过气去了，并无大碍，林父这才松了一口气。

韩孟丹和闻声赶来的一名警察把林母扶了出去。林父叹了一口气，手在林娜娜的脸上哆哆嗦嗦地摩挲着，眼泪噼里啪啦地掉落下来……

偌大的会客室显得很冷清，林母半躺在皮沙发上，林父坐在一旁。林母醒来后精神有些颓废，嘴唇哆嗦着，眼睛直直地望着天花板，眼泪不断地流出来。林父握着她的手，不断地拍着她的肩膀安抚着。

按说这个时候不应该向死者家属询问问题，可时间紧迫，要是耽误了抓捕凶手，那就得不偿失了。可林母的状态不佳，就算询问怕是也没有结果。

"林先生，能否借一步说话？"刘天昊轻声询问着。

林父偷偷看了看林母的反应，随后缓缓点了点头，轻轻在林母的肩膀上拍了拍，随后才向外走去。

韩孟丹向女警交代了一下，随着刘天昊走出会客室。

……

相对于外面的阳光，办公室的灯光看起来柔和得多，警察们三三两两地离开，整个办公室就剩下刘天昊、韩孟丹、林父三人。

韩孟丹递给林父一杯开水，随后拉过一把椅子坐在一旁。刘天昊坐在林父右侧，斜对着他，这种斜着角度的坐法不会给人太大的压力，以便于被询问者放松精神。

林父深吸了一口气，一次性水杯被捏得有些变形："娜娜出名后，经常寄钱给我们，但很少回家，也很少和我们联系，上一次联系是在一个月前，和她妈妈说了几句话就挂了电话。"

"谈话内容有没有比较特别的？"刘天昊问道。

林父想了想，摇了摇头，说道："娜娜从小就是老实孩子，一直乖巧听话，但打她从事模特这个职业后，风言风语就没断过，我和她妈妈劝过她，让她离开这个圈子，找一份踏踏实实的工作，安心过日子，可她就是不听。每次打电话都说不上几句，她就挂电话。"

"她有没有经纪人？"刘天昊问道。

"娜娜刚出名时有过一个经纪人，后来因为经济问题分道扬镳了，我和她妈妈也来 NY 市照顾过她一段时间，但并没涉及经纪人方面，只是生活上照顾她，她对自己管理很严格，一般的经纪人很难合拍。"林父答道。

"您还记不记得最初那个经纪人叫什么名字？"

林父喝了一口水，清了清嗓子，说道："好像……是叫阿杰，具体的名字我不知道，说是一个好姐妹介绍给她的，其他的就不知道了，孩子不肯多说。"

"阿杰？男的？"

"应该是吧，有一次我在电话里听到阿杰的声音，很年轻。"林父答道。

"您见过这个阿杰吗？"

林父摇了摇头，说道："没见过，后来听娜娜母亲说过，因为一次经济纠纷，她解雇了阿杰，这是很久之前的事了，后来再也没听说过她有过经纪人，有些事是她自己处理，处理不过来就找钱小苗，就是你们钱局的女儿。"

"那林娜娜有没有说过她交男朋友的事？"刘天昊问道。

"没有。娜娜从小眼光就高，一般的男孩子她都看不上，她回家时，她妈妈和她聊过，没听她说起有男朋友的事，阿杰和她只是经纪人和雇主的关系。"林父说道。

"您听说过刘大龙吗？"

林父挥了挥手，脸上出现一丝厌烦："怎么没听说过！娜娜的风言风语大部分都是和刘大龙有关。不过，我相信娜娜和他之间没有关系。实话和你说，刘警官，我的家庭条件很好，娜娜也是在我的严格教育下成长起来的，不可能为了刘大龙那点臭钱出卖自尊。"

单从林父和林母的穿着打扮以及言谈举止来看，两人不但受过高等教育，而且身价不菲。另外，就单从一名父亲的角度看，谁愿意相信自己的女儿是那种不三不四的人呢？

"好吧，林先生，如果你想起点什么，随时和我联系。"刘天昊递给林父一张名片。

林父接过名片，抿着嘴点了点头，说道："刘警官，你答应我，一定要抓住凶手为娜娜报仇！"

刘天昊郑重其事地说道："林先生，我承诺，一定尽快抓住凶手。"

……

林父和林母带着悲伤而来，带着无尽的悲痛离开，走的时候，两人像老了几十岁一般，相互搀扶着、依偎着。

刘天昊站在刑警大队门口目送二人开车离开，林父的车是奔驰S600，的确如他所说，他的家庭条件很好，林娜娜不太可能为一点小钱就出卖身体，除非……

韩孟丹走出来，咳嗽两声，说道："你要是再不回办公室，那儿怕是要被钱大小姐一把火点了。"

刘天昊一听钱大小姐便眉头一皱，一定是钱小苗来了。

"正好我也要找她！"

头痛归头痛，钱小苗和林娜娜是好友，肯定知道她一些事情，说不定对破案有利。

"行，完事之后来尸检中心。"韩孟丹转身离去。

……

第六章　猛料

当刘天昊来到办公室时，看到几名民警正逃瘟似的从办公室离去。他的办公桌资料被翻得乱七八糟，本来准备喝的一瓶酸奶也被喝个精光，瓶子扔在一旁。钱小苗抱臂坐在办公桌上，噘着嘴瞪着他。

"大小姐，我又没得罪你，你看看。"刘天昊一边收拾桌子一边说着。

"娜娜没了，你得替我把凶手抓住！"钱小苗眼泪在眼窝里不停地转着。

刘天昊说道："这句话已经有人和我说过了，你放心，职责所在必会全力以赴。"

"你要是破不了案，我这辈子都不放过你！"钱小苗站起身叉着腰说道。

钱小苗从小就跟着钱局长在公安局值班，和老刑警们早都打成一片，刘天昊算是新面孔了。

"行，行，我的大小姐。那你也配合我一下，和我说说林娜娜的情况。"

"你想知道什么？"钱小苗抹了一把眼泪。

"工作和私生活，有什么说什么！"

"好，我要一杯咖啡！"

……

钱小苗的叙述很简洁，几乎都是直奔要害，毕竟跟着钱局长在刑警大队混了多年，就算不是刑警也懂得一些技巧。

林娜娜私生活并不像八卦小报上说得那么复杂，她本就是一个单纯的女孩，只是混在娱乐圈里，不得不做一些事情，至少钱小苗知道的她是这样！

在工作上，她虽说是名模，架子却不大，很多事情都是亲力亲为，有时候也会请钱小苗来帮忙。

在感情上，林娜娜果然如林父所说，她心高气傲，身边的男孩子还没有人入得了她的法眼。至于唯一的那个经纪人阿杰，钱小苗也只是听说过，并未见到人，林娜娜好像对阿杰的事很避讳，哪怕是闺蜜也从不谈起，要是钱小苗无意提起，林娜娜也会随便找一个话题岔开。

至于刘大龙和林娜娜，远不像八卦小报传的那样，林娜娜压根就没把他放在眼里，只是拿他做玩物，玩得滴溜转，却碰不到她一根汗毛。用林娜娜的话说，看着刘大龙抓耳挠腮、丑态百出的模样，她感到很痛快。

越是得不到，就越显得珍贵。

刘大龙就是如此！

送走了钱小苗，刘天昊终于得了工夫思考。从钱小苗和林父林母的叙述来看，林娜娜不会为了钱委身于刘大龙，那她和刘大龙之间究竟是什么关系？难道只是为了满足那一丝高高在上的女王感？

不对！凭着林娜娜名模的身份，她已经是高高在上的女王，完全没必要从刘大龙这种人身上找感觉。

人都有隐秘的一面，林娜娜父母和钱小苗所知道的，也仅仅是林娜娜私生活的一部分，还有更大的一部分隐藏在案情之下，需要深度挖掘。

"还是有些乱！"刘天昊想让自己冷静下来，心却依然乱着。他知道，这是来自于林父林母的压力。

韩孟丹再次悄无声息地出现在办公室，把一份尸检报告拍在刘天昊的桌子上，吓了他一跳。

"一个女人也不穿个高跟鞋，走路一点声音都没有，早晚得被你吓死！"刘天昊拿着尸检报告跟在韩孟丹身后小声嘀咕着。

"你的胆子就那么小吗？心里没鬼会被我吓到？"韩孟丹并未放过任何一个能够抨击刘天昊的机会。

两人走进尸检中心，韩孟丹径直走到解剖台前缝合尸体，由于内脏等物已经送到化验中心进行检验，只好用一些代替品放入死者腹腔，同时说道："声明一点，我不穿高跟鞋是为了工作，不是为了吓你！"

刘天昊耸了耸肩，低下头看着报告。

"你的分析有些是对了，死者生前并未遭受性侵害。"韩孟丹指着支离破碎的尸体说道。

"意料之中，又有些出乎意料。"刘天昊端着下巴思索着。

"神棍算命两头堵，怎么说都是你！死亡时间是5月12号凌晨4点到5点之间。"韩孟丹手上没闲着，钢针穿透皮肉加上穿线的声音令人不寒而栗。

"死者身上有旧伤，应该是不久前造成的，不过伤口很浅，愈合得很好，不仔细看是看不出来的。"韩孟丹指着臀部和背部几处皮肤说着。

刘天昊听到这里，一下便想到了精于此道的刘大龙，虽说这种事从未被证实过，可在人们心中，刘大龙是一个地道的虐待狂、八卦新闻的头号人物，然后才是企业家、大老板。

"另外，死者生前多次流产，子宫内膜很薄，已经失去了生育能力。"韩孟丹说道。

"多次流产！"刘天昊立刻想到死者家属和钱小苗的话，他们没有撒谎的可能性，那就意味着死者有很多事情瞒着众人。

"她到底是什么样的人啊？"刘天昊内心自问着。

深挖死者的社会关系，说不定会有收获！

"如果凶手是一名有正常功能的男性，放着一个身材标准、脸蛋儿精致的女人不碰，这就有些说不过去了，除非……"

"除非凶手不是男性！"韩孟丹不咸不淡地说着。

"这脑洞有点太大了吧，不可能，不可能。"刘天昊摇摇头。在他的印象中，能对死者施以如此暴行，对体力要求很高，绝非女性可以完成，凶手必为男性，可一名正常的男性，与一名全身裸露的漂亮模特共处一室那么久，怎么可能忍得住……

"你这是正常思维，假如凶手不正常呢？"韩孟丹反驳道。

刘天昊想不出如何反驳，只好沉默着，过了一阵，他的手机响起来："喂，乘风。"

虞乘风的声音从话筒里传了出来："昊子，我查了林娜娜的微博和微信记录，微博还好些，都是炫富、扯淡的内容，但微信上有很多猛料。"

虞乘风的声音很大，韩孟丹听得一清二楚。刘天昊看了看侧耳听着的韩孟丹，咳嗽两声才故作大声地说道："乘风，要不咱们见面说？"

虞乘风本就木讷，并未会意，电话里传出他一本正经的声音："行，一会儿我去尸检中心找你俩。"

"你怎么知道我在尸检中心？"

虞乘风呵呵一笑："我闻到了一股福尔马林的味儿，还有一股透骨的寒意。"

"不用，先到我办公室吧！"刘天昊说完就捂住话筒，小声和韩孟丹说道："你先验尸，回头咱们再沟通！"

刘天昊说完就向外走。

韩孟丹立刻反驳："局里让咱们三人成立小组，那咱们就是搭档，任何信息都需要共享，如果你俩做不到，我现在就去找钱局说这事儿。"

刘天昊嘬嘴，停住脚步转身，小声向韩孟丹说道："别呀孟丹，不是我不让你看，是有些内容实在不适合你这样清纯的女孩。"

韩孟丹表情没有分毫变化："从我穿上这身警服那天，就没再把自己当成女孩子。"

刘天昊耸了耸肩，无奈地点了点头。

"那个……乘风啊，你还是回队里会议室吧，孟丹我俩在那儿等你。"

刘天昊暗中苦笑一声，他听说韩孟丹不好惹，却没想到厉害到这种程度，看来韩忠义把她放在侦破小组绝对不是一步废棋！说是韩孟丹和其他队员不和，这才让新人刘天昊和老实巴交的虞乘风带着她，但实际上她就是韩队安插在刘天昊身边的监视器、紧箍咒，无时无刻不盯着他！

"咱们先去会议室，你先说说刚才那个记者王佳佳和你到底什么关系！"韩孟丹的话令刘天昊一惊。

王佳佳和刘天昊的关系只有虞乘风知道，而且两人几年未联系，韩孟丹是怎么知道这件事的？

"我和王佳佳的关系和破案有关吗？"

"有关，她会让你无法全身心投入到案子里，咱们现在是一个团队，我不允许我的团队有任何闪失。"

刘天昊瞥了一眼韩孟丹。韩孟丹立刻白了他一眼，脸上却飞起一丝红润。

……

虞乘风的到来，缓解了两人的尴尬。

"孟丹呐，我可有话说在前头，林娜娜微信里的内容不堪入目，很容易污染你纯洁的小心灵儿。"刘天昊虽说对韩孟丹有些忌惮，却不会放过任何调侃她的机会。

"别废话，老娘什么猛料没见过。"韩孟丹的话差点没让虞乘风隔夜饭都喷出来，任谁都想不到从这名冰山美女的嘴里会说出"老娘"两个字来。

虞乘风打开电脑，会议室的大屏幕投射出林娜娜的微信聊天记录。

聊天记录大多数是林娜娜和刘大龙的，两人联系密切，语言简直可以当色情小说来看，不堪入目四个字都不足以形容，还有一些从国外网站下载的一些虐待的图片，尺度大得能令人心跳停止。

三人看了一阵，刘天昊先是和虞乘风对视一眼，又悄悄地看了看韩孟丹。只见韩孟丹白皙的脸上透出一丝红润，双眼中居然散射出一丝媚意。

"这女人也太嗨了吧，你看看，连这种话都说得出口，这种图片都敢发出来，真看不出来呀，哎哟，羞死人！"刘天昊感慨着。

"还不是为了一个钱字。"虞乘风叹了一口气。

"就这些？"韩孟丹似乎没看够。

虞乘风愣了一下，才回答："啊，目前就这些，还有一些内容没破解。"

"那还不快去破解！"刘天昊和韩孟丹几乎异口同声。

"嘿，你俩的配合还真是天衣无缝。"虞乘风拎着电脑向外走，走到会议室门口又回头说道："对了，根据林娜娜所在大厦地下车库的监控，刘大龙的车在她死前6个小时进入过，3个半小时后离开，我调查物业档案，发现刘大龙租了一个车位。"

"也就是说，刘大龙在死者出事前与她接触过，在林娜娜的公寓里待了3个半小时，作案时间具备了。"刘天昊语气有些兴奋。

韩孟丹皱着眉头，说："令人奇怪的是，刘大龙找死者居然不做那种事，这对一名老色鬼来说简直不可思议呀，那这 3 个半小时里，他到底干了些什么？"

"画画？"虞乘风停住脚步。

刘天昊摇了摇头："据资料显示，刘大龙没啥文化，就是一个有钱的土鳖，别说是画画，连写字都费劲。"

"难道刘大龙找林娜娜套取什么秘密？"虞乘风又提出一个假设。

刘天昊摇摇头："刘大龙不是一个肯浪费时间的人，尤其是面对女人。"

他想起刘大龙看王佳佳的眼神，只要给他们单独相处的机会，刘大龙一定会毫不犹豫地把王佳佳吃掉！

无论从哪个角度来看，刘大龙都有作案嫌疑。

第七章　以死为证

"不管怎样，女孩子都不应该受到这样的伤害，你答应我，尽快把凶手缉拿归案。"韩孟丹向刘天昊说道。

这句话已经是第四个人说给刘天昊了，林父林母、钱小苗、韩孟丹。

虞乘风看了二人一眼便识趣地转身离去，他知道王佳佳和刘天昊的关系，却并不看好。王佳佳虽说才貌智商都堪称人上人，但给人的感觉太现实，凭刘天昊警察的身份完全镇不住她，当情人还可以，但是做妻子怕是不行。在这点上，他觉得韩孟丹和刘天昊更加相配。

刘天昊一本正经地说道："我答应你，尽我所能，抓住凶手！"

韩孟丹点点头，走到窗前打开窗户，一股凉风吹了进来，令她心情平复了一些，这才说道："我知道你有想法，只是不成熟，这才不愿意说出来。"

刘天昊一本正经地说道："有时候我觉得你根本不是一名法医，而是心理专家！"

韩孟丹抿嘴一笑："我哥说过，想当一名合格的刑警，要精通很多学问。"

刘天昊清了清嗓子："OK，那我就先和你说说。从聊天记录上看，刘大龙和林娜娜很熟，不可能叫不上名字，所以他撒了谎，这两人玩这种玩意已经不是一次两次了，而且一次比一次玩得狠，这点从林娜娜身上已经愈合的伤痕就能看得出。另外，林娜娜的情况也绝非咱们了解的那样，她的私生活很乱，我想不明白一个受过高等教育、家庭条件优越的女孩为什么会做这些事。"

"每个人都有秘密，有为人所知的，也有不为人所知的！"韩孟丹说道。

刘天昊接着说道："刘大龙的身高和体貌特征都与凶手相似，又和死者有这种关系，加上在死者生前与死者有过长时间接触，具备了作案时间，至于动机……"

"表面上看刘大龙是极具实力的地产商人，但实际上他靠的是他妻子蒋小琴，NY 市最著名的蒋氏集团总裁。他能有今天，完全是蒋小琴鼎力支持促成的，所以，不管他怎么玩女人，在蒋小琴面前都不敢提离婚的事，而林娜娜三番五次要求和刘大龙结婚，否则便鱼死网破，这件事触及了他的底线，因此他有了杀人动机。"韩孟丹扶着窗台向远处眺望。

"这些信息你是从哪里得来的？"刘天昊对信息来源提出质疑。

韩孟丹拿出手机晃了晃："也不是所有的八卦新闻都是八卦，有一个微信公众号我已经关注很久了，是 NY 市的一个大 V，他发布的信息到目前为止还没有假的。"

"这么厉害！林娜娜提出和刘大龙结婚到底是为了什么？她不缺钱，

038

也不缺社会地位。"刘天昊嘀咕着。

韩孟丹摇摇头说道："林娜娜的尸检结果表明，不久前她刚刚做了一次人流手术，这一次应该是她今生最后一次人流，以后她不可能再怀上孩子了，我觉得她应该是为了这个孩子才逼迫刘大龙的，你不会明白孩子对女人的重要性。可刘大龙还是狠下心让她做了人流。她是公众人物，不会正大光明地去大医院做，NY 市有名的私人诊所就那么几家，这条线索的真实性由我来查。"

"那我再去会会刘大龙，说不定可以有所突破。"刘天昊拿出手机，点开手机微信，打开二维码。

一股风把韩孟丹的白大褂吹得飘起，看起来如同白衣仙子。

"那个……咱俩都同事这么久了，加个微信呗，有事情方便联系，打电话有些话也不方便说，对吧？"刘天昊嘿嘿地笑着。

"有什么话在电话里不方便说，非得在微信说？"韩孟丹步步紧逼，丝毫不给刘天昊面子。

刘天昊脸上肌肉抖了抖，勉强抖出一个笑容："我是队长，有时候也要关心一下队员的生活嘛。"

"我的生活需要你关心吗？"韩孟丹的眼神像一把利剑一样刺进刘天昊的眼睛里。

刘天昊没答话。

韩孟丹径直走到饮水机前，拿起一次性纸杯打了一杯水，走到刘天昊面前递了过去："喝了它我就加你微信。"

刘天昊犹豫了一下，接过杯子一饮而尽。

"OK."韩孟丹很守信。

随着"滴"的一声响，两人互加了微信。

"虞乘风看起来老实，实际上狡猾得很，从来不喝我倒的水，不吃我给的东西，因为他怕我给他下药，你不怕？"

"不会吧，真的假的？"刘天昊摸了摸肚子。

"老实人气人的时候会更让人恼火。"

"我又没做过亏心事，我怕什么！你不会……"刘天昊说到这里感到肚子咕噜一下，脸色随即一变。

韩孟丹扑哧一笑，不依不饶："那说说你和王佳佳吧，到底怎么回事？"

"啊……我得赶紧去刘大龙那儿，不能耽误正事儿。"刘天昊见她又把话题转到王佳佳身上，就立刻找了个理由跑路。

"喂！"

……

刘天昊再次来到富强集团时，性感的女秘书杨柳接待了他。杨柳高挑身材，脸蛋儿精致得无可挑剔，发自骨子里的气质高雅，绝非一时半会儿能装得出来，职业秘书装把她的前凸后翘包裹得很显眼，给刘天昊的第一印象是她和星娱文化的杨红很像，至少气质上非常像。

"刘总不知道去做什么了，五个小时前接一个电话就走了，自己开的车。"杨柳的声音又甜又糯，绝对比性感版林志玲语音还腻人，让人听后不由得浮想联翩。靠近后，她身上散发出一股淡淡的香味儿，是高档香水混合着女人体香的味道。

对于一名温柔到骨子里的女孩，除非是天生恶人，否则无论如何也狠不起来。

"请你给他打电话，就说公安局刘警官有事找他，急事，十万火急。"刘天昊说道。

杨柳仍然保持着职业式的微笑，按了免提键，拨了一串号码，尾号是一连串的8："对不起，您拨打的电话已关机，Sorry……"

"有其他的联系方式吗？"刘天昊问道。

杨柳又尝试着拨打了其他几个号码，依然是电话关机！

杨柳皱着眉摇了摇头，说道："第一个号码刘总是 24 小时开机的，只有重要的事情我才会打这个电话。"

"快把他家的住址给我。"刘天昊预感事情有些不对劲儿。

像刘大龙这种商业大佬级别的人物，几乎是分秒必争，电话肯定是

24小时开机，就算有特殊的事要处理，也会安排其他人代劳接电话。可现在他的秘书都联系不上他，这足以说明出了问题。

杨柳脸上显出幽怨："他有好几处住所，你要哪个地址？"

"都要！"

杨柳迅速地在纸上写下几串地址，递给刘天昊。

"你最近去过的是哪个？"刘天昊使用了诈术。

按照刘大龙的人设，是不可能放过这个性感到极致的女秘书，女秘书去刘大龙别墅玩乐也就成了正常的事。

杨柳咬着嘴唇，恨恨地盯了一眼刘天昊："你问人家这个问题，什么意思嘛？"

猜中了！

刘天昊心中一阵窃喜亦有一股惋惜。

"哪个？"刘天昊的语气不容置疑，眼神像一把刀子一样锋利，此时的他已经顾不得怜香惜玉。

"第二个！"杨柳吓得一哆嗦，下意识地说了出来。

"松江路228号，谢谢啦美女！"刘天昊笑了笑。

"等等，我陪你去！"

……

松江路附近的几个小区都是高档小区，其中一个最贵的楼盘是松江路公馆，里面99栋独栋别墅，能住得起的人非富即贵。

门岗的一名保安见到杨柳后并未阻拦，甚至连登记都免了，点头哈腰地带着刘天昊和杨柳径直来到一栋幽静的别墅门前，按了门铃后并未见扬声器有任何反应。

保安的心思杨柳心里最清楚，每次他送人到刘大龙的别墅后，刘大龙都会象征性地给一些小费，虽说是小费，可是由刘大龙手里拿出来，至少1000元还是有的。刘大龙的目的就是让保安守口如瓶，保安们则是拿人钱财替人消灾。

刘天昊推了推大门，发现大门虚掩着，进入院子后，看到刘大龙的那台劳斯莱斯幻影就停在院子里。他上前摸了摸引擎盖，发现还有余温。

别墅的院子很大，围墙很高，中央部分还有一个巨大的游泳池。

杨柳走到屋门前敲了敲，发现屋门也是开着的。

"刘总，您在家吗？"杨柳向客厅里轻声喊着。

别墅里没有任何回应，回应的只有别墅后院传来一阵阵的狗叫声，单从低沉而凶猛的吼叫声就可以判断出那是一群烈性犬。

刘天昊心中预感不妙，不顾保安的阻拦冲了进去。杨柳一边喊着刘总，一边跟着刘天昊向里面走。

……

当刘天昊听到杨柳一声惨叫后，他立刻顺着声音追来。

房间很大，最显眼的就是房间中心的那张大床，和林娜娜家的是一个款式。刘大龙就挂在一面墙上。

墙上挂着一个铁质的米字架，架子旁放着很多器具，有皮鞭、狼牙棒、微型电击器、绳子、注射器、蜡烛、铁钩子等，米字架正前方放着一个画板支架和一张木凳，颜料盘和画笔放在支架旁。

房间内的布局和物品几乎和林娜娜家一模一样！

当杨柳看到刘大龙的一瞬间，她几乎不加反应地叫喊起来。要不是及时捂住耳朵，声音几乎把刘天昊的耳膜震碎。

……

当虞乘风看到刘大龙的尸体和案发现场的布局时，他不由得倒吸一口凉气。

"连环虐杀案，昊子……"

"我知道。"刘天昊的声音依然波澜不惊，他知道现在最需要的是冷静，而不是震惊。

韩孟丹轻咳了两声，拨开刘天昊和虞乘风两人，走到尸体前开始检验。

刘大龙的尸体呈"大"字形挂在墙上，头上套着一个塑料袋，塑料袋里面有些黏液，身上满是蜡烛片和鞭伤，裆部多处为电击过的黑色，阴囊部分肿胀很大，两脚之间的地面上堆积着一些青白色黏液和血液的混合物。

"是性窒息死亡。"韩孟丹轻轻取下死者头部的塑料袋。

死者的舌头微微吐出，嘴角有些半透明的白色黏液，嘴唇和下眼睑呈现黑紫色，令人惊讶的是，他的面部表情带着享受，两个嘴角上扬，呈现出诡异的笑容。

"死者生前遭受过虐待，所有的虐待伤都集中在胸腹部和生殖器附近，死亡时间不超过四个小时。"韩孟丹左右转动着死者的头部，又说道："死者头部和其他部分未见创伤，说明死者并未与人搏斗过。"

"我到富强集团询问过，按照时间计算，我离开后他就开车来这儿了。"刘天昊分析道，他随手拿起铁架子上的电击器，打开开关，按下按钮后电击器发出缓慢的噼啪声。

"这是证物，别弄坏了！"虞乘风在一旁提醒着。

"真狠，电击器快干没电了。"刘天昊把电击器顺手给了虞乘风。

虞乘风小心翼翼地把它收进证物袋中。

"凶手很可能一直在这儿等他。"韩孟丹接着刘天昊的话说道。

刘天昊思索片刻后说道："乘风说得很对，这是一起连环虐杀案，刘大龙是第二名受害者。捆绑的水手结、虐杀等细节与林娜娜案完全相同，从作案手法和现场留下的线索来看，可以确定凶手为同一人。"

"想不到刘大龙用死亡证明了他的清白！"韩孟丹说道。

第八章　致命电话

"有没有可能刘大龙先杀了林娜娜，然后第三者又用同样的手法杀了刘大龙？"虞乘风问道。

刘天昊摇头："可能性不大，林娜娜案的细节只有警方和凶手知道，如果刘大龙杀了林娜娜，杀害他的凶手是如何得知他杀害林娜娜的手法？"

"凶手可能是两个人，刘大龙和另外一名凶手一起杀了林娜娜，另外一名凶手又设计用同样的手法杀害了刘大龙。"韩孟丹辩驳道。

"两人杀害林娜娜时，一个人施虐杀死死者，另外一人画画，画整个施暴的过程！"虞乘风蹲在画架旁边，用手指摸了摸滴落在地板上的颜料。

刘天昊摇了摇头："蓄意杀人，尤其是连环杀人案，两人以上作案很容易出现分歧和破绽，而且从死者身上的伤痕和画画来推断，凶手是左撇子，应该是一个人。"

韩孟丹仔细地看着死者身上的伤痕，随后点了点头表示赞同刘天昊的看法，又蹲下来，仔细观察死者下半身。

刘天昊用胳膊肘碰了碰虞乘风："这老头儿行啊，既是施虐者又是受虐者。"

韩孟丹摇了摇头："尸体上没发现旧伤，这应该是他第一次被虐。叫人把尸体运回尸检中心，具体情况需要进一步验尸后才能知道。"

刘天昊环顾四周，走到画架旁，说道："乘风，你没发现这处现场少了些什么吗？"

虞乘风看了看四周，摇摇头，两眼一片茫然。

"是卫生纸，如果凶手和杀害林娜娜的凶手为同一人……"

虞乘风一脸恍然大悟的样子："哦，我明白了，你说过，凶手可能患有鼻炎或是咽炎，会用到很多卫生纸。这次的受害者是刘大龙，那么杀害林娜娜的就不可能是刘大龙，凶手很难……很难与这样的人发生那种关系，也就不可能用到卫生纸。哦……想想就恶心！"

刘天昊点点头，从地板上拿起新打开的半包纸巾："这包纸是新打开的，你们看这封口条还在。凶手有反侦查的能力，因担心DNA检测，会把用过的卫生纸带走，可剩下的部分凶手没必要带走。"

"凶手不是和刘大龙一起来的，因为刘大龙是开车来的，如果一名重度鼻炎患者坐车，到了这里后，就免不了会用到卫生纸！"刘天昊揉了揉鼻子。

刘天昊受鼻炎之苦多年，走了很多家医院花了很多钱都没治好，对鼻炎症状有着相当的了解。

"凶手提前来到这里，也就是说，凶手可能有这栋别墅的钥匙！"虞乘风惊道。

"嗯，凶手可能和刘大龙很熟，刘大龙甚至把别墅钥匙交给他，以便凶手随时可以来别墅。"刘天昊说道。

"这有点说不过去呀，据我所知，刘大龙只是好女色，不好男色，凶手要是男人，怎么可能和刘大龙熟到这种程度？"虞乘风提出了异议。

"正像之前孟丹推测的那样，也许凶手是女人，很多事都超乎我们的想象。乘风，你还是去查一下刘大龙的电话记录，凶手拿走了他的电话……"

"我明白，不过，你总让我当黑客，要是网警抓了我，你得负责。"虞乘风不等刘天昊说完话，就立刻离去了。

刘天昊叹了一口气向客厅走去。

客厅很宽敞，一名女警站在沙发旁，女秘书杨柳坐在沙发上，她抱着肩膀，浑身微微颤抖，显然是受了惊吓所致。

韩孟丹和几名警察抬着尸体向外走，路过杨柳身边时白了她一眼，又看了看正准备询问的刘天昊，鼻腔里微微发出一声冷哼，用食指勾了勾。

刘天昊冲着杨柳说了声"稍等"，随着韩孟丹来到别墅院子。

韩孟丹有些不悦，说道："为什么你对每个女孩子都那么温柔，唯独我是例外？"

"呃……"刘天昊知道这是一道致命题，无论怎么答都是错误的。

韩孟丹摆了摆手："不用解释，我知道了。"

刘天昊耸了耸肩。

"林娜娜做人流的私人医院找到了，胎儿被做成了标本，鉴定中心做了切片和刘大龙做 DNA 对比，最快要明天才能出结果。"韩孟丹说道。

刘天昊立刻竖起大拇指，说道："我记得第一次和刘大龙接触时，他说要去迎接市长，我当时以为是刘大龙为了逃避我的追问这才故意和杨柳做戏，现在想想，他是真有事儿要做，而且极有可能是去见凶手！"

韩孟丹点点头，说道："杨柳有没有可能知道刘大龙的行程？"

刘天昊沉思片刻："不好说，刘大龙应该不会随便和其他人说。"

韩孟丹白了他一眼："行了，那你就去陪你的杨美人吧，顺便问问这件事。啧啧，看看人家，一举一动都让人怜悯。"

"让你这么一说，我都成什么人了！"

韩孟丹挥挥手离去。

刘天昊暗自叹了一口气。在韩孟丹面前，他有种无力感，他的一举一动都会被她看透，甚至能深入到他的潜意识里，现在的队友关系还好，一旦突破那层纸……完全不敢想象！

"好可怕的女人，比王佳佳可怕一万倍！"刘天昊边琢磨着边走到客厅。

杨柳见刘天昊坐到对面，眼泪再一次落了下来，微红的眼睛和鼻子看起来真的是楚楚可怜。

"你最近一次来这儿是什么时候？"刘天昊想起韩孟丹的话，不敢安慰杨柳，开门见山地问她。

杨柳抬起眼睛小心翼翼地看着刘天昊，又看了看身边的女警，犹豫后才说道："上个星期三。"

"你平时来这里都是怎么来的？"

"我……我是打车到别墅区大门，然后步行进来的。"杨柳说道。

"为什么不坐刘大龙的车，或者自己开车？"

杨柳叹了一口气："刘总担心会被别有用心的人拍照，影响不好，所以从来不让我坐他的车，应该是……嗯……对刘夫人有所忌惮吧。这儿是高档小区，门岗管理很严格，自己开车的话，进门岗还要登记，查看身份证，很麻烦，还容易被人知道，所以……"

"物业公司是蒋氏集团旗下的子公司吧？"刘天昊问道。

杨柳先是一阵惊讶，随后红着脸点点头，小声说道："我来找刘总都是公事！但刘夫人比较敏感，大伙儿都知道，所以来找刘总时，都会把车停在附近的停车场，然后步行来这里。"

"你所说的大伙儿应该都是女性吧？"

杨柳眨了眨眼睛，略加思索后说道："嗯……"

刘天昊心道："刘大龙行事谨慎，怎么会着了凶手的道呢？"

"光是人走进别墅区不也得登记吗？"

杨柳点点头，说："嗯，但一般我都是在上面随便写一个号码和名字，保安也不会太较真，而且刘总平时会给保安一些好处，所以……"

蒋小琴控制着物业公司，却很难控制旗下所有人，对于一名基层保安来说，刘大龙给的好处绝对可以让他们把黑说成白！

"这个地方还有谁来过？"

杨柳思索后摇了摇头。

"你和刘大龙除了工作关系外，还有……"刘天昊话说了一半，另一半虽没说出来，杨柳也能听出是什么意思。

她脸上飞起一片红云，幽怨地看了一眼刘天昊，却并不回答问题。

刘天昊向身边的女警使了个眼色。女警立刻识趣地走开，到一旁的窗边向外看风景。

杨柳叹了一口气："刘总好色这件事儿谁都知道，我再清白也说不清楚……"说到这里，她的眼圈又是一红，眼泪在眼窝里来回打转，楚楚可怜的模样让刘天昊心里一疼。

"抱歉，我不该问这个问题。嗯……关于刘大龙，你能不能再和我说些他的情况。"

杨柳掏出手帕抹了抹眼睛，思索了一阵才说道："我也是道听途说，他喜欢把那些……那些行为录下来。"

显然杨柳不知道如何描绘刘大龙的那些事儿，勉强憋出"行为"两个字。

按照杨柳所说，要是能拿到刘大龙所录内容，说不定就会找到刘大龙和林娜娜被害的线索。

刘天昊立刻站起身，迅速地在别墅转了一圈，却并未发现任何固定的摄像设备。

杨柳看出刘天昊的意图，冲着他摇摇头，又说道："他也不是所有的都录下来，只有那些比较……"说到这里，她变得有些犹豫。

"你放心说，我一定会替你保密的。"刘天昊一脸诚意地说道。

杨柳似乎依然有顾虑，抿着嘴不肯再说。

"你现在能多提供一条线索，我就能多掌握凶手的一些线索，对破案有很大帮助，我希望你能帮我！"

她和刘天昊对视一眼，咬着嘴唇，似乎下了很大决心才说道："只有那些比较特别的才会录下来。"

"比方说……"刘天昊继续引导着杨柳。

杨柳接着说道："听说，有一次他找了好几个人，有男有女，一起来玩那个调调。"

刘天昊自然知道杨柳所说的"调调"是什么意思，于是问道："这栋别墅有没有密室之类的？"

如果刘大龙喜欢录像，肯定会设一间密室专门放设备、光盘、磁盘等。

杨柳抹了抹眼泪想了想："不太清楚，不过，有时候我来找他签文件时，他不见踪影，但不知何时会突然出现，可以肯定的是，他绝不是从外面进来的。"

"我去见刘大龙时，他说市长要去公司见他，是真是假？"刘天昊问道。

杨柳有些犹豫，咬着嘴唇，晶莹的眼泪大颗大颗地流下来。

刘天昊从茶几上扯出一张纸巾递给杨柳。杨柳感激地望了望他，接过纸巾擦干眼泪，这才说道："我知道刘总是在找借口，所以就配合他撒了谎。"

"他有没有提过和其他人的约会？"

杨柳想了想，才说道："正常的商务会谈有三个，刘总都推了，他说今天有一件重要的事要做。"

"什么事？"刘天昊听到这里有些急不可耐。

杨柳立刻摇头："不知道，我只是他工作上的秘书，非公务性质的事，我都不知道。"

刘天昊听后有些失望。

杨柳突然眼睛一亮，说道："嗯……在你们来之前，刘总接了一个电话，我看他的神色是……是那种神色。"

刘天昊几乎是立刻明白了杨柳的意思："色眯眯的那种？"

第九章　特殊聚会

杨柳点点头，脸上飞起一抹红色。

刘天昊分析得没错，如果能在百忙之中把刘大龙约到别墅，那就只有一种可能——美女，可这和凶手的特质又不吻合，有没有可能这个约会是杨柳所说的那种比较特殊的约会，有美女的同时还有其他的男性在？杨柳虽看起来楚楚可怜的，内心却精明得很，否则也当不上刘大龙的秘书，那个把刘大龙约出去的人会不会是杨柳？

刘大龙到了别墅后，遭到早已潜伏的凶手用电警棍将其击晕，然后再施毒手……

想到这里，刘天昊用余光看了看杨柳。在内心里，他实在不愿意把凶手和杨柳这样的美人联系在一起……

如果不是杨柳，会是谁有如此魅力，能让百忙之中的刘大龙放下一切前往别墅赴约？刘大龙入股星娱文化两年有余，旗下的网红、艺人怕是早就被他的权力和金钱征服，谁会对于他有那么大的吸引力？

"有没有刘大龙想追求但没追到的女人？"刘天昊问道。

杨柳听后神色一黯，过了好一阵才摇摇头："刘总有权有势，平时对女人很有手段，他看上的女人还没听说谁能逃脱的。"

刘天昊知道这个问题很可能触到了杨柳的伤处，不敢再接着问下去。

从目前的线索上分析，刘大龙正是接到了这个神秘电话才去赴约，一个致命的电话！

杨柳揉着太阳穴，轻声说道："刘警官，我身体有些不舒服，能不能让我回去休息？”

"美女，麻烦你送杨小姐回公司。"刘天昊冲着坐在角落的女警说道。

女警点了点头，走过来向杨柳示意。

"如果你想起什么，第一时间给我打电话。"刘天昊递给杨柳一张名片，但不忍心再看到杨柳悲悲凄凄的模样，立刻站起身离去。

表面看起来他潇洒不羁，实际上他的内心感情丰富，远没有看起来那么强大。

"乘风，刘大龙的通信记录查得怎么样了？"刘天昊给虞乘风打电话。

"正在查，什么指示？"虞乘风语气轻松自如。他之所以能够破例当黑客，也是由于刘天昊的那番话，如果三天内破不了案，刘天昊肯定被发配到基层，他作为队友也好过不了。

"你抓紧时间找钱局申请搜查令，搜查刘大龙所有的住宅和办公室，目标是移动硬盘、电脑、光盘、U盘之类的贮存设备！"刘天昊说道。

"储存设备？"虞乘风的语气中带着一丝好奇。

"刘大龙玩的时候喜欢录像，我怀疑这起案件刘大龙是核心，案发原因应该和他的特殊聚会有关。"

"明白！"虞乘风立刻挂了电话。

刘天昊向几名警察挥了挥手："搜！"

一名警察问道："刘队，没有搜查令不太合适吧？"

"出了事我负责，你们只管干活。"刘天昊带着几名便衣开始对这所住宅进行细致搜索。

搜查工作做得很细，刘大龙的别墅果然别有洞天，除了两个较大的暗室外，还有一间隐藏得极其隐蔽的地下密室。地下密室中除了刘大龙用于娱乐的一些设备外，还有很多黄金珠宝以及一些与某些官员来往的账簿。

账簿边缘有个密码锁，刘天昊用力一拔，密码锁便带着一些纸壳脱落下来。令他失望的是，记录账簿用的是古怪的符号，他看了一阵也只是看明白开头几行文字。

"看来刘大龙的秘密不少啊！"

众警察搜遍整栋别墅，唯独没见到任何储存设备，也未见刘大龙的手机，应该是凶手为了避免警方查到手机中的通信记录拿走的。

别墅后院养着十来条藏獒，这种犬高大凶猛，除了主人六亲不认。

"这些藏獒怎么处理？"一名警察问道。

"藏獒？"刘天昊似有所悟，但没能抓住一闪即逝的灵感，叹了口气说道："先送到警犬中队养着吧，等案子结束后再处理。"

众警察支吾了一阵，见刘天昊没有进一步的指示，便相继离去。

"这本账簿要是落在纪委手里，假以时日把其中的符号破解，估计NY市的官场要地震了，也算是意外收获吧。"刘天昊掂了掂手上的账簿心想。

刘大龙政商双管齐下，黑白通吃，肯定有很多官场和商场上的秘密，尤其是官场上的，只要揭发出来，肯定又是惊天大案，倒下去的官儿得用大卡车拉！

他站在半具人体下肢骨骼标本前，盯着泛黄的骨头发愣。骨骼标本后面是一个书柜，里面放着的是医学书籍。

"富人都有癖好，想不到刘大龙的癖好这么特殊，除了喜欢玩虐待之外，还喜欢这个调调！"刘天昊摸着骨骼标本的骨盆部位。

电话铃声突然响起，刘天昊一看是虞乘风的电话。

"天昊，钱局真痛快，拿到搜查令后，我带着兄弟们搜了刘大龙的另一间别墅，有发现。"

"储存设备？"刘天昊来了精神。

"不是，你还是来看看吧，肯定有收获。"

"地址。"

"风采路33号。"

"又是高档别墅区，刘大龙死得还真可惜！"刘天昊一声叹息。

......

风采路 33 号是一栋很常规的别墅，没有任何暗室、密室，也没有供他玩乐的设备和器具。

书房里最显眼的就是一排整齐的书柜和一具医学用的人体骨骼标本，书柜里的书有很多是医学方面的，不过书籍很新，没有翻看过的痕迹。

刘天昊坐在刘大龙书房中宽大的老板椅上，盯着一张照片发愣。

照片是在刘大龙的保险柜里发现的，保险柜里除了一些现金、黄金和银行卡、存折外，就只有这张照片，所以才引起了虞乘风的注意。

要是这张照片没有价值，为何会与这些贵重财物放在一起？

照片的背景是一个游泳池，旁边是一栋巨大的别墅。两男四女都穿着泳装，刘大龙站在中间，左边依次站着林娜娜和杨柳。另外一名年轻帅气的男人站在刘大龙右边，男人身边依次站着两位美女。

虞乘风碰了碰刘天昊："天昊，怎么样，是不是有收获？"

"照片中的这四名女孩我好像在哪见过。"刘天昊皱着眉头苦苦思索。

虞乘风看了看照片，眼神一闪："是林娜娜家那张。"

刘天昊一拍脑门，眼睛一亮："对，对，还是你记性好，就是那张五名女孩的合影，除了靠右面的那名大眼睛女孩外，其余四名女孩就是这四人，林娜娜、杨柳，还有两人不知道姓名，她们的关系肯定不一般。"

"能一块和刘大龙玩游戏，关系哪能一般！"虞乘风憨憨地咧了咧嘴，故意把"游戏"两个字说得很重。

刘天昊歪着头看虞乘风，心中暗道："虞乘风看起来憨厚老实，心思要是歪起来也不是一般人！"

"刘大龙、林娜娜、杨柳，还有一男两女，这会不会就是杨柳所说的刘大龙要拍摄的那种特殊聚会？"刘天昊把思路重新调整到案情上。

"特殊聚会？"虞乘风没反应过来。

刘天昊一咂嘴。

虞乘风立刻双手投降："明白，明白。那个……特殊聚会的储存设备找到了吗？"

刘天昊终于明白韩孟丹那句"憨厚人并不老实"这句话，无奈地笑了笑，随后摇头："别打岔，你小子别光想着看片儿，得琢磨琢磨怎么破案。"

"我可没想看，是你和韩孟丹想看好不好。"虞乘风反驳道。

刘天昊"切"了一声。

虞乘风拿起桌子上两个圆形琥珀球摆弄着："对了，我查过刘大龙的通信记录，完全是空的，他应该是电信的超级用户，把通信记录设定为定期清除，这种 VIP 用户权限绝不是用金钱就能买得到的，还需要有一定的人脉。"

"从电信的总服务器里也找不到线索吗？"

"找不到，要不就不叫超级用户了！"

"狡猾的老狐狸。"刘天昊低声说道。

刘大龙虽说是房地产开发商，却在之前涉足诸多领域，旗下的一些实体公司和移动、电信、联通都有业务往来，所以他能弄到这种超级 VIP 用户也不足为奇。

"要想知道他的通信记录，只有找到他的手机。"虞乘风说道。

"凶手既然拿走了手机，就不会再让它出现，这条线索算是断了。"刘天昊叹了一口气。

"既然是连环虐杀案，那就可能有第三起、第四起呀。"虞乘风提醒着。

"这也是案子奇怪的地方。"刘天昊皱了皱眉头。

"有什么好奇怪的？"虞乘风问道。

"这种作案手法需要很大的体力，同时也需要一定的心理恢复期和适应期，杀害刘大龙和林娜娜两桩案件相隔时间这么短，如果凶手是同一人，他怎么可能在这么短的时间内连续作案？而且，既然是谋杀，就需要时间进行准备，与画画有关的一切物品、虐待用的工具以及作案后的善后处理等，如果是仓促间作案，绝不会把现场处理得这么完美！"刘天昊自言自语着。

在开膛手杰克的案件中共有五名受害者，凶手行凶的时间是从 1888 年 8 月 7 日到 11 月 9 日，历时三个月的时间，凶手虽对妓女恨之入骨，却无法连续作案，原因就在于凶手的体力和心理都需要一定的恢复期，另外选择作案对象以及反侦查善后也需要时间。

"变态呗，哪还有什么心理恢复期。至于现场处理得很干净，说不定就是瞎猫碰死耗子呢！"虞乘风拿过照片看着几名女人的脸，将琥珀球放在桌子上。

"要是有你说的这么简单就好了！"刘天昊叹了一口气。

两个琥珀球是圆形的，通体呈褐色，球体有些浑浊，看不清里面包裹的是什么东西，但看起来很美，应该是刘大龙闲着时转球用的。

刘天昊瞥了一眼滚动的琥珀，拿起来看了一眼，拿起一个随手放进证物袋里。

虞乘风问道："这琥珀球有什么问题吗？"

"只是感到比较怪而已，没什么！"

"刘大龙旁边的男人很健壮，模样也不差，这身高、这身材，弄不好也是模特吧！"虞乘风指着照片说道。

"身高应该在 185 厘米左右，皮肤黝黑，说明此人常年接受阳光照射，四肢发达，肩膀很宽，胸廓很大、很厚，应该是常年游泳所致，左小臂肌肉比右小臂肌肉略发达，说明此人是左撇子。"刘天昊和虞乘风对视一眼。

"符合凶手特质！"两人几乎异口同声。

第十章　失踪

　　刘天昊点点头："乘风，你马上查查照片里面这几个人，尤其是那个男的，要快。我给杨柳打个电话。"

　　"你怀疑杨柳是凶手的下一个目标？"虞乘风问道。

　　"直觉，但愿不是她！而且她一定认识这个男人。"刘天昊一想起杨柳楚楚可怜的模样就有一种想保护她的欲望。

　　"得嘞！"虞乘风说干就干，打开随身携带的笔记本电脑开始扫描照片。

　　刘天昊打开手机找到杨柳的电话号拨了过去，无人接听。再打，仍然是无人接听。

　　虞乘风感觉到刘天昊的急躁，停下手中的活儿望向他："没接电话？"

　　"直接去星娱文化，边走边联系，我有种不祥的预感！"刘天昊风一般地出了别墅。

　　"等等我！"虞乘风手忙脚乱地合上笔记本电脑。

　　……

　　刘天昊对车有着极特殊的融入感，能真正做到人车合一。曾经为了抓一名逃犯，他开着一辆老式的桑塔纳警车和一辆奥迪 R8 追逐，最后竟然被他抓到了逃犯。虽说中国的路况和司机们的陋习帮了他大忙，但没有卓越的驾驶技能，绝无法和十个汽缸的奥迪跑车抗衡。

　　用韩忠义的话说，刘天昊真正的职业应该是赛车手，而不是刑警，因为他的骨子里透着一股少有的狂躁。虞乘风配合着打开警灯拉着警报，刘天昊一路狂飙，好在夜晚路上车辆较少，一路还算顺利。

大切诺基 6.4 排气带来的强悍动力在刘天昊手里发挥得淋漓尽致，要不是绑了安全带，虞乘风怕是早就被甩出车外了。

"您拨打的电话已关机，sorry……"

"糟了，关机了！"刘天昊紧皱着眉头，他预感事情有些不妙，后悔当初就不应该轻易地放杨柳回公司。

"喂，富强集团吗，我是市刑侦支队刘天昊，有急事找杨柳，快。"刘天昊又拨通了富强集团前台。

"对不起刘警官，杨秘书半小时前离开公司了。"富强集团的前台女生声音很甜美，这也是刘大龙的审美观点之一，声音必须要嗲、要甜，类似于高德地图林志玲的声音。

"她去哪了知道吗？"

"不知道，杨秘书属于公司高层，我们几乎接触不上。"前台女生答道。

"她临走时有没有说什么？或者是有什么异常行为？"刘天昊语气开始急躁起来。

前台女生答道："没有，和往常一样。"

"有她家的地址吗？"

"应该有，杨秘书住的房子是公司给她租的，您稍等，我查查。"

刘天昊放下电话一砸脑袋："都怪我，我当时怎么就没想到！"

"喂，刘警官您还在吗？"优美的女声从电话中传出来。

"在，快说。"

"中山街 32 号巾帼大厦 2202 号。"

"谢谢！"

"中山街，坐稳了。"

随着一阵刺耳的轮胎摩擦声，警车迅速掉头，朝着中山街方向疾驶而去。

……

刘天昊敲了好一阵门，里面仍没有动静。虞乘风尝试把门撞开，撞了两下之后他便放弃了。杨柳家是甲级防盗门，莫说是人，就是来头牛也撞不动。

虞乘风立刻联系了派出所。十分钟后，气喘吁吁的锁匠来到杨柳家门前，在虞乘风出示了警官证又录了像后，花了将近十分钟才打开了防盗门。

刘天昊、虞乘风立刻进入房间。房间很干净，门口鞋柜前放着一双拖鞋。

虞乘风在房间里转了一圈，对门口的刘天昊说道："没人。"

"电话关机，人不在公司，也不在家，如果她真的遭遇凶手，想找她恐怕难度不是一般大。"刘天昊一拳砸在桌子上。

"照片里的那个男人！"虞乘风领会了刘天昊的意思。

"对，得立刻找到他！"刘天昊语气中透着急躁。

"好，我去拿笔记本。"虞乘风旋风一般跑向电梯。

刘天昊借着这个机会环顾房间，发现客厅的装饰台上摆着一些照片，除了杨柳本人的艺术照之外，还有两张照片引起他的注意，一张是杨柳与杨红的合影，另外一张与林娜娜房间中那张五名少女的合影一样。

"杨红、杨柳，两个人长得这么像，难不成……"刘天昊猜到了大概。

虞乘风风风火火跑了进来，打开笔记本继续对比人口数据库，查找照片上的几个人。

刘天昊把五名少女的合影放在虞乘风面前的茶几上。

"杨柳也有这张照片！"虞乘风惊讶地盯着照片。

"我怎么看杨柳身边的这个女孩比较眼熟？"刘天昊托着下巴思索着。

"感觉和杨柳有些相似，但又不太像，好像现在的女孩都是这种瓜子脸，网红脸！"虞乘风说道。

"这张是杨红和杨柳的合影照，从身高和身材来看，那女孩和杨红很像，可脸不太像。"刘天昊拿着杨红和杨柳的合影端详着。

"整容啊，现在的整容技术多发达。"虞乘风说道。

"杨红和杨柳应该是姐妹关系，杨红是星娱文化的执行总裁，刘大龙是星娱文化的股东，林娜娜是签约在星娱文化旗下，杨柳是刘大龙的秘书，林娜娜是刘大龙的情妇。"刘天昊把杨红和杨柳的照片放在茶几上。

"这圈儿可够乱的！哎，出来了。"虞乘风指着电脑屏幕。

刘大龙家发现的两男四女的合影中的四名女孩，除了杨柳和林娜娜，还有两人，一名叫徐静，一名叫欧阳倩。

徐静是某夜总会公关部部长，高中毕业后就开始混社会，属于社会大姐大的角色，曾经因涉及组织少女卖淫被拘留，后来还是刘大龙出面保她，才得以释放。

欧阳倩曾经是个模特，后来被一个导演发掘去做演员，令她意想不到的是，那个导演不但涉黑，还是一个不雅片导演，欧阳倩被迫拍过不少不雅片，一直想改变形象扶正，后来导演嫌弃她年老色衰放弃了她，最终她变成了一名不入流的十八线演员，据说还去过东南亚某国拍过不雅片。

电脑又"滴"了一声。

"对比完成，在人口数据库里没有这名男子的信息！"虞乘风说道。

"怎么可能没有？"刘天昊疑问道。

"计算机采取的是模糊对比的方式，有误差，另外，人口普查虽说已经落实好多年，可还是会有遗漏，再加上现代整容术这么发达，找不到也很正常。"

"有没有可能是外籍人士？"刘天昊说道。

"那我再去出入境管理局的网站看看。"虞乘风说道。

刘天昊的手机响了起来，拿起一看，是星娱文化的执行总裁杨红。

"刘警官，您在哪儿？我有急事想见您一面。"杨红的声音听起来有些焦急。

"我在外面办案，什么事你电话里说吧。"刘天昊说道。

"哦，是这样的，我妹妹杨柳本来约我中午在公司见面，可到现在她还没来，电话和微信都联系不上，我去派出所报案，警察也只是做了记录，让我回去等消息，我就想起了你……"杨红说道。

"哦，杨柳是你妹妹？"

"嗯，她是我叔家的女儿，叔婶都出国了，她要是有个三长两短，我怎么向叔婶交代呀！"杨红说话间有了哭腔。

"除了中山街32号巾帼大厦2202号，杨柳还有没有别的住所？"刘天昊问道。

电话那头立刻传来擤鼻涕的声音，随后杨红回答道："没有，平时她住巾帼大厦，周末来我这里住，她一向不在其他地方过夜，本来她今天要到我家住，说是有事要和我说，可是等了很久，她也没来，电话也打不通，呃……刘警官，您怎么知道她的住址？"

"你先别急，我也在找她，现在就在她的公寓，林娜娜和刘大龙的案子应该和她有关！"

"刘大龙怎么了？"

"他死了，具体情况不方便说。如果你有了杨柳的消息，一定要第一时间通知我，她现在可能有危险。"

"我的天呐，刘警官，你一定要帮我找到她！"

"嗯，放心吧！"

"还有一件事，有张照片我发给你微信，你帮我看看，我现在需要找到这个人！"刘天昊说道。

"好的，杨柳的事情就拜托刘警官了。"

刘天昊放下电话，叹了一口气，指了指杨柳和杨红的合影照："猜中了，她们果然是两姐妹。"

刘天昊把五名少女的合照发给杨红。杨红几乎是秒回：我，杨柳，林娜娜、欧阳倩、徐静，我们是一个学校的同学。我来星娱文化后做了面部微整形。

虞乘风看着杨红微信头像摇摇头，说道："这哪是微整形，简直就是大改造！韩国的整形整容、日本的化妆、中国的 PS、泰国变性手术，亚洲现代四大邪术。"

刘天昊随即又把两男四女的照片发给杨红，问她："年轻男子是否认识？"

杨红隔了好一阵才回答："不认识。"

"能否联系上徐静和欧阳倩？"

杨红回应："我试下，好久没和她们联系了。"

虞乘风敲击键盘的手指一停："昊子，出入境管理局也没有这名男子的身份记录。"

刘天昊皱着眉头收起手机："没关系，有时间慢慢查，现在这名男子的身份成谜，凭我的直觉，这名男子很有可能与这两起案子有关，是凶手的可能性比较大，先去找出徐静和欧阳倩两人，她们一定认识这名男子。另外，这两人很可能就是这起连环虐杀案的下一个目标，找到人之后，让派出所 24 小时监护她们。"

"OK！"

"得在凶手动手之前把杨柳找出来，留给咱们的时间不多了。"刘天昊说道，边说边拨了一个号码："喂，监控中心吗？我需要你们帮我查个人……对，一定要全力以赴，很重要，对，她是从星娱文化出来的，对，普祥路……"刘天昊把手机捏在手里，躺在沙发上长长地舒了一口气。

第十一章　绝症

人的精力是有限的，身体素质再好也需要休息。刘天昊本想闭上眼睛休息一会儿，可时间如飞梭般，转瞬即逝。

刘天昊是被一阵熟悉的电话铃声吵醒的，睁眼一看是韩孟丹打来的，他一下从沙发上坐起来，长长地喘了一口气，看着还在一旁工作的虞乘风有些发愣，又看向窗外，发现天已蒙蒙亮。

"一天过去了，还没个头绪！"刘天昊叹着气，刚按下接听键，韩孟丹却挂了电话，他看了下微信，发现杨红给他回了不少信息，意思是想尽办法联系徐静和欧阳倩了，但都联系不上。

"我睡了多久？"刘天昊问道。

"一宿！睡得倒香！"虞乘风语气中带着埋怨。

刘天昊看着眼圈有些发黑的虞乘风有些愧疚，又不知道说什么好，只好岔开话题："监控中心的效率可真低，从天眼系统里查一个人那么费劲吗？"

虞乘风接话道："反正没你想象的那么简单，现在天眼系统智能化程度还不够，大部分需要人工辨识，时间长也正常。"

他说完便歪着脖子凑过来看刘天昊的手机："孟丹打过来的，赶紧回吧，晚了又得挨训！"

刘天昊耸了耸肩撇撇嘴，回拨过去："孟丹，有什么线索？"

"在你眼里只有案子吗？"

"呃……其实……"刘天昊突然意识到韩孟丹几乎所有的问题都是送命题。

虞乘风收起笔记本电脑，悄悄地向刘天昊摆了摆手，小声说道："徐静和欧阳倩有消息了，我去找她俩。"

刘天昊指了指话筒，又做了个 OK 的手势。虞乘风憨笑后离开。

"我查到凶手可能患有癌症，这应该就是他连续作案的原因。"韩孟丹的语气依然冰冷如雪。

"具体是什么情况？"

"你回队里，我详细和你说，另外给我带一份外卖，我昨晚、今早都没吃饭，肉一定要多！"

"好！"

刘天昊答应着，同时心想："整天对着尸体，还真能吃下去肉！这女人！"

……

看到韩孟丹狼吞虎咽地把一大盒盒饭吃完，刘天昊心里有些不是滋味，一名如花似玉的女孩子，为了工作居然在解剖室外闻着血腥味和尸臭味吃饭，而且几乎在三分钟内就吃完。

那些娇滴滴的大小姐们应该是一小口一小口地吃，吃得很少，还要保持形象。可作为法医的韩孟丹，饮食时间不敢确定，一旦进入工作状态，可能一天才能吃上一顿饭，要是吃不饱，熬不了多久就会病倒。

刘天昊微笑着拿起纸巾，轻轻地帮着韩孟丹擦嘴边的菜汤，轻声说道："你看你，着什么急嘛，慢慢吃。"

韩孟丹呆住了一瞬间，随即反应过来，脸上一红。

"哎，这可和你的作风不太相符呀，每次你都要命似的催我！"韩孟丹一把夺过纸巾，胡乱地擦了几下。

刘天昊抿嘴笑了笑。

"说说案情！第一个消息，凶手可能患有癌症。从林娜娜被害现场取回的针筒里发现了吗啡和强痛定的成分，这两种药是强力止痛药，多用于癌症造成的疼痛。一般来说，这两种药应该采用口服方式，可凶手却采用的肌肉甚至可能是静脉注射，这说明他已经到了癌症中晚期，口服的镇痛效果来得太慢。"韩孟丹介绍案情时又恢复到冷如冰霜的状态。

"那凶手为什么不把注射器带走呢？"刘天昊问道。

"还有一种可能，就是凶手为了让虐待死者的时间加长，给死者注射了这种药物，针筒是给死者用的。"韩孟丹说罢便盯着刘天昊的眼睛。

刘天昊摇摇头："这种可能性不大，凶手就是为了让死者痛苦，这才选择用虐待的手法杀人，不可能给其注射强力镇痛药物帮助其减轻痛苦。"

"真有你的，本来想考考你，却被你一语道破。对，死者的血液化验结果显示，其中并未发现两种药物的成分。所以我才断定，这个针筒是凶手用的，应该是凶手的疏忽吧。"韩孟丹从搪瓷盘里拿出一个注射器。

"这绝不是凶手的疏忽，而是他故意留给警方的线索，意思很明显，他还会继续作案。"刘天昊说道。

"第二个消息，经过 DNA 检测，刘大龙和婴儿标本的 DNA 有 98%以上的相似度，可以判定婴儿和刘大龙有血缘关系。"

刘天昊皱着眉头："林娜娜用孩子逼婚，刘大龙无法实现，有杀人灭口的可能，但刘大龙亦被人用虐杀手法杀害，排除了他是凶手的可能。而且据钱小苗和林父林母说，林娜娜的私生活并没有那么乱，怎么会为了刘大龙多次堕胎呢？"

钱小苗和这件事没有任何瓜葛，没理由替林娜娜撒谎，这就意味着，林娜娜有很多事情都没和钱小苗说实话！

林娜娜的身上藏了太多不为人知的秘密！

一瞬间，刘天昊的脑袋里闪过几个画面，刘大龙、合影里那名神秘的男子、杨柳、杨红、欧阳倩、徐静，还有屡次在命案现场出现的画板架。

如果凶手不是刘大龙，那到目前为止，符合条件的只有这名神秘男子！可这名男子的身份成谜，与林娜娜和刘大龙之间的关系也随着他们的死亡不得而知。

"另外，刘大龙的死亡时间确定了，5月13号下午4点到5点之间。"韩孟丹说道。

"5月12日凌晨4点到5点之间林娜娜被害，13日也就是昨天下午4点到5点之间刘大龙被害，两件案子相隔不到两天时间，凶手真是疯了！"刘天昊说道。他看了看手表，指针已经指向上午9点，他眉头一皱。

韩孟丹白了刘天昊一眼："和人说话时看手表是很不礼貌的行为。"

"抱歉！如果是连环杀人案，凶手应该在今天或者明天再次动手杀人，因为他的时间不多了。"刘天昊立刻想到了杨柳。

韩孟丹知道误会了刘天昊，脸上微微一红，连忙接着话题说道："不过，刘大龙受虐待的时间较短，身上的伤痕比林娜娜的要少得多，凶手很可能在施暴过程中病发，疼痛难忍，这才肌肉注射了镇痛药物，随后他失去了耐心，迫不及待地杀死了刘大龙。"

"也可能是凶手知道我们盯上了刘大龙，要是不及时下手，可能不会再有机会杀他。这说明凶手不但知道警方的侦查方向，还和刘大龙很熟悉，能够把他单独约到别墅！"刘天昊分析道。

"可凶手为什么不直接杀了刘大龙，而是采用了虐杀方式？如果警方或者是其他人及时赶到别墅，杀人计划岂不是落了空？"韩孟丹的思维紧随着刘天昊，却并没一味地附和，而是及时地提出质疑，这样才会让他的推理更加扎实、合理。

"凶手用虐杀手法杀人似乎是在举行一种仪式，没错，就是杀人仪式！也是凶手的杀人动机！"刘天昊脑海里出现一丝灵光，他立刻拨通了虞乘风的电话："乘风，你查查十年内未破解案件的档案，看看NY市有没有和林娜娜、刘大龙一样死法的案子。"

"好！"虞乘风敲击键盘的声音从话筒传出来。

"这件事怪我，要是我早点发现这是一起连环杀人案，也许刘大龙不会死，也许杀害林娜娜的凶手已经伏法。"刘天昊放下手机说道。

"有自责的工夫，还不如多想想怎么破案实在！"

此刻，刘天昊脑海中再次不断闪过画面，那张四女两男的照片、一脸焦急的杨红、风情万种的王佳佳、清纯而楚楚可怜的杨柳……

四女两男的照片已经成了死亡象征，林娜娜、刘大龙相继死亡，杨柳随之下落不明，照片中符合凶手特征的年轻男子却身份不明……

"我怎么疏忽了她！"刘天昊用力地拍了拍脑门。

"谁？"

"快走！"刘天昊拉着韩孟丹的手向外跑去……

天边露出鱼肚白，一丝金黄色的阳光从山间飞出。

相对于闹市的别墅区显得格外安静，单从小区门岗的设置来看，这一定是个极其高档的别墅区，两名保安神采奕奕地站在岗亭旁。

警车停在小区门口，年轻的保安没好气地看着驾驶位置的刘天昊。

保安甲歪着嘴说道："警察也不行，你知不知道这里面住的都是什么人？非富即贵，随便一个业主都不是你一个小警察能得罪得起的，甭废话，下车登记！"

"我们是执行公务，你这是妨碍公务。"刘天昊见到保安一副盛气凌人的模样气就不打一处来。

保安乙年纪长些，说话比较稳当："同志，您得下来登记，这是物业公司定下的规矩，要是没登记就让你们进去，我俩都得扣钱，弄不好，连工作都得丢了。您有您警察的任务，我们保安也有保安的义务，多理解一下吧。"

韩孟丹下车，在登记本上写下了信息。保安甲的眼神始终盯着韩孟丹不放，嘴角露出的一丝笑容充满了暧昧之色。

刘天昊瞪了保安甲一眼。保安甲立刻有了反应，歪着脸说道："看什么看，警察了不起呀，瞧不起保安咋地！"

保安乙拦着保安甲："行了，你少说两句吧，一天净得罪人。"

韩孟丹上车，说："走！"

不得不说，这个别墅区不愧是 NY 市数一数二的高档社区，整个小区不但设计是名家手笔，还有一点就是大！

警车开了将近十分钟还没到达目的地。

"唉，你和一个保安一般见识干吗？"

刘天昊边打方向盘边说道："你没看他那眼神，在你身上溜来溜去，邪恶得很。"

韩孟丹一笑："这说明还是有人能看上本姑娘的。"

"这都哪儿跟哪儿呀！"

"你一路上憋着，还没和我说这是来找谁。"

刘天昊缓慢刹车："蒋小琴，刘大龙的夫人。"

第十二章　硬碰硬

"蒋小琴！听说她可是个难缠的角色，有什么嫌疑吗？"

"刘大龙在外面花钱搞女人，八卦满天飞，蒋小琴不可能不知道，按照她的性格和家庭背景，肯定容不得刘大龙胡搞，尤其是林娜娜有了刘大龙的孩子之后，满城风雨，蒋小琴感觉到了威胁，利用家族的势力逼迫刘大龙打掉孩子，甚至……再说杨柳也是一样，一旦和刘大龙沾上关系，蒋小琴就不可能视而不见！"

"我明白了，可从资料上看，蒋小琴身高在 165 厘米，体重不过 50 公斤，不可能是凶手。"

"她有的是钱，可以是主使者，雇凶杀人！"刘天昊说道。

"就算她有杀人的想法，干脆找人直接杀了刘大龙和林娜娜就完事了，为什么要采用虐杀手法杀人？岂不是多此一举！"韩孟丹质疑道。

"你说得对，的确有说不通的地方，不过，现在咱们只能去碰一碰。我就感觉蒋小琴有问题，你想想，刘大龙被杀她不可能不知道，按照她的性格，应该来局里兴师问罪，可她一点反应都没有，这不正常！"刘天昊说道。

"所谓的上层社会人士的思维绝不是咱们普通百姓能懂的。"

"孟丹，你精通微表情学吗？"

"略懂。"

"一会儿我拿出这张照片询问她这名神秘男子身份时，你注意观察她的反应！"

"好！"

……

刘天昊和韩孟丹站在一幢别墅门前 10 分钟了，他的手几乎没离开门铃。韩孟丹站得溜直，脸上恢复了冰冷神色。

阳光照在大门上，金色的大门散发着迷人的光晕，而墙头的监控摄像头不停地转来转去。

终于，大门旁的扬声器传出了冷冰冰而懒洋洋的女人声音："你们是干什么的？"

刘天昊掏出证件，冲着摄像头晃了晃："我们是警察，您是蒋小琴女士吧，有些事情需要向您调查。"

"我没时间，你去找我的律师谈吧！"蒋小琴拒绝得干净利落。

刘天昊忍着怒火："你对刘大龙的死完全不在意吗？他可是你丈夫，你就不想知道是谁杀死的他吗？"

"那是你们警察的事，我不想知道！他死了更好，省得让我操心。"蒋小琴操着一口江苏口音说着，仿佛对刘大龙的生死毫不在乎，语气冰冷得如千年寒冰。

扬声器里传来另外一名男人的声音，意思是劝说蒋小琴少说两句。

刘天昊和韩孟丹对视一眼，心里各自暗叹：八卦新闻有时并非虚谈，偶尔也具有一定的真实性。

刘大龙在外人眼里是身家过亿的大老板，但在娘家势力很强的蒋小琴眼里，他又变得弱小无比，要是没有蒋氏集团的关照，刘大龙的公司分分钟就会破产。对于一向强势的蒋小琴家族而言，他的死就好比是路边死了一只蚂蚁，不会引起任何兴趣，只要蒋小琴愿意，分分钟就会有另外一个王大龙、徐大龙等出现顶替原本属于刘大龙的位置。

"就凭刚才的话，我就可以怀疑你有杀害刘大龙的嫌疑……"刘天昊的话未说完，就被一阵刺耳的骂人声止住。

"放屁！我杀那个老王八干什么？你个穷警察别瞎说话，小心我告死你！"蒋小琴几乎是咆哮着喊道。

"你现在有两种选择，要么咱们在你的客厅谈，要么我拘你回局里审讯室，没个结果我不会离开！"刘天昊发了狠。

他是遇强则强的性格，本来涉及杨柳的安危已让他焦急万分，在门岗被保安顶撞心情更是不爽，现在又被蒋小琴辱骂，虽说出于职业要求强忍怒火，可一旦到了极限，他就会不顾一切地反击。

扬声器沉默了好一阵，只是发出吱吱啦啦的声音。

当刘天昊的耐心几乎快到达极限时，大门突然打开，扬声器再次发出声音，声音是一个年轻男人的："你们进来吧。"

院子中停放着两台车，一台是劳斯莱斯幻影限量版，另外一台是堪比坦克的乔治·巴顿。刘天昊路过时摸了摸车前盖，赞叹道："有钱就是好，可以享受到如此顶级的物质。"

韩孟丹"切"了一声："有什么好的！"

"和你说你也不懂，这车比咱的大切诺基不知强多少倍，要是给我当警车，不知能多抓多少坏人！"刘天昊眼光依依不舍地离开了高大威猛的乔治·巴顿。

进入蒋小琴别墅的客厅后，刘天昊才知道蒋小琴和刘大龙之间的差距，虽说是夫妻，但他们已分居多年，蒋小琴所住的是自己名下的别墅，无论是规模还是装修都远远超过刘大龙的别墅。

迎接他们的是一名年轻人，名叫洪利，是蒋小琴的司机兼保镖，他身材高大，穿着得体，看起来阳光而帅气，走路的姿态像足了一头正在捕猎的豹子。

刘天昊一直盯着洪利的衣服和鞋，不时地瞟向他的眼睛，他对这名年轻人的第一印象就是和照片里那名神秘男子很像，却又不一样。

"我叫洪利，蒋总的司机，蒋总在更衣，很快就会下来，二位请稍坐，我去冲茶。"洪利冲着鹰一般的刘天昊微笑，这种笑很有亲和力，让人完全忘记了蒋小琴那副盛气凌人的嘴脸。

洪利离开后，韩孟丹小声问道："这个洪利绝不是照片里的男子，你这么盯着洪利，难道怀疑他是蒋小琴的帮手？"

刘天昊微微一笑："不好说，小心隔墙有耳。"

刘天昊起身在客厅中转悠了一阵，客厅虽装修豪华，放置了很多名贵古董字画等，却与案件无半点关联，于是他又回到沙发上。

洪利很快端来两杯茶水，茶水香气飘散在空中，令人心旷神怡。

"好茶！"刘天昊虽说不懂茶叶，却也知道这茶叶的分量，同时他鼓着鼻翼使劲吸着气。

洪利向二人鞠了一躬，退到了一旁站立着。

又过了一阵，才见蒋小琴从二楼走下来，她穿着一身看起来颇为豪华的睡衣，头发散乱着，好像一头刚睡醒的狮子，她冷着脸，显然对刘天昊二人仍是不满，而且从她的装扮上看，压根就没想离开家半步。

"我希望您所说的都是真话，否则，我不敢保证不再次找您问话！"刘天昊开门见山来了个下马威。

"你问吧。"蒋小琴冷静的时候很可怕，一看就不好对付。

"5月12号凌晨4点到凌晨5点，您在哪里？"刘天昊问道，他知道蒋小琴肯定会抗拒询问，所以并未采用常规的询问方法，而是直接切入主题。

蒋小琴叹了一口气，说道："这都好几天了，我怎么能记得，你知不知道我一天要处理多少事！"

"无论您处理多少事，凌晨4点到5点之间是个令人难忘的时间，您做了什么应该记得！"刘天昊很自信地说道。

"睡觉！"

"有人证吗？"

"废话，我一个女人，睡觉需要谁来证明？哎，你什么意思，你一个警察，不好好破案，竟让一个女人证明她睡觉时有没有证人！你睡觉的时候有证人吗？"蒋小琴态度变得极不友好，把泼辣发挥得淋漓尽致。

刘天昊瞥了一眼一旁站着的司机洪利。洪利本来盯着他的眼神立刻缩了回去，低下头，用手指蹭了蹭鼻子。

"您认识杨柳吗？"刘天昊不急不躁，又提出了一个问题。

蒋小琴点点头："认识，我们家老刘的秘书。"

"她失踪了！"刘天昊说完便盯着蒋小琴的脸，这一招叫敲山震虎。

蒋小琴神色微微一变，随即恢复正常，要不是遇到刘天昊和韩孟丹这种高手，这种微表情的变化还真看不出来。

"我不知道，和我有关系吗？"蒋小琴干脆来个一问三不知神仙怪不得。

"杨柳和刘大龙的关系您知道吗？"刘天昊并不避讳，对付蒋小琴这种人，必须要快准狠，打蛇打七寸，否则，绝不会在她身上得到一点信息。

蒋小琴白了刘天昊一眼，沉默了好一阵才说道："老刘这个人哪都好，头脑聪明，会做生意，就是一点，太好色，好好的事业都毁在女人手上了。"

刘天昊做了个手势示意蒋小琴继续。

"老刘和公司很多女人都有关系，他还擅自入股星娱文化，成为第二大股东，星娱文化旗下都是模特、小明星什么的，要成名就得用钱捧着，免不了和老刘有关系。还有，老刘选择女秘书的原则就是长相要美、身材要好，杨柳完全符合他的审美标准，就这些！"

"杨红呢？"刘天昊步步紧逼。

蒋小琴一声冷笑，说道："星娱文化的执行总裁，脸蛋儿漂亮、身材好，名牌大学毕业，业务能力很强，整个星娱文化几乎是她一个人撑起来的。可不知道怎么回事，老刘虽说爱女人，对杨红却从来不下手。我都奇怪了，杨红的条件那么好，比杨柳不知强多少倍，他还真能耐得住！"

"昨天下午2点到5点之间，您在哪里？"刘天昊盯着蒋小琴。

蒋小琴眼神中出现一丝慌乱，瞥了瞥站在一旁的洪利，说道："我当然在家，洪利可以证明。"

韩孟丹看了看一旁的洪利。洪利急忙点头："昨天蒋总身体有些不舒服，一直在房间休息，直到现在，这件事我可以证明。"

小区两个出口都有监控录像，如果蒋小琴离开过别墅，一定会被发现，所以她没必要撒谎。

蒋小琴随意地挥了挥手："我知道你们怀疑我，老刘和我虽说是夫妻，但在财产上是分开的，他有他的事业、资产，我有我的，生活也是各过各的，只是某些特定场合会在一起出现。还有林娜娜被害的事，我知道，她怀上老刘的孩子我也知道，我当初给老刘下了死命令，无论如何这个孩子不能生下来，否则，我立刻让他破产。老刘答应了，给了林娜娜一笔钱做安抚费，但他们的死与我无关，你可以尽情调查。"

"林娜娜的案子到现在还处于保密阶段，你怎么知道的？"刘天昊问道。

蒋小琴冷哼一声："天下哪有不透风的墙。"

说到泄露案情，刘天昊第一时间想到了做网络主播的王佳佳。网络主播要想生存，就必须要弄到新、奇的内容，当然，也可以把内容卖给需要的人，充当私家侦探的角色。

蒋小琴正是理想的客户。

第十三章　盗窃案

刘天昊拿出那张两男四女的照片，放在蒋小琴面前，问道："这张照片您见过吗？"

蒋小琴拿起照片，洪利及时地把老花镜递给她，看了一阵后，才说道："没见过，不知道老刘什么时候照的。"

"这个男人您认识吗？"刘天昊指着照片上的神秘男子。

蒋小琴神色微微一变，随即立刻恢复冰冷的神态，摇了摇头："不认识。"

韩孟丹死死地盯着蒋小琴的脸，企图在表情上发现什么。

刘天昊又看向洪利。洪利微笑着摇头，说道："我也没见过。"

"哎呀，这个老刘，死了也不放过我，他生前做的这些关我什么事啊！"说到这里，蒋小琴抹了抹眼泪。洪利立刻拿起一张纸巾递了过去。

刘天昊与韩孟丹对视一眼，默不作声地看着蒋小琴做戏。

蒋小琴擦了擦脸，又接着说道："我和老刘有婚前协议，相互不得干涉对方的私生活和财产，所以他平时和其他女人交往我是从来不管的，但我的钱也不会给他，也不要他的钱。"

韩孟丹和刘天昊对视一眼，他们无法理解这些社会上流人士的逻辑理念，这种婚姻状态在普通百姓间很难持续下去，可在他们身上完全实现了。

刘天昊把目光转向洪利："昨天下午 2 点到 5 点之间，你在哪里？"

洪利一笑："刚才不是说了嘛，既然我可以证明蒋总一直在房间休息，那我肯定也在这栋别墅里，否则我不就是说了谎！"

洪利的逻辑思维能力很强，语气虽柔和，却处处透露着严谨和小心。

"你一直没离开这栋别墅吗？"

"当然！"洪利说得斩钉截铁。

刘天昊点点头："那你认识杨柳吗？"

洪利看了蒋小琴一眼，犹豫一下后才说道："认识，她陪刘总出席各种会议，不过我和她没有交集，只是认识而已。"

"有没有听说过她的什么事，比如……"刘天昊暗示着。

洪利一笑，说道："我真的和她不熟。"说到这里，他瞥了一眼蒋小琴，见蒋小琴脸上出现不快之色，便又说道："我是蒋总的司机，和刘总那边几乎不联系的。"

"好吧，那今天就聊到这儿吧，二位把所有的手机号码留给我，还有你们的身份证，我需要照个照片存档用，我随时会联系你们，在此期间你们不能离开 NY 市，明白吗？"刘天昊说道。

洪利立刻答道："没问题。"说完，他走到一旁拿了一张便签，在上面写了他和蒋小琴的名字和电话号码，递给刘天昊。随后又去一个房间拿出两人的身份证。

蒋小琴并未答话，把脸瞥向一边。

刘天昊拿出手机照了照片，随即用微信发给了虞乘风，备注是：我需要这两人的详细资料。

韩孟丹见蒋小琴未表态，便欲再次发问，却听到外面大切诺基的报警声响起，与刘天昊对视一眼，两人立刻起身向外跑去。

两人的速度不可谓不快，但当他们跑到车前时，却未发现附近有任何人，四个车门关得严严实实，后备厢门也没有任何异样，但警报灯在闪，警报仍在不停地响着。

刘天昊按了下遥控钥匙的解锁键，车叫了两声后便停止警报刺耳的响声。他打开后车门，愣在当场。韩孟丹急忙凑近看，发现原本放在后座上的几个证物袋消失不见了。

证物袋里放了从刘大龙密室里搜来的一些账簿、财物，还有一个琥珀球，虽说不是两起杀人案的关键证物，却可能关乎另外的反贪案，如今丢了证物，挨个处分是跑不掉了。

想到这里，刘天昊心里一阵阵发凉。对于一名警察而言，挨了处分就意味着他的政治生涯基本结束。

他立刻向周围看，并未发现附近有摄像头，又看向蒋小琴的别墅，院子里唯一一个摄像头也是冲着院里的，根本照不到这里。

追出来的洪利望着二人和空荡荡的后座，问道："刘警官，怎么了？"

刘天昊笑了笑："啊，没事，可能是车龄比较长，出故障了。"

洪利瞥了一眼别墅院子里停着的乔治·巴顿，嘴角咧着意味深长地笑了笑。送走了刘天昊，他这才转身回别墅。过了一阵，蒋小琴拎着一个包走出别墅，开着她的劳斯莱斯匆匆离开。

刘天昊开着车，思绪却一直在波动。

小区是高档小区，治安情况肯定没问题，就算有小偷潜进来偷东西，也不可能偷他这台大切诺基，满小区的豪车，随便偷哪一台都比大切诺基强，而且两人进入蒋小琴别墅时警灯并未摘下来，哪个小偷不长眼睛敢在光天化日下偷警车，这得需要多大的胆量！

"丢了什么？"韩孟丹不愧是神探韩忠义的妹妹，眼睛毒得很，几乎是一瞬间便洞穿了刘天昊。

刘天昊没说话，盯着车前方的路发愣。

"不用和属地的派出所报一下吗？"韩孟丹问道。

刘天昊咧嘴一笑："这件事要是传出去，咱们的脸就丢尽了，专门破案的刑警大队居然被偷了证物。"说完话，他下意识地踩了一脚刹车，车速慢了下来。

"什么证物？"

刘天昊终于缓过神来，叹了口气："有一本刘大龙和政府官员来往的账簿，大部分内容是用密语符号写的，还有从现场搜集的一些证物，不太关键，所以我就放在后座上了，没来得及送回队里。"

"你也太不小心了，要是局里知道了，你挨个处分都是轻的！"韩孟丹叹了一口气。

"是我疏忽了，我的错我自己扛，等破了这个案子，我就去找钱局说这事儿！"刘天昊说道。

"你先别急，说不定还有转机。"按照韩孟丹以往的行事风格，一定会把此事报告给韩忠义甚至是钱局，不是不近人情，而是坚持原则，可今天她的表现让刘天昊出乎意料。

"谢谢！"

"行了，你以后有把柄在我手里了，以后咱们的意见有分歧时，你得听我的。"韩孟丹说着。

刘天昊突然神色一凛，说道："是账簿，有人盯上了咱们，偷的应该是那本账簿。"

他把车停在别墅小区门岗外附近一处隐蔽处，盯着那名妨碍公务的年轻保安甲。

刘大龙的秘密账簿可能关乎着整个 NY 市的官场的生死存亡，有人盯上也是情理之中。而且这个人一定是系统内部人，知道刘大龙的死讯以及警方可能会对刘大龙的住所进行搜查，这才暗中找了高手，盯着刘天昊一行人，一旦有机会，便不惜代价把账本偷走。

"如果是这样，那这本账簿咱们是拿不回来了，无论是谁，拿到账簿的第一时间就会销毁。"韩孟丹说道。

"不好说，也许有人会用账簿做文章呢！"刘天昊说道。

他万万想不到，他无心的一句话到后来居然成了真，让整个 NY 市官场发生了史无前例的大地震。

刘天昊转过头盯着门岗的保安，端着下巴思索。

"你怀疑这两名保安？"韩孟丹问道。

刘天昊指了指小区门岗的摄像头："之前那名年轻保安的态度就有

些不对劲，明知道咱们是警察，而且是执行公务，他一个保安，就算再傻，也不至于和咱们对着干。"

"让你这样一说，还真是那么回事，那个年轻保安有些不正常！"韩孟丹皱着眉头说道。

"这事儿还是让乘风代劳吧。"刘天昊摆弄着手机，把此事通过微信告诉虞乘风，让他调取小区的监控和两名保安的资料，等了一阵，也不见回信，估计是虞乘风正在查欧阳倩和徐静的事情，只好收起手机。

"哎，你总让他做黑客，早晚得出事。"韩孟丹并不赞同刘天昊的做法。

"我们那限制太多，等审批手续都下来，我早被你哥调到文职了。非常时期非常做法，现在破案要紧，顾不了那么多了。"刘天昊说话时眼神坚定。

"真如你所说，那本账簿关乎 NY 市很多官员和刘大龙的秘密，刘大龙死后，有些人怕他们之间的秘密会暴露在警方的视线内，所以找人来偷也不是什么怪事，就算你把账本拿到队里，他们照样有办法偷走或者销毁。"韩孟丹劝解着。

对于这种事，她听得太多了，韩忠义没事就和她讲官场上这些事，不时地发牢骚，法律想要真正做到公正公平还需要很多人、很多年的努力才行。

"总之，这件事我来负责，绝不会连累你和乘风。不过，眼前最重要的还是要先找到杨柳，破了林娜娜和刘大龙被杀案。"刘天昊语气不容置疑，可任他想破脑袋也想不到，这次盗窃案盗窃的目标却不是账簿，盗窃的证据最终成了破案的关键，若此时他能先知先觉，也许就不会有后面的曲折故事了！

"好吧！"韩孟丹出奇地通情达理，这种表现让刘天昊反而有些不适应。

"谢谢你的理解！"刘天昊拍了拍韩孟丹的肩膀。

韩孟丹身体一震，脸上一阵绯红。

"对了，刚才蒋小琴看到那张照片的神秘男子时，表情略微有了变化，这说明她说了谎，从理论上讲，她应该认识神秘男子。"韩孟丹说道。

"那就围绕蒋小琴再次铺开一张网，我就不信找不到这个人！"刘天昊说道。

韩孟丹点点头："这件事让乘风去做吧，这种乏味而无聊的事情他总是能做得津津有味。"

刘天昊盯着车外思索着。

"既然咱们不用去查小区监控系统，在这里等什么？"韩孟丹岔开话题以缓解尴尬。

"马上就来了。"刘天昊不时地望着后视镜。

话音未落，只见门岗的保安甲和保安乙突然立正敬礼，随后蒋小琴那辆华贵的劳斯莱斯从大门岗低吼着离去。

"怎么样？"刘天昊有些小得意。

"你的意思是说他们有可能知道杨柳的下落？"韩孟丹看了下手表，显示的时间是上午 11 点 15 分。

"杨柳下落不明，所有的联系方式无效，现在能依靠的就只有监控中心。可我的直觉告诉我，杨柳的失踪可能和这两个人有关。从洪利的体貌特征来看，符合凶手特征，你还记得他给咱们倒茶的事吗？"刘天昊说道。

韩孟丹点点头："左撇子！"

"对！左撇子！"

怀疑任何一个可能是罪犯的人！

第十四章　疏忽

"而且我进入蒋小琴别墅时，摸了两台车的车前盖，发现劳斯莱斯还是有余温的，说明这台车被开过，蒋小琴和洪利一直没离开别墅就成了谎言，至少今天他们离开过，或者说他们其中一人离开过！当我向洪利询问是否认识杨柳时，他有那么一瞬间的犹豫。"刘天昊分析道。

"怎么不早说！"韩孟丹说道。

"早说了也没用，他死不承认你也没办法，包括蒋小琴。"刘天昊说道。

并非所有的嫌疑人都像影视剧一样，一旦被揭穿谎言就心理崩溃，然后全部招认。现实中，正常人一旦撒谎都会用另外一个或者数个谎言来掩饰前一个谎言，可一些人会选择完全忽略揭穿谎言这个事实，绝不会为了圆谎而继续撒谎，绝对不会因被揭穿谎言的尴尬而脸红。

刘天昊发动车辆跟了上去，同时拨通虞乘风的电话号码。

虞乘风的声音从话筒中传出："昊子，别催我，徐静和欧阳倩还没有找到，这两人行踪飘忽不定，需要一点时间，另外，杀人仪式的事我已经查过所有录入过的悬案档案，没有相类似的案件，没有录入电子档案的我已经安排人去档案室查找，到目前为止还没有回信儿，有消息后会第一时间放在你的办公桌上。"

刘天昊偷偷地瞥了一眼韩孟丹，说道："怎么感觉你的语气这么像某某丹呢？说话的习惯还能传染吗？"

韩孟丹白了刘天昊一眼，从鼻子里喷出一声冷哼。

"洪利这人有点怪，没有多少可查的资料，他是从四川一个偏僻小村子里来到 NY 市的，老家已经没有直系亲属了。我搜到个嫖娼的案件，上面有洪利的信息，为他保释的人叫杨柳，不知道是不是和现在这个重名。"

"没有那么多巧合，一定是她，这说明杨柳和洪利的关系绝非一般，这是什么时候的事？"刘天昊来了精神。

"嫖娼是去年 1 月份的事，3 月份是洪利进入蒋小琴公司的时间。至于蒋小琴，那事儿可就多了去了，我拉了个群，就咱仨，他们两人的资料我发到群里了，有的是正规渠道来的，有的是八卦，你自己分辨真伪，让孟丹念给你听吧，嘿嘿……"

"好，你接着查徐静和欧阳倩的下落，务必要找到她们，还有杀人仪式，我感觉之前一定有一桩案件与现在这两起案件相呼应，另外还有蒋小琴，她可能认识那名神秘男子，围绕她的社会关系查一查，说不定会有收获。"刘天昊说道。

他是地道的唯物主义者，虽说不相信命运之说，却相信直觉是存在的。

"没问题！"

刘天昊挂了电话深踩了一下油门，越野车不紧不慢地跟着劳斯莱斯。

"念！"

"你好好说话，这是求人的态度吗？"韩孟丹的语气冷得像块冰。

"孟丹，麻烦你把洪利的资料念给我听，好吗？"刘天昊声音带着尽是温柔的磁性，脸上笑意满满。

"这还差不多！"韩孟丹低声嘀咕一声，随后拿出手机念着："洪利，1988 年 6 月 20 日出生，汉族，四川绵阳人，身高 185 厘米，曾在某海军部队帆缆班当过两年兵，在一次执行任务过程中右手受伤，导致部分功能受限，评了九级伤残，退役后没有到属地民政局安置办报道，2014 年 1 月 12 日因嫖娼被拘留 7 天，行政罚款 5000 元，保释人是杨柳，3 月份开始，他的社保开始由蒋小琴的公司代缴……"

"在帆缆班当过兵，右手部分功能受限导致后天改成左撇子！"刘天昊语气中充满兴奋。

"帆缆班是干什么的呀？"

"和你说你也不懂，不过打各种绳结是帆缆兵的基本技能。"

"啊，这样说来，洪利又有两条符合你对凶手特征的推理。"韩孟丹说道。

"据我观察，他的身体状况很好，不像癌症晚期患者。"刘天昊提出质疑。

"有些癌症患者身体素质较好，外在症状并不明显，加上一些药物的控制，不做深度检测是看不出来的。另外，现代的化妆术也能遮掩不健康的肤色和状态。"韩孟丹解释道。

"这是通往机场的路，蒋小琴和洪利要跑！"刘天昊看到路标说道。

韩孟丹会意，立刻拿出电话拨号："莉莉，我是孟丹，有件急事需要你帮忙！"

"韩大警官还有需要小女子帮忙的地方吗？"一个甜得发腻的声音从手机话筒里传了出来。

"你帮我查一下有个叫蒋小琴的人有没有买机票，蒋介石的蒋，大小的小，口琴的口……不不，是口琴的琴，都是让你气的。"

话筒里传出一阵银铃般的笑声："好，好，小女子遵命，稍等一下！"

韩孟丹捂住话筒，小声说道："我闺蜜，机场派出所的警花。"

刘天昊眉毛一挑，说："你还能有闺蜜！"

韩孟丹歪着头瞪刘天昊："哎，你什么意思啊？"

刘天昊急忙赔笑求饶。

"孟丹，蒋小琴买的是法航 AF201，去美国，华盛顿杜勒斯机场，下午 3 点 20 分起飞，哦……和她一起订票的还有一名叫洪利的男子，这个名字好怪！"莉莉的效率很高，说话甚至比韩孟丹还简练。

韩孟丹与刘天昊对视一眼，对着手机说道："莉莉，这两人涉嫌一宗杀人案，目前还属于出境受限，无论如何不能让他们离境，他们一进入安检，你就把他们扣下来。"

"可我们没有接到正式通报，而且蒋小琴的身份，你知道的，在 NY市，没人能惹得起她们家……"

"你想想办法吧，美女，拜托啦，手续我回头补给你！"

放下电话后，韩孟丹立刻说道："这两人要离境去美国，一定有问题。"

刘天昊点点头，踩了一脚刹车，打开窗户取卡，进入机场停车场商务区。

韩孟丹说道："要不要直接拘留审讯？"

刘天昊说道："没有确凿证据不能随便拘留他们，一旦打草惊蛇，会引起不必要的纠纷，对破案也不利，先观察一下，如果没有意外，就交给机场派出所了。"

不远处的劳斯莱斯停稳，蒋小琴从驾驶位置下来，看了看四周后，缓步向 VIP 候机厅走去。

"怎么只有蒋小琴一个人，洪利呢？"韩孟丹一下子蒙了。

这就是人的惯性思维，当他们看到劳斯莱斯出门岗时，下意识认为蒋小琴和洪利同乘一台车。刘天昊跟踪时不敢跟得太近，加上劳斯莱斯的隐私性很好，并未注意到蒋小琴亲自开车的事。

刘天昊一拍脑门："糟了！"

"怎么回事？"

刘天昊说道："如果凶手是洪利，那他现在很有可能和杨柳在一起，杀害杨柳后再赶来机场，和蒋小琴坐飞机离开。"

"可时间仓促，咱们去哪儿找洪利呀？"

有时候人的能力是一方面，另一方面也是机缘到了。刘天昊的手机响起，他眼睛一亮，立刻接通电话："喂。"

"小刘，我是监控中心老徐，你让找的人差不多找到了，最后出现的地点在城外废旧工厂的一个天眼监控地点，定位我发你微信了。"

老徐不愧是老警察，没有绝对的把握绝不会把话说死。

"最后出现的地点？"刘天昊问道。

"对，那一片儿是废旧厂区，荒无人烟，没有监控，你说的那名女子从星娱文化开车出来后沿着国道一直走，进入那片厂区后再也没出来。"

"好的，老徐，麻烦你了，你帮着盯着最后那个地点的监控，要是有一台乔治·巴顿经过，你立刻打电话给我。"刘天昊说道。

"乔什么顿？"

"乔治·巴顿，是一种越野车，车体很大、很特别，你一看就会印象很深。"

"你别说，之前还真有一台大家伙经过，你稍等一下。"话筒里传来老徐指挥民警查监控的声音，不久后他再次说话："11点50分左右，有一辆乔治巴顿经过这里，行走的路线和那个女人一致，向厂区内方向。"

"能不能查出这台车是什么时候从厂区出来的？"

"我需要时间！"

"好，老徐，你先帮我查，有消息直接微信，多谢啦！"

韩孟丹一惊："就是咱们离开蒋小琴所住小区35分钟后的事儿！"

"按照路程和时间计算，咱们跟着蒋小琴刚刚离开，洪利就出了门。"刘天昊眉头皱成了一个疙瘩，急匆匆挂了电话，打开微信，调出定位。

大切诺基烧胎起步，警灯亮起的同时警报闪起，收费口的收费员还算机灵，急忙抬起控制杆。

……

城市发展速度太快，就会留下诸多的后遗症，例如产能过剩、环境污染、房价飙升等，NY市也不例外，郊外一大片废弃的工厂是重工业城市快速发展后留给这个城市的包袱，现在已成了野生动物和植物的乐园。

原本宽敞的马路支离破碎，路边的荒草疯狂生长，占领了马路以外的地界，不时有一只野兔蹦出来，又迅速地消失。

刘天昊在十字路口停了车，打开车窗向外看去，路边一个监控摄像头正对着他，好像一个人深邃的眼睛一般。

"就是这儿！"韩孟丹说道。

刘天昊踩下油门，汽车飞一般地向厂区驶去。

路两侧分布着大大小小的工厂，这些钢铁巨物原本热闹非凡，巨大的烟囱冒着黑黑白白的烟雾，可现在它们变成了毫无感情的废弃物。

厂房的玻璃窗大多数都是靠近顶棚的位置，玻璃很多都已经破损，应该是拾荒人为了进入厂房砸的。

"那边有一台车。"韩孟丹眼尖，一眼就看到了隐藏在一个巨大工厂大院草丛间的银灰色轿车。

两人下车后，发现草丛中还有另外一台车的车轮痕迹。

"乔治·巴顿！"刘天昊用手比量了一下轮胎印记的宽度。

"车里没人！"韩孟丹向银灰色奔驰小轿车里面望去，又用手拉了拉车门把手，车是锁住的。

刘天昊掏出手枪急忙向工厂车间跑去，车间的大门虚掩着，轻轻一推，大门应声而开，一股霉味儿混合着血腥味儿扑鼻而来，他暗道一声不好，没有半分犹豫，径直冲了进去。

第十五章　第三名受害者

厂房中凌乱不堪，一些设备被拆成零件状态，能拿走的早已消失不见，剩下的都是大块头。打包好的木箱亦被拆开，垃圾散了一地。

当韩孟丹进入巨大的车间后，看到刘天昊站在车间中心的龙门吊前一动不动，双臂无力地垂着，顺着他的目光望去，只见龙门吊的钢索上吊着一个人，一个赤裸裸的人，浑身上下没有一丝多余的赘肉，异常雪白的皮肤和血迹、伤痕形成鲜明的对比，脸仍旧是那张精致得出奇的脸，却没有了生命的颜色。

尸体正下方满是血迹和一些粪便，血液已经凝固变黑，便溺是人死后括约肌失去约束力后自然排泄而出。

韩孟丹先是惊叫了一声，冷静下来后叹了一口气，缓缓地走到刘天昊的身后，轻轻地拍了拍他的后背。对于一名法医而言，尸体只是工作内容的一部分，一种再普通不过的道具，但杨柳不同，不久前她还是活生生的人，转瞬之间就变成了冰冷的尸体，韩孟丹深深地体会到刘天昊内心的那种悲痛和懊悔。

刘天昊一拳打在龙门吊的钢梁上，拳头上的血缓缓流了下来。

"我先把她放下来。"韩孟丹走到电闸处，试着合上开关，龙门吊的电机并未有任何动静，想必是整个厂区都停了电。无奈之下，她用手摇杆慢慢地摇动着，随着钢索缓慢落下，杨柳的尸体瘫在地面上。

韩孟丹走到刘天昊身后，说道："我知道你很难过，可现在时间紧迫，咱们必须得争分夺秒。"

"根据监控和现场的汽车轮胎印记，凶手就是洪利，他跑不了！"刘天昊咬牙切齿地说着，眼神仿佛一只饿了几天的狼。

"世事无绝对。你得冷静下来，先勘查现场吧！"韩孟丹的语气非常坚定，让刘天昊紧张的神经跳动了一下。

韩孟丹的一番话令他想起师父韩忠义的教导，在任何情况下都要保持冷静状态，这是作为一名刑侦警察的基本素质，一旦在案件中融入情感，就会被世俗蒙蔽双眼！

想到这儿，他长长舒了一口气，收回了拳头，向韩孟丹投去了感激的目光："你说得对，我的确失去了理智，咱们开始吧！"

韩孟丹点了点头，掏出白手套戴好，蹲在尸体前开始验尸。

刘天昊观察四周，厂房内除了一些破烂的木箱之外，再无他物，龙门吊附近的地面上放置着一个画板架，笔和颜料盘依然放在画板左侧，一些沾着血迹的铁棍和木板横七竖八地扔在龙门吊周围，还有一截断了的皮鞭。

破木箱之间的缝隙他也没有放过，令他振奋的是，他居然在缝隙中发现了一个塑料针筒，看样子应该是刚使用过的。

车间大门的锁头被暴力破坏，锁头上和锁扣上露出了金属的划痕，大铁栓上的锈迹亦有一些被砸掉。

他又回到尸体附近，蹲下来看地面上的脚印。足迹学是刑警必考科目之一，刘天昊这门课是满分毕业。

由于长期闲置，车间的地面上积了厚厚的一层灰尘，地面上的数组脚印有的清晰有的模糊，清晰的脚印是他和韩孟丹的，是他们进入车间时留下的。还有一些模糊的脚印，显然是有人清扫过现场，故意掩盖了脚印。

刘天昊拎起一根长木条仔细观察，发现其中一边有很多灰尘，另一边灰尘较少，应该是有人用它刮了地面上的脚印，同时在上面发现了一个模糊的血手印，应该是长木条一端的木刺刺中了使用者的手指留下的。从现场情况来看，清扫手法太露痕迹，完全不加任何掩饰，就是简单而粗暴地刮掉足迹。

"清扫脚印的人看来是个新手，并不具备很强大的反侦查能力，而且清扫时很慌张，不但脚印清得不彻底，而且还在长木条上留下了一个指纹。"刘天昊自言自语。

这种方法是韩忠义教给他的，如果遇到比较困惑的情况或者是毫无头绪时，就把目前的线索大声说出来，以增强印象以及扩散思维。

搜遍了现场，却并未发现死者杨柳的衣物和随身物品。

刘天昊蹲在一个模糊的脚印前，轻轻地吹了口气，随着浮灰的飞起，一个比较清晰的脚印呈现出来，能看得出来，这是一双 39 码高跟鞋的鞋印，从理论上讲应该是杨柳的。

随着灰尘的飞起，一双 44 码的皮鞋的鞋印出现。当他看到皮鞋的鞋印时，他立刻想起了去蒋小琴家时，洪利穿的就是这种类似于军用三接头的金利来皮鞋。

"是他！错不了！鞋印、指纹、乔治·巴顿的轮胎印记！"

给鞋印用手机拍了照之后，他开始把视线转移到尸体上。他的目光带着一股极为强烈的不情愿，却不得不看。

"根据死者体温初步测定，死亡时间大约是一小时前，也就是……"韩孟丹看了下手表，时间显示为13点50分，又接着说道："12点50分左右。"

"洪利到这里的时间应该是在12点左右，他有50分钟的时间，完全具备作案时间。"刘天昊说道。

"动机呢？"韩孟丹问道。

"等抓到他之后，就知道他的动机了。"刘天昊咬牙切齿地说道。

"如果不出意外，莉莉现在应该在阻拦蒋小琴和洪利登机，放心吧，她一定有办法拦住他们。"韩孟丹安慰着。

刘天昊点点头，电话响起，是监控中心老徐打来的。

"小刘，那台乔治·巴顿我查到了，大约在13点10分从厂区出来，从另外一个岔路口回的市内，20分钟后，到了机场。"老徐说道。

"明白，谢谢，老徐！"

"少来虚的，监控中心比不了你们一线，经常立功受奖。破了案你得给老徐申请立功，我这都快退休了，一个三等功还没上！"

"放心吧，请功肯定少不了你的！"刘天昊放下手机，脸上露出凶狠的表情。

"你得冷静下来，不能先定义洪利就是凶手，然后围绕他是凶手来找证据，这种方法会让你陷入凶手的陷阱，还是要客观地进行推理分析，从目前所掌握的信息来看，洪利虽具备杀人的时间，却不具备虐杀的时间。"韩孟丹及时提醒着。

"你具体说说。"刘天昊点了点头。

韩孟丹指着尸体的几处伤痕说道："死者生前受到虐待，从伤口肿胀程度和伤口处血液凝结的程度来判断，整个虐待过程至少要 3 个小时以上，如果老徐的情报没问题，洪利并不具备这个时间。"

"另外，从伤口的深浅走向来看，凶手应该是左撇子，绑住杨柳双手双脚的绳结是水手通常结，和林娜娜、刘大龙案完全一致。"韩孟丹说道。

刘天昊离开蒋小琴别墅到现在时间并不长，就算洪利会飞，也不可能完成虐杀杨柳，除非他另有帮手，帮手一直在案发现场虐待杨柳，洪利赶到现场时完成杀人仪式的最后一项，把杨柳杀死！

但杀人仪式应该是为了某种原因，不太可能有另外的帮手，再者，现场出现的画板架等也说明凶手是一个人。

韩孟丹接着说道："也就意味着现场应该还有第三者存在。"

"有道理，可惜的是，洪利来到现场之后，看到了杨柳被害，担心会被怀疑，于是他清理了现场，却并不专业，随后离开。凶手在他离开后再次清理现场，把所有凶手的痕迹清理掉，因此咱们只查到了洪利和杨柳的脚印。"刘天昊说道。

洪利看起来相貌堂堂，但智商严重不足，加上遇事缺乏冷静，以至于被凶手利用。

"你的意思是凶手一直隐藏在现场，洪利走后，他再次清理现场，然后才离开？"韩孟丹问道。

"差不多是这样。"刘天昊点了点头。

"可我不明白，洪利在这件事里充当着什么样的角色？"韩孟丹问道。

"虽说杨柳极力否认，但她和刘大龙之间应该是情人关系，洪利和蒋小琴之间也是情人关系，如果杨柳和洪利之间也有情人关系，那这件事就有趣了。"刘天昊答道。

"好乱的关系！"

"洪利不具备反侦查能力，因此他清扫痕迹很粗糙。但凶手的反侦查能力很强，在这点上，甚至不逊色于你我！而且他能够洞悉咱们的行动，而能先一步行动杀死那张四女两男照片里的人，林娜娜、刘大龙、杨柳！"刘天昊皱着眉头说道。

"有没有可能他是系统内部的人，所以才能够知道咱们的行动？"

刘天昊深深地吸了一口气，好半天没有呼吸，这个问题他不是没想过，如果一旦是公安局内部出了问题，破案就会难上加难。

他同时想到了王佳佳，虽说她只是个网络主播，却仿佛拥有无穷大的能量和活力，她想做的事情都会很容易做到。

"不可能是她！"刘天昊小声地自言自语，随后吐出胸中憋着的那口气。

"谁？"

刘天昊挥了挥手。

"咱们得打起万分精神来，不能被凶手牵着鼻子走，冷静才是制胜的法宝！"韩孟丹并未继续追问。刘天昊的为人她很了解，他不说，再追问也没用。

刘天昊叹了一口气，说道："明白，我知道该怎么做。"

韩孟丹接话道："那就好。"

"如果再这样下去，不但很难抓到凶手，而且还要有人继续被害，咱们需要找到一个突破点！"刘天昊说道。

"那张照片不是突破点吗？"

"照片算是突破点之一，还有一点就是画板等物，凶手唯一留下的痕迹就是这些物品，他画画一定有目的，应该和杀人仪式有关，只要能破解画画之谜，就能抢到先机抓住凶手！"刘天昊说道。

"这人这么变态，就叫他画魔好了。"韩孟丹说道。

画魔，画一幅画杀一人！

第十六章　画魔

"我管他什么魔，定要让他灰飞烟灭！"刘天昊语气中充满杀气。

"如果和画画有关，那不如找队里负责做画像还原的小姚问问，她是鲁美毕业的高材生，英国皇家美术学院进修的博士，美术方面的专家。"韩孟丹说道。

在警察队伍里，姚文嫒算是真正的高材生了，放着年薪百万的高级白领不当，却来当了一名文职警察，说起这件事来，就是另外一个故事了。

"嗯，回去咱们拿着证物去找她，你接着说。"

韩孟丹点了点头："致死原因是失血过多，你看这里。"

刘天昊顺着韩孟丹手指的方向看，死者的左大腿内侧插着一根金属管，金属管露出部分满是黑色的血块。

"死者身上虽有很多鞭伤和击打伤，却都是皮外伤，不致命，只有这一处，这根金属管刺中了大腿的大动脉，初步判断，金属管应该有30厘米的长度，从理论上讲，股动脉受损，死者的血液会迅速流失，在没有措施的情况下，30秒钟左右人就会陷入昏迷状态，2分钟左右心脏就会停止跳动，8分钟后基本就是脑死亡了。可这根金属管很细，插入股动脉后，血液并不会大量流失，而是……"韩孟丹说到这里停了下来，毫无意义地挥了挥手。

刘天昊立刻会意，接着说道："死者看着自己的血液一点点流失，却无能为力，在此期间她会感到死亡逐渐临近，这种恐惧绝非常人能体会得了，对吗？"

死亡并不可怕，可怕的是等待死亡！

"从金属管管径的粗细来看，死者至少需要经过20分钟至半小时的恐惧后才会死亡。"韩孟丹说道。

"死者受过侵害吗？"刘天昊问道。

韩孟丹摇了摇头，说道："初步检验，并未发现有被性侵的迹象，确切结果还得检验过死者体液之后。不过现在我有一个疑问。"

刘天昊点了点头："你说！"

"凶手用各种手段折磨死者，为什么不把死者的嘴堵上防止其叫喊？而且刘大龙和林娜娜的嘴也都没有被堵上。这样做无疑会增加他被暴露的概率。"韩孟丹问道。

"三名被害者的死亡现场与外界几乎是隔离的，因此凶手不担心有人会闯进来干扰。"刘天昊说道。

韩孟丹扒开死者的嘴看着口腔里面。

刘天昊摇摇头："这只是原因之一，却不是主要原因。我觉得凶手让死者受尽折磨、声嘶力竭地喊叫也是死亡仪式的内容之一，在这个过程中，死者一定会不停地求饶，想不到的是，凶手享受的就是这个过程。"

韩孟丹沉默了一阵，又说道："从作案手法来看，可以认定林娜娜、刘大龙和杨柳这三起案件的凶手为同一人，至于是不是洪利，还要等审讯结果和其他证据。"

刘天昊拿起画板架旁的画笔看："凶手画的是油画，这种画花费的时间很长，如果单从时间上判断，洪利没有时间画画。"

"但也有可能洪利只是留下画板架等，以模仿前两次作案手法，甚至说在案发现场画画就是凶手的一个幌子。"韩孟丹一边验尸一边说着。

"不排除这种可能！"

韩孟丹抬起头，说道："初步验尸完成了，剩下的线索就得等解剖之后。"

刘天昊点了点头，拨打虞乘风电话："乘风，杨柳被害了，你赶快派人过来，地点是……"

　　……

　　刑警大队永远是忙碌的，永远是社会舆论的前沿和焦点，一群传统媒体的记者和一些自媒体的运营者堵在刑警大队门口，要不是有辅警和门卫大爷拦着，早就冲进去采访了。

　　"忠义，你是怎么搞的，我让你破案你非得推荐刘天昊，他再有天赋也是一个经验不足的新手，这回可好，先是林娜娜，后是刘大龙，这回又死了一个，我怎么交代？你看看大门口，堵着多少记者！"钱建国虽说儒气十足，但发起火来照样雷霆万钧。

　　"钱局，破案期限不是没到吗，这案子明显是连环杀人案，本身就比较复杂，凶手又具备一定的反侦查能力，小刘他们……"韩忠义解释着。

　　钱建国一声暴喝打断了韩忠义的解释："你还敢跟我讲理由！我可以听你讲，受害者的家属能听你讲吗？ NY 市 800 多万的百姓能听你讲吗？那些媒体的记者能听你讲吗？"

　　刑警大队会议室的气氛再次紧张起来。一旁站着的虞乘风低着头，脸几乎快要碰到胸口。

　　钱建国背着手踱了几步，长出一口气："好了，还有一天时间，要是破不了案，我调他去偏远地区的派出所。"

　　钱建国向外走，走到门口时又停住："还有你，也得给我下基层。"

　　韩忠义没敢说话，等钱局脚步声彻底消失后，才嘀咕一句："我这已经在基层了，还能去哪儿？"

　　韩忠义拍了拍虞乘风的肩膀，安慰道："赶紧去吧，钱局的话不要告诉昊子，免得他有心理压力，我相信你们！"

　　虞乘风抿了抿嘴，本来想说话，犹豫一番后还是咽了回去。

　　"除了破案，他还在关注那件事吗？"韩忠义问道。

　　虞乘风一愣，随即反应过来，却不知道该如何回答，只是"呃"了一声。

韩忠义又接着说道:"乘风,在三人小组里你年纪最大,当刑警的时间最久,平时多照顾他俩,不能让他们走弯路,明白吗?"

"明白!"虞乘风已经感到压在他肩膀上的担子很重,来自韩忠义的信任,也来自和刘天昊的兄弟之情。

刘天昊和他虽说年纪有差距,平日里却像哥们儿一样。刘天昊办事不拘一格但思路清晰、胆大敢为,虞乘风办事严谨,凡事一丝不苟,两人在工作上配合得可以说是天衣无缝。可他也懂得一个道理,再好的一台车也要有一个好的驾驶员,否则,一旦方向跑偏,将会造成不可挽回的损失。

无论是钱局还是韩队,都不止一次找他谈话,要他盯着刘天昊,不能让其做出过格的事情,毕竟现在不同从前,人人都是一个自媒体,一旦出现恶劣影响将无法挽回。

千里马亦需调教!

韩忠义本可亲自破案,就算破不了案,也不会变得这样被动,可他现在把赌注都下在刘天昊身上,若失败,就算钱局不怪罪,他也会主动从一线退居二线。虞乘风知道,韩忠义看中的是刘天昊的天赋,神探的天赋!所以他敢于破釜沉舟,敢于用一个新人。

"韩队,昊子申请限制蒋小琴和洪利离境!"虞乘风小心翼翼地说道。

蒋小琴的身份非同小可,因为娘家的势力,她的社会地位甚至要高于刘大龙,在没有充足证据的情况下限制其离境,这种胆大妄为的事也只有刘天昊敢做。

"蒋小琴我知道,是刘大龙的夫人,NY 市蒋氏家族的大女儿、继承人,这个洪利又是谁?"韩忠义问道,虽说案子并非他跟进,却一直暗中关注。

"蒋小琴的司机,而且两人之间的关系绝非司机和雇主那么简单!"虞乘风说道。

"理由?"韩忠义问道。

"我们怀疑蒋小琴、洪利与刘大龙、林娜娜以及杨柳被害的案件有关，一旦在这个时候离境，对于案件的侦破非常不利。"虞乘风虽说憨厚，但说起话来依然是斩钉截铁。

"理由不充分，一旦出了问题，不但是我，连钱局也要受到牵连。"韩忠义不愧是老刑警，考虑的不单单是破案的事。

"我知道，可我更相信昊子和孟丹！"虞乘风上了倔强劲儿。

韩忠义点了一根烟，狠狠地抽了两口，把烟使劲按在烟灰缸里，说道："好吧，我会给出入境管理中心打电话，机场派出所那边……"

"孟丹已经安排好了！"虞乘风咧嘴一笑。

韩忠义摇着头一笑，大手挥了挥："你们三个，什么都安排好了还要我做什么，到底我是队长还是你们是队长？"

虞乘风憨憨一笑，说道："那肯定您是队长。"

韩忠义点燃了一根烟，站在窗口向外望去……

"谢谢韩队！"虞乘风识趣地敬礼后向外走去。

"放心吧韩队，我一定会竭尽全力，哪怕失去生命！"虞乘风一边走一边暗自下决心。

……

当虞乘风和民警等到达郊外工厂时，韩孟丹正打着电话，刘天昊坐在杨柳的汽车里搜集证据。

虞乘风不敢打扰二人，见众警察行动有些杂乱，便立刻着手指挥着众警现场勘查。

"莉莉，这件事麻烦你了！"韩孟丹脸上带着愧疚。

"少来，这次你好好请我一顿。你可不知道，这老女人太难缠，差点没把派出所给吵个底朝天！"电话传出来的声音带着怨气，显然是受了蒋小琴不少的气。

"洪利呢？"

"他倒是挺老实，没说什么，一直都很配合我们的工作。对了，你哥打电话过来了，要求限制两人出境。"说到韩忠义时莉莉的声音有些兴奋。

"哎，你不会是看上我哥了吧？"韩孟丹调侃着莉莉。

"得了，你哥都多大岁数了，都快当我叔了，不行不行，绝对不行！"莉莉的声音有些不情愿，但能听得出来，她的确对韩忠义感兴趣。

韩忠义原本有个完美的家庭，美丽而善解人意的妻子加上一个听话懂事的儿子，却因为一个抢劫犯出狱后报复，导致妻子儿子死于非命。从那天起，他像是变了一个人，闭口不谈感情，把全部精力放在断案上，数次立功受奖，由一名普通刑警做到刑警大队队长的位置上。

要事业有事业，要地位有地位，在众人眼里，就是典型的钻石工老五！

"我哥还不到 40 岁，男人四十一枝花，你要是觉得行，我可以帮你撮合撮合！"韩孟丹继续调侃。

"别没正经的。这两人怎么办？"

"劳烦大美女送到刑警大队吧，说不定还能见到我哥。"韩孟丹不给莉莉再说话的机会，立刻挂了电话。

第十七章　神秘的保安

大切诺基在路上轻快地飞奔，坐在车上的三人却心情沉重。虞乘风并未把钱局和韩忠义的对话内容告诉刘天昊，第六感敏锐的刘天昊还是感到虞乘风有些不一样。

"乘风，钱局怎么说？"刘天昊问道。

"钱局让咱们抓紧破案，韩队也是这么说的。"虞乘风并不擅长撒谎，说话时脸微微有些红，说完话后就把脸撇向另一边看窗外的景色。

刘天昊已经知道钱局究竟说了什么，只是韩忠义不愿意在这个时候给他增加压力，这才不让虞乘风说出来。刘天昊隐约觉得背后有一股无可匹敌的势力在抗拒着他，让他远离刑警大队，进而远离震惊 NY 市的五号案件。

那股势力到底是要隐藏秘密还是让他远离五号案件保护他？

刘天昊并未戳破，说道："明白，说说线索吧。"

虞乘风清了清嗓子以掩饰不安，随后说道："先说坏消息，围绕蒋小琴进行了摸排，并未发现与神秘男子一致的人。"

刘天昊点了点头，像是在意料之中。

"好消息是徐静找到了，不过，她什么都不记得了。"虞乘风说道。

"失忆？"韩孟丹问道。

"去年年初，她在夜总会组织社会人员溜冰（冰毒），其中有几个社会大哥，为了赚钱，她也参与了溜冰，和几个大哥一块儿散毒，三天三夜不眠不休地溜冰做爱，吸毒量过大而昏迷。几个大哥把她送进医院，经过治疗，发现其脑部受损进而导致失忆，出院后进了戒毒所，上个月刚放出来，现在在老家临海市休养，和母亲住在一起，临海市的民警找到她指认两男四女的照片，她什么都不记得了，但她好像对这张照片有些印象，看照片时情绪不太正常。我把部分案情向临海市刑警大队做了通报，他们派人送她和家人来 NY 市。"虞乘风语气中透露着失望。

"什么时候能到？"刘天昊问道。虽说徐静因吸毒得了失忆症，却并非一点希望都没有，要是能让心理专家走进她的内心深处，说不定那神秘男子的身份就可以破解。

"顺利的话，今晚能到。"虞乘风回道。

"欧阳倩呢？"刘天昊问道。

"联系到她的经纪人了，说欧阳倩去了韩国商演，要下个星期才能回来，我查过其经纪人提供的行程，根本就没有商演，她很可能就是去韩国整容，这种事不能让人知道，所以才编出了商演的事儿。我向其经纪人指明利害关系后，她才说出欧阳倩明天回国，但因手术伤痕并未痊愈，暂时不能露面。我提出让欧阳倩指认照片中的神秘男子的事儿，她的经纪人说欧阳倩现在可能在医院进行术后修复，暂时联系不上。"虞乘风说道。

"她明天什么时候到 NY 市？"刘天昊问道。

"上午 10 点 10 分，大韩航空 KE96，NY 市机场南二号出口。"虞乘风的工作做得很扎实。

"能不能通过韩国警方联系上她？"刘天昊问道。

"尝试过了，她现在不在医院，也不在宾馆，离登机的时间还早，也没有可能在机场，人不知所踪。"虞乘风答道。

"好吧。明天上午咱们去机场，无论如何也要让她指认这名神秘男子。"刘天昊说道。

"如果照片里的神秘男子不是凶手呢？"韩孟丹问道。

刘天昊深踩一脚油门，大切诺基带着咆哮猛地向前奔去："怎么可能？"想了想又说道："就算不是凶手，也一定和这件案子有关，虽然现在没有证据，但请你们相信我的直觉。"

虞乘风的电话响起，他看了一眼："是片警小侯。"

刘天昊点了点头。虞乘风接了电话，随即打开免提："喂，侯警官，怎么样？"

侯警官是蒋小琴别墅所在派出所的片警，对片区非常熟悉，他在分配实习时，就是虞乘风带的他。

除了发动机低沉的轰鸣声外，车内很静，侯警官的声音从话筒中传出来："风哥，你给我的那两名保安我查了，年长的那个人没问题，年轻的那个对不上，据物业公司指认，年轻的保安不是他们的雇员，而是另外一名保安的临时替班，年长的保安和我说那个人叫阿欢，其他的一概不知。另外，刘队开车进入别墅区 10 分钟后，年轻保安阿欢拎着橡胶警棍和打卡器进入别墅区巡查，年长的保安一直在岗位上。"

虞乘风看了刘天昊一眼，又问道："保安巡查有什么特别的吗？"

"风哥果然是高手，一下子就听出问题所在！"侯警官的马屁拍得啪啪响。

俗话说得好，千穿万穿马屁不穿，连老实人虞乘风也只是装作无奈而耸了耸肩。

侯警官接着说道："您说得没错，这个小区属于高档小区，物业管理很严格，保安巡逻应该是每两个小时一次，在各个打卡点打卡，但这名年轻保安不但提前了半小时去巡逻，而且没打卡，等他再次回到门岗时，走路的姿势有些不对劲。"

"走路有些僵硬，神色略显慌张，尽量和年长保安保持一定距离？在我开车离开别墅区后，他也离开了对不对？"刘天昊在一旁问道。

"神探昊哥，全中，神了！您怎么知道的？这年轻保安无论从气质还是行为举止上，都不符合一名保安的特征，他更像是一名惯偷，无时无刻不盯着别人，随时保持机警的状态，一旦有风吹草动他会立刻有反应，这点从监控录像上就能看得出来。"侯警官说道。

刘天昊虽说年轻，入行也晚，但之前破获的几桩案子又快又准，被行内人誉为成年版柯南。

走路略显僵硬，应该是把两个证物袋放在衣服下面怕掉下来造成的，如果是惯偷，还没有案底，心理素质定然很好，技术也不会太差。

"能找到这个人吗，兄弟？"刘天昊问道。

"只要您一句话，兄弟一定尽力。我和物业了解了情况，说这名保安今天早晨才来替班，以前从没见过，据那名年长保安说，这家伙心气很高，一般业主他都不太爱搭理，在聊天中他对警察的意见很大，后来这家伙借着上厕所的机会开溜了。"侯警官说道。

"小偷除了怕警察，更多的是恨！都对上了，就是他！你认识这人吗？"刘天昊恨得牙根痒痒。他没想到这小偷的心理素质那么好，在偷了车上的证物后居然没有立刻离开，而是等着刘天昊等人离开后才找借口离开。

"关于这个人，我上网搜了一下，也没发现他被通缉过，这家伙很神秘。"侯警官说道。

"看来有人盯上我们了！"刘天昊小声自言自语。

"哎，昊哥，这小子犯了什么事儿？"侯警官问道。

"他涉及一桩杀人案，目前案子还在侦破中，有些事不方便讲啊，等破了案，我请你喝酒，到时候再慢慢和你说哈！"

"得嘞哥哥，瞧我的吧！"

虞乘风挂断电话后向刘天昊问道："昊子，这保安和杀人案有关？"

刘天昊犹豫了一下，说道："我把在刘大龙家搜的一些证物放在车后座了，在别墅区被偷了。"

刘天昊不知道该不该和虞乘风说这些，并不是信任的问题，而是不想让他担责任。虞乘风知道后肯定不会上报，事后出了问题，他难免会被追责。

"被偷了？"虞乘风大吃一惊，缓了好一阵才说道："是重要证物吗？"

刘天昊摇摇头："一本刘大龙和 NY 市官员往来的账簿、一个琥珀球，还有一些杂七杂八的东西。"

"是冲着账簿！"虞乘风惊道。

刘天昊点点头，说："我们也是这样想的。"

"哎，小虞，你不会出卖我们吧？"韩孟丹从后座冷不丁来了一句。小虞的称呼是从韩忠义这儿来的，韩孟丹也一直跟着这么叫，虞乘风性情憨厚，并不在乎韩孟丹如何称呼他，相对比韩忠义，虞乘风才更像是韩孟丹的哥哥。

"孟丹，你把我看成什么人了，我只是担心这本账簿一旦落入坏人手里……"虞乘风说道。

刘天昊一直在旁边皱着眉头不说话，头脑飞速地转着。

韩孟丹拍了虞乘风肩膀一下，说道："这还差不多，再给你个任务，算是奖赏吧。"

"你说。"虞乘风憨憨一笑。他对刘天昊的能力有着一种特殊的信任，如果这个世界上有一个人能在三天内破这件案子，那一定是刘天昊，至于他为什么不把证物盗窃案公开处理，一定有他的理由，到了该说的时候，他一定会说。

既然是队友，就要绝对的信任！

"姚文媛是美术系高材生，现在这三件案子中共同点除了虐杀之外，还有现场出现的画板架、画笔、颜料等与绘画有关的物品，你可以向她请教下，看看能不能找到些线索。"韩孟丹说到这里，眼睛向开车的刘天昊瞥了瞥。

虞乘风爱慕女警姚文媛的事刑警大队人人皆知，但他在感情上木讷，一直没和姚文媛表白过。姚文媛本身也比较内向，虽然对虞乘风有好感，也是半遮半掩。加上虞乘风多数时间扑在工作上，很少能有时间和姚文媛接触，这段姻缘就这样一直隐藏着。

按照刘天昊往常的作风，一定不会放过任何调侃虞乘风和姚文媛关系的机会，可今天他安安静静地开车，抿着嘴一句话没说。

虞乘风听后脸一红："我去问她不太好吧，和她又不熟。"

"你说和她不熟！你到底去不去？"韩孟丹恢复了冷若冰霜的神情。

"去，我又没说不去，工作总得有人做吧！"虞乘风服了软，他内心更渴望与姚文媛接触，却又有些胆怯。

"昊子，一会儿我去审蒋小琴，你来审洪利，审问的要点咱们先对一下……"

……

刑警大队的院子里停满了车，除了个人的私家车外，其余都是挂着警灯的警车，一辆红色宝马五系显得格外扎眼。

大切诺基停好后，刘天昊三人下车。韩孟丹本来还一片晴天的脸阴了下来，一声不吭地向大楼走去。刘天昊看到红色宝马五系眉头一皱，他立刻紧跟了两步，说道："孟丹，关于审问蒋小琴我还有一点……"

"昊子！"王佳佳从车上下来，扭着宽大的胯骨向刘天昊走来。

刘天昊暗叹一口气，他还是低估了女人吃醋的力量！

第十八章　替罪羊

韩孟丹停住脚步，下颌微微扬起："莉莉来了，在办公室等我，提审蒋小琴的事你另安排别人吧。"

"你这是私事，咱们的时间可……"

"受害者的尸体还等着解剖，这算公事吧，另外你抓紧让死者家属来认尸。"韩孟丹白了王佳佳一眼，转身走进大楼。

女人的脸好似六月的天，说变就变。

"我的大侦探，案件有进展了吗？能不能给你做个独家专访？"王佳佳的语气轻柔但充满诱惑，让人很难拒绝。

"佳佳，现在真的不行，案子的进展还需要保密。"刘天昊婉言拒绝。

王佳佳凑近刘天昊的耳朵，小声地说道："我听说钱局和韩队发火了，如果你不能按期破案，你和韩队都得下基层。"

刘天昊扭头看了看虞乘风。虞乘风轻咳两声，说道："昊子，我去找姚文嫒问画画的事。"说罢，他疾走几步，离开了刘天昊的视线。

王佳佳又是神秘一笑，说道："我还知道你有东西被偷了。"

刘天昊听到后身体一震，这个消息远比钱局发火的事令他震惊。在蒋小琴别墅被盗证物的事他并未上报，除了韩孟丹和虞乘风知情外，再无他人知道，王佳佳是怎么知道的？

韩孟丹和虞乘风肯定没问题，那问题又出在哪？

除非她和盗窃者有关联，否则不可能知情！就算盗窃者与连环杀人案无关，至少也会和 NY 市官场贪污案有关，要是能破了杀人案，再破一桩贪污腐败案，不但不用离开刑警大队，还能站稳脚跟。

想到这里，刘天昊的眉头舒展开了，恢复了嬉皮笑脸的状态，一把抓住王佳佳的胳膊，笑着问道："去我办公室单独聊聊？"

王佳佳象征性地挣扎了一下，发现刘天昊抓住她的手很有力，无法撼动半分，于是放松了胳膊，向前迈了一小步，高耸的胸部有意无意地碰到了刘天昊的手背，吓得他立刻放了手。

刘天昊脸上一红，他感到王佳佳身上那股青春无敌的气息中还隐含着一股熟女的味道，不由得心中一荡，说道："你不是想知道案情进展情况吗？"

王佳佳微微点头："我更想知道你内心对我的想法。"

"刑警大队的咖啡很好喝，也许你会喜欢，不过，你得等我先处理完公事！"

"没问题。"王佳佳冲刘天昊吹了口气，随后径直向大楼走去。

"妖精，让人无法抗拒的妖精！"刘天昊心想。

……

洪利坐在审讯椅上，手腕上戴着手铐，虽然还是西装革履，却没有了之前的风采，双眼无神地望着自己的脚尖。

刘天昊和一名警察走进审讯室，他把一摞资料和杨柳死亡现场带血手印的木条重重地放在桌子上，把灯罩一扭，灯光照在洪利的脸上。

洪利下意识地用手挡脸，却发现手被铐在审讯椅上，只好把脸撇向一边。

"知道为什么拘你吗？"刘天昊语气异常严厉。

"你们凭什么拘留我？"洪利冷笑一声。

"在去机场之前，你去了哪里？"

"找一个朋友，有些东西我需要寄存到他那儿。"洪利回答得没有丝毫犹豫。

刘天昊把灯罩扭正，拿着手机给洪利放了三段监控录像，第一段是一台乔治·巴顿经过监控向郊外废弃厂区飞奔的画面，第二段是乔治·巴顿从废弃厂区向市内驶去的画面，第三段录像是机场停车场的录像，洪利从乔治·巴顿上下来，急匆匆走向 VIP 登机区的画面。

"我在一个废弃工厂的车间门口发现了乔治·巴顿的轮胎印记。"刘天昊站立着凑近洪利说道。

洪利的喉结上下动了动，神色有些慌张，张了张嘴，却又闭上。

"杨柳的车也在那个车间门口。"

刘天昊从上而下看到洪利的额头和脸上冒出一层细密的汗珠，他知道洪利的心理防线一触即溃。

"你曾当过帆缆兵，右手受过伤，因此现在惯用左手，水手通常结对于你来说并不陌生。"

洪利仍抿着嘴，但眼珠左右摆动，内心正做着激烈斗争。

"2014 年 1 月 12 日你因嫖娼被拘留 7 天，行政罚款 5000 元，你的保释人就是杨柳，你们早就认识……"

洪利的身体开始发抖，像是在极力地克制着情绪。

"杨柳被害了，在她的死亡现场发现了你的鞋印，在一根作案凶器上还发现了你的指纹，凶手是左撇子，捆绑杨柳用的是水手通常结。另外通过调取监控和车轮痕迹对比，你开着乔治·巴顿到过现场。我现在有理由怀疑你是杀害杨柳的嫌疑犯。"刘天昊不紧不慢地说着。

洪利脸上写满了恐慌，拿着几乎快要哭出来的腔调说道："不，不，我不是凶手，我真的不是凶手，那跟木条也不是凶器，我只是拿它清扫现场的，我去的时候，杨柳已经快死了！"

刘天昊精神一震，立刻问道："你去的时候杨柳还没死？"

洪利立刻点头。

刘天昊一拍桌子，几乎是怒吼道："回答我，是还是不是？"

洪利吓了一跳，他万万没想到刘天昊会突然来这么一手，下意识地回答："是！"

"她说了什么？"

洪利摇摇头，又点点头。

"你这种表达方式让我很难帮到你的。"刘天昊又恢复到不急不躁的状态，他心里清楚，洪利的心理防线已经崩溃，一定会说出知道的一切，只是时间问题。

洪利把头扭过去，尽量避免与刘天昊的眼神接触，犹豫一阵后，才说道："这件事情得从头说起，否则，我说不清楚。"

"我没那么多时间和耐心，挑重点说。"

洪利猛地点了点头。

"记住，能洗清你嫌疑的只有你自己。"刘天昊说道。

"刘警官，能给我根烟抽吗？"

……

按照现代人的审美观点，姚文媛绝对是个大美人，一米七五的身高，身材匀称，大腿修长，五官出奇的精致，浓眉大眼，嘴角始终向上翘着，保持着天使般的微笑面容。

虞乘风盯着姚文媛修长而紧绷的大腿，不由自主地咽了口口水，才说道："姚……姚警官，我想请你帮个忙，事情是这样的……"

"好！"姚文媛不等虞乘风说完话就答应了下来。

"我还没说什么事呢。"虞乘风傻傻地挠了挠脑袋，露出一个憨憨的笑容。

姚文媛低下头，脸上飞起一朵红云，看得虞乘风傻了眼。

"什么事都好！"姚文媛的声音像一只蚊子在叫，却字字都打在虞乘风的心坎上。

虞乘风轻轻咳嗽两声，心里着实甜蜜了一阵，才指着地上的三个纸箱说道："这三个纸箱里是林娜娜、刘大龙、杨柳被杀案的证物，都是和画画有关的，刘队让我向你咨询一下……"

姚文媛点了点头，蹲下身子打开纸箱，把证物一一取出，仔细观看之后又在笔记本上记录着。虞乘风不敢多说话，需要的时候就在一旁搭个手，偶尔两人的手碰在一起，立刻闪电般分开。

过了一阵，姚文媛合上笔记本，说道："虞警官，证物我看完了，第一，的确有人使用过画笔、颜料盘、画板架等物，画的是油画。油画工具有很多种，常见的有画箱、画架、画桌、画凳、画伞、画笔、画刀等，单从这几样证物来看，使用者并不专业，这套画具虽说价值不菲，但从单个工具的实用性来讲，绝不是画油画最好的选择。"

虞乘风不擅长溜须拍马，但对于姚文媛的专业也是竖起了大拇指。

姚文媛笑得很腼腆："另外就是画笔，三支画笔在使用后只是简单地用清水进行浸泡，时间久了，笔毛会失去应有的弹性，笔毛和笔筒之间的胶水也会脱落，一个真正的画家绝不会这样做的。由此看来，使用者最多算是初学者的水平。"

虞乘风点了点头，说道："从水平上看，使用者是初学者，但他很有钱，买了成套的昂贵画具，就好像和一名真正的电脑爱好者绝不会买昂贵的品牌机是一样的。"

"差不多是这样。这些对案件有帮助吗？"

"当然，等破了案，我请客。"虞乘风学了刘天昊那一套。

姚文媛低下头一笑，随即又说道："好吧，不过我不太喜欢人多的地方。"

"我也不太喜欢人多。"虞乘风附和着。

"哦，对了，从画板架的高度和画凳的高度来看，使用者应该和我差不多高，至于体重，也应该和我差不多吧，这个说不准。"姚文媛手掌弯着，比画着自己的身高。

虞乘风向姚文媛看了看，几乎和他是一样高，但男女有别，虽然两人一样高，在其他人看起来，姚文媛要高出虞乘风很多。

他的目光更多的是看向姚文媛白皙的脖子和圆润的下颌。

"明白了，谢谢你，文……媛。"虞乘风第一次叫姚文媛为文媛，话一出口脸上便立刻红了。

姚文媛没说什么，蹲下身子收拾画具等。虞乘风亦蹲下帮着收拾，两人的手不约而同地伸向画凳。在两只手接触的刹那间，他仿佛过了电一般，握住她的手僵住了。

一名路过的警察轻咳两声，两人立刻把手松开，脸红得像两块红布。

……

有这样一类男人，他们没有吃苦耐劳的精神，也没有养家糊口的本事，却出乎意料地能讨女人喜欢，因为他们都有着一张比较耐看的脸、不算健硕但还过得去的身体，还有满嘴的甜言蜜语，他们生存靠的是女人，吃女人的软饭。

洪利就是这种男人，他还给了自己充足的理由："我也不想这样。"

"挑重点说！"刘天昊瞪了一眼洪利。

"我可以说，但有个要求。"洪利并未完全妥协。

"你知道你现在的处境吗？"刘天昊突然厉声道。

洪利脸上的肌肉抽搐了一下，说道："我知道，不过我真没杀人，但我所说的这些会影响我今后的生活，我希望你能保密。"

"可以。"刘天昊合上了记录本，同时走到录像机前，关了机器。另一名警察上前，小声和刘天昊说着话。

刘天昊拍了拍警察的肩膀，说道："所有的事情我来扛，你只管听着就好！"

警察犹豫了一下，才点了点头。

"你说吧！"刘天昊说道。

洪利的一只手解开了手铐，捏着烟使劲吸了一口，吐出来的气体几乎透明："我和杨柳认识很多年了，应该算是情侣吧，如果没有刘大龙和蒋小琴这对奇葩，我和她应该都有孩子了。"

"刘大龙不顾一切地霸占了杨柳，他有权有势，就算报警，他也有办法摆平。我和杨柳痛哭一场后分了手，她说她已经不是从前那个纯洁的她，不能再嫁给我了。我失去了理智，苦闷无处发泄，就去找了小姐。事后，杨柳去保释我，那天，她一句话都没说，我们各自出了门。"洪利眼睛湿润了起来。

"我决定报复刘大龙，可我没钱没势，在海军服役时右手还受过伤，没法干重体力活儿，连维持生计都很难，为了钱，我只好去夜总会做了少爷，偶然一次，我遇到了前来消遣的蒋小琴，我觉得我的报复计划可以实施了。"

"你会画画吗？"刘天昊突然问道。

第十九章　母老虎

洪利"切"了一声，发出冷笑："我要是会画画还用得着去夜总会当少爷吗？"

说完话之后，他的脸上出现了很复杂的表情，想必是在夜总会当少爷给他带来了很多不一样的经历。

刘天昊示意他继续说。

"我如愿以偿地来到蒋小琴身边，竭尽全力地伺候她，像狗一样。"洪利惨笑一声，接着说道："他霸占了我的女人，我就让他戴绿帽子，刘大龙这只老王八。"

听到这句话时，刘天昊想到了蒋小琴，气愤中的她对刘大龙也是这个称呼！

洪利笑着，笑了好一阵，才止住："让我想不到的是，富人们的思维真无法用老百姓的思维理解，刘大龙不但不计较，还暗地里讨好我，让我和蒋小琴好，哈哈哈……"

"刘大龙撺掇你和蒋小琴好？"刘天昊不敢相信自己的耳朵。

"嘿嘿，还有更多你想不到的事，你穿着这身警服，虽然赚钱少，却有社会地位，不像我。"洪利叹气。

"你继续说吧！"

"我的复仇梦算是破灭了，为了生计，只好继续在蒋小琴身边委曲求全，伺候一个总比在夜总会里伺候更多的女人强吧。直到昨天，杨柳给我打了一个电话，她说有人盯上了她，可能会要了她的命，但具体的事儿没说，要见面才肯和我说。"洪利说到杨柳的时候，眼光中尽是温柔。

"后来呢？"刘天昊听到这里精神一震。

"我一直想去星娱文化找杨柳，可蒋小琴就像只母老虎，在床上弄得我精疲力尽，我好不容易搞定了蒋小琴，却发现已经联系不上她了，我尝试了各种办法，还是联系不上她。"洪利神情异常沮丧，整个人的精气神完全消散。

"也就是说，蒋小琴真的没离开过别墅？"刘天昊问道。

洪利点点头："这女人能吃能睡，一旦睡着了就像死猪一样。"

刘天昊一直在观察洪利，从反应上看，他的证词应该是真的，也就排除了蒋小琴作案的可能性。

"那你是怎么才去的郊区废弃工厂？"刘天昊问道。

"今天早上，杨柳给我发了一条微信，让我到城郊的废弃工厂帮她解决这件事，然后我俩一起远走高飞。我从蒋小琴那儿得了不少钱，早就想离开了。好不容易搞定了蒋小琴，本想偷着去，没想到你们来了，耽误了不少时间。如果不是你们，也许她不会死，你怀疑我是凶手，其实你们才是帮凶！"洪利说到这里眼神中竟然露出一丝杀气。

如果洪利的话是真的，也就意味着杨柳在刘天昊他们到达蒋小琴别墅时，就已经在废弃工厂了，从时间逻辑上也能说得通。

"你到达车间之后发生了什么？"刘天昊丝毫不在乎洪利吃人的眼神。

洪利长叹出一口气，缓了一阵才说道："我看到……我看到她挂在那里，大腿上插着一根金属管，不断地滴血，她的脸惨白惨白的……"

刘天昊和另一名警察对视一眼，又掏出一根香烟点燃后递给洪利。他接过香烟，连续吸了几口，稳了稳情绪后才说道："她身上有很多伤痕，却并未呻吟，只是费力地看了我一眼，然后张嘴想说什么，但我只听到她发出一些嘶哑的声音，却没法分辨她说的是什么。"

　　杨柳生前受到虐待，拼命地嘶喊令她的声带撕裂受损，导致说不出话来。

　　"等我上前查看的时候，她……已经死了！"洪利的眼泪犹如泉涌。

　　"你为什么要清理现场？杨柳的手机和其他物品呢？"

　　洪利抹了一把眼泪，说道："我没拿，什么都没拿，当时我慌了，本来想摆脱蒋小琴和杨柳远走高飞的，却想不到……等我冷静下来之后，看到现场有我的脚印，而且除了我和杨柳的尸体之外，再无他人，一旦警方介入，我肯定就是嫌疑犯。所以我拿起一根木条边退边清扫，就是想把脚印清扫掉。"

　　"既然人不是你杀的，为什么不报警？"刘天昊的眼神像一把刀子一样，令洪利不敢直视。

　　"刚才不是说了嘛，我害怕说不清楚，另外是杨柳约我去废弃工厂的，只要警方一查她的手机就会查到我。"洪利低着头说道。

　　"你和蒋小琴去美国之后有没有回国的打算？"

　　"杨柳被害后，我害怕极了，所以在机场我恳求蒋小琴帮我定居美国，她想都没想就答应了。"洪利说道。

　　蒋小琴有的是钱，她缺的是一个可以百依百顺的男人，年轻而帅气又能在床上令她满意的男人，给洪利办个美国绿卡对于她来说易如反掌。

　　"你离开案发现场后还做了什么？"刘天昊问道。

　　"离开车间后，我开着车直奔机场，那时候我已经顾不得其他了，只想着赶紧离开，陪蒋小琴去美国倒成了我的救命符。"洪利说道。

　　"蒋小琴为什么要去美国？"刘天昊虽说东问一句西问一句，实则是有规律的，把一些和案情不相关的问题和相关问题穿插起来，这样会让被审讯者降低防备。

　　"她说最近太乱了，想去美国清净一段时间，等刘大龙等人的命案处理完了再回来，而且刘大龙的富强集团和蒋小琴没什么关系，两人之间又有协议，并不涉及财产继承的问题。"洪利已经恢复了冷静，说起话来井井有条。

洪利说话的时候刘天昊一直盯着他，从微表情来看，至少这一句没说谎。

"在车间和工厂大院时，有没有其他的事情发生？"刘天昊有些不甘心，眼看着案件有了眉目，却变成了一桩乱七八糟的情感纠葛。

洪利皱着眉头想了一阵，眼睛一亮，说道："你这样一问，还真有，不过，我知道你很难相信，就连我也不敢相信！"

"是吗？那就说说看，说不定我会相信！"刘天昊心中暗喜，越是难以解释的事，就意味着越接近真相。

……

韩孟丹送走了好闺蜜莉莉，又迅速把尸检的工作交代给另一名法医，随后她便来到审讯室，看了一阵刘天昊审讯洪利，之后便来到第二审讯室，虽说由于王佳佳的原因和刘天昊赌气，但工作还得做，毕竟他们的时间不多了，不但是钱局逼得紧，更重要的是，如果凶手不是蒋小琴和洪利，那个人很有可能还会继续作案。

蒋小琴依然是那副趾高气扬的模样，瞪着对面的女警骂骂咧咧。

韩孟丹进入审讯室把资料放在桌上，就坐下和女警小声聊天，聊天的内容就是女人用什么化妆品、穿什么衣服等，完全没把蒋小琴放在眼里。

蒋小琴气得鼻孔冒烟，把手铐抖得咔咔作响，质问道："你们要问就问，不问就让我走，我去美国要谈一大笔生意，如果产生损失，把你们公安局卖了都赔不起。"

韩孟丹依然没理会她，和女警把身体扭过去继续说话。

蒋小琴用力挣扎了一下，若非审讯椅把她束缚起来，怕是要冲到韩孟丹面前，把她挠个满脸花！

蒋小琴骂人的话很难听，能听得出来，要不是有巨额财富和身份，没人会联想到她是一个大财团的继承人。

韩孟丹和女警聊了一阵，拿起资料向外走。

蒋小琴终于停止了骂街，语气软了下来："等等，有什么事你尽管问，但我有一条要求，你得马上把我的律师叫来。"

韩孟丹凑近蒋小琴的耳边，小声说道："我有的是时间，不着急。至于你的律师，怕是来不了，因为你涉及的是一桩命案，谁也帮不了你！另外，请你记住，公安局不是商品，它代表着国家和法律，你有多少钱也买不来，不要认为你有钱就可以解决一切。"

这一下又把蒋小琴弄得火冒三丈，几乎是嘶吼出来："我没杀人，出什么狗屁命案和我有什么关系？都和你们说过了，那老王八的死和我无关！现在无关，今后也无关！"

"我更希望和一名斯文的女士交流，你现在这种状态，我认为看守所里那些强壮的女犯人会很喜欢！"韩孟丹说完话便向外走。

蒋小琴长叹一口气，脖子下的青筋渐渐瘪了下去，整个人像是掏空了的面袋子："你等等，我承认我缺乏冷静，对不起。"

韩孟丹嘴角扬起一个弧度，她知道火候到了，能让蒋小琴这样一个女人低下高贵的头着实不容易，于是她又转身回到审讯桌后坐了下来，问道："蒋小琴，洪利什么都说了，如果我发现你和他的口供对不上，那就对不起了。"

韩孟丹玩的是心理战，利用的是蒋小琴和洪利之间信息不通。

蒋小琴咬着牙，眼中散发出骇人的光芒："你问吧。"

韩孟丹点了点头，打开记录本。

审问蒋小琴的过程比较简单，由于前戏做得比较足，韩孟丹并未使用太多的审讯技巧，蒋小琴便像竹筒倒豆子一般全部说了出来。事后证明，虽然她说的和洪利有些出入，也是由于她不知道洪利和杨柳之前的关系，其他的口供完全能和洪利对上，包括一些不显眼的细节。退一步说，就算两人有串供的可能，在细节上也会有一些疏忽，但出乎意料的是，两人的口供细节部分几乎没有差错！

尤其是刘大龙被害的那段时间，蒋小琴几乎一刻不离地和洪利黏在一起，连上厕所的时间都在一起，不可能有时间去杀害刘大龙。

这就意味着蒋小琴和洪利并无亲自作案的可能，但还不排除她还有买凶杀人的嫌疑。

为了解惑，韩孟丹来到了技术科，催着工作人员小王做了蒋小琴手机的检测报告，又联系了电信公司，确认蒋小琴在近段时间并无陌生电话打进来，她亦未联系过陌生人。

她又来到第一审讯室外的玻璃屋，她看到对洪利的审讯还在继续，只不过审讯人变成了另外一名警察。

刘天昊拿着一些资料在玻璃屋门口吹了声口哨，冲着韩孟丹扬了扬头，两人离开玻璃房来到会议室，看到虞乘风早在会议室等待。

第二十章　狡猾的凶手

"孟丹说得对，从目前掌握的证据和审讯口供来看，洪利不具备作案时间和动机。"刘天昊把审讯记录放在桌子上，神色有些失望。

"蒋小琴虽有作案动机，但不具备作案时间，基本可以排除。"韩孟丹说完看了看刘天昊。

刘天昊赶紧还以微笑表示感谢她不计前嫌。

韩孟丹白了他一眼，又说道："根据蒋小琴的手机检测结果，也没有买凶杀人的迹象。"

"监控中心老徐那儿怎么说？"刘天昊向虞乘风问道。

虞乘风说道："老徐说一天之内并未看到其他车辆经过废弃厂区附近的那个摄像头，凶手可能是从小路走着进去的。"

"够狡猾的。"韩孟丹说道。

刘天昊一拳重重地砸在桌子上。

"昊子，文媛那儿我咨询过了，她的意见是画画的人并不是专业油画画师，但使用的画具是成套的，非常昂贵，经济条件应该不错，身高在175厘米左右。"虞乘风说道。

"就这么多？"刘天昊有些失望。

"就这么多。"虞乘风点点头。

"就没点其他的收获？"刘天昊颇有意味地问道。

虞乘风挠了挠头，并未听出刘天昊一语双关，说道："还能有什么收获？"

刘天昊说的是他和姚文媛之间的事，但虞乘风没反应过来。

"行了，说正经的，洪利审讯得怎么样？"韩孟丹敲了敲桌子问道。

"小收获。"刘天昊眨巴着眼睛说道。

"具体说说。"韩孟丹和虞乘风两人提起了兴趣。

刘天昊略加沉吟后点了点头。

原来，当洪利清扫完现场准备开车离开时，他听到车间里面有一声轻微的响动，他误以为是杨柳没死，于是又壮着胆子进入车间。

车间内的一切都没有变化，杨柳的尸体仍然悬挂在龙门吊上，洪利站在车间门口观察了一阵，并未发现杨柳有动静，准备转身离开。

当他转过身时，他的余光突然瞥见杨柳的眼睛睁开了，而且嘴角上翘，同时一阵惨笑声从四面八方传了过来。

由于车间仅有靠近顶棚的位置有几块透光的玻璃，所以整个车间显得较暗，一个身影从暗处突然冒出来，脸色惨白，嘴角滴着鲜血，眼睛散发出恶毒而凶狠的目光，她身上穿着的就是杨柳的职业装。

惨笑声就是从她这里传出来的。

"鬼！"

洪利看得头皮发麻，大叫一声就向外跑，发动汽车急速离去。

……

"凶手！"韩孟丹和虞乘风几乎异口同声。

刘天昊点点头，分析道："洪利说那个人是杨柳的鬼魂，和杨柳长得一模一样，等缓过神来之后，他以为是他产生了幻觉。当我问他是否有什么不寻常的事情发生时，他才讲出来。咱们仔细分析一下，如果凶手不是洪利，洪利到达车间时，真正的凶手来不及逃走，就穿了杨柳的衣服假扮成杨柳，吓走洪利，洪利驾车离开后，凶手再清扫现场，然后走路离开，有没有这种可能？"

虞乘风和韩孟丹皱着眉头思索了好一阵，才对视一眼。

"咱们都是唯物主义者，这是唯一的解释。"刘天昊说道。

虞乘风咳嗽几声，提出异议："凶手要是能穿上杨柳的衣服，就说明凶手的身材和杨柳相仿，这和之前你所做的凶手特征分析不相符，凶手很难独立完成把杨柳捆绑、吊在龙门吊上、实施虐杀。另外，从洪利进入车间到他离开，时间并不长，如果凶手是用化妆来假扮杨柳，不可能扮得那么像，也不可能这么快，对吧？"

"凶手如果患有癌症，身体变得瘦弱也是有可能的，但力气依然在，另外，杨柳虽然漂亮，却是一张大众脸。洪利当时认为车间只有他和杨柳两个人，并未意识到第三者的存在，见到穿杨柳衣服的人，就下意识地把她想象成杨柳，尤其是在慌张的状态下。"刘天昊说道。

说到这儿，他突然想出一个可能，那就是长相和身材都和杨柳相近的杨红，杨红在身材方面比杨柳略大一号，在长相和气质上几乎能以假乱真。

"也有道理！"虞乘风说道。

"洪利有没有说刘大龙的那张两男四女的照片？"韩孟丹问道。

"没有，洪利没见过那张照片。现在案子已经进入了死胡同，唯一的突破点就是那张照片和剩下的三人。"刘天昊说道。

"嗯。"韩孟丹说道。

"凶手既然是癌症晚期，一定会在最短的时间内再次杀人，徐静失忆，一直有家人照顾，凶手很难有机会下手。欧阳倩出国，要明天上午才能回来，飞机落地后，警方就会立刻采取保护措施，凶手根本没机会杀她。现在就只剩下那名神秘男子……他极有可能是下一个受害者，当然，他也可能是凶手！"刘天昊说道。

"你认定了这张照片就是凶手杀人的线索吗？"韩孟丹提出质疑。

"到目前为止，是！"刘天昊斩钉截铁地答道。他破案凭的是证据和严密的逻辑推理，但并不代表他不相信直觉，直觉是人对事物的敏感性和经验达到一定程度后形成的第六感，有时候直觉真的很灵验。

刘天昊反复翻看着蒋小琴和洪利的口供。法医老李来到会议室门口，把韩孟丹叫走。

"林娜娜和刘大龙都是在自己的住所被人杀死，为什么凶手选择在废弃工厂车间杀死杨柳？难道这场死亡仪式有什么目的吗？"刘天昊自言自语着。

"林娜娜的公寓隔音很好，刘大龙住的是低密度别墅，而杨柳住的是公寓式住宅，人口密度比较大，要是执行死亡仪式，杨柳的叫喊声势必会惊动周围邻居。"虞乘风一边打字一边说着。

"这是原因之一，一定还有别的原因。乘风，你帮我查查这家废弃工厂。"刘天昊说道。

"你怀疑凶手选择废弃工厂作为作案现场是有原因的？"虞乘风问道。

"嗯，你想想，首先，凶手要把杨柳约到废旧工厂，如果废旧工厂和杨柳一点关系没有，她怎么肯去？就算有重要的事情要谈，城里很多地方都可以。"

"有道理，我马上落实。昊子，临海市公安把徐静和她母亲送过来了，已经下了高速，让咱们去接一下。"虞乘风晃了晃手机说道。

"徐静来了，太好了，乘风，你去把赵清雅请来，这次有没有收获就靠她了，咱们……10分钟后在楼前广场会合吧。"刘天昊突然想起了王佳佳还在办公室等着他。

虞乘风叹了一口气，说道："大师姐赵清雅我怕是请不动啊，超级心理专家，那双眼睛，嘿……我一句话不说，她都能洞悉我，除非……

你亲自去！"

赵清雅是比刘天昊高三届的校友，在大学期间不但完成了学业，还攻读了心理学博士学位，实战能力超强，属于学霸级。

"想想办法吧，我还有事，很重要的事。"刘天昊拍了拍虞乘风的肩膀。

虞乘风挑了挑眉，还是坐着没动。

"王佳佳找我来了，她知道证物被盗的事，我得去套她的话。"刘天昊小声说道。

虞乘风神色一怔，说道："啊，不会吧，这件事情就咱们三人知道，王佳佳怎么会……"

"不知道，也许……"刘天昊说到这里停了下来，他不敢再说下去，因为这件事牵扯到他们三人之间信任的问题，他笑了笑接着说道："没什么，我先去会会王佳佳。"

"杨柳的家属还没来认尸吗？"虞乘风突然问道。

刘天昊听后心里咯噔一下，随即说道："杨柳的父母在国外，就算知道消息也没法短时间内来，杨红应该很快过来的呀，奇怪。"

"杨红是星娱文化执行总裁，也许有事情忙呗。"虞乘风并未想太多。

刘天昊摇摇头，心中暗道："无论多忙，还有比妹妹死亡更重要的吗？"

想到这儿，刘天昊打了杨红的电话，发现她的手机关了机，无奈地耸了耸肩。

"好吧！那我就去找赵师姐，要是我请不来，你再出马。"虞乘风虽然木讷却不傻，听出了刘天昊的言外之意，只好故意装作糊涂。

刘天昊起身向外走去，同时给虞乘风做了个"OK"的手势。

……

刑警大队的办公室也是小隔断的格局，各个桌子上堆满了文件和资料。王佳佳坐在刘天昊的办公桌前，兴致勃勃地摆弄着手机自拍，不时地讲上几句。

刘天昊的咳嗽声让王佳佳从自嗨中跳了出来，站起身微微一笑，学着警察的样子立正敬礼，说道："大侦探终于想起小女子来了！"

　　刘天昊嘻嘻一笑，掏出一张百元大钞，边摆弄边说道："大侦探一直在关注小女子，只是小女子不知而已，正所谓身在福中不知福，此身正在庐山中！"

　　"什么呀，这是臭屁诗！连打油诗都算不上，没有一点文学素养！"王佳佳哼了一声，调侃着刘天昊。

　　刘天昊嘻嘻一笑，随后脸上出现一丝忧郁之色。

　　"哎，大侦探，你在担心盗窃案会影响前途吧？"王佳佳凑近刘天昊说道。

　　一股若有若无、但闻起来沁人心脾的香气钻进刘天昊的鼻子里，王佳佳火辣辣的眼神盯着他的眼睛，令他不由自主地后退一步，看了看正在工作中的其他警察，尴尬一笑，说："要不咱们找个幽静的地方谈谈？"

　　"去幽静的地方干吗？这儿不好吗？"王佳佳两个嘴角向上翘着，她故作听不懂，其实内心已经答应了刘天昊的请求。

　　"孤男寡女的在幽静的地方还能干什么，你忘了当年咱们在学校后面的小树林……"

　　"你这人！你当年是欺负我小女生啥都不懂！"

　　"拉倒吧，那天是你主动的好不好！"刘天昊轻哼了一声。

　　"我要是不去呢？"王佳佳上来了调皮劲儿，歪着脖子说着。

　　刘天昊手上的百元大钞已经折成了一个戒指，他抓起王佳佳的手，戴在了她的中指上，说道："你不会拒绝的。"

　　王佳佳盯着戒指看了一阵，脸上露出无奈的神色，说道："好吧，小昊子，头前带路！"

　　"喳！"

　　……

第二十一章 影子

王佳佳跟着刘天昊来到刑警大队楼前广场，刘天昊的步子很大，可是今天他为了迁就王佳佳，故意走得很慢，深吸着冰凉的空气，头脑中的思维逐渐活跃起来。

广场不算大，但干净整洁，周边是五颜六色的花坛，中心有一个水池，其中有一座假山，水从假山上缓缓流下，水池旁的昏暗的装饰灯把水流和假山染成了橘黄色。

"时间过得真快。"刘天昊望着天上的星星暗自叹着气。

王佳佳轻轻地吐出一口气："哟，想不到刑警大队也有这么优雅的地方。"

刘天昊知道王佳佳的性格，她绝对不会白白地把盗窃案的信息提供给他。他现在没时间和王佳佳磨，只好制造一些浪漫而轻松的氛围，至少可以让她所提的条件不那么苛刻。

"很多年前这块地曾是一个富豪的花园，富豪触犯了法律，这块地充了公，最后就成了刑警大队。"刘天昊解释道。

"怪不得，我说刑警大队哪位领导能有这个格调！"王佳佳走进花坛，闭着眼睛吸了几口气，花香气息令她神经放松下来，尽情地享受着这份静谧。

"那个……"

"你又要破坏气氛了！"王佳佳睁开眼睛努着嘴说道。

刘天昊一笑。王佳佳太精明，反应太快，几乎是一瞬间就把刘天昊的话给堵了回去。

王佳佳看到刘天昊的囧相心一软："好啦，不为难你了，我可以告诉你盗窃案的事，不过……"

"条件你来开，我眼睛都不会眨一下的！"刘天昊几乎和王佳佳同时说道。

王佳佳盯着刘天昊的眼睛，眼神中露出一丝若有若无的迷离，两人的距离很近，近到几乎能感受到对方的体温。

一名路过的警察和刘天昊打了招呼。刘天昊和王佳佳两人立刻分开，和那名路过的警察招了招手。

王佳佳一笑，用手捋了捋大波浪的头发："条件我随后再说，我知道你不会食言。"

王佳佳的话让刘天昊想起金庸大师的《倚天屠龙记》里的赵敏和张无忌，赵敏也曾经和张无忌说过类似的话。

"先说盗窃案的事吧，简单地说，有一个网友发了一段视频，内容是一个人偷了一台大切诺基，拍摄者开锁技术很高明，从拍摄的视频来看，他几乎是单手用工具开的锁，15秒的时间，未触及警报，拿走了后座上的两个证物袋，关门的时候有些得意忘形，引发了车的警报，他开始逃跑。"

王佳佳说到这里打开了手机，放了一段25秒多的视频，视频没拍到摄像者本人，只拍了一双手，没有照到车牌子，但能看到车顶上的警灯。视频在几个小时内就给拍摄者带来了20万的粉丝。

"这段视频能发给我吗？"

"当然。"王佳佳立刻把视频发给了刘天昊。

刘天昊松了一口气，他生怕王佳佳刁难他，甚至是拿这件事当作要挟。

"别人都把这段视频只当作一个技术类视频看，我却看到了这台大切诺基，我记得有一次，也是在一台吉普车上……"说到这儿，王佳佳的脸突然红了起来。

刘天昊轻咳两声，掩饰了尴尬，说道："还有其他的吗？"

王佳佳又捋了捋头发，抬头向远处看了看，才说道："我找了一个黑客朋友，他帮我弄清了发这个视频的用户信息，这个用户使用的手机号段就是 NY 市的，他发了很多视频，是一个惯偷，技术型的，专做一些常人不敢做的事，比如偷窃警察的证物等。有很多粉丝，其中有不少是靠三只手吃饭的。"

"能找到他吗？"刘天昊突然想起了片警侯警官，这句话他也和侯警官说过。

"不太容易，他具有一定的反侦查能力，我朋友正在尝试定位他。这名惯偷有个特点，他并不是凭借偷取的东西赚钱，而是用这种技术换取粉丝，典型的网红玩法。大部分时候，他偷了东西之后都会通过其他形式还给失主，这也是他一直未被抓捕归案的原因吧！"王佳佳说道。

"这两个证物袋对我很重要，你知道的……"刘天昊无力地挥挥手。他毕竟刚加入刑警队伍不久，从理论上讲还是个新人，经历比较少，遇到这种事情就变得有些无力。

"这就是我来找你的原因，我会尽力的，人帮人才能成为人上人嘛，更何况这是你的事。哦，我该走了，因为你的搭档来了，又是一个眼神要吃人的。"王佳佳甩了甩头，向大门走去。

虞乘风和赵清雅向刘天昊走来。赵清雅一身制服、英姿飒爽，一头乌黑的短发看起来干净利落，眼睛盯着风情万种的王佳佳，眼神中充斥着女人之间的那种敌意。

"记住，影子会给你灵感的！"王佳佳已经走出很远，性感的声音却回荡在刑警大队的院子里。

赵清雅走到刘天昊身前，说道："哎，大侦探，这又是哪个小姑娘被你泡上了？用不用师姐帮你一把？"

刘天昊故意伸手揽向赵清雅的腰，赵清雅闪身躲开，伸手挡开他的手。

"你干吗，师姐可是很纯洁的。"赵清雅笑着说道。

刘天昊笑嘻嘻地说道："在学校时，师姐一直就是我的梦中情人，看到师姐，我对其他女人完全没了想法！"

"少来，你看人家虞乘风多老实本分，多学着点。"赵清雅哼了一声走向停车场。

虞乘风张了张嘴，与刘天昊对视一眼，急忙跟了过去。

"影子会给你灵感，王佳佳到底在打什么哑谜？知道了什么就和我说呗！"刘天昊望着咆哮而去的宝马五系叹了口气。

……

虞乘风开车的风格和他的性格很相似，中规中矩、不急不躁，虽说开的是警车，却很注意礼让。刘天昊非常意外的安静，没有对虞乘风的驾驶指手画脚，专心地摆弄着手机看视频，耳机塞在耳朵里。

赵清雅眯着眼睛坐在后座上，脸上满是疲惫，想必是办案又熬了夜。

这段 25 秒的视频刘天昊看了很多遍，却还是没明白王佳佳那句话：影子会给你灵感的。

他摘下耳机揉着太阳穴向窗外望去，城市的夜景很美，除了大切诺基发动机的轰鸣声，整个夜几乎是安静的。

"咦！"刘天昊看着车窗上自己的影子。

影子，车窗的倒影！

想到这里，他再次打开视频，终于在第 12 秒从视频中的车窗上发现了倒影，年轻保安的倒影！

"果然是他。"刘天昊咬着牙自言自语，他又看了几遍视频，思索了一阵，又觉得王佳佳的话是另有所指。

凭着王佳佳的能力，应该很容易就得到小区门岗的监控录像，单看年轻保安的行为，就能轻而易举地锁定他就是小偷，何必提醒那句话再次锁定小偷就是年轻保安！

难道她的提示是指洪利在车间时遇到的"鬼魂"是杨柳的"影子"？如果是这种假设，也就意味着王佳佳知道了审问洪利的过程以及他们三人在会议室讨论的内容。

王佳佳绝对是一个可怕的女人，手段多、智商超高，甚至可能凌驾于他之上！

想到这里，刘天昊开始摸索自己的衣服，摸了好一阵，也未发现有窃听器之类的工具。

他仔细回想着和王佳佳接触的画面，并未觉得有异常。

"不可能！"刘天昊摆弄着手机，这部手机是警队配发的，具有很强的防窃听功能，不可能被窃听。

凶手每次都能在警方之前行动，会不会窃听了他们的电话？

"乘风，你电话给我看看！"刘天昊伸手掏虞乘风的口袋，拿到他的手机。

"干吗？"虞乘风有些不满，手机里有他和姚文媛的聊天记录，要是让刘天昊看到，还不得天天调侃他俩！

刘天昊摆弄了一阵虞乘风的手机，没见到有被窃听的迹象，又把电话放在中控台上。

赵清雅睁开眼睛，双臂抱胸，说道："小师弟，你今天的反应可不太对劲儿啊。一会儿看手机视频，一会儿摸索衣服，一会儿又检查同事的手机，中邪了？"

"是想师姐想得浑身不自在。"刘天昊不忘调侃赵清雅。

"你再这样没正经的让我生气，我可不保证接下来的工作质量。"赵清雅不愧是心理专家，一句话就捏住了刘天昊的"七寸"。

刘天昊举手做投降状："别呀师姐，这件事可关乎我中队的生死存亡，您可别撂挑子。我错了，大错特错，认罚！"

"什么你中队，不就三个人嘛！"赵清雅语气中有些不屑。

"到了，就是这家宾馆。"虞乘风的话给刘天昊及时解了围。

一辆桑塔纳警车停在宾馆门前，两名警察站在车前向虞乘风挥手。双方进行了很简单的交接，赵清雅拿到徐静的资料后又问了几个问题，便冲着刘天昊点了点头。

送走临海市公安局的同志后，赵清雅问道："师弟，你还没说今天的目标是什么。"

刘天昊拿出那张两男四女的照片递给赵清雅，指着照片说道："这个女人就是徐静，这几人分别是刘大龙、林娜娜、杨柳、欧阳倩。"

"你需要从徐静的口中套出这名男子的身份对吧？"赵清雅反应极快。

刘天昊虽说是神探，却对身边这几名女人有种莫名的无力感，韩孟丹、王佳佳以及赵清雅，尤其以赵清雅为甚。在她面前，刘天昊就像脱光了衣服一般，毫无隐私可言，无论你心里想什么，对方都能很快洞悉，这种感觉让人有些不寒而栗。

"对，要这名男子的所有信息，也许他就是连环杀人案的下一个目标，也有可能他就是凶手。"刘天昊不敢有丝毫隐瞒。

赵清雅脸上充满着自信，冲两人做了一个"OK"的手势，便向宾馆里走去……

当刘天昊见到徐静的时候，心立刻凉了一大半。徐静的面容姣好，身材也不错，但眼神呆滞，脸上没有半点生机，整个人像极了一具没有灵魂的躯壳。

如果徐静是装傻，肯定逃不过赵清雅的眼睛，但从目前的情况看，她哪里是失忆，而是大脑遭到了严重的破坏，彻底成了一个痴呆！

赵清雅的心理学学得再好，能从一名失去记忆的人身上套出情报吗？

第二十二章　徐静的恐惧

徐母见三人走进来，便站起身，看了三人的警官证之后，就站在一旁叹气，对于一名农村妇女而言，女儿发生这样的事情，她也无能为力，只好尽力去照顾她。

"我需要和她一对一地谈话。"赵清雅把所有的注意力都放在徐静的身上。

"了解！"刘天昊冲着虞乘风摆摆头。虞乘风上前和徐母低语了几句。徐母看了徐静一眼，又向虞乘风发出征求的目光，再次得到肯定后才缓缓点头。

刘天昊和虞乘风带着徐母到另一个房间休息，顺便了解一下徐静的情况。

可惜的是，徐母知道的事情并不多，所讲的大多数都是徐静离开家之前的事，毕竟徐静在 NY 市混那种圈子，不敢和老家的亲人说。因此她只知道徐静工作很辛苦，几乎是日夜颠倒，但时不时地会寄一些钱回家。在大城市，徐静寄的那点钱算不了什么，但对于收入相对较低的农村，那可是一笔巨款。

刘天昊不敢把徐静的事情和盘托出，他不想看到老人为女儿的遭遇再次伤心。虞乘风也没闲着，在一旁用笔记本电脑查找废弃工厂以及那名年轻保安的资料。过了一阵，虞乘风把一个文档发给刘天昊。

刘天昊和徐母的谈话很快结束，徐母坐在电视前呆呆地看着电视，看她的神情，她根本没在乎电视里的内容。

刘天昊打开文档，看到了废弃工厂的资料，他眼睛陡然一亮……

工厂的前身是做汽车白车身的，在一份工厂工会表彰先进的名单里，赫然出现了杨柳的名字，时间是五年前。

"杨柳曾经在这个厂子工作过！"虞乘风凑了过来小声说道。

"也就是说，凶手约杨柳来这间工厂是有目的的，绝非巧合，应该和杨柳在工厂工作期间的某件事情有关，也许凶手就在厂子的工人当中！"刘天昊小声地说道，说话间还看了看呆坐着的徐静母亲。

虞乘风立刻会意，两人踮着脚向外走。

两人来到宾馆外的停车场，上了车后，虞乘风打开笔记本电脑开始搜索工厂的资料。

"有工厂负责人的电话吗？"刘天昊问道。

虞乘风点头说："有，不过是个座机，厂子都黄了，怕是联系不上。"

现在的手机早已普及，几乎人手一部，更多的人甚至拥有两部以上的手机，几乎很少还有人使用有线电话。

刘天昊拨了号码，果然是空号。

"这儿有一个保卫科负责人的电话，是个手机，你试试，马天阳，四十岁，男的。"

刘天昊再次拨通电话，电话通了，铃声响了一阵后，一个懒洋洋不耐烦的声音传出来："喂……"

"请问是马天阳吗？"

"啊，你是谁呀？"

"我是 NY 市公安局的，我……"

还没等刘天昊说完话，话筒的声音一变，语速很快："我从没办过任何银行卡，没在韩国有过高消费，没在泰国买大象，更没涉及任何经济类案件，不想买茶叶，不想买期货、炒白银、炒黄金、炒股票，不想投资马特量化机器人，不想投资区块链。另外我告诉你，其实我是秦始皇，当年吃了长生不死丹，我现在想回到我的陵墓里拿一些古董回来，价值连城，另外陵墓里还有两颗不死药，我可以分你一颗，但我现在没有路费，你借我 500，等我拿到之后，拍卖古董的钱咱俩一人一半，我的银行号码是……"

"喂，你听我说，我真的是刑警，你……"刘天昊提高了嗓门打断对方的话。

现代的骗局的确很多，大多数人看到陌生来电，第一时间是抱着防备心理。

"刑你个奶奶，滚球去吧你，老子没空陪你玩！"马天阳挂了电话。

虞乘风在一旁捂着嘴笑。

刘天昊看着手机叹气："这都什么人呐这是！"

刘天昊再次拨打马天阳的号码，打了两次并未接通，摆了摆手机说道："肯定拉黑我了。"

"我让派出所找他吧，你就别操心了。"虞乘风说道。

刘天昊点了点头，看了看二楼徐静和赵清雅的房间，犹豫了一下后，他开门下车。

"去哪？"虞乘风随口一问。

"去看看徐静的情况。"

"清雅师姐说不能打扰的。"

"她说的是你不能打扰，我是例外！"刘天昊声音未落，人已经走进了宾馆。

虞乘风摇了摇头，叹了口气，又把视线放回到电脑屏幕上。

……

徐静的病情出乎赵清雅的意料，满满的自信心被打得七零八落。赵清雅自出道以来，还从未有过如此狼狈的经历，面对完全没有反应的徐静，她已经尽了全力。催眠的前提是被催眠对象能够接受催眠师的暗示，才能唤醒其某些特定的特殊经历和特定行为。

要是被催眠的对象是一段木头呢？结果不言而喻！

徐静就是那块木头，她对以往的事情一概没有反应，哪怕是关于她母亲和家人的事情。

刘天昊走了进来，虽然脚步很轻，却还是惊动了赵清雅。

"我说过，我工作的时候需要安静，一对一，你明白了吗？"赵清雅并未因为是刘天昊而留情面。

刘天昊嘻嘻一笑，说道："对于这种病人，我是最有经验的。"

赵清雅白了刘天昊一眼，将脸别了过去。在她心中，除了她的导师之外，没人敢随便评论她的专业性。

刘天昊走到徐静身边，突然大叫一声，赵清雅吓了一跳，手里的那张两男四女的照片落到了茶几上，捂着胸口瞪着刘天昊。

令人惊讶的是，徐静的眼睛竟然随着照片动了一下，随后便盯着茶几上的照片。

刘天昊一指徐静，有些得意地说道："怎么样？这种在审讯中叫惊天一声雷，人会下意识地做出反应，死人也能给他吓得活过来。"

赵清雅做了个噤声的手势，伸出手在徐静的眼前晃了晃，又拿起茶几上那张照片，放在她眼前。

徐静的脸上开始出现惊慌，渐渐地演变成了恐惧，她身体向后倒，连同椅子一起倒在地上，随后手脚并用地向后躲着，最后躲在床和墙之间的夹角中，双臂抱膝，身体不停地发抖。

"你之前没给她看照片吗？"刘天昊问道。

"当然没有，她根本没进入状态，谁能想到她能有这么大的反应。"赵清雅说道。

刘天昊从赵清雅手里拿过照片走向徐静。徐静整个身体缩成一个团，不停地哆嗦着。

"这张照片果然有问题，他们说得没错。"刘天昊说道。

"看来是你的惊天一声雷起了作用。"赵清雅说道。

虽说他是歪打正着，却还是打破了僵局。按照赵清雅以往循序渐进的方式引导徐静，可能要很久之后才会用到这张照片，到那时，破案的期限早就到了。

"怎么样，我就说吧……"刘天昊有些得意。

"你先出去，我需要时间。"赵清雅下了逐客令。

"呃……"

"要不你来！"赵清雅把照片递给刘天昊。

刘天昊连忙双手合十鞠躬道歉，退着离开房间……

刘天昊闷闷不乐地回到车上，虞乘风呵呵一笑，说道："怎么样，碰钉子了吧？"

刘天昊眉毛一挑，说道："如果不是我，大师姐的名声肯定废了，你看着吧，很快就会有结果。"

"哎，昊子，有件事我可得警告你，你离那个王佳佳远点，现在咱们这案子还处于保密期，尤其是眼前的连环杀人案，一旦作案手法曝光，可能会引发模仿杀人。"虞乘风提醒着。

"是吗？"刘天昊有一搭没一搭地应和着。

虞乘风把笔记本电脑转向刘天昊，指着屏幕说道："你看看，王佳佳的微博上都发表了，题目是：画魔连续作案，神探刘天昊受到前所未有的挑战。"

刘天昊一惊，连忙看向屏幕，发现其微博内容披露了很多案件的细节，甚至是一些杀人手法和案发现场勘查的细节。

"不可能！不可能！"刘天昊差点喊出声来。

杀人手法和案发现场的勘查除了他们三人，连那些参与勘查的警察都不能一览全貌，王佳佳怎么可能知道这些？

要是三人没有泄密，那就只有一种可能，王佳佳熟悉凶手，甚至说她就是凶手！

"钱局和韩队要是看到这些，恐怕你又得挨撸了！"虞乘风说道。

"看来我真得好好和她谈谈。"刘天昊说道。从目前的情况看，王佳佳最初在星娱文化出现找他并非偶遇，而是刻意而为，她一定知道了什么，这才闻风而来。

刘天昊的手机响起，是杨红的来电。

"刘警官，我是杨红，之前有个会要开，刚得着空，我妹妹有消息了吗？"杨红的声音听起来有些焦急，嗓子也有些嘶哑，想必是开会说话比较多造成的。

"呃……你来趟刑警大队吧，咱们当面说。"刘天昊虽说满肚子狐疑，但真正面对杨红时却不知道该怎么说好。

杨红仿佛是预感到了什么，好久没有说话，最后叹了一口气，问道："是不是她出事了？"

"你先过来吧，我在刑警大队门口等你！"刘天昊不敢再说话，立刻挂了电话。

虞乘风抬头看了看他，问道："回刑警大队？"

刘天昊点了点头："这儿有大师姐就够了，咱们等下去毫无意义。咱们出来时法医把韩孟丹叫走，想必是有了发现，估计更为详尽的尸检报告应该出来了。"

"马天阳找到了，在城东柳条街 35 号，现在片警老胡和他在一起，怎么处理？"虞乘风问道。

要是案子不急，刘天昊一定会选择登门拜访，毕竟把人拘到刑警大队不是什么光荣事，不是每个人都能接受的。

"把人带到刑警大队吧。"刘天昊立刻下了决定。时间紧迫，要是顾忌太多，说不定又要走在凶手的后面。

虞乘风安排好了后，又说道："昊子，你现在需要冷静下来，目前的线索太多太乱，得从其中摘出一条线索，否则，这样乱下去，肯定不能按期破案。"

"我明白，谢谢你，你来开车吧，我得好好想想！"

虞乘风的车开得很稳，也许是太累了，刘天昊想着想着，眼睛一闭睡了过去。

……

第二十三章　经纪人阿杰

杨红看起来有些颓唐、精神不振，眼圈一直是红红的，从身后看，她的身影显得很孤单，让人有种想把她搂在怀里安慰一番的念头。

刘天昊不禁心中一酸，迎了上去。虞乘风接了一个电话，看到刘天昊走向杨红，便向楼上走去。

"对不起，杨柳她……"刘天昊叹了一口气。

"我想去看看她。"大颗的眼泪流了下来，她却硬生生地没哭出声。

"跟我来吧，不过，你得有个心理准备。"

……

尸检中心依然灯火通明，当刘天昊和杨红进入时，韩孟丹和法医正在拿着报告单低声说着话。法医说了几句后便转身离开。

杨红走到尸体前，向白布单伸出手，犹豫了一阵后还是没打开。韩孟丹走到杨红身旁，轻轻地掀开白布单，一张白得吓人的脸露了出来。

杨红立刻闭上眼睛，脸上尽是痛苦，身体微微颤抖。韩孟丹冲着刘天昊使了个眼色，两人走到尸检中心外面的走廊。

"通过解剖和检测，可以确定两点，一是凶手是左手作案，二是死者并未受到性侵。"韩孟丹小声地说道。

"怎么说？"

"钢管是自下而上、自左而右的方向插入死者左大腿，用左手做这件事情更顺畅一些。这一点和之前的两件杀人案对上了。再者，杨柳虽说是秘书身份，可无论身材和长相都数得上一流，凶手却能够忍住不动她，这点和之前林娜娜那件案子很像。"韩孟丹说道。

"林娜娜、刘大龙受到虐待的位置都是集中在大腿根部附近，这说明凶手执行的死亡仪式与性有关，难道说凶手是性无能？报复刘大龙、林娜娜、杨柳等人？"刘天昊说道。

"之前我说过，凶手也可能是女人。还有，在尸体身上发现了松节油。"韩孟丹说道。

"松节油？"刘天昊问道。

"松节油是油画必要的材料之一。"韩孟丹说道。

"画魔！"

"对，通过以上几点可以锁定凶手仍然是画魔，作案者是同一个人。"韩孟丹说道。

虽说现在知道了凶手同为画魔，可画魔具备强大的反侦查能力，虽然在现场留下绘画所用的画架等物，却毫无头绪，连破案神器天眼监控都没了作用。

"还有，我听姚文嫒说虞乘风被钱局叫去了，不知道又是什么事。"韩孟丹晃了晃手机说道。

"肯定是钱局要了解案情呗，还能干什么。乘风和我虽然是好兄弟，但钱局和韩队把他安排在我身边，我知道是什么意思，还不是不放心我。"说到这里，刘天昊意味深长地看了看韩孟丹。

韩孟丹低下头，想起之前哥哥韩忠义对她说的话：刘天昊是个破案的天才，但做事毛躁，很容易犯错误，对于一名优秀警探的成长而言，这是很不利的。

中国地大物博、人口众多，绝对是一个不缺少天才的国家，要想在一个行业做到巅峰，首先是不能有污点。像刘天昊这样有能力但比较激进的人很容易染上污点，也就意味着一个天才的坠落，这是众人都不想看到的。

韩孟丹的任务之一就是盯着刘天昊，不能让他犯错误，这是底线！

凭着刘天昊的聪明和敏锐性，他应该知道虞乘风和韩孟丹都是来辅助并盯着他的。作为队友，隐瞒就代表着不信任，因此当刘天昊说虞乘风的事情时，韩孟丹不敢与他对视。

杨红推开尸检中心的门走了出来，化解了两人的尴尬，她看了刘天昊一眼，便向外走去。推开走廊尽头的大门时，一名警察匆忙跑进来，边跑边向韩孟丹挥手，韩孟丹迎了过去。

"韩法医，有件案子李法医要您一起出现场，说有重要情况。"韩孟丹向刘天昊投去征求意见的目光。

刘天昊冲着站在门口的韩孟丹点点头。虽说韩孟丹是刘天昊小队成员，却也是整个刑警大队的法医，一旦其他的中队有案子需要她出紧急任务，她也得服从大局。

当刘天昊追上杨红时，韩孟丹已经和那名警察上了警车，警车拉响警报离去。

"你没事吧？"刘天昊试探着问道。

杨红站在走廊里抽泣了一阵，深吸了几口气，缓了缓神才说道："我没事，刘警官，你答应我，一定要抓到凶手，给我妹妹报仇。"

　　这句话已经有多个人说过，刘天昊点了点头，说道："如果可以的话，我想和你了解一下杨柳的情况。"

　　"好，你问吧。"杨红抹了抹眼泪。

　　"除了你之外，杨柳平时和谁来往比较密切？"刘天昊问道。

　　杨红想了想，说道："周末她一般都到我那儿住，我俩聊得挺多，大多数都是工作上的，没听说和谁走得太近。"

　　"她工作上有什么异常情况吗？"刘天昊问道。

　　"工作就是工作，有什么异常？"杨红不解地问道。

　　刘天昊的意思是问杨柳除了刘大龙公司的业务之外，有没有其他业务。可在杨红眼里，杨柳的工作只是一份工作，显然她并不知道杨柳和刘大龙之间还有其他的事。

　　"杨柳和洪利之间的事情你知道吗？"

　　"洪利，好像听她说过，应该是之前她在工厂做事那时候的同事。"杨红说道。

　　刘天昊一听来了精神，立刻又问道："同事？"

　　"工厂是做汽车白车身的，男工人比较多，女工大多都是打下手的，还有一些在厂办做技术性的工作，杨柳那时候就是做文秘，洪利应该是在车间。以杨柳的条件，不可能和洪利好上的，可他俩就好上了，后来洪利因为一些事离开工厂，再之后就不知道了。"

　　"这些都是杨柳和你说的？"刘天昊问道。

　　杨红犹豫一下，点了点头。

　　"对于那个工厂，你还知道些什么？"刘天昊又问道。

　　杨红低下头，揉了揉鼻子，眼泪再次流下来，缓了一阵才说道："我都是听妹妹说的，其他的我不知道。"

　　"杨柳失踪前有什么异常表现吗？"

　　"没有，她平时都是忙于工作，刘总要求比较严，事无巨细，她基本没什么时间做其他事。"

刘天昊点了点头，沉默了一阵才说道："杨柳被害后不久，我就联系了你，但一直联系不上你，我担心你出什么意外。"

杨红凄惨一笑，说道："我要是和妹妹一起出意外还好了，现在都不知道怎么和叔婶说这件事。"

"节哀顺变，如果你还能想起什么，记得联系我。"刘天昊说道。

杨红幽怨地看了他一眼。作为男人，刘天昊知道杨红此时需要一个坚实的臂膀依靠，哪怕一刻也好，可他是警察，有所顾忌，只好叹了一口气。

杨红迈步向外走去，刚走两步，她的身体一晃，双腿一软，向地面扑去。刘天昊手疾眼快，一个箭步冲到她身边，将她扶住。

"要不，我送你回去吧。"刘天昊说得有些勉强，扶着杨红的手不经意地碰到了她的胸部，脸上一红，连忙把手下移。

杨红"哎呀"了一声，随后用手按住胸部。

杨红站直身体深吸了几口气，睁开眼睛，冲着刘天昊凄凉一笑，说道："没事，刘警官，我真的没事。"

杨红从刘天昊的手臂中挣扎出来，蹒跚着向外走去。

刘天昊没敢再坚持，站在原地目送杨红离去，他回味着刚才的情景，揉了揉鼻子，又把手放在鼻子下闻了又闻，皱着眉头若有所思……

一名警察的脚步声把刘天昊从思索中唤回现实。

"马天阳到了，在审讯室。"警察小声地汇报着。

刘天昊点点头，说道："把他带到会议室吧。"

……

刘天昊给马天阳泡了一杯咖啡。马天阳倒是没客气，吸溜吸溜地喝着，他额头上没有皱纹，满头乌发，但从相貌上看，也就40岁出头的样子。

刘天昊拿起资料，看到马天阳曾经隶属于宏泰白车身制造有限公司，职务是保卫科长，年纪是54岁。

"看不出来呀，您都54岁了！"刘天昊笑着说道。

"我没心没肺，反正厂子黄的时候就给我办退休了，在家闲着也没啥压力，早睡早起身体好呀！"马天阳半倚在椅子上说道。

"我就是那会儿给你打电话的那个骗子，秦始皇那个。"刘天昊一屁股坐在会议室的桌子上，自高向低看着马天阳。

马天阳一愣，随后坐直身体，满脸堆笑地说道："抱歉抱歉，警官，我真不知道是您，要是知道，打死我也不敢挂您的电话呀。哎呀，这年头儿骗子太多，一不小心就上当。"

从马天阳的话里能听出他平时肯定是深受其害。

"咱们言归正传，请您来主要是想了解一下宏泰的事。"刘天昊开门见山地说道。

马天阳立刻会意，放下咖啡说道："哦，片警老胡和我说这事了，您需要知道什么？"

"杨柳曾在这间工厂工作吗？"刘天昊问道。

"杨柳，这名字很熟悉。"马天阳拍着脑门思索着，过了一阵，他眼睛一亮，恍然大悟道："对了，是厂办杨秘书，杨柳，长得漂亮，当时厂子很多人都追她，包括我们厂的刘经理。"

"后来呢？"

"后来，后来据说她和一个工人好上了，好像是叫洪什么来着……"马天阳思索着。

"洪利？"

"对，对，就是洪利，那小伙子没什么文化，但人长得不错。洪利因为右手有伤，干活不利索总是被扣工资，干了一年后就被辞退了，听说他去夜总会当鸭子，不知道是真的还是假的。"马天阳说道。

"杨柳什么时候离开工厂的？"

马天阳挠了挠脑袋，说道："具体时间想不起来了，大约是洪利被辞退半年吧，洪利离开后，很多人又打杨柳的主意，尤其是刘经理，天天缠着她，应该是为了这事儿，她就离职了。"

"在这期间，有没有发生什么特别的事？"刘天昊有些不甘心。

"特别的事嘛，应该是没有。杨秘书虽然漂亮，但很本分，从来不做出格的事，而且她有个姐姐，在下班时来接她，看得比较紧。"马天阳说道。

刘天昊从微信里搜出一张杨红的照片，放大后给马天阳看，问道："是不是这个人？"

马天阳皱着眉头看了一阵，说道："像，很像，但又有些差别。据说她姐姐就在附近的公司上班。"

刘天昊又拿出两男四女的那张照片，问道："您看看这张照片。"

马天阳眯着眼睛看了一阵，指着照片说道："杨柳在里面，另外，这个小姑娘好像是一个模特吧，叫什么娜娜的，我经常在电视上看到她，这个是刘大龙，也经常上电视，大老板，这两个女的不认识。"

"这个男的呢？"刘天昊问道。

"见过，我一定见过，你别看我年纪大，记性却一点不差。"马天阳说道。

刘天昊一听眼睛一亮，问道："您仔细想想，这个人对我们很重要。"

马天阳摆了摆手，皱着眉头思索着，过了好一阵，他才缓缓说道："记得他接过杨柳下班，那时候大伙儿都盯着杨柳，就算是条公狗靠近，大伙儿都得议论一番，我记得有人说过这名男子好像叫阿杰。"

"阿杰！"刘天昊立刻想起了林娜娜父亲的话，这个阿杰当初做过林娜娜的经纪人，后来因为经济问题解了约。

如果阿杰是照片中的男子，曾经是林娜娜的经纪人，现在又与杨柳有了联系。

"您知道阿杰的全名吗？"刘天昊急忙问道。

马天阳立刻摇了摇头，说道："不知道，连阿杰这个名字我也是听说的，不过我记得阿杰出现那几次都是和杨柳姐姐一起来接她的，她姐姐应该认识。"

"不可能！"刘天昊立刻想到当初把照片发微信询问杨红时，她一口否认认识这名男子。

"这点我不会记错,就是他和杨柳姐姐一起来的,很多人还调侃,说一头猪拱了两棵白菜。"马天阳轻佻一笑。

"您还知道些什么,都告诉我。"刘天昊不再纠结。

马天阳点点头,喝了一口咖啡,说道:"我估计,这个阿杰和杨柳姐姐就是因为担心刘经理骚扰杨柳才来接她下班的,接了几次之后,杨柳就辞职了,后来听厂里的女孩们说,杨柳好像是去做了模特,签约了一个什么娱乐公司,好像也做了没多久。"

"星娱文化?"刘天昊提醒着。

"对对,就是星娱文化,当时大伙儿还说,星娱文化不就是性欲文化嘛,你看这名字起的。"马天阳说起话来一点也不打怵。

如果马天阳的话属实,杨柳离开工厂之后,就投奔了杨红的星娱文化,做了一段时间模特,又去了刘大龙的公司做秘书。而且阿杰曾经是林娜娜的经纪人,杨红没理由不认识,可她为什么矢口否认?难道说这其中还有其他的秘密不成!

线索虽然很乱,但刘天昊的直觉告诉他,距离真相越来越近了。

第二十四章　神秘乘客

送走马天阳之后,刘天昊立刻给杨红打电话,他要弄清楚阿杰的真实身份以及杨红和阿杰之间的关系。

杨红的电话再次关机!

刘天昊预感事情有些不妙,按说杨柳失踪后杨红应该是焦急万分的状态,但到了让杨红认尸的时候,她却关了机,理由是公司开会,究竟有什么会那么重要，会比妹妹失踪的事情更加重要？

认尸之后，她再次关机，这其中一定有问题！

从目前的线索表明，杨红和这件案子有着一定的联系，可能和凶手认识，更有甚者可能她就是凶手！

还未等刘天昊多想，电话声响起，他看了一眼，是韩孟丹来的电话。

"孟丹！"

"昊子，你赶紧来北郊村，这里发生了一起凶杀案，可能和连环虐杀案有关，快！"韩孟丹的声音和警笛刺耳的声音几乎同时从话筒中传出来。

"凶手这么快再次作案，难道真的是疯子不成？"刘天昊心里咒骂着，几乎是用百米冲刺的速度冲向停车场。

一阵汽车引擎的轰鸣声令他停了下来，虞乘风开着车冲他喊着："昊子，上车，孟丹那边有情况。"

看来韩孟丹也及时通知了虞乘风，一个好助手的确能节省很多宝贵时间。大切诺基飞一般地冲了出去，警报声几乎同时响起。

"钱局没为难你吧？"刘天昊问道。

虞乘风憨憨一笑，说道："钱局找我是问我连环虐杀案为什么会出现在八卦媒体上。"

刘天昊一听，立刻想到了王佳佳。他的心情复杂极了，不知道是该感谢她还是恨她。

"网警已经介入，把那个媒体给封了，不过还是有很多消息流传了出去。"虞乘风说道。

"明天就到了破案期限了，被媒体这么一搅和，凶手要是有所警觉，很可能会完不成任务，但愿孟丹那边有收获！"刘天昊说道。他的直觉告诉他，韩孟丹接的这个案子有蹊跷。

虞乘风张了张嘴，最后还是把话咽了回去。两人沉寂了一阵，虞乘风才说道："对了，老徐刚才打电话找你，你都没接，说有情况和你沟通。"

"我没接到老徐的电话呀！"刘天昊看了看手机，发现手机是静音状态，是带着杨红认尸的时候怕打扰拨到了静音状态，事后忘了恢复，老徐打了好几个电话都没接到。

刘天昊随即拨通了监控中心老徐的电话。

三声不到，老徐就接了电话："小刘，这回你真得给我请功。"

"快说，快说！"刘天昊知道老徐一定是发现了什么。

"影子，我发现了影子。"老徐的声音有些激动。

"具体点，什么影子？"刘天昊又想起了王佳佳之前说的那句话——影子会给你灵感的，果然如之前的判断，王佳佳说的影子并不是盗窃证物小偷的影子，而是……

可是老徐在天眼监控上看到的信息，王佳佳是如何知道的？

"是她那个黑客朋友。"刘天昊一拍脑袋。

他发现一个不该有的现象，就是在发现线索上王佳佳竟然都走在他的前面！幸好王佳佳是朋友不是敌人，否则，定会被她牵着鼻子走。

"可怕的女人。"他心里念叨着。

话筒那头儿的老徐深深地吸了一口气，说道："我仔细调看了杨柳开车的视频，发现在她车后座上有一个人，在槐樱街地下商场出来之后这个人就在了，之前没有，直到进入废弃工厂区的最后一个监控，这个人都在！"

"把视频发给我！"刘天昊语气非常兴奋。如果杨柳车上的这个人一直跟着进入了废弃工厂区，那就意味着他就是凶手！

"几个比较清晰的视频片段已经发到你的微信上了。"老徐说道。

"老徐，你还得帮我个忙，查找一下槐樱街地下商场的视频监控，看看有没有比较特别的发现。"刘天昊说道。

"刘队，整个地下商场的视频我看了，杨柳的车进入后再出来时那个人就在了，但是什么时候上的车看不到，那人应该是刻意躲避了监控。"老徐说道。

"好吧，要是还有线索，第一时间打电话给我，谢啦老徐。"刘天昊挂了电话，立刻打开微信看视频。

老徐一共截取了十几段视频，那个人坐在杨柳驾驶位置后面，穿着一身黑色衣服，由于坐姿比较低，所以看不清头部，一条腿的膝盖几乎伸到中央扶手箱上，看起来应该是比较流行的京瘫坐法。

杨柳的车是奔驰 C260 轿车，轴距比较短，后排空间本就比较狭窄，加上杨柳的座椅比较靠后，如果选择京瘫的坐姿坐在后排，会非常不舒服。

但神秘人恰恰选择了这种坐姿，而且他选择不坐副驾驶位置肯定是不想暴露在监控之下。

可惜的是，神秘人自上车之后，坐姿就没变过，所以只能看到一条腿和一条胳膊，手上还戴着一副黑色手套，看起来就像是影子一样！

"王佳佳！"刘天昊再次想到她，拨了她的电话后，他开始琢磨如何向她问话。

"喂，想我啦？"王佳佳性感而富有诱惑力的声音从手机听筒传了出来。

刘天昊瞥了瞥认真开车的虞乘风，见他没有太多反应，才侧了侧身子说道："佳佳，你说的那句话我终于明白是什么意思了。"

"哪句话？"王佳佳饶有兴趣地问道。

"影子会给你灵感的。"刘天昊说道。

"呵呵。"王佳佳并未接着话头说下去，反而引导着刘天昊，显然她的谈话非常有技巧，经过一定的训练。

刘天昊叹了一口气，说道："我最初以为你说的是别墅证物盗窃案，视频中大切诺基窗户玻璃的倒影显示出盗贼的相貌，但仔细一想又不太对，既然你能找黑客朋友锁定盗贼，就没必要再提示我影子的事。"

"嗯，还算你聪明，继续说吧。"

"监控中心老徐告诉我杨柳出事前开车的时候，有个人坐在她的车上，当我看到监控视频后，发现根本看不清那人，可以说就是一个隐藏在暗处的人影，所以我断定你说的那句话是在提示我这件事，而不是盗窃案。"刘天昊说道。

"这还差不多，对于神探来说，勉强算是及格吧。"王佳佳并未在意被刘天昊点破。

"你之所以能看到视频监控，是因为你有一个当黑客的朋友。"刘天昊继续说着。

"你不是来抓我的吧？为什么不问问我有没有其他线索？"王佳佳语气轻松。

"你说说吧，我的佳佳小姐。"刘天昊恢复了嬉皮笑脸的状态，丝毫不在乎一旁开车的虞乘风白了他一眼。

"算你嘴甜。这款车我开过，如果以这种坐姿坐在后座，我的膝盖大约也会顶着扶手箱，因此我推断，此人的身高大约比我高一些，应该有175厘米左右。"王佳佳说道，她说话时的语气像足了神探福尔摩斯。

刘天昊笑了，笑了好一阵之后，才说道："佳佳，我真的该聘请你当我的侦探顾问。"

"可以呀，你……你每个月得给我两万元的工资，还有各种化妆品、衣服、美容保养等开销，养活我可不太容易哟。"王佳佳调侃着。

刘天昊尴尬地唔了一声，用余光看了看专心开车的虞乘风，见他没有反应，这才松了一口气。

"我预感这个系列杀人案的真凶是女人。"王佳佳说道。

刘天昊呵呵一笑，同时想起了韩孟丹的话。

"还有没有其他的线索？"刘天昊问道。

"我们之间除了线索和破案，就不能说点其他的吗？"王佳佳嗔怒着。

"乘风啊，向左并道，前面路口左拐，小心点，后面有车！"刘天昊假装说着。

虞乘风叹着气摇了摇头，打了左转向灯。

"佳佳，我这儿还有事，有空我再找你，记着，在案子没有定案之前，不要再随便发给媒体了，微博也不行，就算我求你了。"刘天昊死皮赖脸地磨着。

"好吧，我答应你，不过案子破了之后我要专访，是独家专访啊！"

刘天昊敷衍着挂了电话。

"昊子，你肯定还分析到其他线索了。"虞乘风说道。

刘天昊思索了一阵，说道："对，王佳佳分析得很有道理，但她疏忽了一点，从神秘人京瘫的方向来看，他是倚着车门的，但从顶着扶手箱的膝盖来看，露出了另外小半个膝盖。"

"这能说明什么？"虞乘风有些不解。

"如果是男人，他肯定不会选择双腿并拢的姿势京瘫。"刘天昊说道。

"啊，你的意思是……"

"对，坐在杨柳车上的是一个女人，身穿黑色长裤、身高大约在175厘米的女人。"刘天昊斩钉截铁地说道。

虞乘风半天没说出话来。

"这就印证了为什么凶手面对林娜娜和杨柳两名绝世美女却不动心，因为她是女人！"刘天昊说道，他打心眼里佩服韩孟丹，虽说韩孟丹说这话时并没有根据，只是凭着感觉说的，却奇准无比。

"而刘大龙的生殖器官遭到了强电击也是因为这个，凶手恨刘大龙，恨他的好色！"虞乘风补充道。

"据杨柳说，刘大龙被害前曾经接到一个电话，他的表情是色眯眯的，如果给他打电话的是一个女人，这件事情又说得通了。"

刘天昊没再说话，头脑中不停地闪过画面，却始终停不下来。

那张两男四女的照片……

被虐杀的林娜娜、死于性窒息的刘大龙、大腿上插着金属管子的杨柳、杨柳汽车后座神秘的女人……

虞乘风的车开得很稳，稳到完全感觉不出车辆的刹车和加速。

还差一点点就要揭开整个案件了，可这一点点仿佛一座大山，无论如何都越不过去！

"看看咱们的韩大法医有什么发现吧。"刘天昊叹了一口气，揉了揉涨得发痛的太阳穴，看向已经露出鱼肚白的窗外。

又是一个不眠之夜。

对于刘天昊来说，时间极其宝贵，三天的时间，现在还剩下最后一天，要是不能如期破案，韩忠义会不会真的把他调走？

……

第二十五章　模仿杀人案

NY市北郊村是一个自然形成的村庄，村子东头有一片长在半山坡上的小树林，早年是村民埋葬先人的墓葬场，传说是至阴之地，对生人不利，因此除了清明节、重阳节之类的节日鲜有人来。

报案人是一名羊倌，叫杨玉虎，是当地的村民，主要以放羊为生，要不是有警察陪着，他无论如何也不敢接近现场。

几辆警车停在树林周围，树林里面拉着警戒带，几名警察正在现场取证，韩孟丹和另外一名法医蹲在地上检验尸体。

两名穿便装的人站在警戒线外听羊倌叙述。

刘天昊和虞乘风走进警戒线，向值守的民警出示了证件。正在询问羊倌的两人抬起头看了看刘天昊，其中年长的一人走了过来，向刘天昊伸出手。

"我是北陵区公安分局齐维，你是刘天昊吧，久闻大名！"齐维向刘天昊伸出手。

齐维是区分局负责刑侦的警察，30多岁的年纪，看起来文质彬彬，却是个刑侦高手，从警数年来破获大案要案数十起，绝对属于福尔摩斯级别的超级神探，一旦有了疑难重案，市局就会抽调他到专案组。

每次他都能指引着专案组朝着准确的方向破案，从无例外。令人奇怪的是，刑警大队多次调他过去，他都以身体不适拒绝，一直坚持在分局的基层工作。

他的行为印证了那句俗话，有才华的人必定同时拥有极强的个性。

两人握了握手，互相打量了对方，惺惺相惜的感觉油然而生。

"齐队，说说情况吧。"虞乘风在一旁说道。

齐维微微点点头，指着树林中放尸体的方向。

区分局半小时前接到报案，说在北郊小树林发现一具尸体，报案人就是正在接受讯问的羊倌。

派出所派人过来看过之后就立刻通知分局刑侦科。

现场有一具女尸，尸体全裸，脸部出现多处刀伤，无法认清其容貌，曾被绑在由枯死的树干做成的十字架上，身体呈十字形绑着，身上多处鞭伤和刀伤，血迹已经干枯，经过初步检验，死亡时间不超过 4 小时。

"现场的情形很像近期发生的连环虐杀案，我让法医老李立刻联系了韩法医，韩法医来了，你们自然就来了。"齐维介绍道。

"齐队，那个人的嫌疑排查了吗？"刘天昊冲着羊倌扬了扬下颌。

按照刑侦学所学知识，很多情况下，第一个报案的人很可能就是凶手。

"正在排查，从目前所掌握的信息看，他应该不是凶手。他每天上山放羊都经过这里，这点村民们都可以作证，另外这名羊倌智力上有些问题，不太可能做出这么复杂的案子出来。"齐维说道。

一名警察走了过来，向三人敬礼，随后说道："齐队，对羊倌儿进行过排查了，他每天起床后就赶着羊上山，很准时，刚才去村里询问过村民，可以证明他没有作案时间。"

齐维点点头，应了一声。警察敬礼后离去。

"兄弟，你是从哪儿知道连环虐杀案的？"虞乘风问道。

齐维打开手机，打开网页界面向虞乘风晃了晃，说道："都刷屏了，铺天盖地的新闻报道，有些是即时手法，有些是媒体的揣测，说得都很玄乎，我给韩队打了电话询问，听韩队的语气，报道的内容八九不离十。"

齐维和韩忠义合作过多次，最初两人认识的时候韩忠义还是中队长，虽说他现在已是大队长，齐维却依然叫他韩队。

虞乘风看了一眼刘天昊，意思是这件事很可能是王佳佳干的。

刘天昊把脸撇向一边，沉寂了一阵才说道："咱们先看看现场吧。"

齐维伸手做了个请的姿势。刘天昊戴上手套、穿上鞋套走进警戒范围开始勘查现场，虞乘风借机会走到齐维身边，小声地问着："兄弟，你通过韩孟丹大老远地把我们叫来，是不是有了什么收获？"

齐维意味深长地看了虞乘风一眼，小声说道："风哥，我听说这个新人很厉害，等他看完现场咱们再说。"

虞乘风嘿嘿一笑，说道："这话可不像是从你嘴里说出来的，你一向不服人的。"

"长江后浪推前浪嘛，每个时代都会有神探涌现，年轻人的思维更加活跃，小案的新方法层出不穷，咱们那一套有些过时了。"齐维叹了一口气。

齐维借调到刑警大队时和虞乘风合作了多次，也算是老搭档了。虞乘风几乎一眼就看出齐维是在与刘天昊较量。都是年轻人，听闻对方是神探，自然而然起了好胜之心，遇到了相似的案子，不较量一番难平心痒之处。

刘天昊在现场勘查了一阵，又回到尸体前蹲下看着。

韩孟丹说道："死者生前遭到了性侵，致死原因是胸口这一刀。死者乳房下垂，腹部有一道伤口，显然是剖腹产留下的疤痕，看疤痕愈合程度，应该不超过3年。"

刘天昊看死者胸前的伤口，伤口肿胀外翻，切口并不平整，其他的刀伤和鞭伤并未形成肿胀，为非致命伤。

"从切口看，凶器并不锋利，其他部位的伤痕并未形成肿胀，说明这些伤痕是死后造成的。"刘天昊说道。

韩孟丹接着说道："没错，典型的虐尸行为，而且在死者胸前伤口上我还发现了一小段黏性的纤维。"

刘天昊从另外一名法医手里拿过一个透明证物袋，冲着阳光看着那段黑色的纤维。

"死者身份确认了吗？"刘天昊问道。

齐维回答道："还没有，正在让当地的派出所排查。"

"死者很胖，体重应该在 70 到 75 公斤，但现场没有拖拽过的痕迹，也没有车辆的轮胎印，因此死者是走路来这里的，现场除了死者的脚印，还有一组脚印，应该是凶手的，左脚的鞋印很清晰，但右脚脚印前脚掌模糊，这说明凶手经常开车，而且是自动挡的车型。"刘天昊说道。

齐维点点头："不错，继续！"

刘天昊："表面上看起来这起杀人案与连环杀人案有很多相似之处，但这起案件中的死者受到性侵，现场也没有作画用具，案发现场处理得不干净，不符合连环杀人案凶手反侦查能力强的特征，综上所述，我个人认为这是一起模仿杀人案。凶手只模仿了案情的大略，但细节方面无法模仿。"

齐维说道："没错，很明显，凶手作案时并没有准备，因此这不是一起预谋杀人，而是应激型犯罪。"

刘天昊接着分析道："凶手和死者应是在这里约会，或者是凶手尾随死者，在此处凶手有了非分之想，过程中死者不知哪里冒犯了凶手逆鳞，或者说两人在某些事情上并未达成一致，凶手恼羞成怒，用随身的刀具杀了死者，然后又按照连环虐杀案的手法布置了现场。"

齐维打了个响指，接着说道："随身带着并不锋利的刀具，留在死者伤口的黏性黑色纤维，黑色纤维从理论上讲应该是老式的电工胶布，两者将凶手身份指向电工！"

齐维转向一旁的派出所民警问道："山脚下的村子有几个电工？"

一名警察答道："两个，年长一些的是师傅，58岁，快退休了，徒弟35岁。"

"年轻的电工有汽车吗？"刘天昊问道。

警察立刻答道："有，所里停电时他经常开车来修理，开的是两厢的福特福克斯。"

齐维和刘天昊几乎是在同一瞬间望向对方。

虞乘风"呀"了一声："这件案子就这么破了？"

齐维说道："电工、拥有自动挡的车，这是对凶手的排查方向。"

刘天昊接着说道："死者的排查方向也很明显，有一个不超过4岁的孩子，年纪30岁左右，剖腹产，通过她的社会关系，也很容易得到凶手的信息。"

齐维向身边的两名警察使了眼色，两名警察立刻向山下的村子走去。

齐维望着尸体叹了一口气，走到刘天昊身边，说道："如果有什么能帮上忙的，你尽管说。"

刘天昊和齐维握了握手，说道："去北郊派出所会合吧，先抓到凶手再说。"

齐维点了点头。

刘天昊冲韩孟丹摆了摆头，随后便向山下走去。

……

当刘天昊三人开着车来到北郊村派出所时，数名警察已经押着一名身材矮壮的男子向所里走去。其中一名警察向刘天昊竖起大拇指，大声说道："刘队，神了，我们按照您的推论，很顺利地抓到了凶手，就是这小子，电工于洋。"

于洋是村里的电工徒弟，在这种偏远的农村，电工这个职业很吃香，因为电费都是由他收上去交给电业局的，多收一些或者是少收一些对于他来说就是一个数字而已。

刘天昊从车上下来，跟着走进派出所小楼。齐维也赶到了派出所，下车后径直向小楼走去。

派出所的条件很差，审讯室的墙斑驳而潮湿，老式的管灯不时地眨一下眼睛，破旧的审讯椅摇摇晃晃，仿佛随时会散架。

嫌疑犯于洋坐在审讯椅上低着头，他身材矮小却壮实，三角眼中不时地散发出骇人的凶光。从其身上的新鲜伤痕上可以看出，刚才的抓捕一定充满惊险。

"为什么杀人？"刘天昊开门见山。

于洋微微抬起头，他看到有五名警察站在他面前，他们的眼神像刀子一般锋利，他冷笑一声，说道："我什么都没做，抓我干啥？"

他说话时眼神左右飘忽不定，但脸上仍旧装作一副泼皮的样子。

齐维走到他面前，拿出一根烟点燃，然后放到他的嘴边："来，先抽根烟吧。"

他向前伸了伸嘴，叼住了烟，深吸了几口，长长的烟灰掉落下来。

"既然杀了人，就说出来吧，至少在判刑之前，我可以让你安静地度过这段时间，否则……"齐维语气里带着威胁，他的这种方式显然是老派刑警遗留下来的作风，但对于某些人来说，这方法的确好用。

于洋又吸了一口，香烟几乎燃到了尽头，他皱着眉头闭着眼睛，但眼珠左右不停地摆动着，内心斗争相当剧烈。齐维捏着于洋叼着的烟头扔到一旁。

于洋睁开眼睛，嘴角一撇，说道："少来威胁老子，有证据就抓我，没证据赶紧放人，我还有很多活儿要干呢。"

桌子上有一个证物袋和一摞纸，证物袋里面放着的是电工胶布纤维，一摞纸是对脚印的鉴定结果。齐维将一把电工刀扔在桌上，又把一卷用了一半的老式电工胶布放在刀旁边。

"在这把刀上，我们发现了死者的血迹和你的指纹。"刘天昊拿起证物袋和电工胶布继续说道："经过鉴定，死者身上遗留下来的纤维出自于这卷电工胶布。经过现场勘查，除了死者的一组脚印外，另外一组脚印和你脚上穿的鞋完全一致。"刘天昊说道。

于洋深深地吸了一口气，说道："你们都知道了，还问我干什么？"

虞乘风说道："我们需要确定细节，证据需要和你的供词对应上，这样做是为了保证司法的严肃性，不冤枉一个好人，但绝不放过任何一个坏人。"

于洋把脸歪向一边，胸口不断地起伏着。

韩孟丹说道："死者体内有凶手留下的体液，经过 DNA 对比，很快就能确定你是不是凶手，一旦证据确凿，就算你不说也一样会受到法律的严惩。"

"像个爷们一样行吗？做了事不敢承担还算爷们吗？"齐维眼睛里散射出一股极为不屑的目光。

第二十六章　消失的阿杰

于洋想了好一阵，吐出一口气，整个人畏缩起来，像一只斗败的公鸡一般，缓缓说道："我和她是露水夫妻，好一场是一场，我有家室，本来就没打算娶她，可她不依不饶，说要闹到村委会让我身败名裂，我一激动……"

于洋摇了摇头，苦笑着。

"就这么简单？"虞乘风问道。

于洋冷笑一声："你是想让我编一个精彩的故事？"

虞乘风和刘天昊对视一眼。

"我要是有那本事还用得着在这小村子里当一名电工吗！"于洋自嘲道。

刘天昊问道："杀人之后为什么要布置那个现场？"

于洋哈哈一笑，说道："当然是想逃脱法律制裁，就模仿那个连环虐杀案，我还准备去买画板架、画笔什么的回去再布置现场，没想到让放羊的虎子给撞破了，真衰！"

"你从哪儿知道的连环虐杀案？"韩孟丹问道。

于洋说道："手机，铺天盖地的都是。"

"你都打算买什么东西来布置现场，具体点？"刘天昊问道。

于洋冷笑一声："问这个还有意义吗？"

刘天昊点点头。

于洋说道："画板架、画笔、颜料盘、颜料、橡胶警棍、注射器、皮鞭，就这些。"

刘天昊皱着眉头思考了一阵，又问道："为什么不买画板和画布？"

于洋说道："我又不是画魔，不会画画买它们干什么，而且画魔作案时，画又没留在现场！"

刘天昊自言自语道："那他画的画去哪儿了？"

于洋一愣："啊？"

刘天昊摆了摆手，两名警察把于洋带了下去。齐维向刘天昊招了招手，两人来到走廊，齐维点燃一根烟抽了起来。

"白让你跑一趟。"齐维说道。

"没事儿，万一要是和连环虐杀案有关呢！"刘天昊还在思索着刚才审讯的话。

齐维小声说道："按照我的经验，连环虐杀案中杀人仪式的痕迹很重，一般来说，这种杀人仪式背后应该还有一件案子，找到那件案子才是关键。"

刘天昊说道："明白。"

刘天昊也知道连环虐杀案的关键是背后的事情，和那张两男四女的照片有关，但现在死的死、疯的疯，陈年旧事已经无法考证，要想还原出来谈何容易。

"那个王佳佳挺有意思，如果她是警察，一定也是神探。你多和她套套近乎，说不定可以获得一些线索。"齐维的笑颜有些意味。

刘天昊点了点头，向齐维说道："行，那这件案子就拜托您了。"

齐维没说话，只是做了一个"OK"的手势……

回刑警大队的路上仍旧是虞乘风开的车，刘天昊坐在副驾驶位置上思索着。

"昊子，这个于洋还没审问完，万一他要是装的呢？"韩孟丹说道。

刘天昊摇了摇头，说道："这起案子是应激型犯罪，这种罪犯情绪好激动，性格浮躁，不可能预谋做出连环虐杀这种大案。"

此时，他想起了杨红，于是又拿起电话拨了过去，电话仍旧是忙音，他看了看手机，时间已经接近 17 点。

一天又要过去，距离军令状上的破案时间还有 12 个小时。

"咱们兵分三路，孟丹去找杨红，找到后务必要带回队里……不，还是乘风去找杨红。"刘天昊突然想到如果杨红是凶手，韩孟丹恐怕应付不来。

"孟丹继续查照片上的那名神秘男子阿杰。路过槐樱街地下商场时放我下来，我去查杨柳车上的那个神秘的影子。"刘天昊说道。

"你怀疑杨红？"韩孟丹有些吃惊。

"在没有确凿证据指认凶手之前，每个人都是嫌疑人。还有，你再查查杨红有没有患绝症。"

"好吧，有消息随时沟通。"韩孟丹说道。

……

槐樱街地下商场很大，原本是地下防空洞，后来经市政府批准，改造成一条商业街，每年创造的效益达上亿元，其中有一个很大的停车场，每天进出的车辆达万次。杨柳的车就是从这个停车场出来后，才直奔郊外工厂的。

刘天昊在停车场里走着，不时有车辆经过，刺眼的灯光晃得他睁不开眼。

为了避免纠纷，停车场里装了大量监控，但因为停车场实在太大了，还有一些角落是监控死角，如果神秘影子不想暴露，一定会选择在监控死角上车！

这就是刘天昊来这里的原因。地下停车场虽大，监控死角却并不多。

当刘天昊来到唯一一处监控死角后，他面色一喜，因为他闻到了一种味道。

监控死角旁有一个大门，大门敞开着，过往的人络绎不绝，大门里面是一家蛋糕店，那股香精散发出的香气不断从大门传到地下停车场，令过往的人们不由自主地咽口水。

"难道是她？"刘天昊想起杨红认尸时身上仍旧有这种味道，香精和福尔马林的味道截然相反，形成巨大的反差。早年他有严重的鼻炎，几乎失去了嗅觉，前年他得到了一个药方，神奇地把鼻炎治好了，更神奇的是，他的嗅觉变得异常灵敏，哪怕一点点异样的气味，也逃脱不了他的鼻子。

杨红身上的香精味道应该就是来自于这里，是巧合，还是……

在他心里，宁愿这是个巧合！而且光凭着身上的味道也无法确定杨红就是杨柳车上的神秘人。

刘天昊眉心中那个皱了近三天的疙瘩慢慢舒展开来，他立刻拨通了虞乘风的电话。

"乘风，杨红有重大嫌疑，你抓她时小心些。"刘天昊语气很是兴奋。

"明白。不过你先别高兴，杨红失踪了，家里、公司和她常去的几个地点都没找到。"

刘天昊心里咯噔一下。这个案子仿佛是带着魔咒一般，几乎是线索指向谁，谁就会死去，刘大龙、杨柳先后死去，好不容易得到一个知情者徐静，结果还疯了。

"把网撒大一些，一定要找到杨红！"刘天昊嘱咐完便走进蛋糕店，他想起还在宾馆询问徐静的大师姐赵清雅。

从柜台里选了一些小糕点，又选了一个榴莲蛋糕，正准备付账时，赵清雅的电话打了进来。

"小师弟，这次你得请客了。"赵清雅的声音听起来有些疲惫。

"师姐的客，我必须得请。"刘天昊知道赵清雅一定有所收获，加上刚才他的收获，心情更加轻松，恢复了嘻嘻哈哈的状态。

"当面说吧，是回队里还是找个地方喝一杯？"赵清雅问道。

刘天昊支吾了一阵，才说道："那个……还是回队里吧。"

当刘天昊看到赵清雅时，他都不敢相信自己的眼睛。原本时时刻刻都是神采奕奕状态的赵清雅此时变得有些颓唐，脸上疲惫之意尽显，整个人老了10岁。

此时的赵清雅所在的大办公室已经没人了，两人坐在沙发上，沙发是特意为赵清雅买的，很多罪犯就是在这张沙发上认的罪，也有很多线索是从这张沙发上问询出来的。

刘天昊有了愧疚之意，勉强笑了笑，把蛋糕放在赵清雅面前。赵清雅也没客气，大口大口吃了起来，边吃边喊着好吃。

"徐静的病情出乎了我的意料，不过还是有些收获的。"赵清雅抹了抹嘴边的奶油说道。

刘天昊能想象得到，从一名自信心满满的心理专家口中说出这种话有多难，也能想象得到攻克徐静的难度有多大。

"神秘男子的身份有着落了？"

"照片上的神秘男子叫曲英杰，他死了。"赵清雅的话令刘天昊震惊。

刘天昊愣在当场，甚至连呼吸都忘了。

他一直认为神秘男子可能是凶手或者与凶手相关，却没想到神秘男子居然已经死了，怪不得虞乘风在人口库和外籍人员中都无法查到此人的下落。

"不过，徐静对曲英杰的死很避讳。"赵清雅说到这里停顿了一下，想起徐静当时的状态。

……

徐静本来是安静的，这种安静并不属于正常人，而是属于一个被剥夺了灵魂的人。经过刘天昊的"惊天一声雷"，当她再次看到照片后，她的神情开始发生变化，赵清雅一番诱导之后，她先是惊讶，而后是恐惧，最后几乎变成崩溃。

她躲在床头，双手抱着膝盖，身体不停地哆嗦着。

赵清雅只得停下来，轻声安慰着她，让她的情绪稳定下来。反复数次之后，她终于进入催眠状态。

"那个帅哥叫什么？"赵清雅引导着问道。

"曲英杰，大家都叫他阿杰。"徐静的声音终于有了点人气。

"他是做什么的？"

"画家，他画的画很好看，我很喜欢。"徐静脸上现出只有少女恋爱时才会有的神色。

"他现在在哪儿？"

"他……"徐静的脸开始变得扭曲起来，猛地睁开眼睛，眼中充满了恐惧，双手不停地摆动着。

"他死了，死了！"

"怎么死的？"赵清雅急忙问道。

"死了，死了，啊……"徐静开始发疯地吼叫，双手不停地撕扯着头发，任凭赵清雅怎么安慰也停不下来，直到闻声赶来的徐母将她抱在怀里。

母亲是永远值得信任的，甚至连身上散发出的体味也能获取信任。徐静安静下来，重新恢复到平静如水的状态。

赵清雅知道，今天无论如何也不能再问了，否则，一旦摧毁了徐静最后一丝人性，那她将永远无法复原。

……

赵清雅把两男四女的照片递给刘天昊，又向他靠了靠，拿出手机，举高。

刘天昊下意识地一躲，笑着问道："干吗，师姐？"

赵清雅说道："你是第一个给我买蛋糕的男人，我得照张相留作纪念。"

"不会吧！"

"怎么？不信？"赵清雅又向刘天昊身边蹭了蹭，两人几乎是紧挨着。

刘天昊又变得嘻嘻哈哈起来，搂住赵清雅的腰："照吧，你不怕以后男朋友找我算账就好。"

赵清雅的腰很敏感，随着刘天昊这一搂，她居然向前躲了一下，但被茶几挡住了腿没躲开。

"咔嚓"，手机发出模拟快门的声音。

男人和女人拍照最大的不同就在于用不用美图软件，一般来说男人照完照片即用。而女人，无论什么时候，自拍完一定会在第一时间美图。

赵清雅虽是警察，但也是女人，打开照片就开始做美图处理。

"师姐。"

赵清雅一边弄着照片一边随意地答应着："干吗？后悔了？"

刘天昊站起身走到距离沙发 10 米左右的地方，掏出手机对准赵清雅。

"你……"赵清雅虽说是心理专家，此时却也弄不懂刘天昊究竟想干什么。

"别动！"

第二十七章　第七人

刘天昊的手机打开了相机功能，画面是赵清雅摆弄着手机，他拿出两男四女的照片看着。

"是这样，是这样！师姐，我想明白了！"刘天昊突然叫着。

从外面吃饭回来的同事停住脚步，看着刘天昊发愣。赵清雅放下手机走到刘天昊身边，看着他手机上照的她的照片眨了眨眼睛，问道："你想明白什么了？"

"第七个人，有第七个人。"刘天昊抱了赵清雅一下，随后一股旋风似的跑了出去。

赵清雅愣住了，等反应过来时，她看到在一旁偷笑的同事。

"你看到什么了？"赵清雅瞪着眼睛问道。

"噗！哎呀，我的眼疾犯了，怎么天这么黑，什么都看不到啊！"同事装糊涂，双手胡乱摸着向自己的办公桌走去。

……

当刘天昊走进办公室时，他眼珠子差点掉出来。

王佳佳居然和韩孟丹在一起聊天，更令人惊讶的是，韩孟丹的脸上居然出现了笑意，看起来两人聊得很是投机。

两人的美截然不同，一种是高高在上的高冷女王，一种是热情如火的妖姬，冷有冷的美，火有火的媚。

"那个……"刘天昊不知道说什么好。

两人停止聊天，两双美目齐齐地瞄向他。

王佳佳拿着一杯咖啡走到刘天昊身边，说道："昊子，案子有什么进展吗？你可别忘了答应我的事！"

韩孟丹清了清嗓子，说道："佳佳提供了一些消息，我觉得很有用。"

刘天昊心里一叹，心道："王佳佳果然厉害，居然能和韩孟丹这种高冷女王相处得这么融洽。"

还没等刘天昊答话，王佳佳又说道："我通过朋友查到一些关于杨红的事。"

刘天昊一笑，他知道王佳佳所谓的朋友就是狗仔队，这些人并不起眼，平时隐藏在人群中，能够悄无声息地获取很多警方无法获得的情报。

"杨红半年前在 NY 市三院查出患了癌症，乳腺癌，但她并未进行常规性治疗。"王佳佳说道。

NY 市三院是治疗肿瘤的专科医院，虽说比不上首都的某些医院，但排名依然在全国前列，尤其是以治疗乳腺癌最为擅长。

"按照西医的治疗流程，先是对病灶部分进行手术切除，然后再进行放化疗防止癌细胞转移，这样做有利有弊，虽然放化疗会杀死癌细胞，但对人体正常细胞损伤也比较大，所以经过放化疗之后，人体的免疫力下降很多，就算侥幸活了下来，生存质量也不会很好，存活时间不会太长。"韩孟丹说道。

"都对上了，杨红的嫌疑越来越大。"刘天昊说道。

"你有什么进展，说说！"王佳佳立刻来了兴致。

"你答应我，这些事情要等到案子破了之后才能报道，否则，我不会和你说一个字。"刘天昊怕王佳佳的报道会影响到破案，但他心中又有了一个计划，需要利用王佳佳在网络上的传播力。

王佳佳点点头，说道："我用我的职业生涯保证！"

"赵清雅大师姐从徐静那儿得到了神秘男子的身份。"刘天昊说道。

"神秘男子叫曲英杰，大家都叫他阿杰，是个画家，不过他死了，我怀疑他的死和现在的连环虐杀案有关。还有……"说到这里，刘天昊拿出两男四女的照片，接着说道："你们看。"

王佳佳和韩孟丹凑了过来看照片。两股不同的体香同时钻进刘天昊的鼻孔里，让他舒服得不由自主地一阵窒息。

"照片我早就看过，没什么呀！"王佳佳说道。

韩孟丹白了刘天昊一眼，意思是说：你为什么把照片给不相关的人看！

刘天昊轻咳了一声掩饰尴尬，说道："这张照片是五年前照的，那时候还不流行自拍。"

"可是延时拍摄的相机早就有了。"王佳佳质疑道。

刘天昊摇摇头，说道："你们看这张照片是在游泳池附近照的，六个人身上都带着水珠，如果是摆弄好相机再跑到这个位置照相，地面上势必会留下水的痕迹。"

韩孟丹仔细地看着照片上的地面，的确没有水的痕迹。

"这说明有第七个人在现场！"王佳佳几乎惊叫了出来！

这张照片已经在众人手上过了数遍，看了无数次，讨论了无数次，可没人想到，照片中其实还存在第七个人！

刘天昊点了点头，说道："我怀疑第七个人就是凶手。"

"是杨红！"韩孟丹说道。

"现在还不敢确定，但所有的线索都指向她，咱们现在需要的是证据。乘风安排了很多人在找她，不过直到现在还没有结果。"刘天昊叹了一口气，显然他并不愿意相信杨红就是凶手这种说法。

"我有件事需要你配合。"刘天昊向王佳佳说道。

"说吧，只要我能做到的。"王佳佳并未推辞。

"你帮我散布一条消息，关于徐静已经恢复记忆的消息。"刘天昊说道。

"你的意思是……"王佳佳并未反应过来。

"他是想引蛇出洞，利用徐静引出凶手。"韩孟丹解释道。

刘天昊冲着韩孟丹竖起大拇指，说道："没错，欧阳倩是公众人物，而且警方已经介入，一定会对其严加保护，凶手很难下手，但徐静不同，原本她已经失忆，凶手可能已经丧失了对她报复的兴趣，但如果她恢复记忆……"

"我明白了，这件事没问题，我可以让 NY 市本地的几个大 V 帮我一起扩散这件事，肯定刷屏的。"王佳佳得意地说着。

"我有一个问题。"韩孟丹说道。

刘天昊哦了一声，示意韩孟丹继续说下去。

"如果在徐静周围布下天罗地网，凭着凶手的智商和反侦查能力，很容易就会识破，我的建议是撤掉所有的布防，由我来顶替徐静……"

刘天昊打断了韩孟丹的话，连连摆手："绝对不行，我不能因为案子让你有任何损伤。"

韩孟丹听得心里一暖，笑着说道："放心吧，虽说我是法医，可警察该有的基本技能我还是有的，再说，这不是还有你嘛！"

刘天昊犹豫了好一阵，才说道："好吧，不过，一切都得听我的安排。"

"好！"韩孟丹答应得很痛快。

"散布消息最快需要多久？"刘天昊问道。

"最迟明天上午就会占据头条。"王佳佳说道。

"还有点时间，咱们利用这点时间把阿杰死亡事件挖出来。"刘天昊说道。

"怎么挖？"韩孟丹问道。

"凶手在死亡现场画画的目的究竟是什么？"刘天昊又问道。

"画魔啊，当然是变态！"王佳佳三句话不离本行，说起话来噱头十足。

刘天昊摇摇头，说道："凶手把死亡仪式画下来就是为了给阿杰报仇，可阿杰死了，怎么样才能让阿杰知道呢？"

王佳佳反应极快，几乎立刻接道："把画的画烧给他看！"

韩孟丹点头表示赞同："所以我们应该去墓地，说不定还可以找到失踪的杨红！"

"啊，凶手能买得起昂贵的绘画工具，经济条件一定很好！"王佳佳说道。

"NY市最好的墓地在哪儿？"刘天昊继续引导着二人。

"南郊凤凰山！"二人几乎异口同声。

……

NY市南郊最著名的就是凤凰山，传说中的风水宝地，NY市最贵的墓葬区就在凤凰上阳面的一个山坡上，很多达官贵人死后都安葬于此。

如果虐杀案与阿杰的死相关，凭借凶手的经济实力，一定会把阿杰安葬在此处。

车开到山脚下三人便下了车，顺着台阶向公墓走去。王佳佳一路没闲着，手机叮叮当当响个不停，时而微笑，时而皱眉，走了一百多个台阶，王佳佳发出"呀"的一声，脚绊在了台阶上，身体一晃，眼见着就要摔倒在地。刘天昊急忙上前扶住她，由于动作比较急，几乎是将她整个抱住，惹得一旁的韩孟丹一阵白眼。

"没事吧？"

"没，没事，啊……我朋友来消息了，说近五年内，没有关于曲英杰被害的案子发生过。"王佳佳晃了晃手机说道。

韩孟丹的电话响起来，她接通电话后继续向上走去。

"韩警官，我帮你查过了，公安系统里没发现曲英杰死亡的案件，各大医院也没有，但曲英杰的档案我查到了，很少，我发给你看看吧！"一名年轻男警察的声音传来。

"好吧，谢谢你！"

"别客气，能为你做事，我很高兴。"年轻警官显然对韩孟丹颇有兴趣。

"再见！"韩孟丹挂了电话停住脚步看手机。

刘天昊两人急忙走上前，凑过去看。

韩孟丹把手机往胸前一藏，说道："偷看人家隐私可是非常不礼貌的。"

刘天昊耸了耸肩，继续朝山坡走去。

韩孟丹看完资料后，紧追了几步，来到两人身边，说道："曲英杰是自由职业者，画家只是他的职业之一，另外的职业是经纪人，专门为刘大龙这种达官贵人引荐美女的经纪人。"

"皮条客！"王佳佳脱口而出。

刘天昊叹了一口气，说道："曲英杰是林娜娜的经纪人，又认识刘大龙，所以林娜娜和刘大龙之间才……"

他拿出照片，接着说道："这场 PARTY 就是曲英杰为刘大龙特意组织的，七个人，除了林娜娜、杨柳、徐静、欧阳倩、曲英杰、刘大龙，还有一人就是照相的那个人！"

他迅速地梳理着目前的线索，渐渐地还原着当年的事件。

三人不知不觉地走到了半山腰，经过一个大门和接受一名守墓人的盘问后，他们走进公墓区。

守墓人是名老人，很瘦，身上散发出一股阴气，应该是常年居住在墓地所致。

"大叔，这里有没有一个叫曲英杰的人的墓葬？"刘天昊问道。

守墓人摆了摆手，沙哑着声音说道："不知道，我只是守在这儿，逝者的名单应该在公墓管理处。"

刘天昊看了看时间，叹了一口气。守墓人所说的公墓管理处并非是民政局下设的单位，而是一家私营公司成立的机构，这个时间，公司的人怕是早就下班回家了。

守墓人嘴里嘟囔了一句，随后就回到大门处的门房。

三人望向公墓，公墓占地很大，四周种的都是长青的柏树，从墓区向下看，可以看到围绕着凤凰山的那条河流，背山望水，呈龙盘之势，果然是风水宝地。

坟墓之间的间隔很大，设置颇为奢华，大理石制成的墓碑上用金字刻着逝者的姓名，多个墓前都摆放着鲜花。

淡淡的月光斜斜地照在一排排冰凉的石碑上。凄凉的风寂寞地低语，唱着那首古老的童谣，像是为这里长眠的逝者悲哀。

第二十八章　亡夫之墓

三人很有默契地分开，打开手机手电筒功能一个个地排查着。

刘天昊心里并没有太多的信心，毕竟这都是他的推测，也许凶手不是杨红，也许曲英杰被埋在一个荒野树林中，可是他一旦有了推断就要去证实，证明他的理论是否正确。

"哎，找到了！"随着韩孟丹的声音，刘天昊的心开始剧烈跳动起来，他预感到距离凶手越来越近了！

刘天昊几乎是和王佳佳一起跑到一座墓碑前，韩孟丹蹲在地上，戴上手套拨弄着地面上的东西，仔细一看，地面上是一些灰烬。

墓碑上写着"亡夫曲英杰之墓，立墓人杨春风"。

刘天昊立刻拨通了虞乘风电话："乘风，你帮我查查杨红有没有曾用名。"

"你稍等一下，我和杨红所在地区的片警在一起，我问问他。"虞乘风的声音从话筒中传来，随即一阵敲击键盘的声音传来。

王佳佳蹲下来帮韩孟丹照亮，同时拿起一根树枝拨弄着灰烬。

虞乘风的声音传来："昊子，杨红曾用名就叫杨春风！"

韩孟丹手上一顿，抬起头和刘天昊对视一眼。

刘天昊叹了一口气，问道："找到她了吗？"

"该找的都找过了，没找到，码头、飞机场、高铁等都查过，没有杨红的出行记录，她的车在所住大厦的地下停车场，我在她的住所和常去的几处地方都布置了暗哨，一旦见到她就立刻抓捕。"

"明天上午 10 点欧阳倩回国，如果所料不错，杨红一定会找她复仇，你安排一下，另外我还有一个引蛇出洞的计划，也许可以提前抓到她……"刘天昊把散播徐静恢复记忆并让韩孟丹顶替徐静的方案讲述出来。

"好的，交给我安排吧！"虞乘风说完就挂了电话。

刘天昊看了看手表，已经是 22 点，距离明天上午 10 点还有 12 个小时。

"昊子！"韩孟丹喊着。

刘天昊急忙过去，看到韩孟丹手上拿着一块未燃烧完全的画布。

"让鉴定科对比现场的颜料进行鉴定，应该错不了！"韩孟丹把残缺的画布放进证物袋中。

王佳佳及时地拍了两张照片，闪光灯亮起的同时，她"咦"了一声，起身向前走了几步，来到墓碑旁边的灌木丛，伸手捡起一小片画布。

"这里还有一些！"王佳佳从灌木丛中陆续捡出 11 块画布残片。

"让鉴定科鉴定的同时，请姚文媛进行还原吧。"刘天昊说道。

韩孟丹未说话，只是点了点头，把残片收进证物袋中。

三人又来到公墓大门处，守墓人拿着大铁锁头走出来，准备送走三人之后锁门。

刘天昊从手机调出杨红的照片，向守墓人问道："大叔，这个人您见过吗？"

守墓人有些不耐烦，随意地挥了挥手。他显然是一个人清净惯了，不太愿意和人说话，哪怕是警察也不行。

刘天昊礼貌性地说了声谢谢，刚走出两步，就听见守墓人的声音传来。

"等等，让我再看看。"守墓人说道，追上刘天昊拿过手机放在离眼睛很远处看着。

"好像见过，不过这女娃子来的时候都是戴着帽子和墨镜，但她这身材我还是能看得出来的，超一流的模特身材！"守墓人露出一口残缺不齐的大黑牙说着，显然现代社会的信息流并未离他太远，而且还应了那句话，无论是多大岁数的男人，都喜欢身材好、脸蛋漂亮的年轻姑娘。

虽说没有实证，但守墓人所说的女子显然指的是杨红！

三人和守墓人大叔客气了几句便离开了。

下山过程中，王佳佳快走两步，挽住刘天昊的胳膊问道："事情已经很清晰了，只等着引蛇出洞的结果就好了，为什么还要追查下去？"

"法律只相信证据，所谓的推测在法庭上是站不住脚的。要想让凶手心服口服，就要把阿杰死亡事件挖出来，这样凶手作案的动机才会浮出水面。"刘天昊解释道。

王佳佳耸了耸肩，瞥了一眼有些生气的韩孟丹，嘴角露出得意的笑容。刘天昊下意识地想把胳膊从王佳佳的臂弯中抽出来，却被她挽得更紧……

……

按照既定的安排，韩孟丹去顶替徐静引凶手出洞，当她进入宾馆的那一刻，她回头看了看满面春风的王佳佳和刘天昊，不由得从鼻子里呼出一口气，转身进入宾馆。

"哎，韩大美女吃醋了。"王佳佳抱着刘天昊的胳膊撒着娇。

刘天昊呵呵一笑，一把搂住王佳佳的腰，说道："咱们去一个好地方。"

"喂，你这人可真坏。"王佳佳的声音活脱脱的一个妖精，又甜又糯，钻进人的心里让人痒痒又挠不着。

"去哪儿？"王佳佳的大眼睛忽闪忽闪的。

"嗯……"刘天昊的话还未说出口，手机响了起来。

"喂，齐所你好！"是齐维打来的电话。

"你得好好感谢我，我替你破了件大案。"齐维的声音从话筒中传出，语气不容置疑。

"没问题，无论如何，这顿酒兄弟我请了。"刘天昊也是场面人，说起官话来一点不打怵。

"身边有人吗？方不方便讲话？"齐维的声音变得严肃起来。

刘天昊看了看王佳佳，还没等说话，王佳佳很自觉地走到一旁上了车。

刘天昊松了一口气，说道："方便，你说吧。"

"那个电工还记得吧？"齐维问道。

"嗯。"

"别看他开始嘴硬，真等证据确凿让他进了拘留所，他就软了，为了立功，他招出一桩案子，盗窃案，他表弟干的，说是偷了一辆警车。"齐维的声音异常冷静。

刘天昊的心开始怦怦跳起来，他预感电工的表弟就是那名保安，偷窃他的车上证据的保安！

"人我抓到了，在北郊村派出所，你要是有空就来一趟，我当面和你说。"齐维说道。

"好，我马上去找你。"刘天昊不知道齐维葫芦里卖的是什么药。对于齐维他了解不多，只知道在他手上没有破不了的案子，而且他不把盗贼抓到分局而是派出所一定有他的用意。

刘天昊挂了电话，缓了一阵才上车，发动汽车后疾驶而去。

王佳佳仿佛能读懂刘天昊的心，一路上一句话也没说，安安静静地坐在副驾驶闭目养神。

刘天昊把汽车停在北郊村派出所时，齐维从楼里走了出来，冲着他挥了挥手。齐维看到同来的还有王佳佳，给刘天昊投去询问的眼神。

刘天昊说道："没事，都是自己人。"

齐维点了点头，转身走进派出所小楼。

审讯室的灯光依旧昏暗，坐在审讯椅上的人听到脚步声后左顾右盼。当他看到刘天昊的那一刻，眼神猛地一缩，不敢与他对视，急忙低下头去。

刘天昊坐在审讯桌后，盯着他看。此人正是当初在蒋小琴别墅执勤的年轻保安，虽说换了便装，但还是一眼就能看得出来。

齐维说道："姚子云，30岁，江湖上赫赫有名的神偷，从未失手过，没有案底。"

姚子云嘿嘿一笑，说道："齐队，我真是第一次犯事儿，初犯，鬼迷心窍了，东西我都交出来了，就放了我吧。"

齐维把一个证物袋放到审讯桌上。刘天昊定睛一看，证物袋里装的是在刘大龙别墅拿来的其中一个琥珀球。

"账簿呢？"刘天昊问道。

"我见那本账簿没什么价值，就烧了！"姚子云说道。

"到底谁指使你偷的账簿？"刘天昊问道。

"没谁，我不是开了一个直播账号嘛，为了圈粉，我就专门做那些别人不敢做的案子，比如偷个警车什么的，难度比较高的，我的经济来源是粉丝，不是这些赃物，不信你问齐队。"姚子云说道。

刘天昊盯着姚子云的眼睛看了一阵，见他并未退缩，知道这人心志坚定，注定今晚问不出什么，于是拿起琥珀球看着。

"那本账簿他的确烧了，我在他的住所搜到了部分账簿残骸，还有这个球。另外，他收了两份钱，不过，他都说不出是谁给的钱，一份钱是冲着琥珀球，一份是让他偷账簿。"齐维说道。

刘天昊叹了一口气，他知道那本账簿代表着什么，而指使他偷琥珀球的很有可能和连环虐杀案有关。

齐维冲着门外民警挥了挥手，民警走了进来。

"继续给他做笔录。"齐维说罢冲着刘天昊使了个眼色。

刘天昊拎着证物袋向外走去，王佳佳意味深长地看了一眼姚子云，也随着走了出去。

"齐队，我又不是在村里犯的事，你得把我移交给市局。"姚子云扭头喊着。

齐维嘿嘿一笑，说道："你小子别咋呼，我要是想去市局，分分钟的事儿，你别想逃脱我的手掌心儿，不吐出真话，你哪儿都去不了。"

姚子云不顾民警的喝止叫喊着，齐维耸了耸肩走了出来。

"这个姚子云狡猾得很，没一句实话。"齐维说道。

齐维点了一根烟，随后又看了看王佳佳。

"她也知道这件事，你就说吧！"刘天昊说道。

齐维点了点头，将刚刚抽了一口的烟扔在地上，用鞋使劲地碾着，说："兄弟，丢失证物可不是小事儿。"

刘天昊没做声，只是低头思考着。

王佳佳哼了一声，说道："你是打算出卖昊子吗？"

齐维笑了笑，说道："我要是打算出卖他，就不至于把他叫来了，也不至于把姚子云弄到这个偏远的派出所来。"

齐维拿出一个证物袋，透过塑料袋能看出是燃烧过的纸片。

"这个派出所我待过三年，他们都是我的好兄弟，只要我一句话，他们什么都不会说，这就是我把姚子云抓来这里的原因，放心吧，这件事情到此为止，不会再扩散，姚子云会管好自己的嘴。"齐维说道。

"为什么帮我？"刘天昊问道。

齐维哈哈一笑，说道："一个好的刑侦人员是需要天分的，这样的人并不多，你是其中之一。"

"谢谢你！"

齐维挥了挥手，又说道："这个琥珀球很有意思，你仔细研究一下！本来想请你吃个夜宵，尝尝小村落的特产，不过……咱们都有事要做，下次吧。"

刘天昊盯着琥珀球看，捏着琥珀球晃了晃，抬起头说道："还得再谢谢你！"

齐维耸了耸肩。

第二十九章　人骨标本

刘天昊目送齐维走进派出所小楼后，和王佳佳上了车。

"这个齐队很有意思。"王佳佳边系着安全带边说着。

"他还说你很有意思呢，要不，我给你俩介绍一下？他还单着呢！"刘天昊瞬间转换成嘻嘻哈哈的状态。

王佳佳伸手在刘天昊的胳膊上拧了一把，嗔道："说什么呢，真不解风情，你到底懂不懂我的心思？"

刘天昊把琥珀球递给王佳佳，急忙岔开话题道："佳佳，你看看，这个像什么？"

王佳佳立刻看穿了刘天昊转移话题的打法，却并不点破，打开阅读灯，冲着灯光看着琥珀球："很美，像个胚胎，嗯……也不好说，看不出来到底是什么。"

黄褐色的琥珀球在黄色的阅读灯下显得奇美无比，球体中的物体鸽子蛋大小，散发出诡异的紫红色，网状血管类的物质在物体周围散开着。

刘天昊嘿嘿一笑，说道："按照我的推论和齐维的提示，这个琥珀球并非天然形成，而是人工制成的，材料是环氧树脂，里面的物件儿应该是男人的器官！"

"啊！"王佳佳惊叫一声，要不是车窗户是关着的，她险些将琥珀球扔出去。

大切诺基发动机的轰鸣声响起，车辆向 NY 市区急速驶去。

"看不出来呀，这么小，难道是小孩子的吗？"王佳佳的好奇心开始占了上风，掂了掂琥珀球，捏在手指间单手转着琥珀球。

"这个刘大龙可真是变态，每天在手上转着玩的居然是这种东西，真不知道他脑子里怎么想的，不过，为什么是一个呢？不应该有两个？"王佳佳转了几下后就把琥珀球装进证物袋里。

"还有一个在刘大龙的别墅里，风采路33号。"刘天昊说道。

王佳佳一时间没反应过来。

"是他的。"刘天昊说了一句莫名其妙的话。

"谁？呀！我知道了……是他的！"

王佳佳的悟性很高，反应速度也是一流，几乎是在自问的同时便得到了答案——是曲英杰的器官！

曲英杰死了，却并无任何记录，尸体也不知所踪。

一名好的侦探是需要丰富的想象力的，他立刻联想到曲英杰死后尸体被分割成数块，器官被变态的刘大龙制成了琥珀球。

让王佳佳好奇的是，究竟刘大龙用了什么手法，令一个正常的男性器官变得和鸽子蛋一般大小。

她在网上搜索了好一阵，找到了一些令人体器官缩小的方法，尤其是非洲一些猎头族，制作缩小人头的方法最恐怖，但成品非常丑陋，无法做到琥珀球这么精致完美。

汽车停在了风采路33号别墅前。王佳佳看着幽静的别墅，心里一阵发毛，说道："昊子，我有点害怕，这里面黑漆漆的，感觉有一股阴风东吹西吹的。"

别墅建设的密度本来就比较低，加上相对幽静的环境，的确有种让人后背发凉的感觉。

刘天昊一笑，说道："得了，等你的粉丝到千万级时，你就不怕了。"随即话锋又是一转，脸上尽是调侃之意："如果你不敢去，那就在车里等着。"

王佳佳眼珠一转，说道："谁说我不敢去的，我说了吗？"说罢，她哼了一声，打开车门下了车，挺着胸膛朝着别墅大门走去。

封条贴上容易摘下来难，可对于不愿意循规蹈矩的刘天昊来说，封条就变成了一张纸，轻轻一撕，一推，大门应声而开。

　　刘天昊站在刘大龙书房中那个人体标本骨架前，比量着骨架的高度，王佳佳则找到书桌上放着的另一个琥珀球，在灯光下对比着。

　　"哎，昊子，还真是器官！一对儿，案子结束后，这个能不能送给我收藏？"王佳佳得出了结论，却没有得到刘天昊的回应。

　　"这些医书连动都没动过，说明刘大龙根本不懂医学，只是为了掩饰这具人体骷髅标本的合理性才购买的，我怎么早没看出来！"刘天昊自责着。

　　刘天昊拿着刘大龙的放大镜仔细地看着骨骼标本，部分骨骼是碎裂后又用胶水粘上的，有些位置还缺了一些。突然，他放下放大镜，用力将标本头颅扭了下来。

　　"你做什么？"王佳佳惊叫了一声。

　　刘天昊把手从眼窝处伸进头颅中，然后再将头颅倾斜着不断晃动，一个小巧的金属U盘掉了出来。王佳佳手疾眼快，从地上捡起来。

　　"什么呀这是？"

　　"也许这就是我们一直在寻找的U盘，里面装的应该是刘大龙的秘密，它还可以揭开这起连环虐杀案的源头。"刘天昊答道。

　　这个U盘很可能是杨柳所说的刘大龙特殊聚会的录像，当初搜遍刘大龙所有别墅都没找到它，因为它藏在人体骨骼头颅里，出乎所有人的意料，要不是刘天昊来检查这具人体骨骼标本，恐怕这个秘密会永远埋藏下去。

　　刘天昊将头颅安了回去，拍了拍骨骼标本说道："如果所料不错，这具骨骼和琥珀球中的器官都是曲英杰的，只要经过DNA检验就立见分晓。"

　　"好个刘大龙，他居然把这个放在书房，不会觉得背后发凉吗？"王佳佳感慨道。

　　"所有的秘密即将揭开，你等着看好戏吧。"刘天昊叹了一口气。

"别忘了我的独家。"

"我这不是一直都带着你嘛，走吧，不过，我们审查这个 U 盘的时候，你就别参与了，先回去睡一觉吧，明天还有重头戏。"刘天昊抱着人体骨骼标本向外走去。

王佳佳很有自知之明，知道什么时候该进什么时候该退，对于刘天昊的意见，她出乎意料地配合，像个小女人一般跟在他的身后。

……

韩孟丹能够保持冷美人的称号，主要得益于她良好的睡眠习惯，毕竟是做法医的，她知道要是睡眠不好会对人体造成什么样的伤害。

这个夜晚却是韩孟丹的一个不眠之夜，她躺在宾馆的床上翻来覆去，头脑中不断地想着连环虐杀案的线索，这些线索都指向杨红。

杨红究竟去了哪儿？她究竟会不会来？

想着想着，她的思绪就开始飘到九霄之外，半睡半醒间，她感觉有人抓她，随即嘴被人用布堵住，一股氯仿的味道传来，她极力挣扎着，可那股力量很大，大到她不可抵抗，加上氯仿的麻醉作用，她的力气越来越小，眼皮也越来越重。

……

摆脱了王佳佳后，刘天昊回到了刑警大队，正好遇到回来的虞乘风。

虞乘风急走两步，追上刘天昊说道："还是没有杨红的消息。"

刘天昊边走边摆手："机场的事情都安排好了？"

"放心吧，万无一失。"虞乘风说道。

刘天昊举着 U 盘晃了晃。

"是刘大龙的那个 U 盘？"

"嗯，就要水落石出了。"

由于韩孟丹不在，人体标本和琥珀球便交给鉴定科负责进行 DNA 鉴定。刘天昊要得急，鉴定科的同志只好加班工作。虞乘风也动用了私人关系，给忙碌中的姚文媛再次加活儿，给人体骨骼标本做面目还原。

虞乘风站在姚文媛侧面欣赏了一阵，直到认真工作的姚文媛感到了他的目光后，他才说了一句客套话化解尴尬，随后便离开了。

离开鉴定科后，刘天昊和虞乘风原本想到会议室查看 U 盘中的内容，想了想，还是回了办公室。会议室是激光投影仪，虽说视频的投放质量好，但空间相对开放，若内容真是刘大龙的那种聚会，怕是会引起值班和加班的同志误会。

U 盘中的录像很多，大都是刘大龙组织聚会的场面，草草浏览了一遍之后，终于找到那场两男四女的录像。

这栋别墅是风采路 33 号的那栋别墅，比松江路 228 号别墅要大很多，光是一个游泳池差不多占了半亩地。

画面用的是固定角度的摄像机拍摄，场面很激烈，有女子的声音、有电警棍发出的噼啪声、有男子的叫声，各种声音交汇在一起，令人遐想不已。

一名男子戴着面具被绑在十字架上，刘大龙臃肿的身体格外显眼，他戴着面具和两名戴面具的女性用皮鞭、电棍等折磨着男子，另一名戴着面具的女子走了过来，手里拿着一把蓝色的药片和一杯水，第四名女子取下男子口中的球状物后便捏着他的嘴，以保持张开状态。

男子不断地求饶，脸上的神色能够让人清晰地感受到他所受到的痛苦。

持药女子并未理会男子，把药片狠狠地塞进男子口中，又灌下清水。男子剧烈地咳嗽着，大幅度的动作令他的面具突然掉下来，露出了脸。

"曲英杰！"虞乘风几乎在男子面具掉落的一瞬间惊道。这是一种来自于职业上的敏感性，已经与本能结合在一起，变成了人们常说的"感觉"。

……

同时，刘大龙与一名女子纠缠在一起，女子的皮肤很白，身材超好，动作虽说有些生涩，却一直被刘大龙引导着，逐渐走向狂热。

......

刘天昊叹息一声，他看得出来，这名女子就是杨柳，和废旧车间的那具尸体有很多相似之处！

画面几乎不可描述，看得刘天昊和虞乘风惊心动魄。

......

5分钟之后，喂给男子的药物开始起了作用，虽然他遭受着虐打，但他的某些部位开始有了变化，刘大龙和另外三名女子停下了手，在一旁开始疯狂起来。三名女子动作很妖娆，完全没有女子应有的矜持，看样子应该是磕了药。

......

当刘大龙摘下面具瘫在游泳池边的时候，四名女子的其中一名走到曲英杰面前亲昵起来，可曲英杰毫无反应。女子玩弄了一阵之后，才发现异样。

"哎，哎，他好像没气了……"女子的声调渐渐地高了起来，本来已经赤红一片的胸脯变得雪白起来。

刘大龙挣扎着从地面坐起来，欲起身却又摔倒，起了两次才站起身，嘴里骂骂咧咧地走到录像机前关掉……

"没了！"虞乘风说道。

"没了，也够了！"刘天昊低声说道。

事情已经很明显，曲英杰应该是死于过量食用蓝色小药丸万艾可，但在刘大龙的淫威下，众人并未报警处理，而是选择了缄默，这应该是杨红报复的动机。

"如果杨红和曲英杰是男女朋友，也在现场，怎么可能任由这件事发生？"虞乘风对刘天昊的推理提出质疑。

"只有一种可能，最初的时候杨红在，等刘大龙的狂欢之夜开始后，杨红已经离开了别墅，而后，曲英杰就失踪了，杨红再也没见过曲英杰。参与PARTY的几个人一致咬定曲英杰早已离别墅，但实际上他的尸体经过刘大龙的处理，变成了人体骨骼标本和这两个琥珀球！"刘天昊说道。

"其他的尸体部位呢？"

"你忘了刘大龙别墅后院还养着数条凶猛的藏獒！"刘天昊说道。

"这刘大龙可比咱想象的还变态啊！"虞乘风想起那些藏獒见人就上的模样来源就是这件事，然而这件事已经随着刘大龙的死无法查究。

"杨红得了绝症，要为死去的男友报仇，酝酿了这样一系列虐杀案，目的就是为了模仿当年阿杰的死法报复众人，让所有人体会到阿杰当年的痛苦。"刘天昊说道。

两人正说着，姚文媛和鉴定科的一名女同志走了进来，姚文媛手上拿着几张素描，鉴定科的女同志手里拿着一叠报告。

鉴定科的女同志打着哈欠，把一叠报告放在刘天昊的桌上："刘队，这是对人体骨骼和琥珀球里面人体组织的鉴定结果，两者DNA吻合度达到99%以上，应该可以确定是同一人，但在DNA库里并未搜索到相似的DNA。"

"谢谢。"刘天昊勉强冲着女同志露出一个微笑。

鉴定科女同志摆了摆手转身离去。

"刘队，这是三幅画的还原素描，画残缺得太厉害了，只能还原这些了。"姚文媛把几张画交到虞乘风手上，手碰到手时立刻缩了一下，脸上飞起一片红云。

虞乘风用碰过姚文媛的手揉了揉鼻子，实则是在闻她的味道。姚文媛身上散发出一股令人心旷神怡的香气，不是香水或者是洗衣液的香气，而是来自于女人的天然香气。

老实人并不老实！韩孟丹看人还真挺准！

三幅画描绘得虽然和三起虐杀案现场还有些差别，但经历过现场的刘天昊和虞乘风还是一眼就看出三幅画画的就是虐杀现场。

"这幅画是还原人体骨骼面部的，细节上会有些差别。"姚文媛柔声细语地说道。

刘天昊接过画看，虽说是简单的素描，还是一眼就能认出此人正是曲英杰。

姚文媛捂着嘴打了个哈欠，眼泪随着哈欠在眼眶里转着，隐约看到白皙的脸上出现了黑眼圈。

虞乘风心一疼，急忙说道："昊子，要是没事，让文媛先回去吧！"

刘天昊点点头，说道："那你送送吧，大晚上的。"

姚文媛连连摆手，小声说道："不用，反正宿舍很近，我自己回去就行，你们忙案子吧，晚上凉，你多穿点衣服。"

姚文媛冲着虞乘风微微一笑，笑意中充满了关怀。

虞乘风木讷地点了点头，憨憨一笑，两手来回搓着。

姚文媛冲他摆了摆手，转身离去，走路的姿势显然经过正规的队列训练，虽说没有王佳佳走路姿态的妖娆，却依然让人赏心悦目。

第三十章　危在旦夕

刘天昊咳嗽一声，把虞乘风的注意力引了回来。

"杨红家搜查过了吗？"刘天昊点了点桌子上的三幅画问道。

"哦，派出所正搜着呢，搜查令刚下来，毕竟还没有确凿证据确认她就是凶手，韩队的关可不好过呀，另外，车站、码头、飞机场、高速口都进行了严密布防，她跑不掉的。"虞乘风说道。

刘天昊站起身在房间踱来踱去，突然停住脚步问道："她的目的是复仇，复仇没结束，她是不会跑的。对了，韩孟丹所在的宾馆谁在那儿？"

"我让派出所安排了两名民警在徐静房间的隔壁蹲守，徐静房间里安装了摄像头，应该问题不大。"虞乘风说道。

刘天昊摇了摇头，眉头皱成了一个疙瘩："乘风，我总有种不好的预感，你马上联系一下他们，看看情况怎么样。"

虞乘风点点头，立刻拨通了电话，电话响了一阵，却没人接。

"不会吧！"虞乘风自言自语着，脸色却难看起来。

他又拨通了另外一个电话，还是没人接，他的脸色变得更加难看，和刘天昊对视一眼，两人几乎同时起身向外跑去。

……

当两人看到昏迷不醒的两名民警和徐静房间的空床后，刘天昊悔得肠子都青了，这个计划本来是引蛇出洞，不成想却被凶手利用，把韩孟丹绑走当了人质。

刘天昊上前检查两名民警，幸运的是，二人只是昏睡了过去，拍打推搡了好一阵，两人才先后醒来。

虞乘风立刻联系负责徐静母女安全的警察，确定两人平安后，这才松了口气。

经了解，两名民警并未受到袭击，只是喝了宾馆里的茶水提神，两杯茶水还有些剩余。民警的状态有些困倦、反应慢、精力不集中，显然是服用了大量的镇静剂所致。

如果所料不错，杨红应该是通过饮用水给两人下的药。

"两杯茶水安排鉴定科取回去化验，咱们去调取宾馆的监控。"刘天昊说道。

虞乘风立刻联系宾馆保安部调取所有监控，可惜的是，在民警昏睡之后的一段时间内，整个宾馆停了电，监控也是一片空白。

"也不知道是哪个倒霉鬼，把总电箱给破坏了，害得很多客人投诉，我这儿还不知道怎么办呢。"陪同的宾馆经理一脸苦相地说着。

"附近还有没有监控？"刘天昊问道，他知道总电箱一定是凶手破坏的，因此便没在这方面纠结。

"有，宾馆后门对面的成人用品商店就有，之前丢过东西，所以安装了监控，应该能看到宾馆后门的位置，宾馆前门是主干道，监控很多。"

刘天昊几乎是跑着来到成人用品商店的,当店老板调取了监控后,终于在监控屏下发现了疑似杨红的身影。

单从身材上看那人很像杨红,她戴着口罩,头上戴着清洁工特有的帽子,身穿宾馆打扫卫生人员的工作服,推着装满各种物品和清扫工具的小车,从容地离开宾馆后门。

两名清醒过来的警察强忍着身体的不适沿着宾馆后门的街道寻找着,找了一阵,便在一个胡同里找到那辆小推车,除了上层放着一些酒店便携物品外,下面的格子几乎是空的,正好可以放下一个人,上层垂下来的布帘正好把整个下格挡住。

虞乘风从推车把手上提取了指纹,经过电脑对比,正是杨红的!这就意味着杨红是用小推车将韩孟丹运离宾馆的。

胡同外是一条非主干马路,路两旁停满了车辆,并未发现任何监控摄像头,显然杨红是经过一番侦查后才选择的这条退路。

"杨红已经知道咱们看穿了她,她也看破了咱们利用徐静诱她出来的计策,这才迷倒了民警,又潜入房间绑架了韩孟丹。"刘天昊分析道。

"她怎么知道咱们的计划?"虞乘风问道。

"她一直藏在暗处,对徐静的监视从未停止过,徐静离开她自然知道,韩孟丹进入徐静的房间也肯定在她的监视范围之内。对于徐静,杨红有很多下手的机会,却并未行动,这就说明她对徐静的病情很清楚,更验证了我之前的推论,徐静的事是她找人做的!"刘天昊说道。

虞乘风叹了一口气,按照刘天昊的分析,这个女人实在太可怕了,思维如此缜密,能把事情做得几乎滴水不漏!

"当临海市公安分局介绍徐静情况时,我就觉得摧毁徐静神志的事并非偶然,现在看来,应该是杨红所为!"刘天昊说道。

"韩孟丹虽说是法医,但擒拿格斗的功夫也不差,不可能轻易被制服。"虞乘风说道。

"杨红是有备而来,肯定是偷了清洁工的衣服和清洁车,用了酒店的万能开锁磁卡，还用了氯仿等强力迷药等物。从现场情况看，至少她没有要伤害韩孟丹的意思，否则，这个房间就会变成第一凶杀现场了。"刘天昊说道。

"她会不会将韩孟丹掠到某处，然后实施虐杀？"虞乘风担心地问道。

"杨红作案很具有目的性，作案的对象只是伤害过曲英杰的那几个人，应该不会对韩孟丹下手，不过咱们也得抓紧时间，防止夜长梦多！"刘天昊说道。

"她的目的是什么？"虞乘风问道。

"她应该是冲着明天回国的欧阳倩！"刘天昊一拳打在桌子上。

"现在怎么办？"虞乘风已经没了主意。

"让所有人都撤回来。"刘天昊眼睛里散发出寒光。

"撤回来？"虞乘风愣了一下。

"对，所有人！"

"可是……"

"按照杨红的逻辑思维和身体状况，她绝不会想着逃跑，而是杀死最后一个仇人——欧阳倩。"刘天昊说道。

虞乘风摇了摇头，说道："这好像不太可能，就算她把韩孟丹绑架了当人质，但欧阳倩在警方的严密保护下，她根本没机会出手。"

刘天昊摇了摇头，叹了一口气。

虞乘风看了看窗外已经有些鱼肚白的天际，说道："要不，咱们兵分两路，我带队去机场保护欧阳倩，你继续找杨红？"

"找杨红等于大海捞针，一人藏万人难找，先休息一会儿吧，10点到机场接欧阳倩。"刘天昊说道。

"杨红怎么办？"

"她肯定会联系咱们的。"刘天昊说完就闭上了眼睛，不到一分钟，呼噜声就传遍了整个办公室。

虞乘风睡不着，来到大楼前，找看门的大爷要了一根烟，点着了深吸了几口，他已经很久没抽烟了，要不是事情令他烦恼到极致，他是绝不会动这个念头的。

他走到小花园处，拿出手机犹豫了好一阵，还是拨通了钱局的电话。

……

刘天昊的梦很真实，他梦见杨红提着韩孟丹的人头一路走来，手里拿着一把滴血的钢刀，每滴下一滴血，他的心就疼一下，而韩孟丹的眼睛一直死死地望着他，目光中带着的情绪无法用语言说清，期盼、怨恨、愤怒、恐惧……

刘天昊猛地坐起来，急速地喘着粗气，看到站在面前的钱局和虞乘风时，他站了起来，敬了一个标准的礼。

"钱局！"刘天昊看了看窗外，太阳刚刚升起来。

"对于韩孟丹被绑架，你有什么想法？"钱局的声音里充满了威严。

刘天昊看了看手表，已经过了三天破案的期限，幸好钱局并未计较。

"歹徒的目标很明显，欧阳倩，到目前为止，她还没有要伤害韩孟丹的迹象。"刘天昊说道。

"我问的是你的想法、方案，不是听你分析。"钱局扶了扶眼镜。

"等她的电话，带着欧阳倩去找她，然后寻找机会……"刘天昊无力地挥了挥手。他知道这个方案很被动，但在无法锁定杨红踪迹时，也只有这个办法。

钱局一掌拍在桌子上，把桌面上摆放着的水杯震得跳动起来："这个方案太过被动了，而且风险太大，你得另想办法。"

刘天昊沉默着。

"我不允许战友的生命受到歹徒的威胁，谁都不行！小虞，网都撒出去了？"钱局咆哮时脖子的青筋都暴了出来。

虞乘风点头说道："能派出去的人都出去了，还没结果。"

钱局冲着刘天昊瞪了一眼，说道："你怎么安排的？让歹徒从眼皮子底下把战友给绑走，现在连人家的尾巴都没摸着，你……”

刘天昊听到这里眼睛一亮，急忙走到墙上挂着的地图旁用手比画着，最后手指重重地落在一个区域。

“应该是这里。”

钱局和虞乘风走近地图，看着他手指着的地方。

“这是松江路别墅区，刘大龙的别墅就在里面。”虞乘风说道，见钱局有些迷茫，便又解释道：“就是刘大龙被害的地方。”

“没错，就是钱局给我的提示，灯下黑。杨红知道绑架韩孟丹意味着和全市的警察对抗，无论藏到哪里，都有可能被找到，只有这里才是警方疏忽的地方。”刘天昊点了点刘大龙所在的别墅小区。

“你敢确定吗？”钱局盯着刘天昊问道。

“凡事都没有绝对的，谁都不会有绝对的把握，对吧钱局？”刘天昊放松了下来，恢复了以往的轻松，哪怕是面对钱局那张严肃的脸，他依然毫无畏惧。

“乘风，你去机场接人吧，接到以后直接来松江路别墅。”刘天昊说道。

虞乘风看了看钱局，钱局暗自叹了一口气，把脸撇向一旁。

虞乘风见状转身离去。

“还等什么，行动吧，不过有一点我提前说明，如果小韩有了闪失，我会追责到底！”钱局又恢复了儒雅气质，脸色也好了很多。

“我是刑警大队刘天昊，麻烦你通知特警队到松江路228号，对……”

……

数辆警车停到松江路228号别墅前，巨大的特警专用车闪着警灯，居高临下地给人以威慑感。

刘天昊站在别墅大门前，看了看手表，时间已经指向上午9点。

“你还是来了。”杨红的声音从别墅大门的通话器中传了出来。

“杨红，收手吧。”刘天昊边说边看向别墅，发现别墅窗户都挂上了窗帘。

"别企图强攻，也别企图用狙击手来解决我，我死了，韩孟丹就得死。"杨红的声音中透露出一种垂死的疯狂。

"咱们可以谈谈。"刘天昊挥挥手，示意特警后退。

钱局微微点头，指挥着特警后退。

"我只要欧阳倩，绝不会伤及无辜，还有，把所有的媒体记者叫来。"杨红说道。

"可以。"刘天昊的回答出乎杨红的意料。

"还有一个小时，我已经让人去机场接她了，接到后就会来这里。"刘天昊说道。

"她肯来吗？那个胆小鬼。"杨红嘿嘿笑着。

"让我听听韩孟丹的声音，我需要确保她还活着。"刘天昊不紧不慢地说道。

"好。"杨红说话时咬着牙，随即韩孟丹的闷声惨叫传了出来，显然是被堵住了嘴。

"OK，如果欧阳倩来了，你打算怎么对她？"

第三十一章　受到污染的灵魂

"我知道我没机会杀她，不过，也不能让她好过。"杨红语气放缓，已经没有了刚才的霸气，充满了无奈。

杨红能策划出这样一系列案子复仇，逻辑思维能力肯定不差，她更清楚目前的处境，自打她破釜沉舟绑架韩孟丹的那一刻，她最终的命运就已经定了。

"你能看到我吗？"刘天昊问道。

通话器吱吱啦啦响了好一阵，才传出杨红的声音："能看到。"

刘天昊把手枪放在地上，又把身上的防弹背心脱了下来，接下来是衬衫、长裤、鞋，只剩下背心和裤衩。

在附近指挥的钱局看到刘天昊的行为也愣住了，不知道他葫芦里卖的是什么药。

"我想进去和你谈谈。"刘天昊说道。

通话器传来杨红的笑声："你是想色诱我吗？当我知道阿杰死讯的那一刻，我的身体和心都已经死了！"

刘天昊耸了耸肩。

"好吧，你进来吧。"

大门"啪"的一声打开了。刘天昊举起双手，慢慢走进大门，随后转身将大门重新关上，缓步走进别墅。

令刘天昊意想不到的是，杨红竟然坐在客厅中，对面坐着的是韩孟丹，韩孟丹已经被松了绑，嘴里的布已经拿掉。

杨红的坐姿很随意，完全没有被一群警察围住紧张的样子，左手里拿着一把十字弩对着韩孟丹。

"来坐吧。"杨红冲着刘天昊扬了扬头。

刘天昊叹了一口气，走了过去，坐在韩孟丹身旁，问道："你没事吧？"

韩孟丹没答话，只是微微摇了摇头。

杨红笑了，把头撇向一边。

刘天昊的心动了一下，因为这是一个很难得的机会，他可以迅速地伸手抓住那把十字弩，然后夺下来！

"刚才你为什么没动手？"杨红利剑一般的眼睛看穿了刘天昊。

"我相信你不是坏人，不会伤害我们。"刘天昊说道。

"谢谢。"

"跟我走吧，也许……"

"你是怎么看破我的？"杨红打断了刘天昊的问话。

"还记得认尸时的情景吧，我无意中撞到了你的右胸部，你发出哎呀一声惊叫，从表面上看，是我触碰到了女性的敏感区造成的，但实际上是碰到了你的病患处，这也是你放弃右手使用左手的原因，因为胸部的剧烈疼痛让你的右手使不上力！"刘天昊说道。

杨红点点头："没错，你说得很对！"

"还有你身上的味道，有蛋糕香精的味道，杨柳生前开车时车上有一个神秘人，神秘人是从槐樱街地下商场上了她的车，神秘人具有很强的反侦查能力，我去了地下商场勘查，发现只有一处是监控死角，那处有一家蛋糕店，如果你在那里等杨柳，一定会有蛋糕香精的味道。"刘天昊摸了摸鼻子说道。

"想不到啊，就这点破绽居然被你发现了。"杨红无奈地摇了摇头。

"还有，刘大龙被害前接了一个电话，然后就前往别墅被害了，据杨柳说，他的神情是很色的那种，我想，一定是那个他想得到又一直没得到的女人打来的，否则，不可能让刘大龙这样一个人物放下公司的业务去赴约。"刘天昊说道。

"对于这个女人，我一直好奇，究竟是谁有这么大的魅力能够征服刘大龙，却又不被刘大龙的财势给征服。"刘天昊说道。

杨红笑了笑，示意他继续说下去。

"直到后来我看了那场刘大龙组织的男女大聚会，我才知道，原来他一直想得到的就是你！两男四女之外的第七人，你看出刘大龙聚会的真面目后，就愤怒地离开了，而曲英杰作为杨柳的经纪人却不得不留下来。"刘天昊说道。

"无论是刘大龙的集团还是星娱文化，他想得到的女人都可以轻易得到，除了一个人，星娱文化的执行总裁、实际拥有人，你！"刘天昊说道。

"要不是亲眼看到你推理，我真不敢相信。你说得都对，当年我的确看出刘大龙的聚会不是好聚会，所以就拽着阿杰离开。可杨柳说阿杰只要离开，就意味着失去工作。我也想过，阿杰一个男人，还能吃什么亏，也就没在乎，而且当时我和阿杰正准备买房子结婚，他不能失去工作，所以他留了下来，永远地留在了那里！"杨红说到此处眼圈红了起来。

韩孟丹从茶几上抽出一张纸巾小心翼翼地递给杨红。杨红接了过来，优雅地点头致谢，但左手上的十字弩依然端着。

"锁定你之后，我们搜查了你家，发现了大量的进口抗癌药物和画画用的工具，还有一些健身用的器械，器械的状态很好，显然是经常使用，在你家的照片上，还查到你有专用的游艇，显然系水手结对于你来说轻而易举。还有，我们在曲英杰的墓地发现了一些未燃烧完全的画布残片。这些足以解释凶手强壮有力、用左手、能够熟练地使用各种绳结、会画画这些要素。"

杨红惨笑了一声，说道："阿杰当时被折磨得好苦！那几个人玩疯了，什么都不顾！"

"你是怎么知道的？"

"徐静这个女人爱财如命，只要有钱，她可以做任何事、出卖任何人。"杨红咬着牙说道。

"徐静的事是你做的？"刘天昊问道。

"当然，当年就是她喂了阿杰一大把万艾可，还想把阿杰从我手上夺走。所以，我也让人喂了她大量的冰毒，以牙还牙，又找几个人充当老板和她不停地……嘿嘿……10万块，买了她的灵魂。"杨红咬着牙说道。

韩孟丹叹了口气，说道："我们很同情你，可是……"

"要和我讲大道理了是吗？你别忘了，我是星娱文化的老总，无论从格局、意识、知识、金钱，我都是社会最顶级的存在，说到法律，我也取得了博士学位，为的就是替阿杰报仇，可惜呀，在某些环境下，权势总是大于法律。"杨红说道。

"有几个问题我还没有解开。"刘天昊说道。

杨红一笑，说道："你问吧，知无不答。"

"刘大龙在林娜娜被害之前去过她家，而且待了3个多小时，这期间他都做了什么？"刘天昊问道。

杨红嘿嘿笑着，笑得眼泪都流了下来，过了一阵才说道："刘大龙一直喜欢我，用尽办法追求我，但我都没答应。我杀了林娜娜之后，就约了刘大龙来林娜娜家，说大家可以一起玩玩，这个老色鬼立刻就来了。我关上林娜娜的房间门，就在客厅……"

韩孟丹和刘天昊对视一眼，不约而同地叹了一口气。杨红为了这次复仇付出了不少代价，甚至包括身体。

"没你们想象的那么肮脏，我只是给他跳了舞，脱衣舞，还记得那条丁字裤吗刘警官？"杨红苦笑着说道。

刘天昊沉默着。

"一旦刘大龙得到了我，下面的事情就不好玩了！老色鬼虽说忍不住，却打不过我，只好作罢。"杨红说道。

"所以，当你想杀刘大龙时，只用了一个电话就把他约到了别墅。"韩孟丹说道。

"没错，这老色鬼急着呢，我让他尝到了当年阿杰受到的痛苦，最后让他在极度兴奋中死去，也算是便宜他了！"杨红说道。

"关于林娜娜……"刘天昊说道。

杨红冷笑一声，说道："她远没有你们想象的那么纯洁和高贵，为了奢华的生活，她什么事情都做，害死阿杰的那场聚会实际上就是她发起的，也是杨柳的第一次，她不但害了杨柳，也害了阿杰！"

"杨柳可是你妹妹，你怎么下得去手？"刘天昊问道。

杨红嗤笑一声，说道："我妹妹，哈哈，要不是她，我和阿杰会有今天吗？刘警官，你是被她柔弱的外表迷惑了，自从那次聚会之后，她玩起来，比谁都狠，比谁都疯狂，刘大龙越来越变态都是她一手造成的。"

刘天昊和韩孟丹对视了一眼，心中都升起一个词：受虐狂。

"看人不能光看外表，不是吗？"杨红笑得很凄惨。

用左手、身体强壮、身高在175厘米以上、会打水手结，会画油画却并不精通，拥有很好的经济条件。

所有的特征都对上了，只有一条，最初的时候刘天昊将凶手锁定为男性，韩孟丹的无心之语却正中事实！

"你的病还是可以治的。"韩孟丹小声说道。

杨红惨笑一声，说道："怎么治？割掉一半乳房对于普通的家庭妇女无所谓，可是对于我，一个追求完美的模特，是绝对接受不了的，死也要死得完美。"

"我接受不了无穷无尽的化疗，还有令人恐惧的后遗症，更接受不了身体的不完美。"杨红的眼泪流了下来。

韩孟丹叹息着，此时的她完全能够理解杨红的内心世界，一个追求完美的女人的内心世界。

"阿杰画的油画很好看，如果不是没名气，也许他不用做经纪人这行。所以我就把这些人的下场画给阿杰看，我想，他一定会喜欢的。"杨红抹了抹眼泪。

刘天昊偷偷看了看手表，时间已经指向10点40分。

"和人谈话时看手表是不礼貌的行为。"杨红看向刘天昊。

"按照时间计算，欧阳倩应该来了。"刘天昊说道。

"带她进来！"杨红冲着韩孟丹扬了扬手上的十字弩。

刘天昊站起身默默地向外走去，很快，他用手枪逼着欧阳倩走了进来，随之而来的还有钱局的喝骂声。他抬起脚关上门，推着欧阳倩走到沙发前。

"昊子，你这么做会失去这身警服的！"韩孟丹惊叫出来。

很显然，刘天昊是用手枪逼住了欧阳倩进入别墅的。

"你为什么这么做？"杨红好奇地问道。

"还是那句话，我相信你本质上不是坏人，不会滥杀无辜。"刘天昊说道。

杨红站起身，抬起十字弩瞄向欧阳倩。欧阳倩吓得像一只遇到猫的老鼠一般，向刘天昊身后挪动着脚步。

　　刘天昊站到欧阳倩身前，说道："杨红，放下吧，该收手了。"

　　"我真的没杀阿杰，阿杰死后，是刘大龙威胁我，要是我说出去，就会被他灭全家，他还给了我一大笔钱。"欧阳倩说到这儿，停顿了一下，"把阿杰制成人体骨骼标本是徐静出的主意。"

　　"可你们把阿杰扔进犬舍后，他又活了过来，在他被一群没有人性的藏獒撕咬时，谁站出来说句话了？"杨红语出惊人。

　　凭借录像判断，在关闭录像之前，阿杰就已经死了，却没想到阿杰是假死，真正的死因是被一群藏獒活活咬死！

　　刘天昊想起那具人体骨骼标本很多骨头都是碎裂的，应该都是被恶犬咬碎的。

　　在场的几个人都碍于刘大龙的权势不敢声张，只能眼睁睁地看着阿杰被撕碎，人性的自私和冷漠在那一刻体现得淋漓尽致！

　　"事后，你们还用他的尸体残骸做了琥珀球和骨骼标本，你们和那群狗有什么区别！"杨红说到此处突然咆哮起来，手上拿着的十字弩不断抖动，随时可能被误触发。

　　欧阳倩低下了头，整个人蔫了下去。

　　房间内除了安静就剩下杨红急促的呼吸声。

　　"阿杰不希望看到你今天的模样，这不是他所爱的那个杨红。"韩孟丹费力气站起身，走到刘天昊身前。

　　"很好，你们都很好，敢于为所爱的人牺牲自己。可惜，我认识你们太晚了。"杨红终于哭了出来，浑身力气像是突然被抽空了一半，跪在了地上。

　　"当年要不是我赌气离去，阿杰也不会死，其实我也是罪魁祸首之一。"杨红缓慢地抬起十字弩。

　　"欧阳倩，你不是一直想出名吗？现在全世界都知道你的事了，你一定会红上半边天的。"杨红看了看不远处柜子上夹着的手机。

手机的画面是直播的画面，很多网友不停地刷着留言。

"我得去见阿杰了，我看到他在向我招手！"杨红把十字弩对准自己的心口。

"不要！"韩孟丹和刘天昊几乎是同时喊着。

"噗！"

弩箭准确无误地刺进她的左胸，鲜红的血液瞬间涌了出来，染红了那件白色的职业装衬衫。

"把我的家产捐给贫困儿童吧，我和阿杰一直梦想着有一个听话的孩子……"

杨红说完话，身体一软，十字弩落在地上，她冲着刘天昊笑了笑，缓缓地闭上了眼睛。

……

杨红的墓坐落在曲英杰的墓旁，墓是刘天昊做主买的，他觉得他应该这样做，从法律上讲杨红是杀人犯，但人已经死了，应该有她的归宿，也许只有死亡才能让她真正释怀。

刘天昊、虞乘风、韩孟丹三人从公墓向山下走，带着山脚下河水清新味道的风吹来，让人心旷神怡。

"哎，你胆子可够大的，用枪挟持欧阳倩，你不怕钱局翻脸拉你坐牢吗？"韩孟丹问道。

"我给她穿了防弹衣，再说，不是还有我站在前面嘛，杨红的十字弩只有一支弩箭，要死也是我先死。"刘天昊说道。

"你死了怎么办？"韩孟丹语气有些不善。

"不知道，都死了，还管怎么办干吗！"刘天昊苦笑一声，接着说道："谢谢你，能够在那个时候站在我前面！"

韩孟丹没说话，情绪缓和下来，叹了口气望向远方的群山。

刘天昊沉默了一阵，说道："要是当时有一个人能站出来阻止，阿杰也不会死，杨红也就不会走到今天这一步。"

"有因必有果，正所谓天理循环报应不爽。"韩孟丹说道。

刘天昊说道:"但愿世人能够以此为戒,但愿世间多些温暖,少些冷漠。"

虞乘风说道:"你让王佳佳报道这个案子,是想告诉世人这个道理吧?"

刘天昊点了点头。

三人沉默了好一阵,心中所想不一,只有温暖的风还在山间倾诉着。

虞乘风清了清嗓子,打破沉默:"昊子,这次劫持欧阳倩的事钱局说就算了,不过他让我提醒你,你这样子和你叔当年一样,很容易出问题的。"

"提醒得好,我也该去看看他了!"刘天昊转身向山下走去。

……

三天后,齐维约了刘天昊到刑警大队附近的红房子咖啡馆,店里很安静,幽暗的灯光和安静的环境可以令人得到放松。

齐维光顾着喝咖啡吃着小点心,却不说话。

"你约我来这儿,不是光为了吃点心的吧。"刘天昊看出了齐维的来意。

齐维一笑,说道:"你猜猜!"

"账簿的事?"

齐维点头,抹了抹嘴上的点心渣子:"姚子云在烧账本之前看了账本里的内容,虽然记不太全,却也供出了几条大鱼,都是你我这种小警察不能碰的。"

"更何况账簿还烧了,没了证据,一个盗贼的话谁会相信?"刘天昊说道。

"姚子云跑了,他以后都不会再做贼了。"齐维漫不经心地说道。

刘天昊心里很清楚,没人能在齐维的眼皮子底下逃走,于是说道:"谢谢你。"

"等我说完你再说谢谢。"齐维一口喝干咖啡,吧唧吧唧嘴,说道:

"账簿的事不会再有人知道，好好当你的刑警吧。"

没等刘天昊说话，齐维已经起身走向门口："喝咖啡不算请客，你那顿酒还得兑现！"

"没问题！"刘天昊嘿嘿一笑，冲着齐维作了一个"OK"的手势……

第二卷　冤魂 ────────

第一章　凋零的杜鹃花

　　每一个冤魂的背后都有一个故事，有的惨烈、有的悲伤。随着时间的推移，人们已经渐渐淡忘了那些动人心弦的故事，但留在心中的伤痕始终无法愈合。

　　"八二年的拉菲，真是个好东西！"高鹏宇陷在巨大的意大利真皮沙发里，跷着二郎腿，单手摇晃着红酒杯，看着挂在杯壁上的红酒慢慢滑下去。

　　高鹏宇是鹏宇建筑公司的老板，爱好红酒与收藏，也是顶级 Hi-Fi 发烧友，但他不懂音乐，每次听音乐，他都把声音放到最大，这样他才能感觉到缓解和释放，暂时忘却徘徊在脑海深处挥之不去的过往。

　　今晚过后，他可能会为这个习惯感到后悔，因为喧闹的乐声让他的听力变得迟钝，甚至听不到危险接近的声音。

　　那是死神的脚步！

　　高鹏宇的别墅安装了德国最先进的安保系统，别说是一个人，就连一只苍蝇都飞不进来，这也是他完全放松的原因。

　　一个幽灵般的身影悄然出现在高鹏宇面前，他似乎对别墅的一草一木都很熟悉，复杂的安保系统已然成了摆设。

　　来人举着一张纸站在高鹏宇面前，吓得他醉意去了七八分，再看到纸上的字后，醉意瞬间荡然无存，取而代之的是恐惧。

　　高鹏宇的瞳孔像一座废弃已久的枯井，没有任何光彩，他的身体不由自主地颤抖着。他想逃，不顾一切地逃。他似乎使出了全身力气，却好像被一双无形的大手紧紧地按在沙发上，令他动弹不得。

绝望的呐喊终究敌不过《命运交响曲》强有力的回响。

这张让他得到各种各样享受的沙发，最终成了他的葬身之地！

……

对于一名女子来说，夜间开车并不是件愉快的事。王佳佳的职业令她不得不经常熬夜加班，走夜路就成了家常便饭。

NY 市郊区的乡村级道路没有路灯，来往的车辆也很少，天上的云彩不时地把月亮遮住，令大地陷入一片黑暗的死寂中。

随着发动机低沉的轰鸣声，宝马车飞快地行驶着，四条全地形轮胎把宝马五系的性能发挥得淋漓尽致。

意外和明天不知道哪个会先来！

"砰！"

一声闷响传来，随即而来的刺耳刹车声打破了夜空的宁静。

红色的宝马五系停在路边，刹车灯在黑暗映衬下显得甚是扎眼，车后方长长的刹车痕迹泛起一股刺鼻的橡胶煳味。

王佳佳端坐在驾驶位上，双手死死握住方向盘，右脚死死地踩在刹车上，她睁大眼睛盯着前方，眼神空洞，又生硬地扭转头茫然四顾，表情变幻不定。

不久后，她慢慢放松下来，车子又开始向前走了起来，她又一脚刹车闷住，拉了电子手刹，掏出手机颤抖着拨了 110……

很快，派出所的巡警开着警车到达现场，红蓝相间的警灯在夜幕下格外刺眼。三名警察分工默契，一个留下来向王佳佳了解情况，另外两名在附近搜索着。

执勤的交警也开着警车赶到现场，和巡警一起在道路两旁的灌木丛中寻找着。

"人找着了！"一名辅警大喊着。

几束明亮的光束迅速汇聚在被撞的受害者身上。

男子面部朝上躺在灌木丛外的草丛里，表情狰狞而僵硬，嘴张得很大，却听不到他的呻吟声，身上的西装沾满血迹和尘土，从质地和款式上看，似乎价格不菲。男子下半身散发着一股排泄物和血腥气息混合的奇怪味道，他右手虚握着，手心里放着一朵粉色的花儿，花瓣上用黑色中性笔写着"st"字样。

巡警简单查看了被撞者的情况，微微地向交警摇了摇头，他们都知道这代表着一条生命的离去。

120急救车拉着警报很快赶到，敬业的医生拎着急救设备风风火火地跑过来，简单的检查过后，男医生叹息着摇了摇头："已经没了生命体征，而且……还是让法医来看看吧！"

男医生话中有话，显然这场交通意外另有蹊跷！交警没敢犹豫，立刻用对讲机呼叫指挥中心协调刑警大队的法医和技术员。

法医和技术员来得很快，不逊于急救车的速度，对于他们来说，案情就是命令，第一时间达到案发现场进行勘查是破案的重要因素。

法医的尸检很仔细，生怕错过了任何一个细节，检查了好一阵，才沉着脸摘下手套，拨通了刘天昊的手机："刘队，发生了一起车祸，不过，男子在被车撞之前就死了，你得过来看看……"

……

大切诺基开着警灯在漆黑的路上飞奔。

刘天昊坐在副驾驶位置尽力驱赶困意，不时地打一个哈欠，任由流出来的眼泪顺着脸颊滑落。刚刚过去的一天并不轻松，辖区内发生了一起情杀，案情不复杂，但被害人的家属情绪激动，又找来一些不太讲理的亲戚堵在门口，弄得刑警大队鸡飞狗跳。

虽说刘天昊把此事处理得很圆满，但他也感慨万千——有时候做活人的工作要比死人困难得多。

此时的他筋疲力尽，平时驾驶欲望非常强烈的他也没有再摸方向盘的兴趣。韩孟丹在后座安静地坐着，像一名恬静的小姑娘一般，饶有兴趣地望着窗外飞快倒退着的树木。

正当他眯起眼睛想睡一会儿时，手机不合时宜地响起，他长长地呼出一口气，拿起手机看了看，王佳佳的头像显示在手机屏幕上，从前挡风玻璃瞄了一眼韩孟丹，犹豫了一下，还是接通了电话。

"打你那么多电话都打不通。"王佳佳带着哭腔的声音从话筒传来。

虞乘风像是故意放缓油门，车外风噪和胎噪声瞬间消失，车内安静得只剩下王佳佳的声音。

"我在出任务啊，大小姐。"刘天昊小声地解释着。

"我开车撞了人，在鸿翔路，警察已经到了，但我还有点害怕，你快过来。"王佳佳情绪舒缓了一些，语气中仍然充满了委屈。

刘天昊坐直了身子向车窗外看去。

正在开车的虞乘风接了一句："这就是鸿翔路。"

刘天昊捂住话筒冲着虞乘风白了一眼："你这耳朵还真好使啊！"

虞乘风尴尬地咳嗽两声，惹得后座的韩孟丹捂着嘴偷笑。

刘天昊看到不远处几辆警车闪烁着警灯，说道："你别急，我马上就到。"

王佳佳的哭声再次从话筒中传了出来，哭声悲悲凄凄，让人听了不由得升起一股保护的欲望。

大切诺基停在了红色宝马五系的旁边，刘天昊刚一下车，就见王佳佳从宝马车上下来，立刻扑了过去。他被这一扑给弄得愣住了，张开的双手不知道该往哪儿放才好。

负责警戒的两名警察刚要上来制止，刘天昊连忙向两人挥了挥手。两名警察望向刘天昊的眼神似笑非笑，识趣地后退了两步。

此时的王佳佳已不再是八面玲珑的记者，更像是一名受到惊吓躲在男人怀里的妻子。

刘天昊安慰着："不用怕，没事……有我在，没事的！"

本已经蹲在尸体前准备验尸的韩孟丹回过头，冰冷而锋利的眼神直刺刘天昊。

"天地良心啊！"刘天昊一哆嗦，心里暗暗叫苦，他想挣脱王佳佳，没想到刚一动，王佳佳却把他抱得更紧！

王佳佳虽说是女强人，毕竟还是女人，此刻，她觉得刘天昊的怀抱是世界上最安全、最温暖的地方，可以待上几百年、几千年，时间对于她来说已经没有了意义。

……

"刘队，可以了。"韩孟丹摘下口罩，看着还抱在一块的刘天昊和王佳佳，表情又冷了几分。

刘天昊如临大赦，将王佳佳轻轻推开："佳佳，你先休息一会儿，我去看看现场情况！"

王佳佳依依不舍地离开了刘天昊的怀抱，被一名警察引着上了警车，继续陈述事发经过。

刘天昊来到尸体前蹲下，装作没看见韩孟丹的眼神，清了清嗓子问道："那个……说说情况吧！"

"死者男性，45 至 50 周岁，根据尸僵的程度判定死亡时间是四五个小时前。"韩孟丹介绍道。

"也就是说，可以排除他是因为这起车祸而死。"刘天昊问道。

"你只关心这个吗？"韩孟丹的话噎得刘天昊说不出话来。

刘天昊赶忙转移话题："致死原因是什么？"

"死者颈部有一处切割伤，只伤及气管，并未伤及大动脉，属于非致命伤。致命伤应该是腹部这一刀，尿液和粪便造成腹膜急性感染，加上流血过多，最终导致死亡。"韩孟丹说道。

"只割断了气管，这说明凶手不想让死者叫喊出来，颈部大动脉和气管相隔很近，能够割断气管又不伤大动脉，说明凶手对医学有很深的了解。"刘天昊分析道。

"除了这处伤痕，死者身上还有两处伤痕。"韩孟丹指向死者的大腿根处，继续说道："其中一处在这儿，男性的重要器官受到巨大的外力打击而碎裂。另外一处在肚脐正下方 3 厘米的位置，有一处两厘米见方的伤口，从伤口周边的形状来看，凶器是一种顶端尖锐后部逐渐变粗的柱状物体，最宽处直径约两厘米，具体长度还得打开死者的腹腔深度解剖后才能知道。从伤口流出的物体来看，其中混合着粪便、尿液和血液。"

刘天昊接着说道："凶手将凶器插入死者腹腔，刺穿了膀胱以及大肠，并且用重物打碎了死者重要器官，让死者受尽痛苦。"

韩孟丹点头："差不多，而且死者手脚和身体其他部位还有被捆绑过的痕迹，其他的伤痕都是车辆撞击伤和擦伤。"

"这就是说死者并未与凶手搏斗过。"刘天昊说道。

韩孟丹点点头："可以这么说，凶手是用了某种手段弄晕了死者，之后又实施了杀害。"

刘天昊用手摸着死者西装，翻到西装衣领看商标，是意大利品牌尼亚西装，最普通的定制版也要十几万元一套。

死者手腕上的手表是百达翡丽超级功能计时镶钻款，200多万人民币，腰带和仅剩下的一只皮鞋也是奢侈品。

"死者微胖，指甲修剪得整齐、无污迹，皮肤细嫩，从穿着打扮来看，他的身价不菲、生活条件优越，如果凶手为了谋财，这些东西没理由还留在死者身上。"刘天昊说道。

虞乘风翻了翻死者的衣兜，并未发现现金、银行卡之类，也没有手机和身份证等可以证明死者身份的东西。

"加上之前孟丹的尸检结果，凶手有虐尸的行为，基本可以断定这件案子是仇杀。"刘天昊说道。

"死者手里拿的是什么？"虞乘风好奇地问道。

"花，杜鹃花，凋零的杜鹃花。"韩孟丹冰冷的声音传来。

……

在冰冷的北郊废旧仓库，一丝月光从仓库上方已经支离破碎的窗户洒进仓库中，仓库阴暗的角落里有一张木板搭成的床，床的一侧整齐地叠着豆腐块般的被，床单几乎是毫无褶皱地铺在床板上，一把套着皮套的军刀和另外两把说不上来名字的兵器整齐地摆在被子旁边，墨绿色的军用水壶挂在床头的钉子上。

这显然是一张接受过严格训练的军人的床，整洁而有序。

一个人藏在墙的阴影中，仿佛已与黑暗融为一体，没人能够看清他的脸，就像他无法看透世人的心一样。

紧身背心把他的肌肉勒出了漂亮的线条，一条条触目惊心的伤疤像蚯蚓一样盘踞在他的身上。

他动了，每一个动作都是迅速而有力。

"我为什么还活着？"这是他每天都要问的问题，这个问题甚至连他自己也不知道答案，也许，只有那个已在天边的故人才会知道吧。

钢铁一般的拳头砸在钢梁上，每一次击打都会带来巨大的疼痛，他仿佛已习惯了这种痛，一拳接着一拳，直到力竭。

鲜血顺着钢梁流了下来，像一条弯弯曲曲的蚯蚓，和他身上的伤疤特别像。

"没有比心痛更痛的痛了吧？"

他嘿嘿地笑着，头顶靠在钢梁上喘息着，汗水顺着身体滴落在地面，砸在之前流下来的鲜血上，溅开的鲜血好像一朵盛开的杜鹃花……

第二章　失魂的人偶

韩孟丹用镊子从死者另一只虚握的手掌中夹出了一枚硬币："是第三版人民币的 5 角钱。"

"这是什么意思？"虞乘风想了好一会儿，还是不明所以，只得转移话题道："就算是仇杀，杀了人也就得了，把死者抬到路边，让他再被车撞一回，就有些奇怪了！"

刘天昊点了点头："是有些怪！你们看这周围。"

韩孟丹、虞乘风两人向四周望了望。

"道路周边很空旷，虽不是主干道，但过往的行人、车辆并不少。

既然是虐杀，凶手肯定要让死者受到最大的痛苦，不可能在短时间内完成，所以第一现场不太可能在这附近。"刘天昊看了看周边的环境说道。

一名警察走到刘天昊身前，说："刘队，周围都搜过了，没发现与死者相关联的第一现场，也没发现与死者相关的其他物品。"

虞乘风冲刘天昊竖起了大拇指。

刘天昊沉思片刻，说道："除非凶手患有严重的精神疾患，其行为不能用常理推断，否则这个人应该认识死者，杀人手法体现了其对死者的极度仇恨。"

刘天昊再次蹲在尸体前，凝视着尸体说道："你们看这些痕迹。"

刘天昊指着死者身体几个部位有被绑过的痕迹，西装上还有一些绿色痕迹和碎木屑，他拿起尸体旁一根很短的木棍，木棍有折断的痕迹，从截面上看，是刚被折断的。

"凶手利用随处可见的木棍，用青藤绑在死者身上达到支撑死者的目的，这处路段刚好是一个弯道，一般的车拐弯之后很难反应过来。"刘天昊分析道。

"有道理。"虞乘风说道。

"你不觉得找到这具尸体太容易了吗？"刘天昊引导着虞乘风。

"对啊！好像死者故意碰瓷一样。"虞乘风本想说句冷笑话，可是看到刘天昊和韩孟丹毫无反应的表情，只得尴尬地咧了咧嘴。

"你的比喻挺有意思！"刘天昊接着说道，"所有线索都表明，凶手并不想隐藏尸源。"

"对啊。"虞乘风应声道。

刘天昊接着说道："想想看，我们之前遇到的几起杀人案，如果尸体被分解成尸块，寻找尸源和确认死者身份就成了难点。一旦尸源确定后，就很快能找到第一现场，案件侦查方向很清晰。"

"嗯！"虞乘风回应道。

"而这起不是！"刘天昊接着说道，"凶手非常自信，尸体被车撞，其一是为了泄愤。其二，凶手不但不隐藏，反而希望如此惨状的死者被人看到，这对死者又多了一层侮辱。"

虞乘风想起了之前"画魔"案中杨红的行为，说道："他没准把自己当成了艺术家，尸体就是作品。"

虞乘风说得自己都感到不寒而栗，下意识地打了个冷战。

"行啦，说得那么玄乎！"韩孟丹打断了刘天昊，说道："关于死因和凶器你怎么看？"

刘天昊深吸一口气，说道："能够敲碎死者某器官的凶器有很多，目前分析起来意义不大，从死者肚脐下方的另一处伤口来看，凶器不是常见的刀具，可能是一种圆锥形的物品，对推断凶手的经历、职业等特点同样没什么帮助。"

"现在说什么都为时尚早，别忘了你的王佳佳也有嫌疑哟！"韩孟丹站起身说道，她故意把"你的王佳佳"这几个字说得很重。

刘天昊不敢辩解，只得硬生生地把头撇向一边，假装看忙碌中的警察们。

直觉告诉刘天昊，这起案件绝不简单，而偏偏与自己关系微妙的王佳佳也卷入其中，这难道只是巧合吗？如果不是巧合，王佳佳在案子里承担什么样的角色？

办案切忌先入为主，过早地陷入固定套路会限制思维，很可能将案件的侦破引入歧途，在案子没破之前，任何可能性都是成立的。

想到这儿，刘天昊走向王佳佳。她作为唯一的目击证人，提供的线索将非常重要。盘问王佳佳的警察见刘天昊走来，立刻识趣地离开。

刘天昊直截了当地问道："佳佳，你撞到那个男子的瞬间，他是什么状态？"

他的用词显然是为了照顾王佳佳的情绪，把死者说成"那个男子"，以免引起她的不良情绪。

王佳佳的情绪平复了些，抿了抿嘴说道："当时我没看清，我记得低头调节了一下车载收音机，刚一抬头就恍惚中看见路旁立着一个人，我赶紧踩刹车……"

刘天昊的语调显得轻松："其实，他在被你撞之前就已经死了。"

"什么！"王佳佳瞪大了双眼。

刘天昊表情略显尴尬，他的本意是想告诉对方最起码避免了交通肇事致人死亡的麻烦，但他心急之下显然没有考虑到一个女孩的胆量和心理承受能力，就算再独立再有个性，像今晚这样的特殊情况，除非经受过特殊训练，否则没有哪个女孩能够泰然处之。

刘天昊安慰道："死者和这起交通事故没有直接关系，不过……"

"不过什么？"王佳佳的情绪平复了许多，拍了拍胸口，随后眼中散发出猎人般的光芒，显然她看到了这件案子中的噱头所在。

"你还得跟我回支队走一趟，这是一起命案。"刘天昊说道。

王佳佳微微点头，正准备说话，虞乘风不知什么时候来到王佳佳身边："而且，你也有嫌疑！"

王佳佳愣了一下："你这人，幽灵似的，吓我一跳。我都不知道是怎么回事，有什么嫌疑？"

刘天昊冲虞乘风使了个眼色，对王佳佳说道："你不想做这件案子的独家吗？"

见王佳佳没说话，刘天昊又继续说道："别忘了，'画魔'一案的独家给你增加了多少粉丝。"

看到刘天昊坚定的眼神，王佳佳点了点头："那好吧，看在你态度好的分上，我就和你去一趟。"说完又冲着虞乘风说道："哎，那呆子，你还愣着干吗，挑着担子走吧。"

"啊！"虞乘风愣是没反应过来。

……

东方已露出鱼肚白，NY市远郊的群山被金色光芒笼罩着，代表着生命和光明的太阳呼之欲出。

NY市公安局刑侦支队办公楼依然灯火通明，这些从事刑侦工作的警察显然没有意识到新的一天已经开始，忘记关灯对于他们早已司空见惯。

审讯室里的灯光有些晃眼，王佳佳坐在椅子上，对面是虞乘风和另一名女警。对于在审讯室被审讯，王佳佳提出了抗议，理由是她并不是嫌疑人，要讯问就要到普通的房间询问，而且要刘天昊亲自来问，否则一个字都不说。

好在女警做思想工作的能力比较强，好说歹说让王佳佳稳定下来。

审讯室中有一面墙是单向玻璃，在玻璃另一边的暗室里，刘天昊抱臂而立注视着王佳佳。出于回避原则，他把讯问王佳佳的活儿交给了同事，询问的提纲是他事先交代好的。

刘天昊仔细观察着王佳佳的表情和话语，感觉熟悉又陌生。

有时候他挺喜欢这种感觉，在那一瞬间，会让人有种错觉，好像暂时被赋予一种迥异于平时的全新视角，在对方浑然不觉之间，去洞见复杂表象背后的人性。

"请你详细描述案发的过程。"虞乘风语调平稳，眼神犀利，显然进入了办案的状态，跟刚才现场那个稍显木讷的警察判若两人。

王佳佳舔了舔嘴唇，说道："昨晚公司加班，网站要赶一篇大新闻，7点左右才结束。之后我和胜男、小寒三个人一起去了北郊的万盛购物广场，吃饭、逛女装店，大概9点半我们从商场出来又去了常青藤酒吧，玩儿到半夜2点左右吧，然后各自回家。我开车到鸿翔路时，就撞到了那个人。"

"喝酒了？"虞乘风问道。

王佳佳摇了摇头，有些不耐烦："没喝，喝酒不开车，谁不知道！"

坐在虞乘风身边的年轻女警用电脑飞快地记录着，键盘敲击声不时传来。

"发生车祸时，有没有目击者，或者说其他人？"

王佳佳停顿了一下，深吸了几口气，耐着性子回忆道："鸿翔路没有路灯，黑漆漆的，之前听说还发生过命案，出事后我有点害怕，没敢下车，也没看到有其他人在。"

"不过，我记得被撞的那人有些怪，站着的姿势不太正常，好像……"王佳佳咬着嘴唇思索着。

虞乘风没敢打扰王佳佳的思路，只是竖着耳朵听着。

"对，是人偶，好像一只人偶站在那儿，失了魂的人偶！"王佳佳眼睛一亮。

……

NY市北郊是一片群山，满山的松柏令其常年保持着翠绿，良好的生态使其成了野鸡、野兔的天堂。

一个人站在一座孤零零的无名坟前，他站立的姿势很僵硬，手上提着一只野鸡，他手起刀落，野鸡的头落在地上，身体却在极力挣扎着，鲜血顺着那人的手滴落到坟前，他把嘴对准鸡脖子咕嘟咕嘟地喝着鸡血。

过了一阵，野鸡终于停止了挣扎，他把鸡放在坟前，随后盘腿坐在坟前喃喃自语。就算此刻有人在他身边，也无法听懂他的话。说话期间，他的眼睛一动不动，直勾勾地盯着坟包，如果不是看到他快速蠕动的嘴唇和微微起伏的胸口，会误以为他是个雕塑。

人失去肉体等于死亡，失去了三魂七魄是否会变成一具行尸走肉？

他的嘴唇终于停止蠕动，眼睛慢慢地合上，仿佛一具进入到空明境界的老僧，斑驳的阳光照在他身上，让他的身影渐渐与大自然融为一体。

他自称为孤魂，孤魂之所以可怕，是因为他的孤独。孤独是一把利刃，可以伤害他人，但受伤最重的还是自己……

第三章 第十四级疼痛

鉴定中心解剖室充斥着福尔马林、血腥和尸臭的混合味。

由于案发现场环境和场地限制，只能做初步尸检，想得到更多信息，还得到条件更好的解剖室进行。

死者身上的西装、领带、手表、皮鞋早已统统褪去，冰冷的解剖台上只剩一副白花花的皮囊。不管他生前多么风光、体面，此时都成了过眼云烟、了无痕迹。

刘天昊推开门，皱了皱眉头，连忙戴上口罩，问道："孟丹，怎么样？"

韩孟丹和助手正聚精会神地解剖尸体，听到刘天昊的声音后连头也没抬："插入死者腹腔内的凶器长度在 20 厘米左右，插入后，在死者腹腔内还进行了大范围的搅动，膀胱、大肠、小肠，甚至连脾胃等脏器也受到损伤，尿液、粪便和血液充盈腹腔并通过伤口流至体外。"

刘天昊倒吸一口凉气道："这凶手够狠的！"

韩孟丹接着说道："死因是失血性休克加上感染引起的急性腹膜炎，这种伤势就算能挨到医院也救不了，腹腔内的器官都碎了。"

"死者手上的杜鹃花和硬币是用 502 胶水粘在手上的，这也是经过汽车剧烈撞击后并未掉落的原因，杜鹃花花瓣上 st 这两个字母是用普通的中性笔写上去的，这种笔任何小店 1 元一支都可以买得到。"韩孟丹说道。

"杜鹃花、硬币、数字和字母的组合，看来这是凶手刻意而为，一定有其目的，否则不会这样大费周章。"刘天昊隐隐感到这几样东西关乎着死者被害的原因。

"有没有可能是死亡仪式？"韩孟丹问道。

在"画魔"一案中，案发现场的画板等物让韩孟丹印象颇深。

"也有可能是杀人预告。"刘天昊说道。

"死者某器官被重物多次击打，最终被击碎，这种疼痛……你知道的。"韩孟丹说道。

刘天昊脸部肌肉抖动了几下，表情略显痛苦。

疼痛是人类一种复杂的生理心理活动，它包括伤害性刺激作用于机体所引起的痛感觉以及机体对伤害性刺激的痛反应，常伴随有强烈的情绪色彩。痛觉可作为机体受到伤害的一种警告，引起机体一系列防御性保护反应。

按照目前的医学标准，疼痛的等级分为五级，还有一种民间说法说疼痛可以分为十三级，男人的某部位被重力击打应该是最顶级，如果打碎，这种疼痛绝对突破人类所设定的等级，可以定义为超出极限的第十四级疼痛。

"持续的超级疼痛足以致人死地，能够痛恨死者到这种程度，又击打这种隐秘的部位，会不会和情有关呢？"韩孟丹问道。

"死者生活富足，感情生活必定丰富，有情杀这种可能。"刘天昊点了点头。

韩孟丹答道："关于死亡时间，从尸僵程度推测，应该是昨晚 10 点到 10 点半之间。"

"昨晚 10 点到 10 点半。"刘天昊嘴上说着，眼睛却注视着解剖台上的男尸。

尸体的面部已经做了清理，撞出来的眼球和撞歪的鼻子已经复位，被灌木剐开的伤口已经缝合好，加上室内的灯光充足，五官看起来清晰了很多。

"这张脸好像在哪儿见过！"一个模糊的印象盘桓在刘天昊脑海中，可就是想不起来。

韩孟丹边收拾器具边打哈欠："身份还没确定？"

刘天昊看到韩孟丹的眼圈隐隐发黑，满脸疲倦，心中一疼，说道："简单收拾一下，快回宿舍休息吧。"

韩孟丹愣了一下，微微点点头，走到洗手池摘下手套开始洗手。

法医助手走到尸体前看了一阵，说道："我好像在电视上见过死者……"

"对，对，对，是那个谁，高……高什么来着？做房地产的！"刘天昊紧闭双眼拼命回想着。

有些事就是这样，越是需要的时候，它就藏得越深，哪怕已经到了嘴边，还是说不出来。

"高鹏宇！"虞乘风人未到声音先到，他大步流星地跑进来喊道："是高鹏宇！昨天上午 8 点半，指挥中心接到报警电话，NY 市大名鼎鼎的房地产商高鹏宇失踪了，管家发现屋内有血迹，马上报了警，属地的同事勘查现场后并未立案。"

刘天昊学着钱局的口吻说道："看新闻很重要，你们就是不信，一定要多学习！"

韩孟丹和虞乘风对视一眼，撇了撇嘴。

"得了吧你，学什么不好非得学钱局那套！"韩孟丹嘀咕着。

"第一现场很有可能就是死者家。"刘天昊快步走到解剖室门口又停下，回头抱歉地看着韩孟丹："抱歉了孟丹，又休息不成了。"

"没关系，习惯了。"韩孟丹居然难得微笑了一下。

……

高鹏宇的别墅区离市中心不远，周围精心栽种的绿植区域巧妙地将喧嚣和浮躁挡在外面，深得闹中取静的精髓。

这栋别墅显然又是整个别墅区中的王者，按照目前的房价，没有 1 亿元怕是买不下来。

刘天昊没有欣赏风景的心情，彻夜未眠，要说不累是假的，可破案带来的紧张感和对未知谜团的破解欲望，又让他很兴奋，进入高鹏宇的别墅后，眼前的一幕再次超出了他的想象。

三人在辖区片警的引领下直接来到别墅二楼，这间屋子给人的第一印象很像一座缩小版的影厅，房间正前方是一块用来播放投影仪内容的幕布，四周是大大小小各种形状的音响功放，足足有十多个，摆放的位置也是专业设计过的，目的就是确保音效能够完美呈现。

　　房间的东西两面墙打造成了储物暗格，东面全是顶级红酒，西面是各色收藏，储物格的表面也被蓝灰色的吸音材料覆盖，在保证音响效果的同时，更延续了空间上的协调统一。

　　放红酒的这面墙没有异样，另一面墙上的收藏品却显得异常凌乱，各式各样古今中外的钱币撒落一地，其中还夹杂着贝壳、兽骨和羽毛等物品。

　　"这些东西怎么放在一起收藏？"虞乘风有些不解。

　　"是货币，人类社会刚成形时，都当过货币。"韩孟丹说道，随后用镊子夹起一枚5角钱硬币仔细端详，看到这枚硬币和死者手上的硬币完全一样，自言自语道："第三版的硬币退出流通也没几年，收藏价值很大吗？"

　　刘天昊环顾房间，随口回应道："谋财害命的可能性不大。"

　　外面的光线很足，但隐秘空间内的光线相对昏暗，房主似乎并不在意房间白天的采光环境。

　　想到这里，刘天昊的目光落在了西边墙角处并不显眼位置的一组电闸，他快步走了过去，说道："把所有窗帘都拉上。"

　　虞乘风不明所以，但还是照做了，房间里瞬间黑了下来。

　　刘天昊依次推动电闸，他的动作很稳，推上一个就停下来观察屋内的情况。

　　随着电闸到位的清脆声音，房间内开始呈现柔和的光，并不炫目，却让人很舒服，直到最后一个电闸的开启。

　　房间四周刚才还是清一色蓝灰的吸音材料，瞬间变得鲜活起来，一些图案开始在上面呈现，甚至包括地板和天花板上。包括刘天昊在内，在场男人的呼吸不知不觉间变得粗重起来。此时此刻，整个房间的内表面到处都是美貌女子的形象，有的是图片，有的是动图或视频，其中大多数都是衣衫不整甚至一丝不挂，表情或清纯或狂野，但无一例外都透着魅惑。

这里到底是什么地方，是艺术殿堂还是修罗道场，天堂还是地狱？相对比内心波澜壮阔的男人们，房间内唯一的女性韩孟丹显得淡定了很多。

一阵女性咳嗽的声音令众人醒转过来，尴尬地低下头继续工作。

韩孟丹随意走向面前的墙壁，指尖轻触一张图片，向右一滑，原来的嫩模瞬间换成了一位中年熟女，虽然上了年纪但仍别有韵致。

韩孟丹嘲讽似的说道："每一块吸音材料通电后都相当于一块 PAD，触屏操作，互不影响，这个房间的造价远超想象。房间的设置可以让高鹏宇在收藏家和人性狂热者之间随意切换，只需要掰掰开关，还真是方便啊！"

刘天昊正想找个话题缓解眼下尴尬的气氛时，眼角的余光却瞥见了墙壁一角上转瞬即逝的一张照片，画面上女子的脸让他想起了一个人——王佳佳！

刘天昊正想去仔细分辨，无奈原来的位置已经替换成一个浓妆艳抹嘟嘴卖萌的网红，他想走过去触屏操作一番，看看那个女人究竟是不是王佳佳，可他看到韩孟丹冰冷的眼神时，立刻放弃了先前的决定。

他和王佳佳之间的关系本来就说不太清，两人若即若离，对于内心有些想法的韩孟丹而言，时不时地会产生一些醋意！

"看上哪个了？"韩孟丹见刘天昊神色有异便上前问道。

……

每个人都经历过痛，心理的痛会令人萎靡不振、甚至是精神崩溃，生理上的痛却让人饱受折磨。心理的痛是隐藏的，生理的痛是真实的，你能感受到它的存在。

火可以消灭一切有形物质。

孤魂盘坐在一张简单得不能再简单的铁架子床上，从破旧的塑料皮日记本上撕下一张，划着了一根火柴点燃后，扔进眼前的铁皮桶里。

火焰从一个角开始烧起来，很快，变成了一团火。

孤魂的眼神透过火焰透射到不远处的一盆杜鹃花上，也许是受到火焰的影响，冰冷的目光逐渐变得柔和起来，透过跳动的火焰和杜鹃花的花瓣，他仿佛看到了一张久违的脸，日夜思念的脸。

这张脸曾经给他带来过诸多的欢愉，让他享受过耳鬓厮磨的甜蜜，让他拥有一段所有男人都曾有过的爱情。

随着一阵风吹过，火焰终于燃尽了。

那张满是笑意的脸慢慢地消失，又变成了一簇孤零零的杜鹃花。

寒冷和孤寂把他毫不留情地带回现实世界，他的眼神又开始变得冰冷而坚硬。他从床下拉出一个药箱，拿出一些阿普唑仑片吃了下去，又拿过残破的墨绿色军用水壶，打开盖子向口中倒去。

军用水壶里面装的是酒，小乡村酒坊酿制的高浓度小火烧儿，一股火辣辣的感觉从口中直奔胃里。

对于孤魂，也许只有安眠药和酒精才能让他沉沉地睡去……

第四章　反常行为

高府的管家是一个30多岁的男人，叫高桥，虎背熊腰，皮肤呈现古铜色，五官棱角分明，看上去很有活力，衣着得体，手上戴着一副白色手套。

刘天昊问道："天这么热还戴着白手套？"

高桥礼节性地稍微欠身："高总爱干净，我都习惯了。"

"你在这儿做管家多久了？"

"三年。"

刘天昊点点头："我印象中大户人家的管家，多数都是经验丰富的成熟男性，像你这样年轻的，还真不多，年轻的熬不下性子来。"

高桥苦笑一下："我之前是高总的私人健身教练，很投缘。后来，他在我遇到困难时帮了我，还把我安排在这座别墅当管家，顺便打理附近的有机农场。"

"高鹏宇前天晚上几点回的别墅？之后他都做了什么？"刘天昊问道。

"高总不是每晚都在这里住，前天晚上他6点左右开车回来吃晚饭，7点到8点之间在别墅区散步，8点左右回别墅，进了音响室。"

刘天昊边听边在随身携带的小本上记录着。

"之后呢？"

管家高桥歉意地摇摇头："之后……很抱歉，音响室是高总的私密空间，我都是把夜宵和茶水提前送进去，之后除了他叫我，我绝不会靠近，这是规矩。"

随后他又补充了一句："我之所以能够待下去，就是因为不破坏规矩！"

刘天昊颔首道："音响室的墙壁能播放女子的照片视频，这个你知道吗？"这一句他问得单刀直入。

高桥尴尬地咧嘴笑笑："不瞒您说警官，我最开始到这儿时，有一回进去送水果，没想到墙上正在放一个女子的不雅视频，他一通臭骂把我轰了出去……我刚才说的规矩就是那时候定下的。"

"高鹏宇的私生活怎么样？"刘天昊接着问。

"您不是都看到了嘛。"管家没有直接回答。

"那你有没有看见过一个……"刘天昊伸手在空气中比画了几下，最后还是摇了摇头。他想问管家的是有没有见过王佳佳，却一时间不知道如何描绘这件事，也只好作罢，转而问道："你报案说高鹏宇失踪，为什么是失踪？也许他只是出去应酬了。"

刘天昊确信此时除了他们几个重案组的成员之外，应该没人知道王佳佳车子撞到的人是高鹏宇。如果管家高桥确定高鹏宇的失踪，那他很可能与杀害高鹏宇有关！

高桥叹了口气，眼神中透出悲痛："这事儿也怪我，要不是昨晚我去电影院看电影，也许高总不会出事儿。"

"看电影？"

"《碟中谍6》。"

现代的生活节奏太快，加上网络发达，大部分人使用手机和电脑看电影和追剧，很少会有人去电影院坐下来静静地欣赏一部片子。

高桥似乎察觉到了刘天昊的怀疑，连忙解释道："除了健身，我还有个爱好，喜欢看好莱坞大片，而且必须得去电影院看，特别是'碟中谍'系列，每一部都没落下。昨晚正好是《碟中谍6》的午夜点映场。"

刘天昊示意高桥继续说下去。

高桥轻舒了口气，接着说道："我估算着电影开场时间，晚上10点左右开着车出了别墅大院，将近11点的时候到了万盛购物广场。"

"打断你一下！"刘昊问道："从这里到万盛广场的路上，据我所知会路过好几座影院，为什么舍近求远？"

"万盛购物广场影城的 IMAX 是全市最好的，我看电影从不将就。"高桥的口气居然颇有些骄傲。

"这么好的片子，没和女朋友一起吗？"刘天昊问得很自然，真正的目的是询问高桥有没有证人证明他去了电影院。

高桥拿出手机，打开订电影票的软件，又从口袋里翻出一张电影票，说道："这是我的电子票和纸质票据，您看看。"

刘天昊扫了一眼，随后点点头。

高桥无奈地摇摇头："我呀，现在还是个单身，要说证人，那还真没有。而且我觉得，女生喜欢的题材都是那些笑点和泪点很低的片子，不适合真正去欣赏电影的人。和女生一起看电影，关键是人，不在于看什么电影，对吧？"

刘天昊点了点头。

"要想全身心投入地去欣赏一部作品，就得一个人看，这时候不管你身边坐着的是家人、恋人还是朋友，都属于干扰项。"高桥说道。

刘天昊很赞同这种说法，不由得对这个四肢发达的男人高看一眼。

"继续。"

"到了万盛之后就看电影了。"高桥答道，"我把车停在商场地下停车场，坐电梯来到电影院，正好还有十分钟开场，我自助取票之后进了影厅坐到座位上，银幕刚好开始播放暖场广告。11 点 10 分开始，两小时后结束。我回到别墅大概 2 点刚过吧，进楼后发现音响还响着。"

大半夜的音响还响着，的确有些反常。

"高总有时候会在音响室里休息，但他会提前设定关机时间，从来没发现他开着音响睡觉的。我不放心，就想进去看看，于是壮着胆子敲了门，半天也没人应答，我打开门向里面看，发现高总不在里面，仔细查看后，发现音响室地面有血迹，我觉得有点怪，就把别墅里里外外都找了一遍，还是没有发现他，我意识到可能出事了。"

刘天昊继续问道："你报警说你是凌晨 2 点 40 分发现高鹏宇不见了，你刚才不是说他在音响室的时候不许别人打扰吗？你那个时间去，不怕开除？"

"怕，可关系老板的人身安全，也不能不管不问呐。"高桥答道。

刘天昊心中默默推算着高桥的时间表，沉默了两秒钟，接着问道："你进入音响室后房间是什么状态？"

高桥神色变得凝重，缓缓说道："当时房间里很乱，收藏品落了一地，地上有血迹，但不显眼，高总的手机还在茶几上，但人不知去哪儿了，他一向手机不离身，我意识到可能出事了。"

刘天昊示意他继续讲下去。

"我找遍了所有房间，都没发现高总，我到别墅区门岗查看监控，发现监控探头不好用了，执勤保安趴在桌子上睡觉，居然也没发现，好在服务器还好用，我调取了录像，发现是昨晚 8 点半时，所有监控探头就不显示了，我感觉事情不太对劲儿，这才报了警。"

刘天昊飞速思索着对方叙述中的每个环节，脸上却看不到任何表情，这个过程只持续了几秒钟，随即开口道："如果需要，我会再找你。"说完便向音响室走去。

高桥欠身致意后，又同门口的警察聊了起来。

刘天昊站在音响室的门口，脑海中盘桓着刚才高桥说的话，高桥不但思维敏捷，而且记忆力超强，语言组织能力也很强，如果他的叙述中有谎，也不太容易揭穿。

"音响室内的指纹和足迹都是高鹏宇的，凶手反侦查意识很强，应该事先戴了手套和鞋套等类似物品。"韩孟丹走到刘天昊面前说道。

"昊子，管家那边有收获吗？"虞乘风也跟着走了过来。

刘天昊摇摇头，说道："暂时算没有吧。"

"房间内只有少量血迹，已经提取了，准备回去化验。未发现室内有激烈搏斗的痕迹，应该是打晕了死者后，再带到另外一处杀死。不过高鹏宇那块头，凶手的体力可不是一般的好！"韩孟丹说道。

"接近 100 公斤的体重。"刘天昊小声地说道，随后他又看了看音响室的窗户，音响室的窗户很小，显然很难把人从窗户运出去。

"乘风，你背我出去。"

"啊？"虞乘风没反应过来。

"他想知道凶手是怎么把死者弄出去的？"韩孟丹解释道。

虞乘风二话没说，走到刘天昊面前背着他向外走。

韩孟丹轻叹了一口气，摇了摇头。

过了好一阵，两人才陆续走进来。刘天昊还好，虞乘风已经累得大汗淋漓。

"乘风的体能在警校是出了名的好，但背着 85 公斤的人已经累得气喘吁吁，凶手呢？"刘天昊问道。

"有……有没有可能是高鹏宇自己走出去的？"虞乘风问道。

"有难度，而且房间里还有血迹，我还是赞同孟丹的说法。得了，这个容后再说，先说说死者吧。"刘天昊说道。

"死者的社会关系很复杂，三言两语都说不清楚。"虞乘风答道，"高鹏宇是白手起家，涉足房地产、风险投资等多项业务，其社会交往圈子非常混杂，上到学者官员，下至地痞流氓，都能扯得上关系。据属地派出所反映，他因为拆迁的问题得罪了不少人，很多人扬言要弄死他。"

"你们有什么想法？"刘天昊问道。

"我先说吧。"虞乘风说道，"我勘查了整栋别墅，这儿不是杀人的第一现场。"

"没错！"刘昊点头道，"鸿翔路和别墅都不是！"

"这里的一大收获就是那些数量巨大的香艳照片和视频了。"韩孟丹冷笑道。

刘天昊尴尬地笑了笑，说道："说正经的，我认为，需要对所有照片视频拷贝回去逐个筛查，也许会有嫌疑人的线索！"

"你是说这些女子？"韩孟丹问道。

"嗯！"虞乘风端着下巴说道，"之前我们还讨论过，凶手的杀人动机问题。现在看来，敲碎某器官这处伤情有了眉目。某器官作为男性身上的器官，其代表的含义就是性方面。我们刚才又发现了高鹏宇隐藏如此深的海量照片、视频，其中的女子同其发生过亲密接触的可能性都比较大，当然有的已经直接在视频中体现出来了。同时拥有这么多伴侣，可能会出现矛盾纠缠，假设其中某个女子因爱生恨，进而杀死高鹏宇并敲碎其身上性器官来泄愤，也就不奇怪了！"

"死者体重比你重，像虞乘风这样的力量搬动死者都费劲，更何况是那些弱女子。"韩孟丹提出反对意见。

刘天昊调整了一下思绪，说道："孟丹说得没错，刚才我询问了管家高桥，他昨晚半夜开车去市内看电影的行为比较蹊跷。根据他的叙述，他10点钟驾车离开别墅，而之前尸检得出的结论，高鹏宇被杀的时间段是晚上10点至11点之间。也就是说，存在这种可能性，高桥将高鹏宇打晕后转移至自己的车上，驾车离开别墅，寻找地点虐杀并抛尸。

据高桥称他开车从别墅到电影院用了大约 50 分钟，我估算过，这里距离万盛购物广场非常远，50 分钟开过去虽然比较慢，时间上还是说得过去的。这段路夜间很少有车，如果超速行驶，完全可以节省出一半时间，这样即使在半路上停下来，实施虐杀抛尸，再全速开往电影院，时间上也是能说得通的。"

刘天昊转向韩孟丹，说道："孟丹，去检查高桥的车……不，是对别墅里所有的车进行检查。"

"好！"韩孟丹做事干脆利落，带着助手立刻下楼而去。

"咱们去门岗，印证一下高桥的话。"

"明白！"虞乘风答道。

昨晚在门岗当值的保安一共有 4 个，刘天昊单独对他们询问，得到的结果和高桥说的基本相符。据保安老张和老王回忆，高桥开车出门岗时还停了下来，招呼他俩帮着把后备厢里的两箱水果抬下来，说是太沉了还占地方，当时老张和老王都没有在后备厢和驾驶室里发现什么异常。

至于监控探头是怎么失效的，几个人都说没察觉到，因为监控画面在门岗里屋，一般他们值班都在外屋的值班室，别墅小区之前也没出过事，因此他们平时并不关注监控室。

韩孟丹带着助手急匆匆赶来，冲着门岗值班室的刘天昊使了个眼色。刘天昊和虞乘风走了出来，赶紧问道："怎么样孟丹？车里有线索吗？"

韩孟丹摇了摇头，遗憾地说道："高桥回来后立马就洗车了。"

"半夜 2 点多洗车？"虞乘风惊讶道。

"我向用人了解了情况，高桥有洁癖，只要是用过车，不管多晚，都会把车洗干净然后才入库。"韩孟丹解释道。

"一点痕迹都没有吗？"刘天昊还是有些不甘心。

无论犯罪分子多厉害，事后清理得多干净，多多少少都会留下一些痕迹，一点痕迹没有就算是有经验的刑警也很难做到。

"要不你再去勘查一遍？"韩孟丹反问刘天昊。

刘天昊见韩孟丹语气不善，连忙摆手赔笑："我不是那意思，孟丹的能力谁不知道啊，我只是怕你有遗漏。"

韩孟丹哼了一声。

"啊，这个高桥的习惯还真是古怪啊！"刘天昊岔开话题："要不咱们先回队里，得好好梳理梳理。"

……

一条蛇半立着身子盯着仓库角落的老鼠，老鼠已经开始瑟瑟发抖，却不敢有太大的动作，只是挪动着小脚慢慢地向后退。

它知道，一旦它转身逃开，肯定逃不过蛇的迅猛一击。

孤魂盯着蛇，判断着它什么时候会发出致命一击。果然，当孤魂眼中闪出寒光时，蛇动了，一口将老鼠咬住，开始慢慢地吞食。

还未等它将老鼠咽下，刀光骤然爆发，把蛇头斩下。蛇头虽然落地，却咬着老鼠紧紧不放，老鼠挣扎了几下后就没了动静。

孤魂捏起蛇身子，对准嘴巴把蛇血一滴不落地喝了下去。

阴森森的声音在仓库内响起："它要了你的命，我要了它的命，血债血偿！"

……

第五章　灵魂之旅

刑警队的工作紧张而高效。

虞乘风点亮投影仪，一组数据在大屏幕上显示出来，这些数字是经过技术科人员的努力，从高鹏宇处得到的数据硬盘上分析出来的。枯燥的数字远没有光彩的画面好看，对于破案却大有帮助。

"技术科借助人脸识别系统的辅助，提取所有女子的面部特征，和人口信息库进行了比对，目前可以确定身份的有 54 人。"虞乘风手中的激光笔指向一个数字。

大屏幕上出现了 54 张脸，像是某种玩法的纸牌游戏，这些面庞有的青涩，有的成熟，标准的证件照，大多神色拘谨，妆容朴素，很难将她们同照片、视频中诱惑放浪的形象联系起来。

其中一张年轻的面孔吸引了众人的目光，照片下方打着几个字——王佳佳。

众人没有说话，眼神有意无意地瞥向刘天昊。

刘天昊心存的那一丝侥幸也荡然无存了，不禁暗自叹了一口气。

"初步的研判都做了。"虞乘风答道，"这些女子成分复杂，其中包括高鹏宇曾经的中学同学、单位同事、小区邻居、前妻的闺蜜、私人秘书、生意伙伴，还有刚毕业的女大学生、嫩模以及二三线演员等，年龄跨度从 20 岁到 40 多岁不等。她们的活动轨迹方面目前没有发现明显线索，除了王佳佳最后撞到高鹏宇那件事。"

"好的，高鹏宇、高桥和王佳佳视频监控的扩大分析情况呢？"刘天昊问道。

大队情报中心的研判员小李起身答道："王佳佳昨晚从公司下班起开始，直到她和同事去万盛商场购物，再到后来去常青藤酒吧消遣，监控视频是完整的。她凌晨两点出酒吧，从酒吧门口驾车驶向鸿翔路，直到 2 点 30 分撞到高鹏宇，这期间各个路口都拍摄到了其驾驶的红色宝马五系，但是车祸现场附近没有路面监控。鸿翔路不是 NY 市的主干路，交通视频监控布设的密度不够大，两个路口之间的距离比较长，但是从行车速度上估算，没有明显漏洞。"

"高鹏宇别墅周边的监控数据恢复了吗？"刘天昊问道。

"都恢复了。"小李答道："在别墅院里东侧一处不太显眼的位置，其地下铺设的视频监控的线路被人提前做了手脚。这个简易装置在晚上

8点30分触发，导致别墅内外所有的监控探头与主机的数据传输切断，并且，别墅院墙的电网也失效了，但是对整个别墅的供电没有影响。我们将存储监控视频的硬盘带回队里重新连接，数据没损坏。从昨晚8点30分之前半个月的监控录像都是完好的，没有发现可疑的陌生人。昨晚高鹏宇开车回去后，车就再没有动过。"

"高桥呢？"刘天昊接着问。

"高桥的视频不太连续。"小李答道，"高桥的绿色捷豹昨晚第一次出现在路面监控上的时间是晚上10点05分，地点是别墅南侧的无名道路与长青路的交汇路口，和高桥的叙述倒是基本吻合，但长青路很偏，路面上监控探头稀少，有些岔路没覆盖到。直到其车辆行驶到鸿翔路的南段，也就是进入了繁华地段以后，监控才多了起来，这之后包括其来到万盛购物广场电影院看电影等一系列环节，画面上都有体现。"

"也就是说，高桥和王佳佳的证词都没问题？"虞乘风问道。

小李点了点头："是的，风哥！"

刘天昊如释重负地挥了挥手，众人起身离去。刘天昊愣了一阵，才起身回到办公室。

韩孟丹端着一杯咖啡走到刘天昊身边："喏，没放糖，提提神吧。"

刘天昊缓过神来，冲着韩孟丹笑了笑，说道："谢谢，大法医怎么有空关心我呀？"

韩孟丹把咖啡杯塞到刘天昊手中，冷冷地说道："你什么时候能改改你轻浮的毛病。"

刘天昊耸了耸肩，说道："人不能光看外表，还是要看本质！"

"得了吧，说说案情。"韩孟丹说道。

虞乘风走了过来，伸手从刘天昊手里拿过咖啡，闻了闻："好香啊，你不喝我喝。"

刘天昊打开本子，上面记录着他对案情的分析。

五十二岁的高鹏宇是NY市本地人，鹏宇地产公司董事长，身家过亿，初中文化，毕业后混迹于社会底层，无固定工作，四十岁左右开始发迹，经过十余年的发展，鹏宇地产已是 NY 市地产业首屈一指的龙头企业，并且在周边地区也有一定的影响力。关于这家企业当年是如何异军突起的，至今仍是个谜团。

在个人感情方面，高鹏宇目前单身，前妻冷仙琦，10 年前离婚，无子女，至此后他俩再无交集。

高鹏宇的私生活较为混乱，有据可查的与其长期保持性关系且联系密切的女性多达数十人。

高鹏宇有自己的微博，上面的消息几乎全是关于鹏宇地产及其个人的正面宣传，内容都是其秘书发布的。关于其微信，他的最后一条朋友圈发布于临死前三天，内容是"无情的羽无情的你……"

"齐秦的歌词儿啊！"虞乘风忍不住插话道。

"是羽毛的羽。"刘天昊纠正道。

虞乘风说道："歌词里是下雨的雨啊！"

韩孟丹说道："哎，我记得王佳佳从事的是网络记者兼主播，她在网站上的昵称就叫佳雨。"

刘天昊听到这里，心里咯噔一下，按照目前的线索推断，王佳佳和高鹏宇肯定认识，可她在现场和做笔录的时候为什么不承认呢？

刘天昊清了清嗓子，岔开话题说道："咱们还是说高鹏宇，现在我想试着从另一个角度——心理层面试着分析一下这个人。"

刘天昊开始用一种不带感情的语调讲述起来。

……

高鹏宇的性关系对象大致分为两类：其一是年轻的女秘书、大学生、网红、二三线演员及嫩模等。

这一类没什么异常，哪个男人对年轻貌美的女子没兴趣呢？

第二类是成熟女人，年龄在三四十岁，一部分是死者之前就认识的，曾是他的女同学或是当年单位的女同事，另一部分是他发迹后才认识的，身份和经济条件各异，不过都有一定社会地位，在成熟女性中属于能拿得出手的角色。

第二类关系对象说明高鹏宇对过去是耿耿于怀的。在他心中，可能有着不堪回首的过往。他觉得如今的身份才是他该有的样子，于是他但凡回到别墅就泡在音响室，要么陶醉在其财富、高雅和充满艺术气息的小环境里，要么回味与其有着特殊关系的女性，就像他欣赏那些艺术品一样。他一方面迷恋现在，一方面又厌恶过去，厌恶过去那个身无分文、混迹在社会下层、心中有了感情也不敢表达的自己。

于是，他试图用另类的方式去洗刷过去。那些当年在他心中属于女神级别的女子、心中倾慕又不敢表达的对象，如今他都野心勃勃地想去联系。当然，多数人都对他非分的想法不屑一顾，可还是有少数的几个被其打动。这些当年的清纯女神内心早已被物欲横流的社会同化了。于是她们开始背着家人同高鹏宇保持着隐晦的暧昧关系，作为回报当然是数量可观的金钱。女神们早已不复当年的神采，但是从高鹏宇的角度来讲并不重要。他对那些女子当年可能还有朦胧的感情，如今残存的只有征服的欲望。

而那些在高鹏宇成名后认识的女子，可以认为是其对现在身份的一种强化认同。在他心里，认为只有那些女子才配得上现在自己的身份地位，才有资格成为"配偶"的选项。

以上无论是哪一类，高鹏宇都不会要求她们去离婚。事实上如果哪个女子要和他结婚，他反而会反感。因为他很享受现在的状态。他要在不断地跟不同女子的交往中，强化内心的价值观念，陶醉在半梦半醒的设想里。他要不断地认同现在，洗刷过去。

高鹏宇活得并不轻松，他想把过去、现在和未来统统抓在手里，这算是雄心还是妄想呢？

刘天昊喜欢用分析和演绎的方法走进旁人的内心世界，去了解、体悟和代入，以那个人的思维方式去思考。这不仅是出于破案的需要，也被他当作一种特殊的灵魂之旅。每一次这样的体悟，就好像借着他人的躯壳多活了一次。

了解他人，感悟自己。

......

虞乘风和韩孟丹也被刘天昊的话语代入了沉思，一个形象立体、有血有肉的高鹏宇似乎出现在了他们眼前。

刘天昊缓缓起身，走到窗台边，打开窗户，一股浓浓的阳光味道冲进房间，让人不由得心中一阵清爽。

......

这是一张旧得泛黄的照片，还能依稀地看到她的模样是很美的，这种美是纯天然的美，骨子里自带着一种自信的美。

一双粗糙的手指在照片上抚摸着，大手的动作很温柔，就像真的能摸到照片中的女人一般。

哪个男人没有过初恋的女神呢？

就算她已成为过去，但她依然是他的女神。当他看到或想起女神时，他是平静的，脸上的笑容带着无法形容的甜蜜。

他想起女神当年牵着他的手爬山的样子，她的脸蛋儿红扑扑的，细嫩的皮肤冒出一些汗珠，让人忍不住想亲上一口，但他是含蓄而羞涩的，当她闭上眼睛的时候，他还是没敢上前亲吻。

女神留下了"傻子"二字，便蹦蹦跳跳地向前跑去。

他则是憨憨一笑，紧随着追了过去。

他愿意当她一辈子的傻子。

第六章　死亡竞赛

"高鹏宇爱好广泛，唯独不养花，在他的房间里我们没有看到任何盆栽，别墅的草坪上也是园丁打理的绿叶植物，没有开花的，而且在车祸现场周边，也没有发现野生的杜鹃花。最关键的一点，那朵花已经被做成半干花了，这也是经过王佳佳一撞，死者手中的花没有破碎的主要原因。这朵花肯定有着特殊的用意，还有花瓣上的字，应该是凶手刻意留下的线索。"刘天昊再次展开神探的推理天赋。

"st 是什么意思？"虞乘风问道。

"能在脆弱的花瓣上写字，也算是能工巧匠了。"韩孟丹对这朵花也很是好奇，目光集中到刘天昊身上。

"没错！"刘天昊赞许地打了个响指，道："st，按照我的分析，是英语 first 的简写，意思是：第一个。高鹏宇是第一个死者，接下来，是第二个、第三个、第四个……"

虞乘风敲了敲桌子："连环杀人案，而且是预告杀人！"

"那枚硬币是什么意思？"韩孟丹问道。

刘天昊眉头紧锁道："还不好说，要么指的是高鹏宇被杀的原因，要么就是指向下一个死者的线索。鉴于这有可能是一起连环杀人案，我个人倾向于后者！也就是说，我们和凶手之间的这场竞赛才刚刚开始！"

"死亡竞赛！"韩孟丹和虞乘风几乎异口同声地冒出了这个词。

惊讶过后是近乎绝对的安静，就在这时，虞乘风的肚子不合时宜地叫了起来，他尴尬地笑了笑。

刘天昊抬起手腕看了看表，说："你们赶紧去食堂吧。"

虞乘风回过神来，瞬间有种久违的饥饿感袭来，说："你不去？"

"我不去了，再看看资料，帮我带点啥就好。"刘天昊答道。

目送着两人离开，刘天昊活动了几下脖子、肩膀，再次回到了座位上。他点开香艳硬盘的数据，形形色色的女子在他的脑海中一闪而过。还有这么多人的身份没有核实，必须加快节奏，因为高鹏宇的死，这些女人的身上都蒙上了一层神秘和危险。

他急于要查看的，是关于王佳佳的视频，无论怎样，王佳佳都是他的第一任女友，他绝不希望王佳佳和高鹏宇这样的人有关联。

……

虞乘风和韩孟丹吃过饭，匆匆回到了会议室。韩孟丹拎着包子，虞乘风则是双手捧着一个沉甸甸的大西瓜，进屋以后轻轻地放在了桌子上，道："今天食堂的水果可是正宗的安阔西瓜，薄皮沙瓤，我看你没怎么喝水，特意跟打饭的师傅要了一整个的回来，我敲了敲，这个瓜应该不错。"

"是安阔镇产的吗？现在 NY 市周边很多卖西瓜的都自称是去安阔进的货，其实全是忽悠人。"刘天昊摇摇头。

"确实，现在安阔那边已经变成城区，都叫安阔街道了，耕地也是越来越少了，可惜啊！"虞乘风也颇为惋惜。

"哎，你们两个讨论起西瓜来倒是很溜啊，赶紧吃饭，然后干正事儿！"韩孟丹把包子放到刘天昊面前。

刘天昊的笑容很轻松，拿起一个包子就吃："咱边吃边说！"

韩孟丹看到刘天昊一脸轻松，感到有些奇怪，但这种状态恰恰是破案最需要的，也就没太在意。

"我先说！"虞乘风把西瓜切开，递给韩孟丹一块，随后说道："高鹏宇的别墅不符合第一现场的条件，而是抛尸现场，凶手留下的线索太少，车祸现场也不是第一现场，但我认为车祸现场和第一现场不会太远，我建议以车祸现场为中心加大搜索力度，寻找第一现场。"

"高鹏宇体重很重，就算第一现场在车祸地点附近，凶手也要有车才能完成抛尸，可以让监控中心再排查鸿翔路的可疑车辆。"韩孟丹说道。

刘天昊略加思索后点点头："好！"

韩孟丹见刘天昊吃完饭，立刻把手上的西瓜递给刘天昊。

刘天昊没立刻接过西瓜，他看着韩孟丹的手似乎产生了一种错觉：过日子的女人不就是这样吗？

"哎！"韩孟丹的声音让刘天昊缓过神来，他笑了笑，接过西瓜刚要啃，却发现虞乘风切西瓜的刀是手术用刀具。

"放心吧，这把刀是干净的，没切过尸体。"韩孟丹解释道。

"女士优先。"刘天昊把西瓜递给韩孟丹。

"不吃拉倒！"韩孟丹白了刘天昊一眼。

刘天昊犹豫了一下，嘿嘿一笑，啃了两口西瓜。

韩孟丹接着说道："到目前为止，嫌疑人有高桥和王佳佳。王佳佳不具备作案时间，理应排除。但是她很有可能认识高鹏宇，又故意隐瞒，这里面一定有隐情，所以她的调查还得继续。"

刘天昊点点头，语气轻松地说道："查，一定要好好查！"

韩孟丹和虞乘风对视一眼，心里犯着嘀咕。按照刘天昊以往的做法，一说查王佳佳时，他都会反对，至少脸色会很难看，现在的表现绝对反常！

刘天昊抹了抹嘴，说道："高桥在案发时间段深夜驾车出门，横跨大半个 NY 市一个人去看午夜场的电影，回来后立马洗车等一系列举动，都十分反常。但他的作案动机不明，车祸现场以及高鹏宇的尸体上也没发现和高桥有关，所以目前最重要的就是找到第一现场。"

虞乘风在本子上记着。

"高鹏宇的人际关系异常复杂，社会交往面很广，以我们现有能调动的警力，短时间内根本排查不完。我已委托分局、支队以及各派出所进行协查，相关的信息会不断汇总过来。尸检和证物分析孟丹负责，看看是否能够发现新的线索。"刘天昊平时嘻嘻哈哈，但关键时刻绝不糊涂。

224

男人认真的时候最帅，这话是韩孟丹母亲和她常说的，现在她想想，真有道理。

"乘风，咱们再去一趟高鹏宇的别墅，之前咱们把关注点过度地放在了音响室，整个别墅区面积巨大，我担心会有遗漏。"刘天昊说道。

对于已经很久没好好休息的刘天昊等人来说，这又将是一个不眠之夜。

警队的工作远远不像人们通常想象的那样——时刻充满着激情和挑战，捉拿嫌疑人轻松惬意。实际上，在绝大部分的时间里，警察们都在重复着海量的走访、摸排和情报信息收集工作，简单、枯燥而又繁重。但是，无数起案件，就是通过这样朴实无华的方法破获的，没有基础，再精彩的分析推理都只是空谈。

高鹏宇被杀案影响很大，各层领导很重视，从市公安局到基层派出所都在积极地推进着，却没有实质性的突破。

天边已经露出鱼肚白，预示着新的一天即将开始。

高鹏宇的别墅区拉着警戒线，两名警察在周边值守，防止无关人员闯入。别墅里原本的工作人员，已经被请离了现场，以免对证据造成破坏。

刘天昊再次踏入别墅院落时感慨万分，以往富贵奢华的氛围早已荡然无存，取而代之的是空寂、冷清甚至阴森。

无论多气派、面积多大、装修多豪华，都抵不过人的因素，离开了人，它只是一座冷冰冰的钢筋水泥的混合物而已。

"乘风，咱们围着大院转转。"刘天昊朝着围墙走去。

"王佳佳跟高鹏宇肯定有关系，我看你怎么没反应啊？"虞乘风追了上来，他的言辞从来都是直奔主题。

很明显这是一道致命问题，无论如何回答，都会落入陷阱。

"唔……"刘天昊不知道该怎么回答这个问题，只好敷衍着。

走了几步，他眼睛一亮，停下脚步，目光盯在不远处院墙外的一棵大树上，他走到墙根底下，抬起头仔细端详，随后端着下巴思索着。

"咋？"虞乘风已经忘了刚才关于王佳佳的问题。

"高鹏宇别墅的这面墙也是整个别墅区的围墙，围墙外面就是公共区域。你看这棵树，它离院墙太近了，院墙的防护性大大降低。"刘天昊打开手电筒，光束朝着树冠射了过去。

虞乘风点点头，说道："借助这棵大树可以绕过别墅区的门岗和别墅的大门直接翻进大院！"

刘天昊把手电叼在嘴里，身体一纵开始爬树。

"哎，你干什么？"虞乘风向附近看了看，见没人这才松了一口气。

"我从小就是公安大院里最会爬树的。"刘天昊三下两下就爬到了墙头的高度，双腿盘住树干，拿着手电筒向墙头和上方树干等部位照着。

"你看，我手电筒照射的地方，是不是有摩擦捆绑过的痕迹。"刘天昊提示着，手电筒光芒照在树干分支上。

"你这么一说还真是！"虞乘风眼前一亮，说，"刚才由于角度的原因，距离又远，还真没看到。"

"不只那里，你再看这些地方。"手电筒的光束又分别指向了树干和树杈的几处细微的痕迹。

"把这几处痕迹组合起来看，你能联想到什么？"

虞乘风摇了摇头道："别卖关子。"

"是滑轮组！"刘天昊解释道："滑轮是几千年前就被先人发明了的，看似简单，其中蕴含的力学原理却直到今天还在沿用。你看，如果有人事先在这几处位置固定好滑轮，结合定滑轮与动滑轮，绳索沿着这样的路线拉动，当高鹏宇被拽过院墙后，嫌疑人再拆除整套滑轮装置，就可以溜之大吉了。"

"听你这么说好像过程很容易啊。"虞乘风有些明白了。

刘天昊冲着别墅院子里面的警察喊了一嗓子，警察看着从树上爬上墙头的刘天昊吃了一惊，说道："刘队，你怎么爬墙上去了？这些粗活就让兄弟们干吧。"

刘天昊呵呵一笑，说道："兄弟，你去帮我准备一组滑轮组还有登山用的绳子，越快越好啊。"

警察犹豫了一下，应了一声后便离开。

刘天昊从树上滑下来，拍了拍衣服，说道："现代人的动手能力都很弱，要想实现刚才所说的目标，要经过事先踩点，寻找合适的架设位置，根据这棵树的形状设计滑轮组的形式，选定具体安装滑轮的位置，安装好之后还要反复试验以求达到效果，是一件非常需要智力、体力和耐心的事情。别忘了，这一切还必须要隐蔽进行，不能被旁人发现，能做到这几点，这个人绝不简单！"

"走别墅正门很容易被用人和保安看见，相对而言，从这里走难度稍大一些，却保证了安全性。"虞乘风联想道。

"没错！"刘天昊赞许道，"之前咱们的思路有些窄，从常理推断既然高鹏宇失踪，那么肯定是从大门走更容易些，而正好高桥驾车在那个时间段离开别墅，因此他的嫌疑非常大。"

"可偏偏高桥的车出门岗时保安还看得很仔细，并没发现异常。"虞乘风想起了之前保安说的话。

"如果是他故意让保安看到的呢？"刘天昊眼神中冒出精光。

……

作为一名成功的杀手，不但要有过人的勇气、纯熟的技巧，更需要对各种知识的掌握，毒理学、动力学、枪械原理与制造、空气动力学、化学、侦查与反侦查学、犯罪心理学，等等，这些知识都用在杀人和反侦查上，会把这件事变得轻而易举，而且也不容易暴露自己。

杀手是一种职业，甚至有人认准它是一门艺术，绝不是只会挥舞钢刀的莽夫可以做得了的。

孤魂不但是杀手，而且还是杀手中的王者，就算让他在一所大学里当一名教授，凭借他丰富的知识量也是绰绰有余。

此时的孤魂正在研读一本书，这本书里的知识有关于下一个任务。从来不打无把握的仗是他的一贯风格，杀手讲究的是长时间的酝酿，最后一击毙命，用他的话说，杀手玩的是技术，是技术工种！

技术工种是需要学习的，不断地学习充实自我，随着社会的发展而发展着，这样才不会落后于这个时代。

但孤魂始终不喜欢用枪，枪固然好，却有着致命的缺点，就是容易暴露。凭借他多年的经验，杀手最难的不是杀人，而是杀人后如何隐藏自己。

孤魂在闲暇之余看过杰森·斯坦森主演的电影《机械师》，里面的情节设计精彩巧妙，但那只是在电影里，现实却很难实现。

他所能做的就是尽量不留下痕迹，不住宾馆、不点外卖，尽量少地在人群密集处露面，手机一天换一个号，等等。

他最需要的是孑然一身，这样他暴露的危险就会降低到最小。

孤魂的命运注定是孤独的，甚至连声音也不愿与他为伴，仓库中安静得令人恐慌甚至窒息，他却对这种感觉很适应，甚至觉得这样的世界才是正常的。

孤魂翻过一页，在极度寂静的状态下，纸张翻动的声音显得那样动听……

第七章　面具

对于高桥，刘天昊等人从一开始就怀疑。

虞乘风略加思索，学着刘天昊的模样分析道："他先通过滑轮组把高鹏宇移到院墙外藏起来，拆除掉滑轮组，翻回院内，再收拾了一下，佯装出去看电影，在门岗找个理由故意让保安看见他的车没有异常，等开出别墅，他再把高鹏宇装上车拉走，开始进一步的行动？"

"没有这种可能性吗？"刘天昊问道。

"如果真是这样，那这个高桥的心思也太缜密了吧！细思极恐啊！"虞乘风并不轻易佩服一个人。

"的确！"刘天昊说道，"另外，我们也要关注另外一个方向——如果凶手不是高桥，而是另有其人，他预先做过精密的布置和踩点，估算时间破坏了别墅的电网和监控探头，躲过一切保安和用人，潜入楼内将高鹏宇制服并掳走，借助滑轮组在神不知鬼不觉的情况下溜之大吉。随后在一处隐秘的地点，毫无顾忌地实施虐杀。将高鹏宇折磨致死后，还是难解心头之恨，又把他抬上马路令其被车再撞一遍。"

"别墅区防护严密，凶手要躲开如此多的人防、物防、技防措施，绝非常人。"虞乘风感叹道。

"是啊，跟咱们打交道的，有泛泛之辈吗？"刘天昊说道。

两人正说着，就见一名警察走了过来，手上拿着登山绳和滑轮组。

"刘队，这东西可不好找，去专卖店买太贵了，还好，证物室里存了一套，喏，派上用场了。"警察说道。

刘天昊不但是刑侦方面的高手，还是一名出色的物理专家。

按照树枝上原本的痕迹建立好滑轮组后，随着他的手一拉，滑轮组发出哗哗的声响。

刘天昊在树上向别墅院里看去，冲着一名身高体壮的警察喊道："兄弟，你多重？"

胖警察愣了一下，回答道："190斤，刘队，你不会让我减肥吧？我体能可是样样优秀，满分过关。"

刘天昊呵呵一笑："当然不会，就是请你帮个忙。"

"行啊，那没问题。"

刘天昊从树上滑下来，冲着虞乘风嘿嘿一笑："搭把手，风哥！"

虞乘风白了刘天昊一眼。

随着滑轮组吱扭吱扭的声音，绑得结结实实的胖警察被吊了起来，拉住绳端的正是虞乘风。

"风哥，你可抓紧啦，别摔着我，太高了……这墙太高了，刘队，我要是摔着了，可得算工伤。"胖警察脖子上的青筋暴了出来。

"放心吧，稳着呢！"虞乘风再次拉动绳索，胖警察已经高出墙头，身体不住地打着晃，显然利用滑轮组拉动胖警察并不费力。

刘天昊把拴在胖警察身上的另一根绳子递给虞乘风。虞乘风一脚踩住主绳，同时拉动另外一根绳子，胖警察晃晃悠悠地被拉到墙外，他的脚微微抬起，拉动滑轮组的主绳一松，胖警察慢慢地被放到了围墙外的地面上。

"就是这样，都对上了！"虞乘风指着墙上的几处刮痕和地面上被压倒的小草说着……

"高鹏宇离开别墅的谜团破解了，咱们去音响室再看看吧！"刘天昊径直向别墅大门走去……

刘天昊上前撕开音响室的封条，随着电灯开关的响声，柔和的光芒充斥着整个空间。他再次审视眼前这个空间，这个承载着大老板高鹏宇精神寄托的地方。

这里是否还藏有什么隐秘呢？

房间内还是保持原样，一如初次到来时那般凌乱。

"昊子，要打开所有电源开关吗？"虞乘风问道。

"先不用，那样可能会忽略一些细节。"刘天昊说道，"高鹏宇文凭虽然不高，但其心计深沉，这里作为其精神世界的投射，绝不仅仅像我们之前想象的那样简单。所以，不要放过任何细节。"

古今中外、各式各样的钱币仍然散落一地，其间夹杂着细小的名贵物件，在灯光照射下映出璀璨的光泽，像旧时海盗的宝藏一般摄人心魄。

这些价值不菲的东西说明了什么？单纯地炫富吗？

虞乘风走了过来，蹲下身子仔细端详："昊子，收藏方面我可是个外行。我就听说过原始人拿贝壳当钱花，你说这几根鸟毛也能换东西？"他手里拿着一根色彩斑斓的羽毛，眼神中透着不解。

"这羽毛……"刘天昊刚想解释却忽然停住了，脑海中好像有画面一闪而过。

虞乘风见刘天昊的眼神直愣愣起来，便不再说话，他知道，但凡是神探级别的人都会有灵魂出窍的时候，肯定是发现了线索。

"乘风，你还记得高鹏宇死前最后一条朋友圈吗？"刘天昊眼神再次活跃了起来。

"'无情的羽无情的你'啊，当时咱们还嘲笑他打错字了呢？"虞乘风说道。

"如果他没有打错字呢？"

看见刘天昊表情严肃，虞乘风知道对方似乎发现了什么，于是说道："可是当时咱们已经搜索过了，确认身份的高鹏宇关系人中，名字里既没有羽毛的'羽'，也没有下雨的'雨'。"

"不一定是名字，把脑洞得放大点儿。"刘天昊眉头紧锁，在房间里缓慢踱着步，眼神扫视整个空间，最终停留在墙壁上颜色纯净的吸音材料板上。他故意将目光虚化，就像少年时观察三维立体图画那样。

慢慢地，一幅幅画面似乎浮现在眼前，飞快交替，形形色色的女子，或青涩、或性感、或妖冶、或成熟，都是他浏览过的香艳硬盘中的数据。

但画面中的女子无一例外，都戴着面具，各有不同，有的是小丑，有的是魔鬼，有的是天使。

突然，刘天昊似乎抓住了什么，他仰起头，眼前的画面随之定格：那是一副近乎完美的躯体，并不像维密天使那般纤弱，也不似西方油画里的女郎那般丰腴，而是非常符合东方人的审美，高挑的个头，匀称的体态，丰满之处极尽魅惑，纤细之处绝没有半分赘肉。任凭哪个男人都会忍不住想一窥这样完美身材的女人到底有着怎样惊世骇俗的面容。然而很遗憾，那张神秘的脸上，也戴着一张面具。

一张羽毛制成的情趣面具！

刘天昊蓦地睁大眼，长出了一口气道："把屋里的所有羽毛都带回去化验，我要看看它们到底是什么来历！"

"好！"虞乘风虽然还不明白其中含义，还是照做了。

刘天昊等人没做过多的停留，立刻返回刑警大队，来到技术科找小李再次筛选录像和照片，目标是查找一名身材姣好、戴着羽毛面具的女性。

由于这一次要详细观看视频中的内容以发现线索，所以刘天昊并未让韩孟丹等女警参加，避免尴尬。

小李是一名干净整洁的年轻人，有着缜密的心思和年轻人应有的活力，工作效率极高，很快他就找到了几段相关视频。

会议室里，小李点开了其中一段视频。

画面中是一间卧室，装修考究，无法判断这是宾馆还是私人住宅。高鹏宇人高马大，只穿着一条三角内裤，身形臃肿。与之相比，他身旁的女子就更显苗条了。

从高鹏宇的身高来判断，这个女人身高接近 1.7 米，穿上高跟鞋后，比高鹏宇也没矮多少。超薄的黑丝连体情趣内衣，难掩完美的身材，敏感部位若隐若现，更加增添了诱惑力。唯一遗憾的是，女人鹅蛋般的脸上始终戴着一个精致的羽毛情趣面具。

"刘队，你印象中的女人是她吗？所有视频中，只有这个女子戴着羽毛面具，其他人戴的面具都是塑料或者皮质的面具。"小李问道。

"没错，就是她！"刘天昊十分肯定地说，"身份能确定吗？"

"不能。"小李遗憾地说："接到您的电话后，我利用其他软件分析了该女子的面部特征，系统无法识别。"

刘天昊说道："在办理这起案子时要牢记，一定要注意保密！千万不能将涉及案情的信息泄露出去，尤其是香艳硬盘里的女子有关的照片、视频。这些女子来自各行各业，都有一定的知名度和社会影响力，一旦照片、视频流向社会，所产生的爆炸性影响不会亚于当年轰动全国的艳照门。"

"明白！"虞乘风和小李重重地点了点头。

"咱们详细分析一下这段视频。"刘天昊用手指着大屏幕说道，"视频中的声音很弱，把声音做放大处理。"

随着鼠标清脆的点击声和键盘的敲击声，幕布上的画面开始活动起来，声音也渐渐清晰起来。

……

高鹏宇和面具女手中各拿一只红酒杯，清脆的碰杯声响起。

高鹏宇略饮一口，眼神望向面具女，目光肆无忌惮地在对方身上游移。

"世人只知道八二年的拉菲名贵，却不知道酒是陈的香。这瓶1959年的拉菲，层次丰富，优雅又不失强劲，我个人认为在口感上更胜一筹。平时我自己不舍得喝，只有你来的时候才拿出来分享。美酒要配美人嘛！哈哈哈哈哈哈……"高鹏宇的笑声中难掩淫邪之意。

"少打嘴炮！你个大老粗肚子里有几滴墨水我还不知道，别在我眼前装什么品酒大师！"面具女抿了一口酒，不屑地说道。

高鹏宇放下酒杯，对面具女的说法颇为不悦："你别总提以前行不行？你的过去就很光鲜吗？我现在好歹也是几个协会的理事，要么就是副会长，人家专业的教授都叫我老师，尊敬得很呢！"

"得了吧，谁不知道你那些头衔都是花钱买的，想要多少有多少。"面具女依然不留情面。

"非也！非也！"高鹏宇居然掉起了书袋，"不说别的，在红酒领域，我绝对是行家，别人是喝，我是品，能一样吗？这五九年的拉菲历经岁月沉淀，风韵独特，跟你正好相得益彰啊！哈哈哈！"

高鹏宇把杯中红酒一饮而尽，面带淫笑地伸手去摘女子的面具。

"去你的！"面具女把杯中红酒尽数泼在了高鹏宇的脸上，迅速伸手拧住了他的右臂，另一只手绕过去抓住自己的左手，双臂合力将他的手臂牢牢固定。刚才还极度放肆的高鹏宇瞬间如杀猪般号叫起来。

……

"暂停！"这时，凝神观看的刘天昊说道，"乘风，你看出来了吗？面具女使用的招式！"

"好像是巴西柔术！"虞乘风叹服。

刘天昊点头道："我也没想到，没想到这个女人不但身材一流，功夫更是一流啊！这是柔术中的木村锁，我看见别人施展过。这一招无论从速度和力量上来说都不次于专业选手，我和她拉开架势对打起来，想要取胜都很不容易，真是人不可貌相啊。"

"她可以轻易地制服高鹏宇，又对别墅环境熟悉，怕不会……"虞乘风推测着。

"有可能！这个一会儿咱们再讨论，小李，接着放。"刘天昊说道。

刘天昊盯了画面一阵，见还是没动，伸手拍了小李的后脑勺，学着太监的声音："嘿，小李子，等会儿再欣赏，先干正事儿。"

小李嘿嘿一笑，手指微动，电脑画面继续灵动起来。

……

"你干什么？疯了吗？"高鹏宇面色通红，也不知是因为被控制后气息受阻，还是酒劲上涌，抑或恼羞成怒。

"把我跟五九年的红酒比，你是说我老了吗？你个喜新厌旧的老东西，我跟没跟你说过，找乐子的时候别摘我的面具，你当放屁是不是？"面具女骂道，手上的力道继续加大，可以清晰地看到她的手臂肌肉线条逐渐鼓胀起来。

"好好好，我错了，我错了！快放手，你这是要谋杀亲夫啊！"高鹏宇气急败坏之余还不忘调戏女人。

"你以为我不敢吗？"面具女看起来心里一软，嘴上这么说，手还是缓缓松开了。

高鹏宇趁机挣脱，双手撑在地板上剧烈地咳嗽，大口喘气，活像一条老狗。

"我当年就喜欢你这种泼辣的劲头儿，这么多年了还是没变，咳咳……"高鹏宇仍然气息不畅地说，"你今天有点儿过了，面具我不该去碰，你想怎么戴就怎么戴。可我也提醒你两句，别以为你这几年会了两下子就了不得，你要是早会点儿功夫，当年至于怕成那样吗？"

"别跟我提当年，别提！"面具女突然大叫起来，一种深深的恐惧隔着面具散发出来。

……

夕阳西下，彩霞漫天。

孤魂坐在坟前，手中把玩着一个大头娃娃面具，看大小应该是小孩的玩具，他的手轻轻地在面具上抚摸着，好像抚摸着自己年幼的孩子一般温柔，他的脸上写满了慈爱。

可谁又能想到，孤魂大多数时间都是冷冰的，还有一部分时间是痛苦而扭曲的。

人都是这样，在不同的环境、面对不同的人和事，所展现出来的脸谱是不一样的，也就有了所谓的喜、怒、哀、乐。

可怕的是，有人明明已经愤怒到极点，却依然保持着一份祥和；可叹的是，有些人明明已经悲伤到极点，却依然保持笑容；可赞的是，有些人明明遇到了喜事，却还能不动声色。

人只要活着，就会戴不同的面具，为的就是隐藏自我，隐藏那颗本应该属于真挚的心。

第八章　巴西柔术

高鹏宇带着沉重的气管杂音笑了起来："不是我故意要提的，我也知道你为什么不愿想起当年的事。我的意思是咱们都得往前看，你那个公司有什么业务我还不知道吗！要不是鹏宇地产，你能变成女企业家？现在是文明社会，不是用拳头来解决问题的，尤其是女人。"

高鹏宇一番不软不硬的话，像是说到了面具女的心坎里。有那么一瞬，她居然愣在了当场。

"好啦，我错了宇哥哥！"面具女似乎是意识到了什么，突然来了个一百八十度的大转弯，轻声细语地唤道，"您就别跟我这个小女子一般见识了，待会儿到了床上，你让我怎么着都行……"说完，她解开情趣内衣的带子。

高鹏宇却并未着急，反而冷静下来安静地欣赏着完美的躯体，雪白雪白的感官刺激与肉体的刺激截然不同，高鹏宇深得其法。

欣赏了一阵，高鹏宇的眼睛逐渐散射出精光，肥腻腻的手伸向面具女，两人再也没有言语上的交流，伴随着激烈的身体动作，断续传来阵阵不可描述的声音……

可惜的是，直到视频末尾，女子也没有摘下面具。

播放结束了，会议室里的几个男生都不约而同地拧开了手中的矿泉水瓶，大口地喝了起来。

刘天昊放下矿泉水瓶，抿了抿嘴，咳嗽两声，才说道："视频中的女子有可疑之处如下：一、她与高鹏宇之间关系复杂，有男女关系，有生意上的关系，也有矛盾，焦点是当年的那件事，但二者都三缄其口；二、她的身手了得，力量也远超寻常女子，完全有能力将高鹏宇制服并带走。"

"也许面具女是有夫之妇？她和高鹏宇之间在当年就有猫腻儿？"虞乘风猜测道。

"如果只是因为这个，以高鹏宇现在的身份和地位，还需要顾忌吗？这两人都不是善男信女，男女之事非常随意，而且他们幽会时又没别人，不必担心被谁听到。"刘天昊说道。

两人你一言我一语又设想了其他很多种假设，似乎都能说得过去，但又存在不成立的理由，最终只好暂停，因为单单凭借视频里面遮遮掩掩的对话，根本无法确定所谓的当年那件事的性质，再琢磨下去只能是瞎猜，对侦破无益。但有一点毫无疑问，有个成语叫欲盖弥彰，用来形容高鹏宇和面具女恰到好处，二者对当年某件事表现出来的避讳甚至恐惧，说明了那件事里隐藏了不为人知的秘密。

也许高鹏宇的死和这件事也有关系！

两人又将分析的方向回到面具女的身份上。

女人自始至终都没摘下面具，在容貌上无从查起，就只能从现有的视频里去寻找蛛丝马迹，刘天昊尝试着从心理的层面去分析她佩戴面具的原因。

多数情况下，一个人佩戴面具是为了掩饰其身份，比如流行于西方的化装舞会，参加者多是佩戴各式各样的面具将容貌隐去后，再和陌生人接触，等到他认为时机合适的时候，才会摘下来。

比如驰名欧洲的大侠佐罗等，行侠仗义的时候也会戴着面具，就是为了掩盖其富家公子的身份。还有漫画中的蜘蛛侠、蝙蝠侠等，他们都是为了隐藏身份，更好地在社会中生存才戴的面具。

不过，面具女显然不需要向高鹏宇掩饰身份，从她和高鹏宇的对话中看，二人早就熟识。那么，难道是不想让镜头前的所谓"观众"认出她吗？似乎不太可能。从这一系列视频中看，高鹏宇摆放摄像头的位置相对固定，距离当事人较远，有时拍摄的角度并不好，但也没有在过程中移动过。视频中的各位女子也没有刻意冲着摄像头摆出什么特写动作。

这说明这段视频是偷拍的，在女子浑然不觉的情况下，记录下了亲热过程，以供高鹏宇闲暇时慢慢欣赏。而且，如果知道了有摄像头拍摄的话，很多女子是会反感甚至抗拒的，即便她们对高鹏宇再顺从，出于人类本能的羞耻心来考虑，多数女子都会回避。

她们不知道有镜头的存在，就更不会想到镜头前面会出现陌生的观赏者了。就连"摄像师"高鹏宇也不会想到，他这些压箱底的私藏，有朝一日会曝光于执法者的眼前。

这样看来，从常理上是解释不通了。

那么，就把关注点放在场合的特殊性上——性。

这个字眼儿，放在以往，许多中国人都讳莫如深。他们以谈论此事为耻，但是传宗接代的行为还是在千百年来不断重复。做，可以；说出来，就是可耻的。

而反观西方，又是另一个极端，性开放、性解放大行其道，泛滥成灾。

但不管东西方，人性的本质都是相似的。可以这样讲，性的过程，是释放灵魂、沟通灵魂的过程。在这样一种特殊的活动里，压抑和隐藏在人们心底最深处的冲动、欲望和本能，往往能够像火山喷发那样爆发出来，能够窥见一个人的真我，是很值得体味的事。

因此，在不可描述行为的过程中佩戴面具，肯定有她背后很深的含义。

是她长相丑陋不愿被人看见吗？

不会。

如果她天生丑陋，高鹏宇还会看上她吗？这个腰缠万贯的好色之徒是不会越过长相去爱一个人的灵魂的。别说是他，恐怕多数男人都做不到。

是她后天发生变故，容貌上出现了瑕疵吗？

也不会。

与上一个情况类似，高鹏宇这样一个人，如果在激情澎湃的过程中，突然想到身下女子面具后面某一道深可见骨的伤疤，他肯定会瞬间索然无味，甚至有一种一脚把对方踹下床的冲动。

用时下的话来讲，面具女在视频中体现出来的是一种骨子里的骄傲。她对自己是自视甚高的，对身材和容貌还是相当自信的。而且，她对高鹏宇疑似表现出来的嫌她年老的话语异常厌恶。这对于追求完美的她来说是无法接受的。

她要在激情来临的过程中保持完美，不想让对方看见她脸上因为岁月而带来的痕迹，可能并非出于对对方的感情有多在乎，更多的还是出于自恋。

这张面具的背后，更大的可能性还是一张美丽的脸庞，只不过岁月在上面留下了几许风霜。这本是再正常不过的自然规律，却让它的主人深感厌恶。

……

"昊子，昊子！"虞乘风见刘天昊愣神了半天，便轻声喊着。

刘天昊从思考中回到现实，缓了缓神，说道："羽毛面具女名下独自掌握着一个公司，经济收入主要来自于鹏宇地产。"

"嗯，一会儿我和经侦沟通一下。"虞乘风说道。

"面具女还是传统武术的行家，现代人学习传统武术的并不多！"刘天昊引导着虞乘风。

虞乘风赞同地点点头："巴西柔术是在近些年才传入国内的，练习的人不多，圈子也很小，集中在比较富裕的人群。她身材、样貌出众，本身又是高调骄傲的性格，功夫又不差，在他们这个柔术圈子里知名度应该不低。"

"教过我武术的曲老先生也通晓柔术，应该和那个圈子的人比较熟。不过老爷子不愿意接受新事物，坚决不用手机，用现代化的手段怕是联系不上他，看来只能跑一趟了。"刘天昊说道。

"闻名 NY 市的武术家，之前怎么没听你说呀。"虞乘风说道。

刘天昊一笑，说道："谁还没点秘密。"

虞乘风憨憨一笑。

"还有，办案的主攻方向，寻找案发第一现场，咱们现在得到的线索太少了。"刘天昊说道。

"交给我吧！"虞乘风说道。

"你协调文媛帮着做羽毛面具女的面部还原，截几个图就行了，别把视频给她看。"

"好！"虞乘风一听到姚文媛立刻来了精神，这段时间他们忙于办案，几乎很少见到姚文媛，更别提约会吃饭了。

……

姚文媛喜欢看纸质书，在不工作的时候，她时常抱着一本书研读，顾长的手指不时地翻一下书页，头部随着书页微微摆动，每一个动作都恰到好处。

虞乘风站在门口看了一阵，这才轻哼了两声，敲了敲门。

姚文媛回过头，冲着虞乘风一笑："是你呀，快进来。"

办公室其他人都出去办事了，只剩下姚文媛一人。

虞乘风说道："他们都出去了？"

姚文媛抿着嘴点了点头。

虞乘风脸上一红，看来应该是想了不该想的事。

姚文媛问道："你不喜欢安静吗？"

虞乘风连忙点头："喜欢，当然喜欢，你喜欢什么，我就喜欢什么。你……看的是什么书？"

姚文媛把书合上，冲着虞乘风晃了晃，说道："当然是美术。"

虞乘风看到书才想起为什么来这里，急忙说道："哦，对了，我是来请你帮个忙的。"

"没问题！"姚文媛回答得干净利落。

"我还没说什么事儿呢。"

"没问题！"姚文媛的回答依然利落。

虞乘风脸更红了，他知道一个女孩子这样的回答意味着什么，此时此刻，他的心里已经笑开了花。

他拿出手机，把面具女的数张不同角度的截图给姚文媛看，虽说不是视频，面具女还是有露点，看得姚文媛一阵阵脸红。

"需要面部还原？"

"嗯！"虞乘风偷着瞥了瞥姚文媛，看到她粉嫩粉嫩的脸蛋儿，他强忍着想去亲上一口的冲动。

"有点难度，面具太大了，遮住了半个脸，能够借鉴的只有眼睛和嘴、下巴。"姚文媛向虞乘风靠近着看手机图片。

"不过，从脸部的轮廓来看，这个女人有着一张精致的脸，五官对称得近乎完美。"姚文媛夸赞道。

她的话让虞乘风想起了刘天昊的推理，面具女定有着不俗的面容，这才深深地吸引着浪荡子高鹏宇。

"这双销魂的丹凤眼带着钩子,一般的男人都逃不过她的眼神。"姚文媛伸手在虞乘风的手机上操作着,把面具女的图片放大,定格在她的双眼上。

虞乘风不由自主地看了看姚文媛的眼睛,虽说不是丹凤眼,却清澈明亮,两只眼睛乌溜溜的,看不到一丝被人间欲望侵染的痕迹。

也许是角度不对,姚文媛又向虞乘风的方向靠了靠,手指无意中碰到了虞乘风的手。

虞乘风只觉得一阵沁人心脾的体香钻入鼻孔中,不由得心神一荡,两人的手指碰到一起,让他有了麻酥酥的感觉。

姚文媛也感到了虞乘风火热的目光,目光偷偷地瞥向他。虞乘风有些痴迷了,他不由自主地向姚文媛靠去。

几名警察从外面走来,说笑声传进了办公室。虞乘风急忙站直,姚文媛也缓过神来,向一旁挪了挪。

一名警察冲着虞乘风笑道:"妹夫来啦?是不是我们回来得不太是时候?"

姚文媛白了警察一眼,小声向虞乘风说道:"记得把照片发给我。"

警察路过虞乘风身边时,虞乘风伸手推了警察一把,说道:"挺大岁数了,老不正经。"

警察并未在意,嘻嘻哈哈地回到座位上。

……

恋爱的感觉谁没有过呢!

从校园青涩般的初恋到轰轰烈烈的热恋,相信每个人都经历过,哪怕是再孤独的人,也有过如此的甜蜜。

孤魂自然也不例外,孤魂并非天生就是孤魂。

他抚摸着无字墓碑,仿佛抚摸着爱情,已经逝去多年的爱情。

他还记得两人的初次相遇,那是一个雨天,她没带雨伞,躲在树下,他把伞给了她,他不顾她的挽留毅然冲进雨中。

她喊他，因为两人可以共用一把伞。

他还记得他年轻时拉着她的手在树林中奔跑，最终两人被枯败的树枝绊倒，嬉笑着滚到一起。

他还记得在两人的婚礼上，他当着众多亲朋好友的面和她热吻，破着嗓子为她唱起那首情歌，而她，一直幸福地在一旁入迷地看着他。

他还记得她怀孕之后第一次呕吐，他惊讶地望着她不知所措，她眼泪汪汪地把拳头砸在他坚实的胸膛上，而他只是露出憨憨的笑容。

孤魂咧嘴笑了。

对于流转轮回的生命，也许那一刻才是永恒的。

……

第九章　传统武术

龙隐山，相传是自昆仑山绵延万里而下的华夏龙脉的一处分支，有天地精华汇聚于此。当然，这只是古人的传说，撇开神秘的故事不谈，空气清新、环境宜人，的确是修身养性的好去处。

龙隐山的半山腰坐落着一处中式的古朴庭院，一位精神矍铄的老者正在习练一套传统的五禽戏。

一架摄像机支在一旁，一身火红打扮的王佳佳站在摄像机后，随着老者的身形转动着镜头。

见刘天昊和韩孟丹出现在门口，王佳佳连忙冲着两人摆手。

刘天昊一愣，他完全想不到王佳佳居然能出现在这里，偶然还是刻意？他发觉自己越来越看不懂她。

老者正是曲老先生，他行云流水般打完了整套动作，缓缓呼出一口气，转过头和蔼地问道："进来吧小昊，还有你那位小女朋友。"

声音不大，却好似在耳边讲话一样异常清晰。

"忘了介绍，这位是王佳佳小姐，来专访的，我俩很投缘，你们年轻人也认识认识。"曲老先生说道。

王佳佳收起摄像机，冲着刘天昊吐了吐舌头。

刘天昊心里一惊，王佳佳虽说和高鹏宇的死亡并无直接联系，却也脱不了干系，她先一步到曲老先生这里，怕不是得到了什么消息。好容易有了点线索，要是让她给报道出来，恐怕对破案不利。

"你好，我是王佳佳。"王佳佳向刘天昊伸出手，一脸的俏皮之意。

刘天昊假装清了清嗓子，趁机用力握了一下王佳佳的手，说道："啊……你好，我叫刘天昊。"

韩孟丹原本的笑意陡地一寒。

王佳佳疼得使劲抽出了手，还不忘白了他一眼。

"是什么风把我们的大侦探吹来了？"王佳佳歪着头小声问道。

"还不是为你那件事。"刘天昊小声嘀咕着。

"高鹏宇？"王佳佳问道。

曲老先生和三人坐下，冲着刘天昊呵呵一笑，说道："看来你们是认识啊，可怜我这个老头子还蒙在鼓里，眼巴巴地给你们介绍。"

王佳佳及时打了圆场："咱们这是有缘，对吧曲老先生？"

曲老先生点了点头，笑着问道："小昊，你都多久没来看我了？"

刘天昊愣了一下，急忙把带来的酒双手递给曲老先生，说道："这可是 50 年的陈酿，不太容易弄到，您老尝尝。"

曲老先生呵呵一笑："还是你小子懂我，说吧。"

刘天昊见王佳佳一副好奇的模样，便沉吟了一下，开门见山地向老先生询问有关面具女和巴西柔术的事儿。

曲老先生听后，略微沉吟，慢将胡须道："NY 市方寸之地，尚武传统却颇为浓厚。据说柔术最早来自日本，后来传播至巴西时被发扬光大，形成了自己的特色。近年来在咱们国家也有人习练。"

"您有线索吗？"刘天昊问道。

曲老先生神色一缓，说道："柔术馆倒是不少，但大多都是花架子，NY市正儿八经的柔术习练者，就一个人……"

"谁？"王佳佳忍不住插话道。

曲老先生面色一沉，说道："NY市十几年前出现过一个武术奇人，他比我年轻些，经历复杂，据说在国外还生活过，祖籍是NY市，所以自称叶落归根，晚年要回归家乡，开馆收徒，立志造福故乡，还自号登云子。哼，简直可笑，我看不如直接叫登徒子……"讲到此处，老爷子露出一脸的不屑之色。

曲老先生对人的态度一向谦和，从不背后议论人，尤其是武术同行。

"登徒子？"刘天昊对曲老先生的反应很奇怪。

曲老先生冷笑一声，没好气地说道："这个登云子很会钻营，一回到NY市就披着所谓的国际武术家的外衣到处招摇撞骗，专门结交那些有头有脸的人物，不少暴发户为了提升所谓的档次，便借着吹捧登云子的机会抬高自己，久而久之，还真让这个家伙在NY市混出了些名声，后来开馆授徒了，教的就是巴西柔术！"

听到关键之处，刘天昊眼睛一亮。

曲老先生嘿嘿一笑，说道："这老家伙心计很深，净弄些洋玩意儿唬人，他开的武馆不叫武馆，叫'竞技沙龙'！他收徒弟实行的是会员制，缴纳巨额会费后才有资格加入，搞得跟私人会所似的，实际就是为了骗钱。"

王佳佳接话说道："这不就和某大师一样吗？和很多明星都有瓜葛的某大师。"

曲老先生点了点头："差不多是这个意思。他采取的都是单对单训练，徒弟之间都很少有接触，这样一来，收的徒弟数量就比较少。"

"没想到这登徒子还挺赶形势……"刘天昊心里合计着，嘴上问道："那他有没有收过女徒弟？"

曲老露出鄙夷的神色，说："此人收徒弟主要以女性为主，男弟子除非很有钱，否则绝不会收。女徒弟中有两人非常出色，叫'鲜艳双娇'。"

"这也太俗了吧！"王佳佳的表情有些不屑一顾。

"人品归人品，登云子的确有两下子。"曲老先生的话让三人颇感意外。"此人在 NY 市混出名气后主动找我切磋武功，无非是想借助我在 NY 市武术界的影响力进一步提高他的身价。本就对他没什么好印象，正想借此机会教训他一顿，出手时并没留情面。没想到啊，他在技击上竟然颇有天赋，最终和我打了个平手，他那些个锁人关节的招式，一般人还真是应付不来！"

听到这儿，刘天昊不由得联想到了面具女在视频中的动作，心道："如果没有太大意外，面具女应该就是这个登徒子的徒弟。"

他拿出手机准备放那段视频给曲老先生，却看到一旁的王佳佳充满求知欲望的眼神，犹豫了一下。

王佳佳歪着头看向刘天昊，有意无意地瞥了瞥一旁的韩孟丹："难道你还有什么不可见人的秘密吗？"

曲老先生拍了拍刘天昊的肩膀，说："佳佳也不是外人，都看看吧，还能给点参考意见。"

刘天昊只好点了点头，说："佳佳，你可得做好心理准备，这个有点那个。"

王佳佳扑哧笑了出来："没问题！"

随着视频画面的打开，王佳佳和韩孟丹几乎惊叫出来，毕竟是女孩子，和两个男人看这种画面的确有些不堪。

幸运的是，羽毛面具女施展木村锁时，画面虽说有些暴露，却还没激烈到那种程度。

王佳佳和韩孟丹见曲老先生态度颇为认真，并没太大的反应，这才暗自松了一口气，把目光集中到视频上。

当面具女把高鹏宇锁住时，曲老先生微微点头，正色说道："这招当年登云子也用过，套路一模一样，可以肯定这女子就是他的徒弟。"

曲老先生凭借的是感觉，他对武学研究多年，对一招一式的细微变化非常敏感，是经过几万次、几十万次练习磨砺出来的。

刘天昊立刻问道："登云子现在还在 NY 市吗？"

曲老先生摇头道："五年前就死了，据说得的是艾滋病……从哪里得的，就从哪里失去，说的一点也不假。"

刘天昊听后有些失落，他原本以为只要找到了登云子，就可以找到面具女，想不到刚问出点儿眉目，这条线索就断了。

"丁零零——"刘天昊的手机响了，他却一直愣着神没接电话。

韩孟丹在一旁捅了捅他的胳膊，他这才反应过来，看了看手机，是队里小李打来的。

刘天昊起身走到旁边接电话。小李带来的是好消息。

高鹏宇的集团近年来除了房地产还涉足多个行业，其中就涉及投资理财公司，理财公司打着慈善的幌子，以高利润理财回报为诱饵，短时间内吸纳了大量民众的资金。由此，高鹏宇早就进入了经侦支队的视线。他公司的有关资产和账目已经被暗中调查，只不过他的突然死亡出乎了所有人的意料。

有了前期的大量调查，在此基础上的分析就变得更有针对性，也更有效率，不到一天的时间，经侦支队就筛查出了公司的主要股份掌握在三家公司，三家公司的实际掌控者都是女性。

小李通过微信把三家公司控制人的姓名和照片发给了刘天昊。

"田方圆，赵玉娇，谷艳萍……"刘天昊边看着资料边默念着三个女子的姓名。

三张陌生的面孔。

田方圆，长相太普通了。一张大众脸，无所谓丑或美，没人会多关心，混在人群中直接被忽略的角色，这种颜值很难上高鹏宇的床。

赵玉娇，颇有几分姿色，细眉、薄唇、丹凤眼，放在古代，应该属于美人的行列，但不太符合现代的审美观。

谷艳萍，看见这张脸，刘天昊忽然想到一个可能跟长相不太相关的词儿——对称。

据西方的专家研究，貌美之人，无论男子或是女子，面部都有个共同点：左右两边对称。专家利用计算机分析了诸如奥黛丽·赫本等惊世美人的上百张脸孔，才得出了上述结论。

简单来说可以概括为一句话，对称的脸让人看着舒服。

那么另一个随着来的问题是丑陋的脸就没有对称的吗？很遗憾，专家们说，丑陋趋近于一种无序状态，很混乱，没有对称可言。

专家可能是砖家，但你的眼睛不会骗你，这一点韩国的整容医生最有发言权。

而且这个问题本身就很打脸，啪啪响的那种。

……

武术有两种，一种是能杀人的，一种是不能杀人的。

很多人会提出反对意见，但至少孤魂是这样认为的。无论武术的名字多响亮、多霸气，如果不能杀人，在他眼里就算不上好武术。

孤魂是实战中刀头舔血得来的功夫，由不得一丝一毫的花架子，能用三分力气杀死对方，他绝不会用三分半。他能够在远程武器泛滥的现代活到现在，也是得益于此。

他的每一拳都不带拳风，力道仿佛融入到无尽的黑暗中一般，悄无声息却致命！

三把军刀分别挂在两腿的两侧和右腿的军靴里，不时地寒光一闪，转瞬，军刀入鞘，动作快得肉眼难以分辨，配合着拳和腿，几乎令他的攻势无懈可击。

越简单的招式威力就越大，破绽就越少。

一击致命才是生存的王道，这是他用命换来的经验。

孤魂的动作越来越快，几乎已经看不清他的身影，他仿佛一尊杀神，气势无可匹敌，他的眼中不是敌人却比敌人更加可恨！

"吼！"孤魂终于吼了出来，声音嘶哑但具有极强的穿透力，仿佛能喊到对方的心灵深处。

声音未落，他一拳打在仓库中的一段水泥柱子上。

他记得清楚，这一拳打在那个两百斤的胖子身上，胖子像一个破麻袋一般向后倒退，重重地摔在地上一动不动。

一个愤怒的男人倾尽全力的一拳怕是连钢铁都会被打穿！

散尽了全部力气的他终于瘫软在地上，铁打的汉子发出一声幽幽的叹息……

第十章　第六感

谷艳萍的五官，是那种天然的美女五官，是古往今来无论标准如何变换，都不能将其排除在美女范围之外的长相。可以说她没有特点，也可以说她近乎完美。

要非说有什么遗憾，就是些许细微的皱纹爬上了她的眼角。

美人迟暮，是任谁也逃脱不了的自然法则。倾国倾城，也难逃流水光阴。

刘天昊愣神了，他下意识地在脑海中生成了一副羽毛面具，戴在了谷艳萍的脸上，感觉是那么恰好。慢慢地，戴着面具的谷艳萍开始活动起来，她褪去身上的衣衫，呈现出完美的胴体，扭动起腰肢，缓缓靠向刘天昊的胸膛。

刘天昊仿佛进入到另外一个世界，而那里只有他和谷艳萍。

他拒绝着她，可是她在一瞬间后变成了风情万种的王佳佳，下一刻又变成了精致的冷美人韩孟丹……

"昊子，昊子！"不知何时，虞乘风走了过来，推了推刘天昊的肩膀。

刘天昊一个激灵，手机跌落在地上，他长长地吁出一口气，努力地调整着呼吸，10秒钟后，他的眼神才回复了活力。

"是她，是她！"刘天昊暗自感叹着。

韩孟丹捡起手机递给刘天昊，一只手在他眼前摆了摆："没事吧？你说是谁呀？"

刘天昊不敢直视韩孟丹，说："没事，没事……"

"你……"韩孟丹发现了刘天昊的异样。

刘天昊没有多说，而是把手机直接递给她，说："你看看吧！"

韩孟丹拿过手机看了一阵，指着谷艳萍的照片："羽毛面具女！"

刘天昊点点头，分析道："谷艳萍的面部特征和面具女有相似之处。师父刚才提到的'鲜艳双娇'，你想到了什么？"

"有道理，不过，这线索来得太容易了吧。"韩孟丹说道。

王佳佳急忙凑了过来，要看手机上的内容，韩孟丹却把手机屏幕翻转过来，递给刘天昊。王佳佳讨了个没趣，却并不在意。

刘天昊走向曲老先生，深鞠一躬道："师父，原本想多陪陪您……"

曲老先生挥了挥手，说："年轻人嘛，就该有自己的事业，赶紧忙去吧！记住，术，永远是细枝末节；道，才是根本！掤捋挤按须认真，上下相随人难进，任他巨力来打吾，牵动四两拨千斤！"

刘天昊略有所思地愣着，过了一阵才露出笑容，又冲着曲老先生鞠了一躬，说："今日再得师父指点，豁然开朗。"

曲老先生笑着说道："还是那些东西，只是随着你的经历、体悟不同，领悟到的内容也会有变化，你的悟性很高，今后定会大有作为。"

王佳佳也冲着曲老先生鞠了一躬。

曲老先生说道："小姑娘，你也要走了吗？"

"小姑娘也是年轻人，也有事业的，有时间我再来找大叔吧。"

曲老先生呵呵一笑，说："好，好，这儿永远欢迎你们！"

王佳佳也没客气，把摄影器材一股脑装上了刘天昊的车，径直坐到后座上。

"你没开车来吗？"刘天昊问道。

"让人开回去了，知道你们会来，所以就蹭你的车喽！"

刘天昊点点头，他心中琢磨着，王佳佳什么事情都能抢先一步，哪怕是来找曲老先生这件事，都是他临时起意，却依然被她抢先，难道说她也在查这件案子？

……

山路崎岖，但大切诺基依然稳健，韩孟丹的驾驶技术一点不比刘天昊逊色，她选择开车也有她的目的，如果是刘天昊开车，按照王佳佳的性格，肯定会抢着坐副驾驶，韩孟丹平时不争不抢，但在王佳佳面前，却像是变了另外一个人。

"佳佳，你怎么找到我师父的？"刘天昊坐在副驾驶套着话。

坐在后排座的王佳佳似乎察觉到了他的意图，说道："采访啊，他老人家是 NY 市有名的武术家，我做了一期节目，发扬中国传统文化，武术是其中之一。"

"不会这么简单吧，你是不是也在查高鹏宇的案子？这件案子离奇曲折，又和你有关，你不应该放过呀！"刘天昊继续套话。

王佳佳笑了好一阵，才说道："齐维说的话一点也不假，什么事都瞒不住你。"

"查到什么了？"刘天昊问道。他知道王佳佳这样说等于承认了也在查案，一方面她是为了做节目，另一方面可能也是为了她自己，毕竟凶手把她也算计进来让她很不爽。

"保密，我们新闻界也是有纪律的，不该说的不能说。"王佳佳调皮地说道。

也许是疲惫了，也许是面对王佳佳时的无力感，也许是韩孟丹开车时有了些许的情绪，他没再接话，转向窗外看着山间的风景。

王佳佳似乎也有心事，低头摆弄着采访的设备。

刘天昊的脑海中王佳佳、韩孟丹、谷艳萍的身影交替出现，曲老先生的告诫在耳畔回响，一阵困意袭来，他不知不觉地睡着了……

"哎，醒醒，咱们到了。"韩孟丹轻踩刹车，拍了拍身旁的刘天昊道，"你今天怎么了？是不是最近连续办案累的？回去抓紧睡一觉吧。"

刘天昊从睡梦中醒来，短短一个小时的车程，他感觉好像睡了一整天。

"佳佳呢？"刘天昊望着空空的后座问道。

"早就下车了，在高速口她朋友把她接走了。"韩孟丹没好气地说道。

"这是哪儿？"刘天昊揉了揉惺忪的睡眼，意识还没有完全清醒，眼前的景物甚至有些模糊。

"你可真是睡糊涂了，汇通大厦，美无瑕公司在 22 层，谷艳萍是公司的总经理，你说要来的嘛。"韩孟丹摇了摇头。

"我说过吗？"刘天昊使劲拍了拍脑袋。

"你真没事？要不我送你回去休息吧？"韩孟丹有些心疼。

"没事，缓过来了，走。"几秒钟的时间后，刘天昊的思维终于恢复正常。

……

大堂装修得富丽堂皇，保安和物业管理人员在大堂礼貌地向每位经过的人行注目礼。当二人坐上了电梯，刘天昊才说道："你看这大堂和电梯，能想起点什么？"

电梯运行得很安静，整个轿厢成金黄色，侧壁上镶着的扶手雕刻着两条盘在一起的龙。

"是林娜娜所在的那栋大厦！"韩孟丹想起画魔案的初始案件林娜娜被杀案。

刘天昊点点头，虽说他不相信诡异之说，却相信直觉，直觉告诉他，今天一定还有不好的事发生。

"但愿我的直觉是错误的！"刘天昊心中暗道。

出示了证件之后，一名美无瑕公司的前台女生打开了门禁，迎了两人进入公司内部。

公司的装修非常高大上，一看就是聘请了高级设计师设计的，很豪华却又不失典雅。

前台女生长相白净，笑容礼貌而职业，她说："欢迎来到美无瑕公司！请问二位警官有预约吗？"

刘天昊亮出证件表明身份，随后说道："有个刑事案件涉及谷艳萍，我们是来调查的。"

前台女生收起了微笑，答道："不好意思二位警官，最近几天我们董事长没来公司。"

刘天昊神经一紧，一股不祥的预感油然而生，他说："她最后一次来公司是什么时候？"

看着刘天昊急切而严肃的表情，前台女生也有点儿慌神，她拿起了桌面上摆着的台历，上面标注着一些重要事项，再次确认后，说道："算上今天，董事长已经是第四天没有来公司了。不过她平时就不怎么过来，有时候甚至十天半个月不出现，我们都习惯了，也没人在意。她有自己的圈子，私底下不跟我们交往的。反正公司也没什么大事，不需要她天天坐镇。"

第四天？刘天昊在心里默默盘算着，从作案时间上来看，已经足够了。

"有她的住址吗？"

前台女生迅速在便笺上写下一行地址递了过来，说："丽华路79号13栋，董事长就住在第13栋。"

"应该是联排别墅，你们董事长不应该住联排呀？"刘天昊曾经在那片当过一段时间的片警，对别墅区的情况比较熟悉。

"是三联排，董事长买的是一排，13-1-2-3都是她的。"前台女生说话时颇为自豪。

贫穷限制了想象力，住联排别墅，买一排！这种玩法很是罕见！

"她还有别的住址吗？"刘天昊问道。

"这个我得去查一查，请您稍候。"前台女生起身想要离开。

"等等！"刘天昊打断了她，"让韩警官跟你一起去吧，其他情况也顺便了解一下，我有点急事先走了。"

刘天昊明明是冲着女生讲话，眼神却递向韩孟丹。

韩孟丹会意，没有多言："你忙你的，这里交给我。"

刘天昊离开公司后，迅速通过车载电台呼叫了指挥中心，协调丽华派出所的值班警力立即赶往谷艳萍住址，如有发现马上与其联系。

至于美无瑕公司这边，他和韩孟丹之间的默契，已经到了无须言语就心领神会的程度。

之所以叫韩孟丹留下，就是因为目前一切都不明朗。从警察的职业角度出发，在办案上，不轻信任何一个人。现在谷艳萍有重大嫌疑，而公司里的人跟她是什么关系不好说。如果前台女生是其亲信，而两人都离开，女生很可能立即通风报信，万一谷艳萍与此案有关，就会闻风而逃。

刘天昊全神贯注地开车，手机突然响起来，不知为何，他感觉铃声非常刺耳。

"刘队，我是丽华派出所的当班巡警，我们已经到了丽华路 79 号 13 栋别墅。"

巡警语气一顿："大门没关，按照程序进入别墅后，发现卧室内有名女子，目前还无法确认身份，没有生命体征了，现场……现场很奇怪，您赶紧过来看看吧。"

"糟了！"刘天昊心中无比震惊。

……

王佳佳有着超出一般女人的第六感，她一直感到有人在跟踪她，这种感觉已经持续了半个月之久，她用了各种技巧，却无法证明她的感觉。

然而一张字条的出现却证明了她的第六感。

字条上面的信息居然与高鹏宇案相关，并让她看完字条后立刻销毁，而且不得告知警方，否则不再提供任何信息。

王佳佳本来想保存字条，以便提供参考，在睡了一觉后，惊讶地发现字条已经燃尽，灰烬就在床头柜的烟灰缸里！

这说明在她睡觉时有人进入过她的房间，并把字条点燃！

惊魂未定的她又发现另一张字条，线索又指向隐居的曲老先生，并指示她曝光高鹏宇的一切丑闻。

从曲老先生处回来后，王佳佳立刻安排工作室的编辑在网上发布了有关于高鹏宇的一切。

被人操控的滋味并不好受，更何况是一名独居女子。

她有些疲惫不堪，慢吞吞打开门，发现房间的地板上有一张字条，她狐疑地向房间里望去，见没有动静，这才捡起字条，字条上写着"丽华路 79 号 13 栋"。落款是孤魂。

"孤魂！"

这是留字条的人第一次署名，可这名字不像人名，更像是一个幽灵！

她走到窗前，向楼下望去，发现一个不太一样的背影，那人走得很慢、却很坚定，每一步仿佛都充满着力量，一股不可抗拒的力量！

她匆忙回到客厅拿来拍摄设备，却发现那道孤独的身影已经消失无踪。

"是你吗，孤魂？你的目的到底是什么？"王佳佳的好奇心渐渐取代了内心的恐惧！

……

第十一章　第二名受害者

丽华路 79 号，小区名称叫"合欢墅"，单凭着别墅区的名字，就够人遐想一阵了。

谷艳萍虽说也是公司老总，但毕竟经济实力远不如高鹏宇，该小区以联排别墅居多，每一栋占地面积并不大。

谷艳萍居住的别墅已被警戒线围起，属地警方正在劝离围观的群众。王佳佳一身火红的衣服在人群里很是扎眼，她与值守的警察沟通着，但警察似乎并不买账，任凭王佳佳磨破嘴皮子，也不让她进去。

看到刘天昊下车，一名年龄五十来岁的民警从别墅院子走过来打招呼："刘队，我是丽华派出所当班民警，刚才的电话是我打的。"

王佳佳也发现了刘天昊，小跑着到他身边："昊……刘警官，能不能让我进去？"

刘天昊抱歉地一笑，说道："现在还不行，技术科在采集证据，你进去了会破坏现场的。"

王佳佳正要说话，就听见韩孟丹的声音从里面传来："刘队，快进来！"

刘天昊冲王佳佳比画了一个手势，眨了眨眼睛，意思是等勘查结束会接受她的采访，随后和年长警察一同进入现场。

对于王佳佳的再次出现，他感到异常惊诧。曲老先生之行王佳佳抢了先，没想到眼前这件事她又抢了先，他暗示她可以专访，其实也是想套话，看看她究竟掌握了什么线索。

"我们来时，别墅的大门是虚掩着的。喊了一阵后也没人回应，进

255

入后，在二楼的卧室发现了一名女性，随后赶来的 120 判定该女子已死亡。我们又搜索了每一处房间，没发现其他人。"老巡警边走边说道。

从别墅一楼大厅来看，装修虽比不上刘大龙和高鹏宇的别墅，在普通百姓眼里已经是极尽奢侈，房间中很多墙上挂着谷艳萍的巨幅照片，是经过精心修饰的艺术照。

别墅二楼第一个房间就是谷艳萍的卧室。刚进房间，刘天昊就看见了整理工具的韩孟丹。

"你怎么比我还快！"刘天昊有些惊讶。按说他从谷艳萍公司出来不久，就得到消息赶往别墅，韩孟丹留在公司了解情况，无论如何，都不可能比他先到。

"你走之后，我和公司前台了解了情况，发现公司只是个空架子，公司的人和谷艳萍也只是雇佣关系。"

"嗯……"

"我坐的地铁。"韩孟丹的话解了刘天昊的疑惑。

随着 NY 市的快速发展，地面交通越来越拥堵，同样的路线，开车绝快不过地铁。

刚一进房间时，一股火烧肉的味道迎面扑来，就像杀猪时烧猪毛的那种味道，偶尔闻一闻还罢了，长时间闻会让人产生一种想吐的感觉，刘天昊不禁皱了皱鼻子，急忙戴上口罩。

卧室很宽敞，足有 60 多平方米，快赶上普通人家一座房子大小了。一张巨大的床顶在东南角，尺寸比一般的双人床要大得多。

巨大的梳妆台摆放在房间西侧，欧式风格，实木材料，价格不菲，巨大的镜子中映着一张脸——如果那还能够叫脸。

镜子对面的实木座椅上，坐着一名女子。她身上被市场上随处可见的细麻绳绑得结结实实，就连背到身后的双手都缠得很仔细，手腕和手指都无法活动，看来是为了防止她偷偷利用什么工具将绳子弄断。

麻绳绑得异常紧实，反而凸显出女子的苗条身材，虽然是坐姿，但是依照她那细细的腰肢和长长的大腿，目测身高应该在 1.7 米左右。

遗憾的是，这种由躯体带来的特殊美感延伸到头部时，就荡然无存了。

刘天昊明白了韩孟丹话中的含义。

在这张脸上几乎看不到皮肤，也分辨不出有意义的面部特征。整张脸上但凡是平整的地方，都被一种物品覆盖了。

硬币！

准确地说，应该是第三套人民币中的 5 角硬币，密密麻麻，一个挨一个地覆盖了整张脸，仔细观察之下，发现无一例外都是带有"5 角"的字样朝外。

"硬币不会掉下去吗？"虞乘风及时地赶来，看着尸体脸部的硬币，他的密集恐惧症差点犯了。

韩孟丹近距离观察着女子的头部。一条细麻绳勒住人中的部位和高大座椅绑在一起，所以女子即便死后其头部也是与地面垂直的，仍然能够注视着镜子里的自己。诡异的是，在她睁大的眼睛中，同样镶嵌着两枚 5 角钱的硬币！

韩孟丹开口道："从硬币周边的皮肤组织看，已呈现焦痂性烧伤，因此……"说着，她用工具地将死者面颊部位的一枚略显松动的硬币剥离，又小心翼翼地将粘连在背面的血痂去掉。

刘天昊等人凑上前去仔细观看，硬币的另一面在去掉了死者面部的皮肤组织后，看到上面有烧过的痕迹。

刘天昊道："硬币被高温火焰灼烧，再硬生生按在死者的脸上，脸部被烫伤，一部分皮肤组织和硬币粘连在一起。"

"没错。"韩孟丹回应道。

刘天昊使劲抽了抽鼻子，随后说道："凶手用的是高温喷枪，淘宝上卖的很多，能喷出 1300 摄氏度左右的火焰，经过改装后，可以喷出 1500 摄氏度的火焰。"

"这也能闻得到？"虞乘风惊讶着。

"空气中除了烧皮肤味道外，还有一股金属被加热后的味道，你闻不到就是闻不到，说了你也不懂！"刘天昊说道。

刘天昊走过来，转过头望向化妆镜。他的脸和死者女子的面部同时出现在镜子里，画面颇为诡异。

看着死者瞳孔处的硬币，刘天昊有些眩晕。那些彼此相连的金属薄片扣在脸上，不正像一副面具吗？

一副散发着铜臭味的面具！

慢慢地，硬币的间隙中似乎有什么东西在生长，那是鸟的羽毛，颜色如此鲜艳，仿佛是女子的鲜血滋养而成。随着羽毛的生发，硬币面具和羽毛面具渐渐合二为一，又缓缓隐去，露出谷艳萍完美的脸庞。红唇轻启，呼唤着刘天昊的名字，声音直达灵魂深处……

"嘿，你看什么呢？镜子里有啥玄机吗？"虞乘风伸手在刘天昊发直的眼神前晃了晃，又拍了拍刘天昊的肩膀说，"你最近怎么动不动就愣神啊？"

刘天昊回过神来，干咳了两声，随口说道："我刚才以为镜子上写着字，原来是自己眼花了。"

"死者的耳孔里有血液滴出，这是怎么回事？"虞乘风指着死者耳垂附近凝结的血痂问道。

韩孟丹拿出镊子和手电，架势好似耳鼻喉科的专业医生。查看了一会儿后，她嘟囔道："借助现有的设备看不大清，好像有硬币塞进了耳道里。现在不方便强行取出，还得回去尸检确认。"

"凶手够狠的！"刘天昊从牙缝里挤出几个字。他又转到椅子后面，发现死者的右手里虚握着一朵花——粉色的杜鹃花！

与高鹏宇案不同，这一回花瓣中间包裹的物品换成了一片塑料做的雪花工艺品，十分小巧，花瓣上写着"nd"的字样。

"又是杜鹃花！"虞乘风叹道。

"5角钱硬币、杜鹃花再次出现了。"刘天昊说道。

"第二名死者的出现，可以确认这是连环杀人了。"虞乘风说道。

刘天昊点点头，分析道："看来高鹏宇案中出现的5角钱硬币是杀人预告，通过物品预告下次作案所用的工具。"

技术员拍过照后，刘天昊将杜鹃花及雪花拿了下来，慎重地放在了证物袋里。他带领队员们查遍了屋内的每一个角落，再没有发现类似物品。

"如果按照凶手预告杀人的手段，这片雪花就是下一次作案的线索！"刘天昊说道。

"可是雪花又代表着什么呢？"虞乘风疑问着。

刘天昊环视四周，除去床和梳妆台，房间里陈设并不复杂。东面的墙壁，席梦思床上方的位置，被装饰成了一组照片墙，上面几乎都是谷艳萍年轻时的照片。那时候的谷艳萍，美得动人心魄，少了中年女子的风韵，更多的是天然去雕饰般的美感，有的照片是黑白的，颇有几分民国名媛的风采。

"要拿回去吗？"虞乘风问。

"不用，数量太多了。拿相机拍一下吧，回去看也方便。"刘天昊转过头，房间北侧的整面墙，被大大小小的壁柜占据，没有一丝空隙。

壁柜被逐个打开。刘天昊开始明白物欲横流是什么意思了。

数不清的国际大品牌的时装、香水、首饰和箱包陈列在柜子里，每一件物品的前面都摆放着一个小标牌，上面记录着品牌、款式、购买时间、地点和价格，标牌的背面，记录着保养维护的日期。

"好细心啊，这面墙恐怕是大多数女人的梦想吧！"身为女子，就连平时一向高冷的韩孟丹都赞叹起来。

"这里还有！"刘天昊指了指他的新发现——壁柜最东侧，一格狭小的柜子里什么都没有存放，只有几个按钮和开关。

刘天昊按动了一个红色按钮。

所有壁柜的门并没有动，颜色却逐渐变得透明，里面的陈列品历历在目，阵势十分惊人，完全不次于小型博物馆的规模。

原来壁柜柜门上的木质纹路，都是光影效果而已，可以随意变换。

韩孟丹等人张大了嘴说不出话来。

刘天昊依次按动其他几个按钮，壁柜里的陈列品跟着底下的托盘旋转起来，每一格壁柜里的小型光束也亮了起来。特别是那些珠宝在灯光的映照下更显璀璨夺目。

"你们都想到了什么？"刘天昊问道。

"我明白了，和高鹏宇的音响室一样！"虞乘风恍然大悟。

……

高鹏宇被害的案子是一颗石子掉进水里，荡漾起一圈圈的水波纹，当他的各种丑闻铺天盖地出现在 NY 市的各大报纸和新闻媒体后，形成了一股舆论的滔天巨浪。

他早年的涉黑、行贿等事让检察院和法院措手不及，一时间，NY市的官场和商界都陷入了黑暗的恐慌中。

无论多大的金融帝国，只要触犯了法律，转瞬之间就灰飞烟灭。唯利是图的商人和官员为了自保，纷纷举证高鹏宇。

原本对高鹏宇巴结还来不及的人们开始在各种平台发表声明，与高鹏宇之流坚决划清界限，鹏宇集团立作鸟兽散。

墙倒众人推！

这种令人心寒的世态炎凉恐怕死去的高鹏宇是体会不到了。

王佳佳的微信公众号和微博随着高鹏宇事件的揭发大涨粉丝，已然成为 NY 市数一数二的大 V，突如其来的收获令她有些措手不及。

神秘的孤魂究竟是什么人？

她强忍着内心的好奇发完最后一篇文章，在电脑上分析物业的监控视频，企图在其中找到孤魂的存在。

此时的孤魂正在街头闲逛，这是一张极其普通的脸，扔在人群里绝不会引起任何人注意的脸，他拿着一份报纸看着，嘴角微微翘起一个弧度。

该来的总要来，该去的总要去！

孤魂把两个 5 角钱的硬币放在车站卖报纸大爷的手中，暗金色的硬币在阳光下闪烁出迷人的光晕。

……

第十二章 死于钱

"这排壁柜该不会是高鹏宇帮谷艳萍设计的吧？"韩孟丹感慨道。

"这个面具……"虞乘风皱着眉头盯着死者脸上的硬币说着。

"你想到了什么？"刘天昊问道。

虞乘风说道："我想起了金庸的《天龙八部》。"

"聚贤庄少庄主游坦之？"刘天昊反应很快。

虞乘风点头，接着说道："他被阿紫用烧红的面具直接套在头上，从此改名庄聚贤。阿紫那样对她，他居然还爱阿紫爱得死去活来，甘愿为其献出双眼，最后还跳崖殉情了。人品虽说很差，却是个情种。"

刘天昊说道："游坦之整个头部被烧伤没死，依仗的是深厚内力，谷艳萍却只是普通人。"

韩孟丹手上的活儿没停，白了两人一眼，说道："你俩是武侠小说看多了吧？什么内力外力的。大面积深度烧伤的致死率很高，其主要死因是休克或感染。像死者这样的烧伤，很容易在其体内形成炎性反应，此时血管通透性会非常高，其中的液体会大量向周边组织渗出，导致患者有效血容量不足，形成重度休克而死。"

"那感染呢？"虞乘风问道。

"感染相对好理解一些。"韩孟丹继续说道，"感染是最常见的烧伤致死原因。大面积烧伤后，作为抗感染屏障的皮肤消失，此时患者被感染的概率极大，且过程远比身体情况正常时凶险数倍！一旦感染进而引发脏器衰竭，神仙也救不得。具体的死亡时间和致死原因还需要做深度解剖。"

"查到谷艳萍，她就死了，而且还是这种怪异的死法，凶手究竟是什么目的呢？难不成和'画魔'案中的杨红一样？"刘天昊嘀咕着。

"对呀，每次都比咱们快一步！"虞乘风想起了死亡竞赛这个词。

……

大卧室西侧还有一间小卧室，这间卧室相比方才发现尸体的房间要小很多，不过布置得很有特色。巨大的情趣床摆放在房间正中，四周随处可见的全都是跟"情趣"二字相关的各种物件，让人看得眼花缭乱。

各类制服、道具按照风格集中放置，而刘天昊最感兴趣的，还是一组材质、款式、颜色各异的情趣面具，数目众多，但比例最高的还是羽毛面具，因为这样东西和案件息息相关。

刘天昊拿着一个羽毛面具看了一阵，时而远看时而近观，还把面具放在韩孟丹的脸上比画了一阵，要不是她提出抗议，他还想把面具戴在她的脸上。

"从感觉上说，这些面具就是出现在高鹏宇视频里的面具女戴的，基本可以确定面具女就是谷艳萍，为了谨慎起见，还是要拿走几个回去检验，另外再检验一下高鹏宇家中的羽毛面具，看看上面能否提取到谷艳萍的生物证据。"

韩孟丹说道："证据都收集完了，我先回队里了，有消息我通知你。"

刘天昊冲着韩孟丹摆了摆手。

"你喜欢女人戴这种面具吗？"韩孟丹拿着装着羽毛面具的塑料证物袋晃了晃。

这个问题又是一道送命题，无论刘天昊如何回答，都会被韩孟丹立刻反击。于是刘天昊转向虞乘风，说道："乘风，孟丹问你呢。"

虞乘风一时间没反应过来，说道："有点喜欢，但感觉太另类了。"

"那你给你们家文媛买一个吧。"韩孟丹留下一句话后转身离开。

等两人走后，虞乘风才反应过来，说道："昊子，孟丹，我不是那个意思，你们可别乱说啊！"

……

也不知是谷艳萍没在意还是刻意而为，她的联排别墅并未安装单独的监控摄像头，这与其他的别墅业主有些不同。

自打监控普及以来，它已经成为破案的一种重要手段，只要监控录像一出来，大部分的案子能破，剩下的就是如何抓到凶手的问题了。

然而案发现场往往不具备监控条件，甚至有些本应该有监控的，也由于种种原因未安装。

两人来到了别墅区小区物业的监控室内，两名技术科的警察正在查过往几天的监控录像。不知道是不是巧合，距离谷艳萍别墅周边位置最近，角度最好的几个摄像头全都坏掉了。

"别墅区的业主交那么多物业费，监控坏了为什么不维修？"虞乘风向物业经理问道。

物业经理托了托眼镜，呵呵一笑："警察同志您是不知道，现在的人工成本很高，加上绿化、电费、屋面维修等，收上来的物业费是入不敷出啊，别墅区闲人进来得少，一般都不会发生治安事件，所以也就没在乎监控的事，关键路口和大门还是有监控的。"

物业经理很显然是个话痨，还准备向虞乘风诉苦，刘天昊敷衍了两句就把他打发走了。

"能查出监控是什么时候坏的吗？"虞乘风向两名技术科警察问道。

其中一人说道："风哥，单从软件来看没问题，估计是光缆线的事儿。"

一名保安立刻说道："就这两天的事儿，你看看监控消失的时间就是坏的时间。"

技术科警察说道："是前天凌晨2点10分，几个最关键的监控一起坏了。"

刘天昊暗自叹了一口气，心里异常烦乱。经过一番周折才锁定面具女的身份是谷艳萍，她却被人杀死在自己的住所，而凶手不但清理了现场，还提前破坏了监控设备，令警方查无可查。

"画魔"一案中，凶手杨红在现场留下了一些线索，大约可以判定凶手的身体特征、职业等，而在这起案件中，凶手的反侦查能力远高于杨红，留下的线索只用于指向下一个案件。

一人藏物万人难找，一人打谜万人难猜。

所谓的高智商犯罪和反高智商犯罪，其实玩的就是藏和找的游戏，作为被动一方的警方，找的难度远大于凶手藏。

因此在这场死亡竞赛中，刘天昊产生了一种无力感，以往在现场无往不利的分析推理在这个案子里完全失效，心绪不宁的他开车时屡次溜号，不知道又造成了几次违章！

……

NY 市刑警大队的办公楼里，刑警们依然像往常那样忙碌着。

韩孟丹的效率很高，刘天昊和虞乘风刚刚坐在办公桌前准备整理一下资料，一摞验尸报告轻柔地落在他的桌上。

报告上清晰地写着：经过 DNA 检测，别墅中的死者确认是谷艳萍。

高鹏宇收藏的羽毛面具上留有的生物信息经过检测，同样化验出了谷艳萍的 DNA。由此判断，高鹏宇香艳视频中出现的面具女就是谷艳萍，印证了刘天昊之前的推论是正确的。

根据对尸体的 X 光照射，发现死者的耳道、鼻腔和气管内有圆形硬物，解剖后证实为第三套人民币 5 角钱硬币，连同现场发现的贴在死者面部的硬币，一共 96 枚。

死者面部的硬币是高温加热后烙在脸上的，而其体内的硬币则是由某种工具强行塞入其体内，口腔和鼻腔的硬币大部分进入其气管，堵塞了呼吸道，口唇、指甲紫绀，肺部有淤血和肺气肿，右心及肝、肾等内脏也存在淤血，符合窒息死亡的特征，判定为机械性窒息死亡。根据尸僵和血液温度推断，死亡时间是昨晚 9 时至 9 时 30 分之间。

听完了韩孟丹的叙述，三人表情凝重，沉默着。凶手的残忍程度远远超出了人们的想象力，让人不寒而栗。

"咳咳！"刘天昊打破了沉默，"死者的手中出现了粉色杜鹃干花，这种花也是高鹏宇案中的证物，经过技术部门分析，应该是出自同一束花。花瓣上的'nd'字样，很显然代表着英语单词'second'，也就是第二个的意思。唯一不同的是，这一次除了花瓣之外，还有一片塑料做的雪花工艺品，不同的是，高鹏宇案中出现的硬币是粘在他手上的，而这次的雪花工艺品是放在花瓣中的。"

"这又是为什么？"虞乘风有些不解。

"高鹏宇死后被放在马路上，经过汽车撞击后物品很容易掉落，而谷艳萍是被绑在椅子上，放置的物品不会受到干扰，显然这是凶手在挑衅警方，嘲笑咱们的无能！"刘天昊说道。

"凶手太嚣张了！"虞乘风一拳打在桌上。

刘天昊点击鼠标，将显示器上的一张图片点了出来，是高鹏宇案件的证物，"你们看，上一次凶手在死者手上留下的是硬币。能联想到谷艳萍的死因吗？"

虞乘风和韩孟丹皱着眉头想了一阵，微微摇头。

"我不是指法医学上的死因，我换个问法，凶手杀她的动机是什么？如果说谷艳萍的现场留给咱们最突出的印象用一个字来概括的话，是什么字呢？"

"钱！死在钱上！"韩孟丹道。

"没错。"刘天昊略加思索后继续说道，"最直观的印象是谷艳萍死在了钱上。而高鹏宇案件中花瓣里留下的物品正是钱，跟谷艳萍脸上眼球上、喉咙里贴着、塞着的一模一样，是第三版人民币的5角钱硬币！这样看来，除了花瓣之外的物品，就是指向下一起案件的线索，也就是杀人预告。"

"雪花片！"虞乘风拿着证物袋看着其中的雪花片。

"究竟是什么意思？"韩孟丹也有些迷惑。

"雪花啤酒！"虞乘风不假思索地喊了出来。

"你就知道喝，我那儿有浓度95%的酒精，你来两口？"韩孟丹轻声说道。

虞乘风咧嘴一笑："我就那么一说，雪花片的意思也许是……雪花膏！"

雪花膏这个词是20个世纪八九十年代比较流行的词，是一种男女都会使用的化妆品的名字，上了年纪的人几乎都知道。

"或者像第一宗案件里面的硬币成为第二宗案件的杀人工具一样？"韩孟丹说道。

"雪花怎么杀人啊？一碰就化了！"虞乘风摇了摇头。

"没那么简单，雪花意味着冬天，寒冷、低温，冰……"韩孟丹说道。

"也不对，现在可是夏天啊！"虞乘风反对道。

"先别猜了，在昨晚8时至10时之间，王佳佳和高桥在哪里？"刘天昊转换了话题。

虞乘风可不是小跟班、花瓶儿，对于每一桩案子，他都下足了功夫，他翻开记事本，说道："我们调查了王佳佳和高桥昨晚的行踪，这两人事发时都不在谷艳萍的被害现场，他们昨晚出现的地方也有连续的视频监控为证，从这一点上看，他们俩都有不在场证明。"

警员小江走进办公室，向刘天昊敬了一个礼，说道："刘队，我给您微信上发了一段视频，您看看，也许对破案有用。"

"OK，江儿啊，回头让你们杨科长请个夜宵，我转账给他。"刘天昊喊着。

"好的，刘队。我们科长说知道你会说这个，他说让你把上次请客的钱先转给他。"小江说完就笑着离开了办公室。

刘天昊用手掌抹了抹脸以缓解尴尬，又看了看盯着他的韩孟丹和虞乘风，说道："我……我有那么抠吗？"

韩孟丹和虞乘风对视一眼，几乎不约而同地点头："有！"

……

有人说钱是万恶之首，也有人说，其实恶的还是人，钱只是人类行恶的一个借口。但无论哪种说法，人们的生活都离不开钱。

钱本身没有多大的价值，但它给人带来生存的物质，而人类社会的物质和资源都是有限的，更多的人争夺少量的资源，钱就成了好东西。

有句话说得好，当利润达到百分之三百时，人会做任何事。

这句话说得有些过分，却把钱的作用体现得淋漓尽致。

对于孤魂这样一个人来说，钱并非生活所需，他的生活消耗很低，低到一般人无法理解。

可生活消耗低并不代表他没有钱。

他曾是东南亚最有名的杀手，杀一个人的所得可以在中国地价最高的城市买一栋别墅。

钱几乎可以给他买来一切，但钱无法买回逝去的青春和爱情，因为在他心中，只有那个女人和他之间才能称作爱情。

赚钱为了生存，赚更多的钱为了更好地生存，当他赚到了足够的钱，他发现他的人生已经没有目标，茫然是他每天所面临的问题。

经过一番挣扎后他才明白，当物质生活达到极致时，反而会让人丧失生存的欲望。

他遣散了所有的女人和孩子，给她们一笔足够生存几辈子的钱，他重新回到曾经养育过他的那个地方，开始寻找最初的精神寄托。

这是他的使命，宁可付出生命代价也要完成的使命。

……

第十三章　冷美人

刘天昊打开手机，点开了小江给他的视频，是当地巡警率先赶到谷艳萍别墅时执法记录仪拍摄的视频。画面一直在晃动，好像第一人称游戏，很真实。

"从目前掌握的线索来看，谷艳萍和高鹏宇之间存在很深的爱恨纠葛，又精通武功，因此无论在动机上还是在能力上，她的嫌疑最大。不过很遗憾，她用死亡证明了她的清白。"刘天昊边看边说道。

"从作案的手法来看，凶手是同一人的可能性很大。"虞乘风说道。

"可惜，到现在为止，杀害高鹏宇的第一现场还没找到。"韩孟丹说道。

"一定会找到。"刘天昊眼神坚定地说道。他知道，该来的一定会来。

虞乘风刚要说话，就见刘天昊摆手阻止，他紧紧地盯着画面，忽然眼疾手快地点了一下屏幕，画面暂停下来，上面是一个侧身戴鸭舌帽的女子。

"很熟悉，这女的我看着很熟悉。"刘天昊拍了拍脑袋。

人就是这样，有些事明明就在嘴边，却想不起来也说不出来。

"我记着前面有这女人的正脸，一闪而过的，不太能引起人的注意。"女人的感觉是极其灵敏的，韩孟丹几乎是立刻想起那一闪而过的画面。

刘天昊把视频传到电脑上，用软件一帧一帧地向前回放，视频中的时间回调，最终停在一张女子的脸上。

"见过，我一定在哪儿见过！"刘天昊侧过头，半闭双眼，浓眉紧锁，大脑飞速运转着。

办公室里鸦雀无声，虞乘风和韩孟丹几乎屏着呼吸，生怕打断了刘天昊的思路。

许久，刘天昊露出了笑容："谷艳萍家中翻拍的照片！"

虞乘风熟练地拿出相机卡接入电脑，随着鼠标轻点，翻拍的照片在大屏幕的右半部分循环播放。

"就是这张，我把它放大！"刘天昊眼前一亮。

实际尺寸很精致的照片被放大到了巨幅海报的大小，刘天昊又用软件做了清晰化处理，照片里的内容清晰起来。

那是一张合影，拍摄时间比较久，根据人物的衣着来看，应该是十几年前的事了。画面正中是一个中年男人，五官端正，很有派头，眼神中却透出一股淫邪之意。在他两侧每一边都有5个人，加上他一共11个，所有人都是清一色的类似武道服的装扮。

中年人左右两侧各搂着一位年轻美女，右面的美女身材高挑，即使身穿稍显宽大的武道服也难掩其玲珑的曲线，长相更是无可挑剔，笑靥如花又透出些许媚态。此女正是年轻时的谷艳萍。

左边的美女又是一番风情。她身材不丰满，却十分匀称，面容姣好，表情却冷若冰霜，给人一种难以接近之感。奇怪的是，中年男子的两只手紧紧搂住两位美女的腰肢，甚至手指已经暧昧地伸向了她们胸前的敏感部位，但是两位美女非但没有拒绝，而且十分配合。

冷美人的表情虽然严肃，却也看不出有类似于厌恶和抗拒的情绪。

能让男人碰触这个位置，说明这两名女子与男子的关系已经到了男女关系的程度。

画面的背景在室内，类似于武馆一类的陈设风格，从室内面积和装修材料上来看，绝对是大手笔的宅邸。

照片的下方有一行小字，和画面中人物的白色衣着颜色很接近，如果不是这样翻拍后放大来看，真的很难发现。

虞乘风努力分辨着照片上的字："登云子与众弟子摄于……摄于，后面的字迹实在是看不清了。"

"就是这个女人！"刘天昊又看了一阵，几乎是斩钉截铁地说道。

"鲜艳双娇"，他再次想到了这个称呼，这个"艳"，指的无疑是谷艳萍，那么另一个女子，很可能就是那个"鲜"了，但究竟是哪个"XIAN"字？不得而知。

冷若冰霜的美人从气质上看，与执法记录仪中的女子很像，只不过年轻很多。但刘天昊觉得除此之外，这张面孔他还在别的地方见过。

虞乘风拿过鼠标调出了香艳视频中出现过的女子，这几天根据不间断的识别和排查，确定身份的女性已经增至70余人。

经过三人一番辨认后，冷若冰霜的美人不在其中。

"冷若冰霜，冷美人，冷……冷，是她！"刘天昊一拍脑门，夺过鼠标点击了几下。

一张美女的照片出现在电脑屏幕上。

虞乘风终于想起来了，在调查高鹏宇一案的最初，冷仙琦就是被排查的第一批对象。不过根据情报提供，此人和高鹏宇近些年来再无瓜葛。

"昊子，不会弄错了吧？"虞乘风有些疑惑。

刘天昊摇了摇头道："我可以拿孟丹的人格来担保！"

韩孟丹立刻瞪起了眼睛，说道："你分析推理的结论为什么用我的人格担保啊？"

刘天昊见有了线索，眉头的疙瘩舒展开来，心情也变得轻松起来，说道："因为你的人格最美！"

不等韩孟丹反应过来，刘天昊已经大步流星地离开了办公室。

"这人！"韩孟丹小声地嘀咕着。

虞乘风看着韩孟丹发愣。

"看什么看，他说得不对吗？"韩孟丹向虞乘风发难。

虞乘风被问得哑口无言，他虽说憨厚老实，但也知道女人的问题随时可能变成一道送命题的道理。

"木头疙瘩一样，也不知道文媛喜欢你哪点！"韩孟丹边嘀咕边离开。

虞乘风叹了一口气："终于明白什么叫躺枪了！"

想起姚文媛，虞乘风咧嘴笑了，虽说警队的工作繁忙紧张，但可以时不时看到心爱的人，也算是一种安慰吧。

所有案件的技术分析都由技术科来完成，尤其是大案要案，很多数据要得急，技术科的小伙子和小姑娘们不得不熬夜加班。

案情就是命令！

刘天昊站在小李的身边说："李子，帮哥把高鹏宇案件当时的出警视频全部调出来！"

高鹏宇案时携带执法记录仪拍摄的民警不止一人，事后视频都被上传到了内网，查询起来比较方便。

"找线索？"小李好奇地问道。

"一个女人，照片我发你微信了。"刘天昊说道。

"呀，真是美人啊！"小李看着冷仙琦的照片感慨着。

排查视频的过程是痛苦的，但小李已经习惯了这种工作。

虞乘风这些天连续工作，盯着电脑屏幕一会儿后便哈欠连天，要不是一个电话打进来，怕是他能坐在电脑前睡着。

"喂，齐队。"虞乘风抹着打哈欠流下来的眼泪。

"给刘天昊打电话，这小子是不是开了静音，一直不接呀！"

虞乘风看了看专注于视频的刘天昊，走到一旁，说道："这不又出了一桩案子嘛，撸出警视频呢。"

"我这边有点线索，估计应该和你那案子有关，过来看看？"齐维的声音从话筒里传出。

"行，我过去吧，昊子这边刚找到点眉目。"虞乘风说道。

"给我带盒烟啊，这地方，穷得鸟都不来拉屎！"

"行，行，要是和案子有关，我给你带一条！"虞乘风边说边走了出去。

眼睛瞪得溜圆的刘天昊压根没注意虞乘风的离去，指着屏幕说道："停，就是这儿，反复播放这 10 秒。"

在一段属地巡警拍摄的视频中，果真发现了冷仙琦的身影，同样的风衣，同样的鸭舌帽，混在人群中，当时并没有引起谁的注意。

"世上的确存在巧合，但是当多个巧合凑到一起时，这个巧合就有问题了。乘风，你再来确认一下。"刘天昊喊着，见没动静，这才回头看了看，偌大的房间里只剩下他和小李两人，虞乘风早就不知去向。

"刘队，你的意思是这个女人可能是凶手，在案发后又回到现场，来观察警方的侦查动向？"小李问道。

刘天昊点了点头，说道："首先，她不缺乏动机，当年其家庭和睦，丈夫高鹏宇的事业也开始崭露头角，让很多人艳羡。可惜，高鹏宇的出轨将冷仙琦对于未来的美好幻想击得粉碎。据我们目前所掌握的信息，高鹏宇最早的出轨对象就是谷艳萍。"

"论作案的能力，她也具备。高鹏宇人高马大，谷艳萍精通柔术，每一个都不好对付。可冷仙琦作为登云子的得意弟子，功夫绝对不在谷艳萍之下。蓄谋已久后突下杀手，是有能力制服二人的。从犯罪心理学上来说，有一类罪犯就是喜欢作案后再次返回现场，装作群众来围观警察侦查的过程，有的甚至主动提供线索，和警察共同参与破案，为的就是要看到警方在自己的精心布局面前束手无策，从而满足其心理上的扭曲满足感。"

"说得很对！"赵清雅的声音传了进来。

刘天昊嘿嘿一笑，转身向大师姐赵清雅敬了一个标准的礼："师姐好！"

"我正好经过，听到你的分析，我就进来了，怎么样？有需要大师姐的吗？"赵清雅笑道。

"案子倒是没有，不过，师弟我可能需要……"刘天昊说道。

赵清雅走到刘天昊身边，盯着他的眼睛看了一阵，弄得刘天昊向后退了两步以躲避她的眼神。

"师姐，这儿……"刘天昊眼神瞥了瞥假装认真盯着电脑的小李。

赵清雅捂着嘴笑了笑，说道："你呀就是表面顽皮，内心呢……"

小李回过头："内心怎么样？"

赵清雅说道："内心复杂得很，我从你的眼神中可以感受到你内心的沉重。"

刘天昊收起笑容，使劲眨了眨眼睛。

"有些事想做就去做，心里长草了，就得拔。"赵清雅说道。

刘天昊心中暗暗吃惊，无论是王佳佳还是韩孟丹，虽说都不容易对付，却还能应付得来，可当他面对大师姐赵清雅时，那是一种完全绝望的无力感。

赵清雅随便几句话就戳进了他的心里，戳中了他的痛点——NY市五号案件，他叔叔因此而进监狱的案件。

没等刘天昊说话，赵清雅转身离开，出门时留下一句话："要是还有心理疙瘩，随时来找我！"

看到赵清雅离去的背影，刘天昊松了一口气。

"刘队，咱们继续吗？晚上我还有个约会！"小李试探着询问。

"帮哥一个忙，利用你的技术找到冷仙琦的活动轨迹，然后抓住她！约会的事，哥帮你摆平！"刘天昊说道。

"哎，刘队，这事儿原来不都是风哥做的吗？他都为此挨局长撸了，我可不敢！"小李萌生退意。

"挨过今年，我调你来我中队，做神探！"刘天昊抛出诱饵。

小李最大的梦想是当一名刑警、神探，可所学的专业把他分配到技术科，他也多次找过局领导，可都没有实现愿望。

"真的？"

"哥说过假话吗？"

"万一网警找到我，你可得管我呀！"

"放心吧，那都是哥们儿，再说，咱们还不是为了破案，又不是当黑客！"

小李猛地点头，立刻拿起电话给女友连声道歉，挨了一顿骂之后，他再次摆弄起电脑来。

度日如年是什么滋味，刘天昊算是真正体会到了。他感觉，等待的每一分钟都是那样长。

冷仙琦的突然出现，是这件案子的一次转机，她和谷艳萍、高鹏宇绝不是简单的男女关系联系在一起的，说不定这几人的背后还有一件事，这件事才是导致杀人案的导火索。

……

每个人在不同的时期、不同的环境都有不同程度的心理问题，如果疏导及时，不会对人造成影响，可一旦堵在心里，就会越堵越厉害。

用通俗的话说，心里长草了不要紧，得及时除掉，任由野草疯长，最终会占领心志，令人迷失本性。

心里长草的人很多，刘天昊、王佳佳、韩孟丹、韩忠义、钱局、虞乘风、姚文媛、高鹏宇，甚至是几乎心如铁石的孤魂，区别在于每个人心中的草不同而已。

孤魂是一个敢想敢做的人，执行力极强，他最瞧不起的是那些满嘴理论却从不肯付出努力的人，这些人可能在某些机遇下拥有一些成就，但终究不是凭借自身努力得来的，最终会化为泡影。

孤魂不肯接受任何心理咨询师，哪怕是世界最顶级的，他拥有非常丰富的心理学知识，本身就是心理学大师，一旦他的心理出现了问题，任何人都无法帮他走出来。

除了他自己！

……

第十四章　扑空

齐维仍是一副吊儿郎当的模样，用他的话说，他天生就是这副模样，不招人喜欢，所以在仕途上也走不远。钱局虽说很器重他，却每次见面都说他，让他改改品相，否则，很难在仕途上走远。

齐维却毫不在乎，依然我行我素。

虞乘风盯着树林中的一块草地，地面有几个不清晰的脚印，都集中在树根部位，树干上有一些微微摩擦过的痕迹，还有疑似血迹的污迹，粗糙的树皮中还可以看到一些纤细的纤维。

齐维拿着一串手串捻，另一只手敲了敲一旁的树："手串就是在这儿捡的，一个农民拿到市场上去卖，被几个小混混盯上了，起了纠纷。"

虞乘风接过手串看了看，又闻了闻，说道："顶级的沉香手串，按照文玩界的市价，至少也要在 10 万元以上。"

齐维点点头："眼光不错，这串东西值钱，才引来小混混占便宜，不过老农民也不是傻子，见小混混盯上了，就知道这货值钱，一开口就要 5000 元，呵呵。"

虞乘风一听下巴差点没惊到地上，5000 和 10 万差得太多了，要是碰到一般人，会毫不犹豫地拿下。

"小混混只想出 800，见老农民不卖就准备抢，双方就打起来了，别看小混混平时挺牛，力气却远不如老农，老农在斗殴中并未吃亏，热心群众报了警，案子到了我手里，我感到这串珠子不一般，老农又说不出来历，我就找了文玩方面的一个专家朋友，一问之后吓了我一跳，你猜多少钱？"齐维卖了个关子。

"40 万？"

"50 万？"

"60 万！不可能更高了！"虞乘风连续猜了三次。

"他要 150 万收！"齐维说道。

"这么多！"虞乘风急忙双手捧着手串递给齐维说，"您老拿好，碰坏了我可赔不起！"

齐维并未在意手串的价值，说道："我诈了老农一下，结果他就带着我找到这里，我看了一下，应该是高鹏宇案件的第一现场吧，这种昂贵的东西也只有他那种土豪才能戴得起。"

齐维捏着手串冲着太阳看了一阵，嘀咕着："我就想不明白，这玩意哪值钱啊，不就是木头吗。"

虞乘风在现场转了一圈，随后立刻拨通了刘天昊的电话："昊子，高鹏宇死亡第一现场找到了！"

……

当刘天昊和同事们来到现场时，虞乘风已经完成了初步勘查，见他脸上并无兴奋之意，刘天昊的心一下子沉了下来。

"昊子，从树干上残留的痕迹和地面的血迹来判断，死者是被绑在这棵树上杀害的，经过确认，树下这些脚印都是死者的，凶手很小心，几乎每一脚都踩在丰厚的草上，没留下任何痕迹，在这种野外环境下，指纹也更不可能了。"虞乘风说道。

"周边都搜索过了吗？"刘天昊问道。

"我和齐队都看过了，这附近除了树林就是野地，土质松软，但并未发现轮胎印……凶手很可能是把死者背到这里的。"虞乘风说道。

"背着将近200斤的死者，应该留下脚印的。"刘天昊说道。

齐维叼着一根狗尾草，摇了摇头，把目光看向绑死者的那棵树，说道："可惜，下过一场雨，留下的线索不多了。"

对于齐维的能力，刘天昊深信不疑，他勘查过的现场，定不会出现疏漏，更何况虞乘风是老刑警、勘查现场的高手。

见齐维看向绑死者的树，刘天昊便走了过去，仔细地观察着树木，又用手不停地在树干上摩擦过的痕迹上比画着，又从地面上捡起一截树枝观察着，树枝的断口是斜的，很平整，又观察了地面上被踩倒的草，这才回到齐维和虞乘风身边，说道："线索少了点，但还有收获，第一，可以断定两起案件的凶手同为一人。第二，凶手身材消瘦，个头和我差不多，但非常有力量，善用军用匕首，结合凶手的反侦查能力和绑绳结的手法，可以判断凶手有可能有从军的经历，而且是特种部队。"

"第一点我明白，其他的怎么讲？"虞乘风问道。

齐维亦把目光看向刘天昊，似乎是等着他的解释。

刘天昊把有断口的树枝递给虞乘风，说道："你看看树枝的断口，整齐而没有任何连带，是非常锋利的匕首造成的。你再看树木上摩擦的痕迹，应该是死者受到折磨时用力挣扎绳索造成的，从绳索的绑结手法来看，和金三角的雇佣兵打结手法极为相似，齐队也应该看出来了吧？"

齐维点了点头。

"虽说凶手刻意踩着草，掩盖了大部分脚印，却还是透过草在地面上留下了痕迹，从脚尖到脚跟部分的距离判断，凶手的身高大约与我相仿，根据他背着100公斤的死者所留下的脚印深度，可以判定凶手体重不会超过70公斤。我来时查看了周边地面，并未发现拖行的痕迹，这说明凶手是背着死者来到这里的，足以说明凶手力气很大。"刘天昊说道。

"有道理呀！"虞乘风赞道。

"凶手很狡猾，有非常强的反侦查能力，这个……等于没说，太明显了。"刘天昊摇了摇头。

齐维虽说未点头，但也没表现出反对。

"齐队，你怎么看？"虞乘风问道。

齐维把狗尾草吐掉，叼起一根烟，吧嗒着嘴，寻思了一阵才说道："没有，虽然有些意见和我不一致，但不得不承认昊子总结得很全面，沿着你的思路继续查吧，行不通时，咱们再沟通，以免打扰了你的思路。"

刘天昊明白齐维的意思。每个侦探查案的思路不同，但最终目标和结果是一致的，条条大路通罗马，没必要固守一隅。

"齐队，野外不让抽烟的，万一引起山火，你吃不了兜着走！"王佳佳的声音从远处传了过来。

对于王佳佳的到来，刘天昊和虞乘风一惊，同时看向齐维，意思是王佳佳为什么会来这里。

齐维耸了耸肩，表示不知道。

在三人眼中，王佳佳绝对是名奇女子，这样一桩奇案居然因她而起，过程中她又无处不在，几乎每次都紧随而至。

王佳佳看出三人的勾当，直截了当地说道："我也是碰巧看到昊子的车，一路跟过来的，不过我可没有你的体力好，差点跟丢了！"

刘天昊对王佳佳的行为越来越怀疑，如果她不是凶手，为什么每次都能抢在警方之前得到线索？说不定她手里还有警方所不知道的线索。

如果她是凶手，这样一直跟着案子，对破案肯定不利！

刘天昊正要继续试探，电话却响了起来。

"刘队，视频研判有了新发现，冷仙琦最后一次出现在路面监控中是在卓越大厦！"技术科小李在电话中的声音兴奋异常。

"把视频发给我，还有大厦的定位！"刘天昊说罢冲着虞乘风使了个眼色。

虞乘风立刻和勘查的同事们会合在一起，交代勘查现场的重点。另外，齐维亦在现场坐镇，不用担心勘查的效率。

"抱歉抱歉，齐队，吃饭的事下次吧，等现场勘查结束，你和佳佳一起去，算我请客啊！"刘天昊和虞乘风几乎是小跑着离开了。

王佳佳看了一眼齐维，笑了笑，随后向刘天昊追去。

齐维掐灭手上的烟，看着黑色的烟头发了一阵愣，想了想，最后把半截烟装回烟盒中。

……

从小李发来的视频看，画面中冷仙琦的着装没有变化，独自一人走进了一幢老旧的公寓楼——卓越大厦，时间是昨晚 10 时许。

卓越大厦十分老旧，基本上属于弃管状态，曾经安装过监控，不过早就坏掉了，因为住户欠缴物业费，物业也没人管。

为了保险起见，刘天昊协调了当地的特警和便衣前往大厦，按照他的分析，如果冷仙琦真的是前两起命案的凶手，她将是个极端危险的人物，对其抓捕难度很大，不能有丝毫的麻痹大意。

身为中队长，他需要对下属的生命负责，对自己的生命负责，决不能冒险打无把握的仗！

警车飞驰在路上，对冷仙琦情况的摸排工作并未停下来。

根据片区警察提供的消息，卓越大厦这些公寓的房主中，有个叫赵维洋的女子是冷仙琦的闺蜜，有一段时间共同住在卓越大厦的 303 室，只不过近几年她俩联系少了。

虞乘风假扮成租房客联系了赵维洋，赵维洋惊讶后，才说自己近期不在 NY 市居住了，之前发过租房的信息，但留的是冷仙琦的电话，房门钥匙也放在她那儿，并质问虞乘风从哪儿得到她的电话。

虞乘风打圆场说从物业处得来赵维洋的电话，这才算勉强蒙混过关。

赵维洋没什么耐心，口述了一个电话号码，说租房打这个电话就好，随后就挂了电话。

若无意外，这就是冷仙琦的电话号码。

虞乘风立刻拨了这个号码，令人遗憾的是，手机已关机。

片区警察对所属片区熟悉，利用这个优势，片警带着刘天昊等人很快摸到了卓越大厦 3 楼的楼道内，刘天昊和虞乘风身穿防弹衣，紧握手枪站在 303 室的正门两侧，身后是荷枪实弹的特警队员。

刘天昊敲了敲门："我们是社区的工作人员，进行人口普查，需要填一张表。"

房内无人应答。

刘天昊加大了敲门声音："有人在家吗？"

门是老式的防盗门，要想不用钥匙开启相对比较容易。

刘天昊一个眼神，在旁等候多时的年轻特警队员拿着特殊工具熟练地破解着门锁，他的动作小心翼翼，尽量不发出响声，以免影响抓捕行动。

所有人屏气凝神，走廊里安静极了，连汗珠掉落地面的声音都能听得清清楚楚。

不到一分钟，年轻特警队员回头，摆出了就绪的手势。

在场的人都清楚，他只需最后的一个动作，门就会开，但是这一步也会伴随着一声无法避免的响动。这一刻，就是发起突击的信号。

刘天昊点头，特警中队长也向队员们传达了准备突击的手势。

"啪"的一声脆响，锁开了，声音并不大，但在安静的走廊里还是很容易听清。

年轻特警弯腰迅速撤离退后，刘天昊侧身推动房门，速度适中，门轴显然很久没有上过油，发出细微的"嘎吱"声。

刘天昊皱眉，这不是他希望听到的声音。

门借助惯性继续向前滑动。还好，屋内并没有再出现挂着铁链再锁一道的情形。

刘天昊和虞乘风迅速冲入屋内，身后的特警队员鱼贯而入，各自寻找站位、举枪、瞄准、确认安全、交叉换位、保护队友，所有动作一气呵成，熟练得好似一部精密的机器一般。

这正是他们在平时各种复杂情况的假设下，演练了成千上百次之后的效果，像条件反射般，有些动作甚至肌肉都有了记忆。这也是他们历经无数次生死危机的现场后得出来的血的教训，有些经验，是战友的鲜血和生命换来的，弥足珍贵。

然而屋内并无任何动静。

这是一间稍显局促的公寓，60平方米左右，两室一厅一卫。进门正对的是狭小的客厅，褪色的布艺沙发靠东侧墙摆放，表面因长时间没有清洗过，污渍已经被磨得黑亮。沙发的对面是低矮的电视柜，上面的电视套着的防尘罩并没有摘下，30多英寸的屏幕，在前些年还算是主流配置，如今早已落伍了。

门口右手边是灶台和抽油烟机，厨房的东侧是个独立的卫生间，传出阵阵厕所特有的异味。

卫生间的南面是两个卧室，整个公寓结构方正，加上整体空间狭小，警察们一股脑冲进来之后，显得有些拥挤。

刘天昊再次观察整个房间，确认安全后，收起枪，冲着特警中队长笑笑："不好意思了兄弟，让你们白跑了一趟。"

"没事，都是战友，都是为了事业。"中队长摘下面罩，憨厚地笑着说："这就是我们的工作，有我们在，你们办起案来也踏实。抓捕谨慎一点没问题。"

刘天昊拍了拍对方的肩膀，感慨了一句："谢谢……"

"我留几个人在这儿，看看能帮到什么，其余的人暂时撤出到楼下查看一下周边情况，有需要的话随时叫我。"

刘天昊目送着中队长下楼后，开始和虞乘风详细勘查房间。

客厅是最先映入眼帘的空间。灯具管状日光灯，房顶上垂下几缕细长的灰网，随着室内微弱的气流轻轻摆动。墙壁上粉刷的白色涂料早已过期，很多处已经鼓起或者开裂，掉落的碎片散在墙角，无人打扫。地面上是过去最普通不过的廉价地板，仿实木的表面早已被磨得看不清纹理而异常光滑。一股灰尘泛起后混合着轻微发霉的味道充斥在室内，再次提醒着此处的破旧程度。

"昊子。"虞乘风兴奋的声音从卧室传来。

……

当过兵的人都是战友，有普通的战友关系，也有的是过命的交情。在和平年代，大部分的战友都是普通关系，但之间的感情远比一些所谓的哥们儿要纯真得多。

一起扛过枪、一起喝过酒、一起训练、吃同一锅饭、一起翻过大墙、一起挨过连长的批、被指导员嘚嘚咕咕地做思想工作。

当兵的苦与乐绝不是从电视剧那点剧情里能体会得到的。

孤魂是军人出身，他那个年代的战友情更纯，经历过战争的洗礼后，战友之间的友谊几乎可以用牢不可破来形容。

过命的交情不过如此！

他想起了他的老班长老李，想起了通信员小钱，想起了说话总带着"老子"两个字的小四川，想起了牺牲在老山前线的战友们，有的甚至连遗体都没留下，只留下一块空白的墓碑。

他却活了下来，活在无尽的痛苦中，这种痛苦绝不是金钱能解决的。

在他的三把军刀的手柄上刻着三个名字，分别代表着他最重要的三名战友，却没人看到过刻着的名字是什么，因为看到这三个名字的人都已经成了军刀下的亡魂。而他们三人的故事，独独刻在了他的心中。

每一个战友都是他心中的痛，甚至不逊于他心中的那个她带来的痛。

此刻，也只有70度的原浆才能让他安静下来。

"战友战友亲如兄弟，革命把我们召唤在一起……"

醉意蒙眬间，他情不自禁地哼起了这首歌！

微微闭合的眼角不知不觉地流下眼泪来。

……

第十五章　超越绝对0摄氏度

卧室的面积不大，双人床、衣柜以及叠放在一起的整理箱占用的大部分空间，再加上刘天昊和虞乘风，几乎占满了整个空间。

双人床算是整个公寓内最整洁的地方了，枕套、床单和被套图案统一，淡蓝色的底色，花纹朴素，自有一种冰凉清新之感。三件套几乎是崭新的，被子叠放好放在床头，枕头放在被子上，从被套和床单仍然可以看出横竖相间的褶皱，间隔约有一尺多，显然是从包装里拿出来才没多久。

刘天昊贴近观察，闻到崭新床上用品特有的味道，其间还混杂着若有若无的淡雅香水味儿。

"最近有人住过。"刘天昊自言自语道。

"昊子，你看这个！"虞乘风在整理箱上发现了一份《NY市晨报》，日期是今天。

"今天早上这儿还有人。"刘天昊再一次缩短了时间范围。

"客厅里飘着灰网，卧室却换了崭新的三件套，这不矛盾吗？"虞乘风提出了疑问。

"我觉得这恰恰说明了居住者的想法。"刘天昊分析道,"居住者购买了崭新的三件套,说明她觉得屋子里脏。但是你注意没有,三件套上并没有闻出洗衣粉或是清洁剂的味道。正常情况下,刚买的床上用品并不干净,多数人都会洗后再铺盖,可居住者没洗。这说明时间太仓促了,她没时间清洗晾晒,要不是她实在不愿躺在发霉的旧床单上,她也不会临时买新的了。"

"那她为什么不住店呢?"虞乘风随口问道。

"如果居住者和这两件案子有关,担心暴露身份肯定不会住酒店!"刘天昊蹲在床边翻着纸篓,纸篓里有几张揉成了团的废纸,其中的一张是便笺纸。

便笺纸应是从 64 开的记事本上掉落下来的残页,最难得的是,上面可以看见中性笔写着的娟秀的字迹!只可惜,上面本来只有寥寥几个字,还被反复划得密密麻麻,原来的字迹基本看不清了。

"写的是什么?"虞乘风疑惑道。

刘天昊举起纸片说道:"这种小本可以随时揣在衣兜里,便于携带,想到什么拿出来就能写。虽说现代电子技术发达,智能手机普及,却还有些人坚持使用传统的方式记录。"

"可惜这上面的字看不清了。"虞乘风颇为惋惜。

"应该是居住者走得匆忙,忘了倒纸篓。"刘天昊将纸片翻转了过来,冲着灯光仔细观察,在看似乱七八糟的划痕背后,有几个模糊的字迹还是透了出来。

刘天昊就是刘天昊,不但有强悍的逻辑推理能力,更有其独到的观察力。纸上的划痕在他的眼中慢慢变淡,留下几个模糊的字迹逐渐显露出来:幸福大街。

刘天昊查看过冷仙琦的资料,对她的笔迹非常熟悉,隽永工整的字体让人印象深刻。而这张纸上的字体,与冷仙琦本人的字迹完全一致!

虞乘风见刘天昊嘴角露出笑意,便知道定有收获。

"她的目标是幸福大街。"刘天昊说道。

"幸福大街区域很大，还有一些分支，找一个人可不容易。"虞乘风觉得毫无头绪。

"冷仙琦，冷……雪花片……雪花！"刘天昊头脑飞速运转。

……

幸福大街是为数不多的贯穿 NY 市区南北的主干道之一，道路两侧既有住宅区和商业中心，也有学校、医院及工厂，社情复杂，人口密度很大。

大切诺基驶入繁华地段，车头转弯，街边甚是醒目的"雪花，勇闯天涯"的巨幅广告映入眼帘。

"冷仙琦要去的不会是雪花啤酒厂吧！从前面路口左拐再走 3 公里就是了。"虞乘风边开车边说着。

"直走。乘风，我问你一个问题，雪花怎么才能杀死人？"

虞乘风歪着脑袋想了想道："如果很多的话，可以把人冻死！"

刘天昊道："有时候也不能想得过于复杂，那样反而会抓不着头绪。"

虞乘风挠了挠脑袋："冷库？"

刘天昊意味深长地点了点头："对，冷库。"

……

在希腊神话传说中普罗米修斯是火神，偷了火种给人类，让人类可以在漆黑的夜晚拥有光明和温暖，让人类能够在寒冷的严冬得以生存。

冷虽不是人类最大的敌人，却足以致命。

寒风来临时，人们可以穿上厚厚的衣服，也可以躲进坚实的房间，还可以生起一堆篝火，再烤些美味的肉。

可人心寒了，任你火焰再高也暖和不起来。

孤魂的体温已经从 40 摄氏度降到了 38 摄氏度，但他还是感到阵阵发冷，薄薄的军用被已经将他裹得严严实实，却还是感到四处透风。

他不时地打一个喷嚏，还顾不上流下来的鼻涕，紧接着几声咳嗽把他的脸催得通红。

每次生病，他都能体会到她在生命最后那点时间里的恐慌，身体由外到内而冷，人心却是由内到外而冷。

在梦境里，他总是不顾一切地扑向她，想抱着她给她温暖，可他跑得越快，她离他的距离就越远。

她苍白的脸色和颤抖的嘴唇令他的心滴血！

身体的冷一杯热茶、一堆篝火、一床棉被就可以解决，但心冷呢？

能让人有瞬间掉入万年冰窟感觉的不是自然界的寒冷，而是人心。

超越绝对 0 摄氏度！

……

第十六章　水晶美人

刘天昊有一种预感，凶手正在行动。

高鹏宇案和谷艳萍案已是公开的秘密，如果冷仙琦是下一个受害者，她明知道有危险，为什么还要勇于赴死？

夜幕降临速度甚至不输于刘天昊思考的速度，NY 市的夜景很迷人，甚至让人能忘了所有的烦恼。

巨型冷库位于幸福大街的末端，隶属于远海公司，主要是为加工好的海产品做中转用。

冷库的大门已敞开，门卫老大爷倒在椅子上一动不动。刘天昊心中暗道不好，急忙上前查看，幸运的是，老大爷只是受到袭击而昏迷，没有性命之忧。

在这场死亡竞赛中，他的团队再次败北，与此同时，他的好胜心也被挑了起来！

"子弹上膛，遇到反抗可以随时开枪！"刘天昊下了命令。特警队员们都知道这道命令的分量，一旦开枪造成误伤，刘天昊肯定要背个处分，甚至会因此脱下警服。

但他不敢拿战友的生命做赌注！

在刘天昊示意下，特警队员们一马当先开道，其余人也掏出配枪紧随其后。

冷库的面积很大，一阵阵白雾从半开的大门飘了出来。两名队员合力打开大门，其余人早已打开手电筒相互掩护着冲了进去！

……

美人终归是美人，哪怕是被绑起来，也会有其独特的美感。

她被麻绳绑在一把椅子上，浑身上下只有一套黑色的内衣裤，挺拔的胸部配合着镂空的胸衣，让人看了血脉偾张。

她从头到脚都是湿漉漉的，几乎快凝结的水顺着发梢滴落，胸口部位还有微微可见蒸腾的热气升起，持续带走女人的体内仅存的热量。

女人的皮肤很白，头发上和面部已经开始凝结出一层细细的白霜，尤其是长长的睫毛，一根根地翘立着，看起来漂亮极了，仿佛一尊水晶美人雕像。

遗憾的是，几乎看不到她有任何呼吸，整个人应该是陷入了休克状态。

在场的男警员几乎被这种美惊得也停止了呼吸，冷库内安静极了，甚至连制冷剂在管道中流动的嗡嗡声也被她的美震撼而停止。

众队员立刻四下散开，做地毯式搜索，排除危险项。

她的双手被反绑在椅子后面，右手握着一朵粉色的杜鹃干花，杜鹃花沾着水，结结实实地冻在她的手上，通过冰晶，可以看到花瓣上用黑色中性笔写着"rd"，左手上冻着一个真空包装的绿色小袋子，里面的东西看上去方方正正，包装袋上面印着四个字：压缩饼干。

是冷仙琦！

刘天昊伸手按在女人的脖颈动脉处："孟丹，快，她还活着！"

本已经把验尸工具拿出来的韩孟丹神色一怔，来不及收起工具，便上前查看女人的情况，熟练地给女人做了基本检查，随后说道："身体有大面积的冻伤，无明显外伤，但脸色苍白，腹部有异常鼓起，可能有内伤，生命体征极其微弱，要尽快送往医院抢救，也许……还有一丝希望！"

刘天昊幽幽地叹了一口气，他知道韩孟丹这句话的意思，一名常年和尸体打交道的法医，要是说出这种话，恐怕当事人离死亡就不会太远了。

但无论如何，都要做出最后的努力，正如韩孟丹所说，也许上天眷顾会出现奇迹！

韩孟丹和几名警察小心翼翼地把女人身上的绳子割断，连同前来随队增援的救护车上的大夫将冷仙琦以最快的速度送往医院。

"尽可能保住她的命，实在不行……"刘天昊说到这儿顿了一下。

韩孟丹点点头，她知道他的意思，实在不行也要让女人清醒过来，哪怕一刻也好，以便问出凶手的信息，这样做虽然不人道，却能够抓住凶手讨回公道。

目送着韩孟丹等人离开，刘天昊心里并不轻松。负责搜索仓库和周边的几个小组陆续用对讲机汇报，除了门口被打晕的保安大叔之外，未发现其他可疑人员或被害人。

刘天昊长出一口气，收起了配枪，和虞乘风等人也穿戴上了鞋套等必备物品，开始走近那把椅子。

椅子、捆绑、虐杀！

只不过这一次的被害人生死未卜。

忙乱过后，众人才感觉到冷库中刺骨的寒意，连呼吸都带着白汽，可想而知，冷仙琦只穿着内衣裤，身上又淋了水在零下30摄氏度的冷库中的感觉。

属地分局紧急协调过来一批警用棉服套在了刘天昊等人的身上，这才令众人暖和了一些。

虞乘风冲着手哈了哈气，说道："昊子，你也别沮丧，咱们越来越接近凶手了！"

刘天昊没有说话，蹲下身子，凝视着杜鹃花和压缩饼干出神，嘴里嘀咕着："rd，third，第三个……"

虞乘风看着压缩饼干直挠头："压缩饼干又是什么意思？"

刘天昊摇摇头，凶手虽说留下了杀人预告，但范围太广，很难靠猜就猜出来。他不敢轻言，只好再次仔细地勘查了现场的每一处角落。

冷仙琦被捆绑椅子的周边，留下了两个人的鞋印，其中一个和冷仙琦公寓里的鞋印一致，基本可以认定是她本人的。

另一个鞋印大约 43 码，从大小和脚印深浅上分析，此人身高大约 180 厘米，体重约为 70 公斤，和高鹏宇死亡第一现场推断的一致，但这个清晰的足迹在之前的两个现场从未出现过，这对于线索很少的刘天昊而言，算是个喜讯。

椅子旁边的货架上，发现了一处血迹，虽然很不起眼，却包含了难得的指纹信息！

听了刘天昊的推理分析后，虞乘风显得有些兴奋："凶手也不是无懈可击！"

"冷仙琦身上有伤口吗？"

"好像没有……不过孟丹不是初步检查过了嘛，说是内出血！"虞乘风不敢肯定。

刘天昊道："冷仙琦内衣虽然被水浇透后几乎结冰，未见有性侵的痕迹，她的身上和面部也未发现伤口和血迹，那这处新鲜的血迹和指纹可能是凶手的。"

"总算抓到他了！"虞乘风咬着牙说道。

现场的勘查已基本结束，刘天昊挥了挥手示意大家退出冷库，随后说道："从作案动机上分析，高鹏宇和谷艳萍还有生死未卜的冷仙琦，他们早年就认识，而且彼此之间男女关系复杂。高鹏宇的香艳视频中也提到了，在若干年前发生了一件让高鹏宇和谷艳萍都不愿提及的敏感往事。现在看来，冷仙琦也很有可能牵扯其中。凶手有很大概率是当年这几个人的相识，而且与那件事也有着密不可分的关系。"刘天昊说道。

"有道理。"虞乘风点点头。

刘天昊接着道："凶手放着高鹏宇价值连城的收藏品不拿，又没有对两个虽然人到中年却风韵犹存的美貌熟女动歪心思，可以说不贪财、不图色。我们之前甚至怀疑过凶手是女性，这样就可以解释敲碎高鹏宇某器官以及没和谷艳萍发生男女关系等异常行为。可今天，清晰的男性脚印否定了之前的这个推断。"

"不贪财、不图色，最有可能的就是仇杀了。"虞乘风说道。

"高鹏宇和谷艳萍的死状惨烈，如果不是咱们及时赶到，冷仙琦将在无法动弹的情况下被活活冻死，每种死法背后都暗含着极强的象征意味。"刘天昊说道。

"视频中高鹏宇和谷艳萍忌讳的那件事。"虞乘风说道。

刘天昊点头道："三个被害人不是身强力壮就是武术高手，但三人在凶手面前几乎没有还手之力，尸检未发现死者体内有麻醉药等成分，这就意味着凶手是个搏击高手，可以轻松解决三人。"

"也许凶手有枪，持枪胁迫被害人，再将被害人控制住。"虞乘风提出了另一个想法。

"不能排除这种可能性，如果凶手有枪，那将更加危险！不管哪种情况，都要尽快抓捕嫌疑人，结束这场死亡竞赛！"刘天昊双眉紧锁。

"各小组注意，凶手可能拥有强力杀伤武器，是极度危险人物，搜索过程要提高警惕，注意安全，遇到危险可省略程序直接开枪！"虞乘风毕竟是老刑警，在推理方面他不如刘天昊，却是名指挥的好手。

"收到，明白！"

对讲机传来咝咝啦啦的声音。

……

电台也经常发出咝咝啦啦的声音。

在那个物质极度匮乏的年代，一部电台已经是一个连队拥有的唯一和外界联系的奢侈品。

枪声稀稀落落。

战壕内却异常安静，一名年轻的战士端着枪警戒着，腰间别着手枪、身着干部服的人在电台边上侧耳听着。

年轻的战士很像孤魂，但那时他还不叫孤魂。

报务兵不停地敲击着：嘀嘀嗒嗒……嘀嘀嘀嗒……

战争已经到了僵持阶段，双方都已弹尽粮绝，但为了各自的国家、军人的尊严，没人肯撤退或投降。

哪一方能首先得到支援，就代表着胜利。

一颗炮弹呼啸而来，年轻的孤魂下意识地扑到了连长身上，三人几乎是瞬间被巨大的爆炸震晕。

一块弹片深深地刺进了孤魂的肺部，幸运的是，弹片紧挨着肺部的动脉，却没伤着。

年轻的孤魂终于醒来，他吐出一口血。一旁的连长被敌方两人的刺刀刺中腹部和胸部，连长一手掐住一个敌人的脖子，另一手中的三棱军刺刺在敌人的心脏部位，三人僵持着无法动弹。

"呀！"

孤魂爆发了，他拿着刺刀朝着两个敌人一阵乱捅，敌人终于慢慢瘫软下去。

"连长！"孤魂顾不得自己的伤势上前扶着连长。

连长冲着孤魂一笑，永远地闭上了眼睛。

"连长，连长，连长……"

……

伴随着剧烈的咳嗽，孤魂终于醒来，仓库还是那么安静。

"唔！"孤魂嘴角流出一丝血，他用手背抹了抹，笑了，红色的鲜血在雪白的牙齿间是那么显眼。

一旁的收音机早已没有声音，电源的红灯伴随着收音机嗞嗞啦啦的声音闪烁着……

第十七章　爱上孤魂

ICU 病房总是伴随着嘀嘀嗒嗒的声音，那声音象征着生命，一旦声音变得刺耳时，就意味着生命的结束。

一个美丽的女子躺在床上，脸上全无血色，甚至比雪白的床单还要白。毫无生气的身子连接着各种颜色的管子和细长的检测线。只有旁边显示器上微弱跳动的信号和不断重复的嘀嘀声，提示着人们这具美丽的躯体一息尚存。

厚实的玻璃窗外，刘天昊凝视着病房里的冷仙琦思绪复杂。

他祈祷冷仙琦不要死，虽然他是一名无神论者，这样的想法的确有些荒谬。

可刘天昊实在不愿眼看着一条生命就这样告别世界，也许她之前曾经犯过错，那就让法律来公正地宣判，而不要采取这样的方式。

冷仙琦现在能够躺在医院里而不是在停尸床上面临韩孟丹的手术刀，与刘天昊的及时发现是分不开的。虽然凶手仍然在逃，但从杀人狂魔的手中抢得了半条命，总算是个进步。

在刘天昊心中，始终认为让正义得到伸张，让坏人伏法是职业的不变信条，然而，如果能够在这个基础上去拯救生命、去帮助人，那又是一种不同的境界，也是他一直以来所追求的。

要是冷仙琦能够醒来，作为系列案件目前为止最为重要的证人，她所提供的信息必将是关键的，也许她的一句话，就能决定凶手能否最终被抓获。

冷仙琦的命不光是她自己的，背后甚至还关联着是否有其他处在危险之中而浑然不觉的人。

医生的话让有些萎靡的刘天昊精神一振，冷仙琦暂时性命无忧，很有可能在 12 小时内醒来，年轻的主任医师还是出于医学上的严谨嘱咐道："病人内脏受到过重击，已经引流并止血，生命体征仍不稳定。"

目送医生们离开后，刘天昊呼出一口气。

虞乘风走到刘天昊身后，轻轻地拍了拍他的肩膀："昊子，你都几天没好好休息了，去睡会儿吧。"

刘天昊感觉到头脑一阵眩晕，急忙咳嗽两声，晃了晃脑袋，这才清醒过来："好，那就辛苦你了！"

"放心吧！"虞乘风憨憨一笑。

刘天昊被虞乘风的乐观态度所感染，恢复了几分顽皮，说："要不我把文媛调来陪你吧，保证你不会困！"

虞乘风脸上一红，犹豫一下后才说道："别闹！"

……

大切诺基稳稳地在街道上行驶着，刘天昊打开车窗，凉爽的空气冲了进来，困倦和眩晕感霎时消失不见。

他突然想起了他。

刘天昊小时候遇到困难都会找叔叔刘明阳，刘明阳仿佛无所不能，能给刘天昊的任何问题做以解答。

好久没有见叔叔了！

刘天昊心中觉得有些愧疚，这段时间他忙于破案，几乎连睡觉的时间都很少，已经把叔叔忘在脑后。

……

NY 市监狱建在市郊两座大山之间，虽谈不上风景秀丽，却也是绿树成荫。

刘明阳直溜溜地坐在接待室，手上那副明晃晃的手铐巧妙地遮掩在衣袖里。身后的警察冲着刘天昊点点头，把头撇向一边。

"你不该来看我！"刘明阳的眼神依然犀利，看得刘天昊有些不自在。

"你是我叔，无法改变。"刘天昊回道。

刘明阳一笑："你长大了，能反驳我的话了。"

"人都会长大，也会变老。"刘天昊看向叔叔已经有些发白的鬓角，心里一阵痛。

"你的事我从电视上都看到了，好样的！"刘明阳竖起了大拇指。

"叔，以前的案子我总是能发挥自如，可这件案子……我有一种有力使不出的感觉，无从下手，所以……"

"所以你来找我？"刘明阳问道。

"我也想您了！"

"要不是你来，我都忘了我曾经是一名警察。"刘明阳苦笑一声。

"叔……"

刘明阳摆了摆手，手铐随着动作露了出来。

"案子我从新闻都看到了，王佳佳很有意思，你应该多和她接触，也许会有意想不到的收获。另外，这种预告杀人案往往凶手智商比较高，以一种猫捉老鼠的心态作案。"刘明阳缓缓地说道。

"猫捉老鼠？"

"你们是老鼠！"

刘天昊干笑了两声："怎么破解？"

"你总是皱着眉头疙瘩怎么破？"刘明阳笑着说道。

"哦……"

"从前那个欢乐的小昊子去哪儿了？他不回来，案子破不了！"刘明阳意味深长地说着。

两人沉默了好一阵，直到一旁站着的狱警咳嗽一声，把手表示意给刘天昊，轻声说道："刘队，已经超时了。"

刘天昊眉头逐渐舒展开，说道："谢谢叔！"

刘明阳起身离去，临出门前冲着刘天昊做了一个奋进的姿势。

……

刘天昊的心情好了不少，开着车在街道上行驶着，电话铃声响了起来，韩孟丹的声音从话筒传出来："听你的声音语气轻松，冷仙琦醒过来了？"

"没有，只是想通了。"

"冷库中的血迹和指纹都化验对比了，没有结果，这只能说明一个问题，凶手没有案底，也没有任何身份录入！"

黑户！

"我现在正赶往医院，我预感她很快就会醒过来。"刘天昊说道。

"嗯，但愿吧！"

……

铁打的汉子也无法抵御源源不断的疲倦，虞乘风几乎是处于半睡半醒的状态，头一歪就醒过来，过一阵头又慢慢歪过去。

刘天昊悄悄地走到虞乘风面前，轻轻地咳嗽一声。

虞乘风一惊，几乎是下意识地掏出配枪上膛瞄准前方，整套动作一气呵成。

刘天昊赶紧躲开枪口，半开玩笑道："别开枪，队长——是我啊！"

虞乘风清醒过来，十分配合地说道："我当是谁呢！原来是你小子啊！"说着把枪放回枪套里。

这是当年陈佩斯和朱时茂在春晚小品里的经典片段。前一阵子刘天昊和虞乘风一起在队里值班，把一个嫌疑人送到看守所之后已经是后半夜，他俩都睡不着了，于是无聊之下在值班室看起了电视，正好放到这一段，逗得他俩前仰后合。

他俩已经不记得，多久没这么放松地开开玩笑了。

刘天昊把一个汉堡递给虞乘风。虞乘风也没客气，拿过来狼吞虎咽地吃着。

"你恢复状态了，不错。"虞乘风坐回椅子上，边吃边说道。

"人还没醒吗？"刘天昊微笑道。

"还没，我看你的眼皮发沉，让你回队里睡会儿你还不干……"虞乘风汉堡吃得太急有些噎得慌，赶紧喝了口矿泉水，接着道："你坐在这儿眯一会儿，有事儿我喊你。"说着，虞乘风把大衣扔给刘天昊。

一旦稍微放松下来，刘天昊忽然觉得整个身体好像散了架一样，极度疲乏加上头晕目眩。他不再推辞，斜靠在已经被虞乘风坐出温度的塑料椅上，用大衣盖住上半身，缓缓地闭上眼睛。

困意，犹如排山倒海般袭来……

"昊子，冷仙琦醒了！"刘天昊在蒙眬中听到了虞乘风的声音。

刘天昊弹簧一般跳了起来。

"大夫还没出来呢。"虞乘风手指 ICU 病房的方向。

刘天昊透过玻璃向屋子里望去，几名年纪稍长的大夫出现在了病房里，而且在他们的簇拥之下又多了一位花白头发的老医生在详细观察冷仙琦的状态，看样子应该是个专家。

老医生俯下身体向冷仙琦询问着，冷仙琦两眼却是一片茫然，不住地摇着头。

冷仙琦状态显得极度虚弱，面色惨淡如纸，但她毕竟醒了，只要挺过了这一步，接下来的恢复就不是问题了。

在病房大门开启的一刹那，刘天昊一个箭步冲了上去。

"我说你这个小同志啊，着什么急。"最先走出来的老专家扶了扶金丝眼镜，挡在刘天昊面前，说道，"病人的状态极不稳定，五脏六腑虽未破碎，却不断地向外渗血，这……以目前的医学还无法解释。"

刘天昊本想叹一口气，想起叔叔的话，他眉头上的疙瘩渐渐舒展开。

按照老专家的诊断以及凶手是武学高手的推断，冷仙琦很可能受到凶手打击，而导致受了严重的内伤。

老医生咂了一下嘴，眼睛瞥了瞥病房里面，小声说道："另外，病人的精神状态有点问题，不太……不太正常，完全不配合治疗，我认为有必要先进行心理干预。"

刘天昊第一时间想到了大师姐赵清雅，她是 NY 市数一数二的心理专家，如果能出马，心理干预和询问可以同时进行。他看了看手机上的时间，已是凌晨 1 点半，犹豫了一下，还是拨了电话。

"喂。"慵懒而富有女生磁性的声音从话筒传来。

"师姐，是我。"

"知道，大半夜的你干吗？"大师姐蒙眬状态的声音很具有诱惑力，走廊又很安静，一旁的虞乘风听得清清楚楚。

"咳咳……师姐，我有重要的事求助。"

"队里好几个心理师、谈判专家，你非得找我。不行，得睡觉，老得快没人要啊！"

"这事儿必须得是 NY 市排名第一的心理专家才行。"刘天昊拍着马屁。

"唉，好好的一个觉又没了，请姐姐吃早餐啊！"

"行，没问题！"刘天昊放下电话，冲着虞乘风挤了挤眼睛。

……

在生死边缘徘徊的女人再次睁开眼睛，她面容憔悴，两眼空洞无神地望向天花板，不知她的思维是由于太过混乱还是暂时停滞，总之，她表现出来的，是有些过了头的平静。

刘天昊和赵清雅轻手轻脚地搬来两把凳子坐了下来，生怕弄出多余的响动而干扰冷仙琦脆弱的神经。

刘天昊清了清嗓子，率先打破沉默："冷女士！看到你能够苏醒我们真的很高兴。哦，我们是市局刑警大队的，我叫刘天昊，这位是我的同事赵清雅。"

冷仙琦没有任何反应，只是眨了几下眼睛。

刘天昊的语气比平时要显得柔和得多："非常抱歉，按说你刚苏醒，不该打搅。可在你之前，NY 市接连发生了两起虐杀案，凶手的手段极其残忍，你是第三名受害者。"

冷仙琦的眼睛终于动了动，看了一眼刘天昊，又看了一眼赵清雅，随后又恢复平静。

刘天昊接着道："我们需要你的帮助！"

冷仙琦嘴唇动了动，但没发出声音。

刘天昊脸上满是焦急之色，他原本以为冷仙琦苏醒后就可以说出嫌疑人的信息，却不成想竟是这样。

"冷女士……"

赵清雅立刻拍了拍刘天昊的胳膊阻止了他继续问话。

"她有点不对劲儿！"赵清雅凭借着职业敏感说道。

冷仙琦突然双手抱住头，缩在床的一角，表情异常痛苦道："痛！好冷！痛，冷！"

话音未落，冷仙琦开始抽搐起来。

赵清雅急忙按下了呼叫医护人员的按钮。

值班大夫和护士很快赶来，立刻对冷仙琦进行抢救。一名护士很有礼貌地向刘天昊和冷仙琦做了个"请"的手势。

……

王佳佳和助手穿着厚厚的军用棉大衣走进冷库。

冷仙琦已经被送到医院，现场早已勘查完毕，警戒带散乱地放在一旁。那把绑着冷仙琦的绳子已经冻成一条条的冰棍，椅子上也结了一层厚厚的冰。

闪光灯不停地闪烁着。

王佳佳捏着一张字条，字条上写着：冷库。

她本来很自信，对一切自信，以为是能掌控一切的女王。没想到孤魂却是例外，如同魂魄一般，无处不在，却看不到摸不着。

她不知道孤魂的意图是什么，为什么要给一个网络媒体的记者提供杀人线索，又不让她报警？

号称"神探"的刘天昊在她面前，还有吊儿郎当但破案有如神助的齐维，她都能应付得绰绰有余，可面对孤魂时，有一种致命的无力感。

孤魂是完美的，以无懈可击的姿态出现在她的生命里。

她甚至感觉自己有些爱上孤魂了，这种感觉和刘天昊的感情不一样，说不出但又让人心痒痒。

也许不止一个女生喜欢孤魂吧！

王佳佳时常这样想……

第十八章　变色水杯的秘密

刘天昊心有不甘，但当他看到赵清雅否定的表情后，只好遗憾地摇摇头，起身走出了病房。

眼见着就要抓到凶手的尾巴，却不想老天爷又和他开了一个玩笑。

赵清雅跟了出来，稳了稳情绪说道："我看过患者的诊断记录，送来时她已陷入昏迷状态，体温严重偏低。她能苏醒已是奇迹了。长期在低温状态下，她的大脑是否遭遇了不可逆转的损伤还无法确定。"

"大师姐，这儿就拜托你了。"刘天昊郑重其事地说道。

赵清雅微微点头，说："没见过你这么严肃！"

刘天昊嘿嘿一笑，转身离去。

……

刑警大队的会议室里气氛冷清，刘天昊三人坐在一起沉默着。

首先，以冷库为中心展开的搜索没发现有用的线索，凶手的反侦查能力很强，几乎不留踪迹。

其次，嫌疑人的指纹和 DNA 样本比对没结果，但已在公安系统内部发出了协查通报。一张生物信息准确的天罗地网已经全面铺开。

"从你的叙述来看，冷仙琦并未损伤神志，而是抗拒。"韩孟丹率先打破沉默。

刘天昊站了起来，在会议室里踱着步，说："对，冷仙琦外柔内刚，她把心灵大门关上了，谁都进不去，除非找到钥匙才行！"

"钥匙？"虞乘风问道。

刘天昊拿出了自己的车钥匙作比喻："她内心深处最柔软的地方，她最在乎的东西。只有找到这个，才能迅速与其拉近距离，消除她的敌意。如果我们能够在这方面帮助她，大师姐的工作就算成了一半。"

"说得倒是挺在理，但钥匙怎么找啊？"虞乘风说道。

刘天昊没有回话，再一次陷入了沉思。

作为一个女人，冷仙琦最在乎的到底是什么呢？

"冷仙琦的随身物品在哪儿？"刘天昊突然问道。

虞乘风猛然间有点儿没反应过来："在大队检查室的储物格里，已经登记好了。"

"去看看。"

······

冷仙琦的物品极其简单，远道而来的她，甚至都没有带上一个旅行箱，只有一个大号的背囊，这倒是出乎了刘天昊的意料。

"据之前的调查，冷仙琦是个资深驴友，独自一人远足旅行对她来讲是家常便饭，出门都只携带必需品，无关的东西一概不拿，这样做是为了减轻最大重量，以便于行走得更远。"虞乘风解释道。

刘天昊戴上手套，把背囊里的东西一样一样拿了出来。首先的就是品类繁多的各式护肤品，像刘天昊和虞乘风这样的糙老爷们儿，根本叫不上名字，再有就是一次性的床单、坐便纸甚至内裤，随身换洗衣物、充电器、手电筒、钥匙、杯子等物品，并没发现蕴含特殊意义的东西。

"看来冷仙琦有轻微洁癖，这些物品和她很匹配。"刘天昊自言自语道。

"没了。"虞乘风把背囊底朝上使劲抖了抖。

刘天昊端详着摆在桌上的东西，目光停留在了一个黑色的敞口杯上。

"乘风，你不觉得这个杯子有些奇怪吗？"

"怎么奇怪？"

刘天昊拿起了桌上的一款粉红色的保温杯，道："你看，据我所知，我手里的这款是日本产的高级保温杯，价格不菲。既然有了这个，她为何再带一个普通的敞口杯子呢？"

"对呀，瓷杯还容易破碎！"

刘天昊拿起敞口杯仔细端详，发现杯身上有鸡蛋大小的一块儿面积剐蹭过。

他好像想到了什么，可想法又像飘浮在空中的蒲公英，你伸手去抓，它反而躲开了。

刘天昊盯着杯子喃喃自语道："可能是这样！"

话音未落，刘天昊拿着水杯向外跑去。

……

随着热水缓缓注入，杯子慢慢地发生了变化，杯子上原本的黑色逐渐褪去，一幅图案出现在刘天昊眼前。

这是一张照片，像素不是特别清晰，中间是一个包裹在襁褓中的婴儿。婴儿的左边应该有一个人，不过那个人的位置正是刚才刘天昊发现的杯身被剐蹭严重的部分，只露出半只手虚扶住孩子。而怀抱着婴儿的正是冷仙琦！

"原来是这样！"虞乘风惊讶道。变色杯算不上高科技，却没想到刘天昊能从细节上发现敞口杯的不同。

照片上的冷仙琦容颜无可挑剔，看样子应该在 30 岁左右。

"冷仙琦有孩子？"虞乘风吃惊道，"可资料里没显示啊！"

"高鹏宇有个影集，里面就包括一张他和一个男孩的照片，照片里的男生大概中学生的模样。当时并没引起咱们的注意。现在看来，男生很有可能是高鹏宇和冷仙琦的孩子，而敞口杯上被划掉的人，就是冷仙琦不想再看到的高鹏宇。"

"高鹏宇无后，为什么不承认这个儿子呢？"虞乘风有些摸不着头脑。

刘天昊摇头："人有了钱，就会有很多秘密。"

"下一步怎么办？"

"案件与复仇有关，既然是复仇，就一定有源头案件……"刘天昊还未答话，手机却先响了起来。

"小师弟，你这回得好好感谢我。"大师姐赵清雅的声音从话筒传了出来。

"有好消息了？"

"好消息谈不上，但至少不是坏消息。冷仙琦大脑并未受损，我利用了几种手段进行测试，得出的结论就是她头脑没问题。"

"太好了，能让她开口吗？"

"坏消息是她很抗拒，软硬不吃，我还需要时间。"

"明白，也许我可以让她开口。"

"你？"赵清雅一副不太相信的语气。

"打个赌。"

"赌什么？"

"一顿麻辣小龙虾吧，刑警大队旁边惠安街的那家，丑小鸭龙虾店。"

"行，大师姐我要有口福了！"

……

孤魂打赌从来没输过，因为他从来不打没有把握的赌。

那一次他追杀了目标人物 30 多里地，那是在一片荒芜的沙漠里。

如果两个人继续跑下去，就会深入到沙漠内部，到那时，就算对方不出手，也会死在沙漠里。

目标人物是超级赌徒，赌术高明，体力却不好，实在跑不动了就停下来，拿着枪和孤魂僵持着。他提出要和孤魂打赌，赌注是两人的命。

他既然敢号称超级赌徒，最擅长的就是赌博，他原本是想拖延时间，等体力恢复了继续逃跑，跑到属于他的地盘，然后拿下孤魂，逼问他谁是雇主。

令他想不到的是，孤魂爽快地答应了。

赌局很简单，猜单双。赌局由孤魂出，题目由对方拟订。

"我猜你的手指是双数！"超级赌徒得意地笑着。

孤魂一声冷笑："你输了，看看吧。"

孤魂把左手伸出来，晃了晃，五根手指。

超级赌徒笑了，示意他拿出另一只手。

孤魂动了，寒光一闪后，一把军刀钉在了超级赌徒的咽喉上，孤魂的左手小手指也不见了踪影，鲜血泉涌般流了出来。

"我从不骗人，九根手指！"孤魂慢慢伸出右手把超级赌徒咽喉上的军刀拔了出来。

……

第十九章　回光返照

刘天昊盯着压缩饼干愣神，虞乘风拿起一块打开的压缩饼干吃着，嘎嘣嘎嘣的声音在办公室里格外响。

"味道不错，你尝尝。"虞乘风递给刘天昊一块。

刘天昊摆了摆手："找不到凶手破绽，参悟不透压缩饼干的意思，冷仙琦又不肯开口，现在只剩下查源头案件这一项了。"

"说不定能吃出点线索呢？"虞乘风拿起一块饼干继续吃着。

刘天昊气得差点没笑出来，想了想也有道理，与其在这儿愁眉苦脸地干待着，还不如吃点东西补充一下能量，说不定还能找出点灵感出来，于是接过饼干咬了起来。

"我安排那事儿怎么样了？"刘天昊边吃边问道。

"告诉文媛了，很快就能有结果。"虞乘风喝了一大口水，说到技术科时，他突然想起姚文媛，想起她身上若有若无的香气，想起她红扑扑的脸蛋儿，想起她温柔似水般的模样。

想着想着，虞乘风就咧着嘴干笑了起来。

"想什么好事呢？分享一下呗！"刘天昊看到虞乘风的样子估计得十有八九。

虞乘风连连摆手，生怕被刘天昊看破。

"你们俩研究什么呢？"姚文媛的声音从外面传来。

话音未落，姚文媛走了进来，端着一杯咖啡放到虞乘风的桌上。

"呀，好香啊！"虞乘风看到姚文媛后心情大好。

"哎，你是说咖啡还是说她？"刘天昊顽皮了一把，弄得虞乘风立刻变成了一个大红脸。

刘天昊又盯着虞乘风面前的咖啡问道："文媛，光有他的没我的呀？"

姚文媛抿嘴笑了笑，没正面回答刘天昊的问题，反问道："刘队，你总欺负他，不怕他出工不出力吗？"

刘天昊哈哈一笑，说道："得得得，这还没过门呢，开始帮他说话了啊！"

姚文媛脸一红："这是你要的资料，我走了。"

姚文媛把一沓资料放在刘天昊的桌子上，瞄了一眼虞乘风后转身离去。

"我送送你！"虞乘风急忙起身，跟着姚文媛走了出去。

刘天昊看着二人的背影轻叹了一口气，拿起资料看着。

资料证明了他的分析是正确的。高鹏宇和男孩照片中的男孩与一名叫狄鹏飞的男生很像，狄鹏飞现在正在英国留学，他在国内的户口信息中显示其父母都是普通人，父亲是高鹏宇的一个远亲，而他之所以能够拿得出高额的学费，都是源自某个神秘富豪的资助。

很明显这个富豪就是地产老总高鹏宇。

技术科收集了一些狄鹏飞的体检照片，发现其左侧大腿有一处红色枫叶状胎记，正是冷仙琦的孩子！

刘天昊立即动身前往 NY 市中心医院，一边开车一边和赵清雅通了个电话，把掌握的情况一五一十地说了出来。

赵清雅的语气显得有些兴奋："有了这些，让她开口的把握大了很多。不过你也得做好心理准备，她的身体状况不太好，医生说她随时可能再次昏迷，甚至……"

"我明白！"刘天昊加大油门，大切诺基飞一般地蹿了出去。

他要争分夺秒，因为死神随时可能降临，随时会把冷仙琦夺走，那将意味着好容易争取来的线索又会断掉。

……

NY 市中心医院的住院部，走廊里充斥着消毒水的气味。由于阴天的缘故，走廊里点着灯，光线惨白而阴冷。偶尔走过来的病人或家属无不行色匆匆，面色沉重。

赵清雅和刘天昊做了简单的沟通，随后来到 ICU 病房。

冷仙琦面色蜡黄、神色憔悴，因为拒绝进食，只好靠着输液维持着，看见刘天昊和赵清雅后，她把头扭向了另一侧。

刘天昊拿出能变色的敞口杯，倒满热水，递到了冷仙琦的面前："喝点水吧！"

冷仙琦依然没有任何反应，甚至连看都不看一眼。

刘天昊用手指在敞口杯上轻轻弹了一下，敞口杯发出特有的声音。

冷仙琦耳朵动了动，转头向刘天昊望去，当看到敞口杯的一刹那，她愣住了。

"给我！"她终于开口了，并且伸手要去夺下那个杯子。

刘天昊没有躲避，事实上，他所站立的距离恰到好处，除非冷仙琦从病床上下来，否则根本够不到杯子。

刘天昊将杯子放到了身后空病床边的小柜子上，由于温度升高，杯子的黑色已经褪去，露出那张冷仙琦和小孩的照片。

"孩子生活得很好。"赵清雅尽量把语气放平缓。对于冷仙琦的状态只能引导着她说出事情真相，而不能强迫。

冷仙琦的泪水瞬间湿了眼眶，她用手掌捂住嘴，尽量不让自己哭出声，然而细微的抽泣还是从指缝间传了出来："他在哪儿？"

刘天昊直接回答道："在英国读书。"

"谢谢！"她沙哑地说出了这两个字。能听得出来，她的语气很真诚，随即她再也抑制不住情感的闸门，放声痛哭起来。

赵清雅叹了一口气，说道："作为女人，我非常理解你，但我需要知道凶手的线索，你能帮我吗？"

冷仙琦缓了好一阵，才停止哽咽，微微点了点头。

刘天昊心领神会，缓缓把床头摇高。

冷仙琦捋了捋前额的刘海儿："说来话长，当年那件事……唉。"

刘天昊脸上焦急之色顿显："您能不能……"他双手比画了一下，意思是想让她快点讲凶手的事情。

说到这里，她停顿了一下，喘了几口气，面色显出病态的嫣红，显然还没有从刚才剧烈的情感波动中走出来："该来的早晚要来，这也不能怪他，都是我们这些人造的孽！他很厉害，我完全不是他的对手。"

赵清雅暗中掐了一把刘天昊，轻声安抚着冷仙琦："别急，你慢慢说……"

刘天昊掏出了录音笔，打开了录音按键。

冷仙琦咳了一阵，才说道："其实，我也叫不出他的名字，但我敢肯定，那一定是他，没人有那种不可一世的气势，也没有人有那种令人畏惧的功夫！"

冷仙琦开始渐渐激动起来，眼神乱摆，慌乱中又多了一丝恐惧。

"20多年了，可我还印象深刻……太恐怖了，那双眼睛，我始终也忘不了，他简直……"

话音未落，冷仙琦开始咳嗽，随后又抽搐起来，起初看上去像是痛苦过后的气息不顺，然而随即她的身体开始剧烈摇晃，甚至后背反躬而起离开床铺，根本不受控制，眼神也变得涣散。

刘天昊心中暗道不好，迅速按下了床边的呼叫按钮。

冷仙琦嘴唇翕动、微微颤抖，却只呼出细若游丝般的气息，再也吐露不出半个字来。

值班医生和护士风风火火地赶来，急救过程紧张快速，医生的指令声音洪亮清晰，其余医生和护士密切配合，各司其职。

刘天昊的思绪很乱，甚至比看到凶案现场的尸体还要忐忑不安，这是一种焦急掺杂着不甘混合而成的情绪。原本山重水复，突然柳暗花明，正想向着前路迈进，不料又横生变故。这样大起大落的情绪刺激，如果心脏不太好可能承受不来。

医生和护士们紧张地忙碌着，时间以秒来计算。然而放在刘天昊的眼中，还是显得太漫长了。他抬头下意识地望向走廊里的老式时钟，也许是没有秒针的缘故，时间似乎停滞了。时间仿佛又显得那样快，玻璃窗外的刘天昊，似乎从日等到夜，从春等到秋，病房里却好像什么变化都没有……

终于，主任医师停止动作，他缓缓转过头，望向窗外的刘天昊，慢慢地摘下口罩，苦涩地摇了摇头。

刘天昊长叹一声，用拳头重重地砸向走廊的墙壁。

主任医师走出病房，语气平和地说道："病人一直就没脱离危险期，内脏受损严重，能活到现在算是奇迹了。刚才的情况应该是回光返照……联系家属处理后事吧。"

主任医师轻轻地拍了拍刘天昊的肩膀，摇摇头走开了。

赵清雅碰了碰刘天昊的胳膊，两人上了车，发动引擎，车子行驶飞快，很快将医院远远地抛在身后。

汽车驶过了三个街区，两人谁都没说话，他们虽说见惯了生死，可眼睁睁地看着一个活人在面前，却只能无能为力地看着她死去，这种冲击绝不是看到案件中的尸体能比得了的。

在等一个红绿灯时，刘天昊打破了沉默："生命有时候真的很脆

306

弱！"

"你也不用太自责，已经尽力了，不是吗？"赵清雅轻声安慰着。

刘天昊微微点点头："师姐，谢谢你！"

赵清雅一笑："别客气。"

刘天昊对于赵清雅的感觉更像是弟弟对姐姐，虽说平时两个人嘻嘻哈哈，但他内心对她的依赖很强，当他遇到难题需要倾诉时，不由自主地会想到赵清雅。

他终于冷静下来，开车的节奏也恢复了正常。

虽说冷仙琦去世，但还是有收获。首先是冷仙琦的确见到过凶手，从她腹部上的伤势来看，应该和凶手有过搏斗，进而被凶手击打造成很严重的内伤。

再者是从冷仙琦的话里又得出当年那件事，虽说事件最终还是藏在水底，却得知凶手就是因当年那个事件令高鹏宇、谷艳萍、冷仙琦等人恐惧的那个人。

从冷仙琦的语气和神色能够分析得出，当年那件事情应该是高鹏宇等人对不起凶手，因此才导致今天的报复。

既然关联到当年那件事，也许从高鹏宇等人早年的社会关系可以得到线索。

想到这儿，他给虞乘风拨了电话："乘风，你帮我查查，高鹏宇、谷艳萍、冷仙琦年轻时有没有交集，在他们交集的时间段里，有没有发生过什么大事件？"

"好！"虞乘风答道。

高鹏宇是半黑半白的出身，成为大老板后，肯定对自己的从前比较避讳，会消除之前的一切痕迹，至于冷仙琦和谷艳萍应该也不愿意提起当年的事，而且在他们还年轻的那个年代，只有公职人员才会有纸质档案，普通百姓的档案也就寥寥几页纸。

……

王佳佳拿着手上的一页纸叹着气，这页纸所有的内容都是和孤魂有

307

关的，但内容只有两个字"不详"，这已经是她动用了全部力量得来的，却没有任何收获。

孤魂就像是真正的鬼魂一样，在这个世界上没有他的气息，也许只有地府的阎王才会知道他的存在吧。

此时的孤魂正坐在孤坟前，拿着一个破旧的牛皮纸档案袋愣着神，坟前有一堆快要燃尽的纸钱。

"他们就快要找到我了，但我还有事没做完，所以还不能让他找到，那个小伙子还行，经过磨砺后，也许会成为优秀的侦探，但现在，他不是我的对手。"孤魂念叨着。

一阵风吹来，快要燃尽的火焰又冒了起来，拼尽全力地压榨着最后一点能量。孤魂从档案袋中拿出一张照片，照片上是一张很旧的合影，合影中有一人是年轻的孤魂，站在正中央的军人和刘天昊相貌有些相似。孤魂把照片放在火焰上，照片立刻燃烧起来，瞬间变化为飞灰。

这是孤魂留在这个世界上最后一点东西，现在也随着火焰灰飞烟灭，除了孤魂自己，估计连阎王爷想找他也不太容易。

"死亡很简单，只要我想，他们根本活不到明天，但我要让他们感受到死亡的恐惧，他们的灵魂才会下地狱。"孤魂看着最后一张纸连同档案袋变成灰烬，这才幽幽地叹了一口气……

第二十章　麻木

刀越是锋利越容易受到伤害，只有经历过磨难之后，才会变成真正的宝刀。

天才的心理承受力和普通人没有太大的区别，但虞乘风作为老刑警，他的心理承受力绝对超强，这也是他留在刘天昊身边的作用。

"破案本身充满变数，不可能出现《名侦探柯南》那样的探案故事，很多案件最终因为证据缺失变成悬案。之前你破的几桩案件是因为案情相对简单，线索也有迹可循，这才令你快速破案，成了警界的宠儿。而眼前这桩案子，凶手不但拥有极高的智商，还极具实战经验，破案遇到障碍实属正常。经历过这些之后，他才会真正成长起来，连这点坎坷都挺不过去，何谈以后！"赵清雅的声音不大，却字字震撼。

刘天昊脸上出现少有的严肃，一直沉默着。

这次的案子比"画魔"一案对他的打击还大，凶手不但凶狠，而且非常狡猾，让他毫无头绪，只能被动地跟着，他一向无往不利，受打击后自然会出现心理问题。

"大师姐，你说得对，也许是我之前过于顺利了。"刘天昊感叹着。

话音未落，虞乘风冲了进来，边跑边喊："昊子，赶紧地，吉和家园小区刚发生一起命案，现场民警说可能和咱们的案子有关！"

刘天昊冲着赵清雅摆了摆手："谢了，大师姐！"

赵清雅看向刘天昊的背影，心情极为复杂。

……

吉和小区原本位于 NY 市城区的边缘，随着城市的发展，NY 市中心城区向四周扩张，吉和小区也变成了中心地带。

居住人口相对市中心要密集一些，一部分是早年间就在 NY 市工作生活的老市民，另一部分就是近几年涌入的外来人口，他们普遍经济收入不高，又有想在 NY 市区扎根的强烈意愿，而中心城区的房价他们又无法接受，只能退而求其次选择在此购房。还有一部分，就是在更偏僻的郊区工厂打工的流动人口，他们为求生活上的方便，就在吉和家园租房暂时安顿下来。

吉和小区是居住人员成分较为复杂的平民化小区。

不同于高鹏宇和谷艳萍居住的别墅区，吉和家园几乎都是 30 层以上的高层，人口密度很大，事发的住宅楼周围围观的群众很多。

好在属地公安处理得当，警戒线早早就拉了起来。即便如此，警戒线外的百姓仍旧密密麻麻，兴致高昂地向出事的楼层张望着，有的还举着手机录像或者拍照。

也不知道这些人哪来的大把空闲时间，你一言我一语地小声嘀咕，边说还边用手指指点点。有的老太太甚至领着刚刚放学回来的孙子一起凑热闹，老太太浑浊却热切的眼神下方是男孩清澈而茫然的目光。

对于这些，刘天昊早已见怪不怪。好事者别看现在表现得很积极，可询问案件线索时，却没人愿意回答，也没人关心，他们就像在看一场并不真实的电影一样，别人的生离死别对他们来说很有吸引力，足以作为近些天茶余饭后的谈资，至于他人死活，则与他们无关。

刘天昊忽然想起了鲁迅先生的《药》，无论到什么时候、哪个朝代，多事的看客都不会灭绝。

迎接刘天昊两人的是一名三十五六岁的警察，他敬了一个不太标准的礼："刘队，久闻大名。自我介绍一下，尹光，吉和派出所的副所长。"

"尹所，咱们边走边谈。"刘天昊做了一个"请"的手势。

众人在尹光的带领下走进了电梯。

案发现场位于该小区 5 号楼 2 单元 1402，这个单元每一层都是同样的两梯三户结构。出事的这家位于三户的中间，纯南向，一室一厅一卫，实际面积也就五十来平方米。房门敞开着，门两侧的墙上用红油漆喷着"还钱"字样，异常醒目。

一进屋子，虞乘风忍不住皱眉道："这屋里什么味儿啊？这么奇怪！"

刘天昊同样也察觉到了，房间里的味道很特殊，像是几种毫无瓜葛的气息拼凑到了一起，浓烈而又互相冲突，就好比一个女人上身穿着传统肚兜，下身穿着夏威夷草裙，脚上蹬着一双水靴，完全不搭。

细闻之下，空气中还透出凶案现场特有的血腥味，包裹着一层浓烈的空气清新剂或廉价香水的味道，呛得人鼻子不舒服。

进门左手边的墙上，挂着一个红色的中国结，显得很是喜庆，中国结下的流苏打成了结，显示着房间的主人爱国情结很浓。

正厅很小，进门右手边墙壁靠下的位置有一组简易的鞋柜。鞋柜里边的鞋数量不少，颜色都很鲜艳，但款式偏俗，一看就是廉价货。

鞋柜上面，摆放着一个白色的塑料瓶，上面贴着英文的商标，底下一行小字"免洗洗手液"。

"这主人还真爱干净啊。"虞乘风自言自语道。

鞋柜上方的墙壁上，用白色医用胶布贴着两个尺寸不小的海报，分别是球星贝克汉姆和当年国足的主力中锋杨晨，由于时间久远的缘故，海报的整体颜色都已经趋近于发白的浅蓝色，怀旧的气息扑面而来。

"是杨晨！"虞乘风很是惊讶，"现在岁数稍微年轻点儿的认识他的可不多。"

洗手间的面积很小，除了一个坐便器之外，只有很小的地方容纳着洗脸池和一个热水器。洗脸池上方摆放着两瓶洗手液，一瓶普通的，另一瓶是泡沫式的。

在洗手间的角落，有个稍大些的蓝色瓶子放在地上。纯蓝色的瓶身，大红色的瓶盖，瓶身周围贴着一圈塑料纸，上面写着"甲酚皂消毒液"。

"这什么东西啊？"虞乘风注意到了这个瓶子，上前闻了闻，又说道："就是这个味儿！"

"尸体在卧室，先去那儿看看吧。"尹光说道。

随着距离卧室越来越近，血腥气息也越来越浓。随即映入众人眼帘的是一幅骇人的画面。

不大的空间里被一张床占据了大部分面积，床上的被褥和床单都被扔在了地上，只剩下厚厚的席梦思床垫。床垫上放着一把带靠背的椅子，椅子上用麻绳绑着一个浓妆艳抹的中年女子。

她烫着大波浪头，妆化得很浓，显得很艳俗，厚厚的粉底也遮盖不住遍布脸上的皱纹。惨白的脸上分布着扭曲的五官，眼睛睁得很大，眼神骇人，嘴上被黑色胶布结结实实地缠了很多圈儿。

上身穿着粉红色吊带裙，与其年龄颇为不符。其双手被反绑在椅背，绳子打结的方式与谷艳萍和冷仙琦的如出一辙，一根钢管样的物体从其大腿根部插入，椅子供人坐着的一面被钢管穿过，钢管另一头较为尖锐，其上凝结着的血液已经干涸。

顺着钢管看下去，其下方的尖端部位距离床垫5厘米左右，整个床垫被流下来的血液浸染成了恐怖的殷红色。浓浓的血腥味道扑面而来。由于女子的血液几乎都被床垫所吸收，地面上看不见任何血迹。

刘天昊看到被鲜血浸湿的床垫就想起了上一次冷仙琦手中的杀人提示：压缩饼干。

厚厚的床垫、其中满是鲜血，从宏观上来看，这不就是一块压缩饼干吗？

沾满鲜血的压缩饼干！

刘天昊再次想到了鲁迅先生的《药》，其中华老栓买的人血馒头不也是和现在的这块"压缩饼干"有异曲同工之处吗！

……

人类便是这样，长时间缺乏紧迫感就会造成人性的麻木，例如在清朝后期，麻木的国人宁可沉浸在烟土产生的快感和幻觉中，也不愿意自强不息，对抗外来侵略者，结果遭受了西方列强凌辱，一片大好的河山被侵占，连圆明园这种瑰宝级别的建筑也被侵略者的黑手付之一炬。

民国时期，一个居民数以万计的县城居然被侵略国的几名士兵所统治，当这几名士兵挥舞着钢刀屠杀民众时，大部分人却在一旁叫好，因为每个人都觉得屠刀绝不会砍向自己的脖子，而死去的人也成为人们茶余饭后的谈资！

自己的命是命，别人的命不是命。

民众麻木不仁到如此程度，怎能不让人欺负？

孤魂是痛恨麻木的，因为麻木不但害了他，更害了他的亲人和兄弟。对于麻木，他从不盲从，他要拿起武器，用鲜血和生命来告诉人们麻木不仁的后果。

就算付出再大的代价，他都要完成他的心愿，哪怕只能唤醒一小部分人的良知也是值得的。

这个世界上很少有人理解孤魂的思想，所以他注定是孤独的。

王者不都是孤独的嘛！

……

第二十一章　残缺的海马

每一名新来的刑警在第一次出现场时都会面临这样的尴尬，队里新来的小赵猛地转身跑出房外干呕了起来，看架势不把苦胆汁吐出来绝不罢休。

虞乘风本来吃压缩饼干吃得比较多，喝了大量的水之后涨得胃里难受，听见小赵呕吐的声音险些跟着吐出来。

赶来的韩孟丹白了虞乘风一眼，上前开始初步的尸检。

刘天昊拉开衣橱的滑门，发现死者的衣服不乏一些上档次的牌子货，但似乎和死者的年龄、体态不搭。

除去挂着的长款衣服之外，其余的小件衣物都放在了衣橱左手边的抽屉里，每一层抽屉的正面都贴着一小块白色的胶布，胶布上用蓝色的圆珠笔写着诸如"袜子""丝巾"等标签。

他回过身来，又拉开了床头柜的抽屉。同样，这些抽屉也用相同的白色胶布贴着"工具""消毒""首饰"等字样。

打开写有"消毒"字样的抽屉，里边整齐地摆放着酒精、双氧水和碘伏等消毒液以及创可贴、棉签、胶布等，甚至还有绷带、纱布敷料和无菌手套。抽屉靠近右侧边缘放着一个透明细长的塑料圆筒，筒内装满了液体，液体中浸泡着两把细长的剪刀。

"这不是手术用的吗？"虞乘风感到莫名其妙。

刘天昊拿出圆筒，贴近仔细看了看，又用鼻子闻了闻，回头道："是酒精。手术刀浸泡在酒精里，可以相对简便地达到长期消毒的目的。"

最后一个，就是贴着"首饰"标签的抽屉了，耳环、戒指、项链等都放在一个个的首饰盒里，没有被翻动过的痕迹。女士手包里的手机、现金、银行卡等摆放得井然有序。手机设置了密码，虞乘风摆弄了一阵，最终还是没打开。

"依然是不贪财、不图色。"刘天昊自言自语道。

刘天昊缓缓关上抽屉，站起身重新审视着死者。

"是楼凤……"刘天昊自言自语道。

"刘队，啥是楼凤？"小赵刚刚从外面吐回来，见刘天昊没反应，又悄悄地碰了碰虞乘风。

"就是暗娼！"虞乘风小声地说道。

"小尹，被害人的身份确定了吗？"刘天昊转头看向片区警察尹光。

尹光翻开记事本，念道："被害人的面部特征完好，根据相貌，和人口信息进行比对，确定死者是目前这个出租房的租户庞广宏，女性，42岁，NY市本地人，无固定职业，无婚史，无子女，父母双亡，两年前独自一人来到吉和家园租房居住。房东是本地人，前年去了内蒙古定居，收房租都是采取网银汇款的方式。"

"报案人呢？"

"报案人在楼道里候着呢，两个高利贷公司的马仔，反复上门催债无果，以为屋里没人，直接把房门锁撬开了，进去看见了状况后报了警。不过，这是他们自己说的，我们还没有查证。"尹光说道。

……

楼道里，一高一矮两个年轻人尴尬地站着。身旁几名民警把上下楼的空间全都堵住了。

高个的小伙儿身材魁梧，但肌肉并不发达，更多的是肥厚脂肪和不成比例的大肚子，他留着大炮头型，黑色的背心紧紧地贴着身体，裸露的手臂和前胸遍布纹身，都是些老虎、骷髅、十字架之类的图案拼凑而成，显得杂乱无章。夸张的金链子坠在脖子上，手腕上的假货劳力士金表显得土气十足。

矮个子的小子20多岁，身材瘦削，身高不到1.7米，弯腰驼背，活像只大虾。他面色晦暗，一头蓬乱的长发泛出油光，好像有十来年没洗的样子。脸上呈现出与其年龄不相称的深深皱纹，深陷的眼窝又黑又青，目光黯淡猥琐，不敢和人正面对视。

刘天昊上前半步，凑到矮个身旁使劲嗅了嗅，察觉到他身上传来一股若有若无的骚臭味儿。

"警官，您这是做什么？"矮个子对刘天昊的行为有些不解。

刘天昊冷哼一声："我做什么也不吸毒，更不贩毒。"

矮个子愣了一下，嘿嘿地笑着。

"说说吧，你们俩干吗的。"刘天昊没给两人好脸色。

"我们是守法公民啊！"矮个子嬉皮笑脸地说道，"那女的欠钱不还，我们也是受害者啊！"

"认识一下，我是市局刑警大队的刘天昊，现在怀疑你们涉嫌故意杀人，吸毒及运输、贩卖毒品。"

"哎哎哎，我说刘警官，您这无凭无据的，咋就说我们杀人、贩毒。"高个子一脸不服，每个字几乎都是从鼻孔喷出来的。

"证据……这个好办，回去给你俩先验验尿，然后我慢慢地把你们的事儿翻出来晾晾！"刘天昊冲着一旁的警察说道。

两个小子一听立马紧张了起来，高个子抢着说道："刘队，刘队！您需要什么消息尽管问，我知道两个字绝对不说一个字，说谎我是狗养的……"

刘天昊露出为难之色："有些事儿从你们嘴里说出来也不知道真假，可能需要考证，考证期间你们就……"

两人立刻一左一右地抱着刘天昊的胳膊，笑嘻嘻地说道："别，别，可别拘我们，受不了笆篱子里面那儿的味儿。"

"你们是怕犯瘾了受不了吧！"刘天昊几乎没给两人留余地。

跟这群人渣斗智斗勇，绝对不会让人感觉舒服，好在刘天昊已经慢慢习以为常了。

"我记住你俩了，回去交代好了等我，有一句不实⋯⋯"

"不能，绝对不能！"两人争前恐后地说着。

刘天昊挥了挥手，两名警察把两人带走。他又返回客厅，审视着房间的每一个角落。

客厅里陈设简单，和卧室完全是两种风格，给人一种朴素整洁之感。阳台上摆放着一些塑料花，花上面却不见一点灰尘。墙上挂着女性死者的大幅写真，画面上的她依旧浓妆艳抹，拙劣的修图手段导致其下巴尖锐得有些吓人，像是动画片《葫芦兄弟》里的蛇精。

地板的材质一般，是最普通耐磨的复合材料，看样子出产年代应该跟这间屋里差不多，表面早已被深浅不一的划痕占据，上面依然干干净净。

房间整体空间比较狭小，在客厅东侧靠墙的位置，集中摆放着一排半透明的收纳箱，这些箱子也无一例外地统统贴上了白色胶布的标签，上面用蓝色圆珠笔写着"鞋""秋冬外套""手提包"等字样。

"刘队，你过来一下！"韩孟丹在房间中喊道。

两人来到卧室，来到死者背后。

死者的双手被反绑在椅背后面，手里虚握着一朵粉色的杜鹃干花，花瓣上用黑色中性笔写着"4th"，另一只手上捏着一只小动物。

它10多厘米的长度，显然已经死了，浑身褐色，头部很小，嘴很尖，尾巴弯曲而细长。比较奇怪的是，看形状顺延下来本应该凸起的肚子，竟缺失了一块，从缺口的形状看，像是用锐器割下来的，显得十分怪异。

"是海马！"虞乘风惊讶道。

韩孟丹点点头："是海马，又叫水马、日落子，它现在的状态，应该叫中药材。"

刘天昊说道："不但是药材，而且比较名贵。具体药效我说不太准，大概是补肾壮阳一类的功效吧。"

"这东西女人能吃吗？"虞乘风的眼神有些不自然，瞥了瞥一旁的韩孟丹。

"应该可以，据说宫冷不孕之类的女子吃它也有一定的疗效。但死者这种职业应该用不上这个。"刘天昊分析道。

虞乘风问道："从死者手中的杜鹃花可以断定这起案件也是系列案件中的一件，海马就是杀人预告。"

凶手布的线索很明显，从5角钱硬币到雪花片到压缩饼干，眼前的这个是缺了肚子的海马，基本这几样事物毫无关联。

影视剧中的侦探总是料事如神，凭借一样物品就可以推断下一个被害者，但在现实中很难实现。

韩孟丹的声音打断了刘天昊的思路："从初步检验来看，致死原因是流血过多导致休克，根据尸僵程度来看，死亡时间在5至6个小时，凶器就是这根钢管，另外，在死者坐的椅子上还发现了两枚指纹。"

刘天昊接着说道："凶手在冷仙琦的现场留下过指纹，所以也不再做任何掩饰。"

韩孟丹点点头。凶手杀人，留下预告线索，逻辑上非常简单，凶手反侦查能力很强，未留下一丝破绽，而韩孟丹作为法医，也没能从尸体上发现任何线索，令她感到沮丧。

法医助手和警察们抬着尸体离去，房间中只剩下刘天昊他们三人。

"昊子，你过来看看！"韩孟丹站在衣柜前喊着。

衣柜的一个抽屉里有很多白色药瓶，每个瓶子上都写着"氯丙嗪"三个字。除了药瓶之外，还有一本老式的影集，里面都是庞广宏的照片。

韩孟丹拿着药瓶向刘天昊介绍道："氯丙嗪是前些年治疗精神分裂症的主流药物。它的售价相对便宜，不过因为副作用大，近几年已经淘汰了。"

"这么多氯丙嗪，难道她精神不太好？乘风，到医院查查庞广宏的就诊记录，215 医院。"刘天昊说道。

215 医院是 NY 市最好的精神病医院，也是精神病的专科医院。

……

精神病人不会承认自己有精神病。

其实精神类疾病在人类身上比较普遍，表现轻一些的可以叫它心理问题，通过自我调节、心理干预、心理治疗等手段就可以治愈，严重一些的就称之为精神类疾病，比如常见的精神分裂症、抑郁症、强迫症等，需要心理治疗配合药物治疗。

但它在中国人的眼里就成了恶魔，就算心理有疾病，也不肯承认，更不愿意花上大量的时间和金钱去治疗。

一个人长期处于一种执念当中，时间久了就会演变成心理疾病。

孤魂就是很好的例子，但他无论如何都不会承认有心理疾病，他始终认为自己是对的，那些人曾做过伤害他的事就势必要付出代价。

而这个代价在法律层面上已经无能为力，所以他只能自己出手，无论付出多少代价！

他的脑海中有一种声音，那是她的声音，她在无助的时候一直在寻求他的帮助，但他远在天边。

现在他回来了，带着无尽的悔恨之意。

他从不敢向窗外的群山眺望，因为那里有她的影子，他的心会随着清风的吹拂一阵阵疼痛，所以他不敢。

没有你，我宁愿放弃远方的眺望！

……

第二十二章　更黑的夜

随着人们生活水平的日益提高，一些人开始不安分于原本的安逸，反而追求起刺激来，毒品就是其中一种手段。

大炮和小宝两人都是瘾君子，一天都离不开毒品。他们平时名义上是某投资理财公司的员工，实际上他俩就是放高利贷的催债成员。遇到不还钱的，就喷油漆、堵锁眼、到单位和家中闹事、用贴身跟踪等手段催债，催债成功就会分得一定的报酬。

"像这种小混混，通常都是采取威胁、恐吓等手段达到目的，如果说为了要债就杀人，可能性不大。"刘天昊分析道。

三人坐在办公室，喝着咖啡讨论着案情。

虞乘风说道："调查已经出来了，两人承认吸过毒，否认杀人。"

"现场发现的指纹和冷库中的指纹一致，凶手是同一人。"韩孟丹说道。

虞乘风拿着一摞资料说道："通过走访了解到，死者庞广宏谎称在附近的工厂干保洁，背地里做暗娼。从其手机中的信息来看，她的大部分联系人都是陌生男子，简单交流询问价格后，双方在出租房见面交易。

"庞广宏的长相平平，且已经显出早衰的迹象，但照样有为数众多的嫖客趋之若鹜，就像苍蝇盯着臭肉转悠一样，轰都轰不走。

"究其原因，和附近的社情有关。这一带虽说已划入市区，实际上还是城乡接合部，人员成分比较复杂。附近的居民文化程度不高，法制观念淡薄，长期的单身生活导致某方面的需求无法满足。

"廉价的庞广宏刚好是个相对可以接受的选择，至于年龄和长相，也就顾不了那么多了。

　　"庞广宏的开销很大，除去那些成堆的衣服和化妆品，她还有网络赌博的不良嗜好。她在某网络赌博平台上注册的账号就叫宏姐，出手十分大方，下的赌注都很大，钱很快就被挥霍一空。

　　"她开始接触高利贷，并且不止一家公司，时间长了，还不上钱的她开始四处拆借，拆了东墙补西墙，企图蒙混过关，于是高利贷公司开始派人上门采取各种手段催债。

　　"庞广宏脸皮再厚也不堪其扰，试图搬家躲债。然而人算不如天算，还没等她搬走，她的一腔脏血永远地留在席梦思床垫子里。"

　　听完虞乘风介绍完庞广宏的情况后，刘天昊微微点点头，说道："庞广宏和前面的几个死者有没有联系过？"

　　虞乘风答道："都查过，未发现她和高鹏宇、谷艳萍、冷仙琦有往来。那几个人在社会上都属于中上层，而她则是个底层的暗娼，根本不在同一个平面上。"

　　"我联系了215精神病院和NY市主要的几个医院，没发现庞广宏的就诊记录。"韩孟丹说道。

　　刘天昊说道："从死者的生活习惯和物品来看，她早年很有可能有从医的经历，孟丹。"

　　韩孟丹想了想，点点头："还真是，很多习惯都和我比较相似。"

　　虞乘风挠了挠脑袋，说道："我怎么没觉得。"

　　刘天昊说道："就从你当时一进门发觉的气味说起……"

　　接着，刘天昊开始讲述他在案发现场观察后的推断。

　　庞广宏不是个简单的女人，她的经历也许曲折复杂，远非"暗娼"两个字所能概括。在其身上，有着诸多矛盾甚至撕裂的元素和性格共存，看似不可思议。但是，有那么句话，存在即合理。如何分析这其中的合理性，也成了走近她的关键。

　　一进门，便能闻到一股浓烈的香味儿，可能来自于空气清新剂或是廉价香水。粗看之下，也许是因为其特殊的谋生手段，必须要在那个空间内制造此类的气息，好让上门者联想到诸如"软玉温香""香汗淋漓"等词语，以此助兴。

然而还有一种可能，那就是为了掩盖充斥在空间中的那种特殊气味——甲酚皂消毒液的气味。甲酚皂消毒液，实际上多数普通人管它叫来苏尔，或者干脆叫来苏水，这是若干年前医院里常用来进行室内空间消毒的消毒液。但是由于其刺激性气味过强等原因，近些年已经逐渐被淘汰了。20世纪90年代及之前出生的人，还是对这种味道有着深刻的记忆。有的人只要一闻到这种气味，就会在潜意识里联系到医院。

由于来苏水的这种属性，普通人的家中一般不会采用它来消毒，但庞广宏比较另类，如果不是她之前长期接触来苏水，对其十分熟悉甚至产生了某种依恋性的好感，是不会使用这种东西去消毒的。

由此又联想到了卫生间里的洗手液。一般家庭里，卫生间摆放一瓶洗手液足矣，放两个，算是很爱干净，也说得通。可是庞广宏在家门口又弄了一个方便的免洗洗手液，这就有些太过了。显然，它的出现是作为一种补充，如果主人有急事，已经到了门口，不方便再脱鞋进入洗手间，但又很想洗手的话，那就派上用场了。

这种洗手液的组合，并不是简单地爱干净，也不是那种轻微强迫症一般的洁癖。更准确地说，应该是一种严谨，更像是多年职业从事下来而保持的一种习惯。

放眼庞广宏的整个居所，每一处用来储物的单独空间都用白胶布贴上标签，再用蓝色圆珠笔标注上具体内容。

与医院以及医护人员接触较多的人可能会有体会，早年间，在医院里给什么东西贴标签最常用的就是撕成小块的白色医用胶布，而圆珠笔虽然现在用的人越来越少，但是十几年前以至于几十年前还是十分普及的。用蓝色圆珠笔在白色胶布标签上写字十分方便，也是很多医护人员的习惯。

再有就是门口处挂着的中国结了，本来下面的流苏自然垂下来就好，可是主人好像是画蛇添足没事干一般非得编成绳结。她打绳结也就罢了，偏偏用的是医生在进行手术缝合伤口时所打的外科结！

这种外科结是在所谓的平结的基础上多缠绕一圈而成，比较坚固，不易分开。类似这样的绳结，没有受过专业训练的人是很少采用的，也想不到。

以上种种情况，如果单单出现一样，可以说是巧合，可是综合起来看，就不那么简单了。世间没有那么多巧合的事情。看似巧合，其中很多都隐藏着看不见的线，只是人们没有去发觉罢了。

"这几人的死一定都和数年前的那件事有关，查查高鹏宇、谷艳萍、冷仙琦、庞广宏这几个人有没有共同点，比如……职业或者工作单位，医生、护士、医院之类的。"刘天昊说道。

"好，我去落实！"虞乘风说道。

"尸检结果出来了，去看看吧。"韩孟丹晃了晃手机，显然是法医助手发来的信息。

刘天昊似乎欲言又止，最终点点头，从座位上站了起来，活动了几下有些酸疼的脖子，又揉了揉发硬的肩膀，迈步朝着鉴定中心解剖室走去。

刘天昊突然停住脚步，害得走在他身后的韩孟丹险些撞在他身上。

"哎！"韩孟丹推了刘天昊一把。

刘天昊说道："我想看看冷仙琦的尸体。"

刘天昊突然冒出的想法让韩孟丹有些措手不及。

"你没事吧，我说的是庞广宏的尸检结果。"

"先看冷仙琦的尸体！"

……

解剖室有整整一面的墙都是由一排排常年保持恒定低温的铁柜组成的，每一个铁柜都可以存放尸体，以便侦查员和法医有需要再去研究。

女法医助手用手指默数着编号，随即来到第7号柜子的面前，用力向外拽，随着柜子的抽出，还有一团缭绕的冷气扑面而来，转瞬消失在周围的空间里。

白布褥下，露出了冷仙琦的面孔，一张至死都近乎完美的面孔。

冷美人，在这样 0 摄氏度以下的环境里，好像更显冰冷，倒是与其雅号相得益彰。刘天昊注视着眼前的胴体，内心五味杂陈。与谷艳萍临死时的惨状不同，冷仙琦走得还算正常，最起码她死在了医院里，相较于其他几个受害者，这已经算是相对不错的结局了。因此，她得以暂时保存住了完整的躯体。对于她来说，完整就等同于完美。只要不被人为破坏，这样的面庞和躯干不会被挑出任何毛病。这对于生前如此追求完美的她来说，多少也算是值得告慰之处吧。

冷仙琦的双唇紧闭，那些已经到了嘴边的话语，那些多年前的往事，随着她的香消玉殒，成为永远的秘密。

随着"咣当"一声，冷仙琦的柜子被推回了原位。

韩孟丹看着刘天昊，问道："有什么收获吗？"

刘天昊抿着嘴微微摇了摇头，犹豫一阵才说道："我只是有种感觉，现在还说不上来。"

韩孟丹点点头，安慰着："太心急反而会让你失去理智，去看看庞广宏的尸检报告吧！"

法医助手把盖着庞广宏尸体的白布揭开，说道："插入庞广宏体内的金属管为镀锌管，也称焊管，是用钢板经过卷曲成型后焊接制成的钢管。该镀锌管内径 40 毫米，外径 48 毫米，总长 47 厘米，两头由锋利的物体进行了斜向的切割，尖端角度均在 30 度左右，边缘锋利。此管刺穿了她的腹部，体内的长度为 18 厘米，死因是多脏器破裂引发的失血性休克。"

致命的钢管已被抽出放在一边，上面沾着的血液早已凝固发黑。

刘天昊用手比画着钢管，同时回想起高鹏宇的伤口，凶器和这根钢管类似。

从凶手的角度考虑，他想让高鹏宇经历肠穿肚烂，经历某器官碎裂，其最可能的动机还是要让对方感到剧痛。对于庞广宏，凶手选择了不同的凶器，其背后肯定有很深的用意。

"是失血过多！"韩孟丹想起了满满一床垫子的血。

"没错，凶手留下的预告线索是预示下一个受害者的，但背景案件的线索隐藏在死者身上，从高鹏宇案开始，线索是剧痛而死、窒息而死、冰冻而死、失血过多而死。"刘天昊说道。

"有道理，但这代表什么？"韩孟丹问道。

三人沉默了一阵，还是刘天昊率先打破沉默："庞广宏在 NY 市有没有亲人？"

"没有。"虞乘风说道。

"为什么会这么问？"虞乘风的话打破了刘天昊的思绪。

"因为她的特殊性！"刘天昊睁开眼睛长出一口气，说"在调查前面几名死者时，我们发现高鹏宇、谷艳萍和冷仙琦之间一直就认识，而且在男女关系方面微妙复杂。于是我们顺藤摸瓜，总是试图在男女关系这个维度上去找寻当年那件事的原委。但是，死者庞广宏出现了，据目前所掌握的信息来看，她表面上和前几个死者不相关。但是，既然这个连环杀手选择她作为目标，并且通过特殊手法去虐杀，就说明庞广宏早已被凶手列为特定的目标，绝不是随机的。也就是说，她和前面几个死者之间是存在某种联系的，只是我们还没有找到。如果把她看做是一个全新增量的话，那么关注她的特征也许会找到新的突破点。"

虞乘风似懂非懂地点了点头："从哪儿查起呢？"

刘天昊说道："庞广宏是 NY 市本地人，如果她学过医，而且是护理专业，那么最有可能的学校会在哪儿？"

"肯定是 NY 市医学院！"虞乘风两眼放光。

"走吧。"刘天昊又恢复了自信心，眉心的疙瘩渐渐舒展开来。

……

孤魂终于感到夜的寒冷。

没人关心、没人呵护，哪怕是一声安慰也没有，只有漆黑而寒冷的夜陪伴着他。

他蜷缩在被窝里不停地发抖，豆大的汗珠从浑身的毛孔中冒出来，浸湿了棉被，湿冷的棉被令他的状况雪上加霜。

他的身体大不如从前，思维也慢了许多。他无法把现场做得完美无缺，甚至还留下了一些痕迹。

他现在凭借的就是速度，"快"是他和这些侦探们竞赛制胜的法宝，让侦探们目不暇接地介入一个又一个的案件，还来不及思索，下一个案件便又出现在眼前。

"也许他们能从中找出点什么，但最终的胜利者还是我，没人能阻挡我的脚步，哪怕是令人恐惧的黑夜！"

孤魂咧嘴笑了。

他要让夜变得更黑！

……

第二十三章　剧变前夜

NY 市医学院坐落在 NY 市的大学城，左邻右舍都是省一级著名的大学。

幸运的是，接待刘天昊二人的副校长正是当年庞广宏的老师。庞广宏念的是临床医学专业，三年的专科！

副校长又带着二人来到学校的住宅楼，找到了当年庞广宏的导员。从导员的话中可以得知，庞广宏是一个比较用功但是天赋平平的学生，成绩中游，不好也不坏。

毕业后并未按照学校分配的方案报到，而是在社会上混迹了很长一段时间，后来说是自己找了一个小医院上班，但具体是哪家医院不知道。

二人不甘心，又去教务处询问，但是得到的答复是类似这种毕业生去哪儿工作的信息，在庞广宏那个年代，学校是不记录这些事情的，毕业就毕业了。有关于她的情况，在1999年毕业后就无从查证了。

吉普车奔驰在回去的路上，车外的风和胎噪声不断地冲击着。

虞乘风打破了沉默："高鹏宇、谷艳萍和冷仙琦的过往经历和档案资料咱们都查过了啊，没见和庞广宏在工作和生活上有交集嘛！"

刘天昊摇摇头道："有时候，人事档案也不是完全真实的，尤其是像高鹏宇那样的个体老板，经历造假的还少吗？谷艳萍和冷仙琦也是一样。"

"我到现在还是没法子把这么多的线索都集中在庞广宏一个人身上。"

刘天昊点头道："生活中，我们总是习惯于给某某人贴上几个典型的标签。可是不要忘了，人是多维度的，绝不是画在画布上的平面图案。人性本就很多面，咱们干公安这行久了，你应该也能体会到。再好的人，也难免有小毛病；再十恶不赦的罪犯，身上也会有闪光点，这才叫真实。不管你喜欢与否，庞广宏的过去、现在，学习经历和谋生手段共同构成了她不可分割的部分，我们先不说这个人的好坏，相较于冷仙琦不食人间烟火般的隔膜感，这个庞广宏更有特点、更鲜活、更真实，对吧？"

吉普车里再次陷入了沉默。

虞乘风将车窗略微摇了下来，凉爽的风顺着车窗的缝隙钻进车里，直扑面庞，带着"呼呼"的声响。

"再去庞广宏家！"刘天昊突然说道。

"好！"虞乘风没多问，他知道刘天昊这样说一定有他的道理。

当案件停滞不前时，最好的方法就是回到案发现场。

刘天昊和虞乘风站在庞广宏家卧室盯着床和床垫子愣神，为了保护现场，现场的门窗紧闭，血腥味道很重，床垫子上的血迹已经开始发黑。

刘天昊径直走向衣柜，打开抽屉后，把老式影集拿了出来。之前太过关注死者死亡现场和相关线索，而疏忽了这本影集。

影集的外皮是过去流行的那种硬纸板上面画上图案的样式，周围边缘有的地方有些残破，露出牛皮纸颜色和层层剥离的填充用纸。影集正面是一位当年颇为流行的挂历美女的照片，照片的下方印着四个字："美好时光"。

刘天昊小心翼翼地翻开这本影集，头一张照片上是黑白底色，画面上是一个小婴儿端坐在襁褓中，表情恬静，目光明亮。照片的背景上有一行细小的白色毛笔字：庞广宏周岁留念。

照片都是按照时间顺序排列的。

刘天昊静静地看，仿佛经历了一个牙牙学语的婴孩到青春飞扬的少女的成长史，这个少女也许不够亭亭玉立，也许称不上出水芙蓉，但是她够鲜活、够真实，她确确实实在这个世界上活过。她成长过、她幻想过、她年轻过，她像千千万万的普通人一样，拥有过一生之中最美的年华。

尽管，她现在已经成了冰冷铁柜里一具僵硬的尸骸。

此刻的心情，刘天昊说不出来。直到他翻到了最后一张照片，他看见照片的背面写着一行小字。

他轻轻地将照片从透明的塑料薄膜里夹出，放在眼前细看，上面用蓝色圆珠笔写着：

《剧变前夜》

——狂欢的我，没想到人生剧变即将开始，多想停留在这一刻……"

刘天昊右手略微颤抖地将照片举起，仔细观察着这个令庞广宏此生难忘的瞬间。

这张照片像素不高，应该不是专业的单反相机拍摄的。夜晚的街头，画面正中的人物是庞广宏，看上去20多岁的样子，虽然称不上美女，但是脸上看不到皱纹，洋溢着灿烂的笑容，她右手举着一面小小的五星红旗，左手比着胜利的"V"字形手势。她穿着白色 T 恤衫，下身是牛仔裤、运动鞋。

在她身后的马路上，到处是拥挤的人群，人们多数穿着短衣短裤，有的甚至穿着背心裤衩拖鞋就出来了。许多人的手里都挥舞着鲜艳的五星红旗，有的人脸上甚至都涂抹上了国旗的色彩，也有的人举着写有"我们成功了"等字样的横幅，横幅上的大字字迹潦草，但十分醒目。有的人甚至敲锣打鼓，动作夸张。在场的几乎所有人脸上都写满了掩饰不住的喜悦。

庞广宏身后的远处，街边支起一处西瓜摊，摊主扯着嗓子叫卖着。成堆的西瓜旁边，竖着一个大纸壳子，上面写着字迹拙劣的宣传语："普天同庆，限时特价！本镇西瓜，假一赔十！为期三天，到 16 号！"

刘天昊将视线拉回到庞广宏的身上，突然发现在她旁边的人群之中有个年轻的小伙子，小伙子穿着的篮球鞋看不见鞋带，红白相间的夸张造型十分扎眼，脚背靠外侧有醒目的锐角造型，上面似乎有个大写的英文字母"I"。

刘天昊若有所思。

几分钟后，他抬起头来，问虞乘风："看出什么来没有？"

虞乘风挠挠头，不太确定地说道："照片背面的字迹跟庞广宏出租屋内的笔体很像，应是她本人所写的。从字面内容上来看，拍完这张照片之后不久，她就遭遇到了人生剧变，很有可能就是当年那件事。可是她为什么不多写两句呢？"

"她已经说出来了，就在这张照片里！"刘天昊举着照片，表情凝重地说道。

虞乘风睁大了双眼，但并没有说话，而是比画出了一个"请"的手势。

照片整体已经略显发黄，应该是很久之前拍摄的，结合着画面上人们的穿着，稍显过时，但也不至于是刚刚改革开放那会儿，可能是香港回归之后的年代。

再看细节，庞广宏身边男生所穿的那双篮球鞋。资深球迷或者球鞋的爱好者可能知道，那双鞋的款式名为"THE ANSWER Ⅳ MID"，英语单词 ANSWER，意思就是答案，是当年红极一时的 NBA 著名球星艾弗森的绰号。而这款鞋的名称全译过来就是艾弗森篮球战靴 ANSWER 系列的第四代。

提起这款鞋的主人艾弗森，不知道会唤起多少"八〇后"的青春记忆。他那鲜明的个性、极具攻击性的球风以及顽强拼搏的意志品质使得他即便在中国也拥有大量拥趸。

商家锐步正是看中了这一点，才适时地推出了艾弗森系列战靴。而画面中出现的这一双，大概是其中知名度最高的了。因为这双鞋的主人，在此款鞋推出的当年，正是在美职篮战场上风光无限、大杀四方的时候。艾弗森当年一举囊括了美职篮常规赛、全明星赛最有价值球员和得分王等多项殊荣，几乎凭借一己之力将 76 人队带进总决赛，无奈最终惜败于由奥尼尔和科比领衔的如日中天的湖人队。

而那一年，正是让很多人如今依然记忆犹新的 2001 年。

这样看来，照片应该是拍摄于 2001 年之后的某个时间，并不会太久。

再看黑夜里街道上激动狂欢的人群，由人们的穿着来看，季节上显然是夏季。

而人群旁边街边的西瓜摊的宣传标语写着"为期三天，到 16 号！"由此看来，这个标语显然是某月 13 号到 16 号之间写的。

在公元 2001 年开始之后的某年，夏夜的某月 13 号到 16 号，有什么事情能让如此多的群众走上街头，纵情狂欢，并且打出"我们成功了"这样的口号呢？

答案只有一个：北京申奥成功！

具体说，那是在 2001 年的 7 月 13 日，北京时间 22 点，当时的国际奥委会主席萨马兰奇宣布北京申办 2008 年夏季奥运会成功。那一夜，中华大地陷入了欢乐的海洋！

虞乘风重重地点了点头，许久才道："厉害！那么，接下来的地点呢？"

"还是看西瓜摊的广告词！"刘天昊笑着说道："'普天同庆，限时特价！本镇西瓜，假一赔十！'在咱们 NY 市周边的地界，有哪个镇子敢打出这么理直气壮的广告呢？"

"安阔，咱们经常吃的安阔西瓜！"虞乘风一拍脑门，大笑道。

"没错！"刘天昊道，"因此，庞广宏 2001 年的时候在安阔工作过，和她所学的医学专业相配的就只有安阔镇的卫生院！"

"唯一的可能性！"虞乘风随即又道，"安阔现在已被合并到高新园区了，连名称都改成安阔街道了，很多单位都转隶了，不知道这个卫生院怎么样。"

刘天昊站起身朝门口走去，道："反正安阔离咱这儿并不远，好歹去一趟，道儿上问吧。"

刘天昊兴致很高，抢先坐在驾驶座位上开着车。虞乘风拨打了安阔街道的电话，得知 2002 年，安阔卫生院合并到高新园区医院了。

怪不得查不到庞广宏的踪迹，安阔卫生院规模本来就小，加上撤并改，谁还会记得？

……

高新园区医院崭新的白色门诊大楼显得庄严肃穆，停车场入口车辆来往不息，人们进进出出。

刘天昊等人马不停蹄赶往医院的办公室，说明来意后，负责编制人事方面一位姓师的副院长热情地接待了他们。

"你们好，警察同志，有什么能帮到你们的尽管说！"师副院长握手坚定有力，显得很热情诚恳。

刘天昊出示了警官证，开门见山地说道："院长！我就长话短说了，我想查阅一下安阔卫生院的人事档案，看看 2001 年左右，有没有一个叫庞广宏的女子在这里工作过。"

"好的，没问题！我安排人带你们去档案室。"说完，师副院长拨打了办公室的电话。

放下话筒，师副院长自言自语道："庞广宏……庞广宏？"

"怎么？您有什么印象吗？"刘天昊发现了对方的神情异样便追问道。

"听过，又一时想不起来，好像……呵呵，先去看看档案吧。"师副院长不好意思地笑笑。

不一会儿，一个年纪不大、戴着眼镜的女人敲门进来，随即带着刘天昊等人来到了医院的档案室。

几个人一直走到屋子的尽头，在最后一排的架子上，女生翻出了几个牛皮纸的档案袋，道："两位警官，都在这里了。"

档案袋上面布满灰尘，显然很久没人动过了。

"怎么只有这么少？"刘天昊皱眉道。

"关于安阔卫生院的资料，我们现有的就这么多，您看看有什么能用上的。"女人扶了一下眼镜，不好意思地笑笑。

打开最厚的档案袋，前几页是转隶时安阔卫生院有医疗仪器和器械多少、办公用品多少，都分门别类地做了详细的记载。很显然，这算是硬件资产方面的交接清单。接收一方的签字人叫高昂，交付一方的签字人叫章文贤。

账目资产方面刘天昊一带而过。

一张纸上清晰地印着几个熟悉的名字：高鹏宇、谷艳萍、冷仙琦、庞广宏，刘天昊双手变得有些发抖。

"就是它，找到了！"

……

世间万物皆有联系。

早年的科幻片《蝴蝶效应》讲述的就是这个意境。

也许看起来毫无关联的两种事物，可能在其他的时间和空间有着密不可分的联系，这种联系甚至直接关联到两种事物的结局。

就像刘天昊和孤魂一样，本来他们是两个世界的人，却因为高鹏宇等人的案件联系在一起，虽说他们从未谋面，却好像认识了很久，相互之间了解颇深。

孤魂是刘天昊到目前为止遇到的最厉害的对手，动作之快超乎他的想象。如果单纯是侦探和凶手之间的死亡竞赛，那么刘天昊已经败得非常彻底。

可刘天昊的目的是抓住他，虽然他还不知道孤魂的名字，就像蝴蝶一般，翅膀还在扇动着，变数还在继续，谁也说不准最终的结局会怎样。

刘天昊经历过最艰难的痛苦阶段，这张纸令他终于抓到了孤魂的影子，轻轻一扯，影子便会暴露在阳光下，孤魂将魂飞湮灭。

但孤魂也有孤魂的棋，至少在他的棋盘上，其他的人都只是一枚普通的棋子。

一场罕世大战即将拉开帷幕。

孤魂将不再孤独！

……

第二十四章　突破

高鹏宇、谷艳萍、冷仙琦、庞广宏四人的岗位分别是保卫科长、窗口收银员、护士和妇产科大夫。

刘天昊把这张纸抽出来交给虞乘风，继续向后翻。后面的薄档案袋是单独的人事档案，其中一个的袋子正面赫然写着：庞广宏。

又核对后面的几个袋子，却没有发现其余人的名字。

"剩下人的哪去了？"虞乘风问道。

刘天昊答道："咱们查阅过那几个人的档案，如果我没记错的话，上面显示2000年前后他们都有正式的单位，但是肯定不是安阔卫生院！"

"这不是互相矛盾吗？"

刘天昊点了点头道："两种材料的内容只有一份是真的，很显然，医院没有理由造假。而后来掌握在死者各自手里的档案中，却没有曾经在医院工作过的任何内容，他们想掩盖一件事，有个成语形容很恰当，叫欲盖弥彰！"

果然，在档案室女人的帮助下，很快查出，在2002年的2月下旬，也就是转隶后不久，高鹏宇、谷艳萍和冷仙琦就先后从高新区医院辞职了，走得十分匆忙，人事档案也被带走了。

"可庞广宏的档案还好好地放在这儿呢！"虞乘风有些纳闷。

"我知道为什么！"师副院长大步流星地走进了档案室，冲着刘天昊摆了摆手，道："我听当年安阔卫生院的老人儿讲过，据说庞广宏曾经精神上受过刺激，一见到血就害怕，后来越来越严重，自己就不来医院上班了。她也没个家人，没人能联系上她。又过了好长时间，医院就把她除名了。"

"原来是这样！"刘天昊紧紧握住了师副院长的手。

走出医院办公大楼，虞乘风感慨道："真是得来全不费工夫！"

"你别忘了踏破铁鞋那会儿了！"刘天昊说道，"再说了，咱们能走进那个档案室，其中费了多少周折！可不是瞎猫碰死耗子碰出来的。"

没做任何停留，两人驱车赶回队里，叫来两名属地派出所的年轻警员继续查看资料，有线索随时联系。

回到办公室，刘天昊打开抽屉，翻出了一盒速溶咖啡，一下子拆开两袋，一股脑地倒进了杯子里，用开水冲泡后，拿出小勺来回搅动。

"一下子喝这么多，你睡不睡觉了？"虞乘风问。

"我就是有些困了，但还不能睡。"刘天昊依然不停地搅动，小勺和杯子碰撞不时传出"叮当"声,"很多零散的碎片在脑子里打转,就是连不到一起。我担心今天如果一觉睡过去,那些念头又抓不着了。"

"需要我做什么?"虞乘风问得很干脆。

"还是你了解我。"刘天昊笑道,"我想做个思维导图,你来帮我打打下手吧。"

刘天昊把墙上挂的白板擦干净,对照着此前在自己的笔记本上记录的关于案件的要点,拿出带颜色的便笺,在上面用记号笔书写起来。相同类型的名词,颜色是统一的,至于选择什么颜色,就看个人喜好。写好后,虞乘风再按照刘天昊的要求用磁铁把便笺固定在白板上,并拿出尺子在不同的要素之间画上线。

紧张的忙碌过后,白板上密密麻麻地挂满了五颜六色的便笺和线条,看似杂乱无章。

刘天昊凝视着白板,隔空用手指在不同的要素之间指指点点,口中自顾自嘟囔着,不时对便笺的位置做出适当的调整。

又摆弄了好一阵子,终于算是大功告成。刘天昊站在板子前面不再移动,认真地用目光扫视每个细节。良久,他缓缓闭上双目,陷入了沉思,身体几乎静止,只有眼球在飞速地转动。

虞乘风安静地坐在椅子上,没有发出丁点儿声响。他知道,此刻的刘天昊看似什么都没做,实则头脑在高速运转,任何外界的打扰都会打断他的思路。思路一旦被打断,想要接续起来就不是那么容易了。

时间一分一秒地流淌,慢慢地,虞乘风有些走神,甚至打起了瞌睡。

也不知过了多久,天色也黑了下来。

忽然,刘天昊慢慢睁开了眼睛,从他的脸上看不出悲喜,只是目光仿佛清亮了许多。他走到门口,打开了会议室的灯。

"想通了?"虞乘风一个激灵坐直了身子,满怀希望地问道。

"快了,还有些事需要验证,一个小时……不……半小时后,会议室,叫上孟丹。"说完,刘天昊拿起手机,拨通了留守在高新区医院同事的号码，随后他又拨通了王佳佳的号码……

韩孟丹笔直地坐在会议室盯着门口，她知道刘天昊的时间观念非常强，说半小时绝不会 29 分钟，也不会 31 分钟，她也知道，这样正式地叫她来，就说明案子已经有了眉目。

"乘风，案子有突破了吗？"韩孟丹问道。

虞乘风点点头："瞧昊子的模样，应该是。"

两人正说着，就见姚文媛走到会议室门口，轻轻敲了敲门，说道："孟丹、虞警官，我能进来听听吗？"

虞乘风看了一眼韩孟丹，眼神中充满渴求，见韩孟丹微微点头，这才说道："进来吧，都是自己人。"

"没错，都是自己人。"姚文媛还没等坐稳，刘天昊的声音就传了进来，随即两个人出现在会议室门口。

"嗨！各位警官，又见面啦！"王佳佳冲着三人微微点头致意。

"我把佳佳请来，是因为她知道一些事，这些事和这起预告杀人案的凶手息息相关，也许可以带着咱们抓住凶手！"刘天昊解释着。

韩孟丹友好地冲着王佳佳招了招手，拍了拍她旁边的椅子。王佳佳也没客气，坐在了韩孟丹的旁边，两人小声打着招呼，好像多年未见的老朋友一般。

刘天昊走进会议室，站在思维导图前，轻咳了两声，他眼神清澈，望向在场的每一个人，随后深吸一口气，将标注满了线索的白板转向面对大伙的角度，将自己的推断娓娓道来。

……

庞广宏，这个天资一般但勤奋刻苦的年轻女大夫，在 2001 年 7 月 13 日之后的某天，遭遇到了人生之中的重大变故。这次变故带来的强烈刺激使得她看见血就会产生恐惧，从而无法再胜任医生的工作，甚至已经出现了精神分裂的症状，不得不靠相关药物氯丙嗪来控制。由此，她也开启了迥然不同的人生下半部。

强烈的刺激极有可能是高鹏宇、谷艳萍和冷仙琦所称的那件事。

那件事的影响如此之大，以至于让明明已经将工作关系转到了新成立的大医院、事业即将更上层楼的两名女子纷纷离职，放弃了当年人们眼中实打实的铁饭碗。

那件事让人唯恐避之不及，以至于让这两个女子不约而同地修改了个人档案，直接将曾经在医院的工作经历抹去，好像生怕什么恶鬼会找上门来一样。

将以上三个女人的经历结合起来看，那件事绝对和医院有着密切的关系。那么，2001年的7月13号之后到2002年的2月下旬的这半年里，在小小的安阔卫生院，又发生了什么事呢？

普通人最直观的感觉，在医院里发生的大事，莫过于病人去世了。

但是在医院这种地方，每天不知道有多少生离死别的故事在一幕幕上演，生老病死的自然规律在医院里不断地得到印证，也不算意外。

根据留在医院的同事查到的资料，在那半年里，由安阔卫生院开具的死亡证明就有47张，单独看每一个死者的病历或者就诊记录等资料，卫生院的接诊和救护过程似乎都很正常，没有什么人的死因特殊，也没有什么严重的医疗事故。

然而事实，真的是这样吗？

回到这一系列案件本身。

人们感到恐惧和惊诧，主要来自于每个死者各不相同被虐杀的惨状，以及凶手留在每个现场与周遭环境格格不入的标记或者实物，生怕警察看不见似的。

预告杀人实际上就是给人们的警示！

凶手有着高度的自信。他轻而易举地就能够制服彪形大汉高鹏宇以及女子武术高手谷艳萍和冷仙琦，这只是第一步。然后，他再从容地将对方以特定的方式虐杀致死，并留下记号。

对于凶手来讲，单单杀人是远远不够的，他要完成某种仪式感。在前两起案件中，他没有留下任何破绽，现场所能看见的，都是他想让人看见的。令人意外的是冷仙琦的现场，忽然出现的指纹和血迹让侦查员欣喜若狂。

可能是凶手本身遇到了什么他预料之外的突发情况，致使他来不及清理现场，不得不匆忙离开，这应该是主因，而并非侦查员们追查得紧。至于那个突发情况到底是什么，现在还无法得知。

依然回到案件本身，令人疑惑的两点：虐杀方式和留下记号。

案件一：高鹏宇案。

因为他是头一个死者，所以并没有发现什么记号是指向他的，其死状是肠穿肚烂并且被弄爆某器官。弄爆某器官对于一个男人来讲，有两方面含义，动机上：情杀，或在结果上：剧痛。目前为止，在所有关于情杀的方面做了大量工作，但都被查证不属实，没有任何进展。因此，考虑第二个方面——剧痛。

现场留下的提示物品——第三版 5 角钱硬币，也就是布满了下一个死者谷艳萍脸上和五官之中并最终导致其死亡的物品。

案件二：谷艳萍案。

对于她的折磨方式有烧烫伤和窒息，这个现场给人最突出的印象就是一个字——钱！很直观的感觉就是，她死在了钱上。

此现场留下的记号是雪花。

案件三：冷仙琦案。

虐杀方式简单明了，就是想将其活活冻死。虽然她有幸被送往医院抢救，但仍然没能逃脱死神的魔爪。满怀希冀的我们也没有从她的嘴里得出只言片语。

一个人再冷，能有多冷？难道能比冷库还冷吗？肯定不会，她的冷，不是绝对温度上的冷，而是人性上的冷！

此案留下的线索是看似毫无头绪的压缩饼干。

案件四：庞广宏案。

死亡方式是从腹部的位置插入钢管后被放干血而死，具有极其强烈的象征意义，表达的意思也十分明显，是分析整个手法与信号背后隐喻的关键。

被放干了血的庞广宏，其实像极了没有一滴水分的压缩饼干。

此案留下的记号是一个缺少了肚子的雄性海马，这也是指向下一个被害人的关键。

这样一连串地看下来，这一系列的记号指向似乎不太统一，有的是被害人的姓氏，有的是杀人的工具，有的又是死者的死法。似乎只要是跟下一起案件有关，都可以。

这样分析也没问题，然而在种种的指向背后，还有没有一个什么样的想法或者逻辑，能将他们在一个更宏观的范围内统一起来呢？毕竟，将这样一系列线索进一步厘清，对于真正破解当年那件事的真正谜团、抓获真凶以及解救下一个潜在的被害人于危难都显得至关重要！

回溯这一系列记号的整个过程，每一处标记的指向含义又太过丰富了，以至于弄得一时间弄不清哪一方面才是凶手真正的意图。

是死者姓名、杀人手法、死者的绰号或性格，又或者别的方面！冷静下来分析，姓名上只是巧合。

我们不妨试着从凶手的角度去考虑。为什么不同的死者会有不同的死法呢？

2001 年的下半年发生了背景案件，直到如今才来一个个地复仇，这其中隐忍的仇恨，让人想想就不寒而栗，光是就简简单单地杀掉，远远不足以平复凶手内心的仇恨，死者必须按照他事先设计好的死法，让人在痛苦中一点点死去，才能符合他内心的标准。

因为有了背景案件，才有了仇恨，才有了报复，才有了后续的虐杀。

用最少的字提炼虐杀里的各个要素：剧痛、金钱、冷、血竭……

第二十五章　杜鹃花

2001 年 7 月至 2002 年 2 月，四名死者里有三人都曾工作过的安阔镇卫生院，发生了一件让他们不惜丢下铁饭碗也要远遁离开的事件，甚至修改档案以图抹去所有痕迹，有的人甚至已经游走于正常人和精神分裂症患者之间，彻底改变了下半生……

但根据后续开展的调查，在那段时间里安阔镇并未发生过重大杀人案。

不是杀人案，又能够和医院扯上关系的人命事件，当然就只剩下患者死亡了。但是医院里死人也是再正常不过的事情，如果没能挽回一条生命，医护工作者的反应都会有如此剧烈，那么普天之下的医院恐怕都干不成了。

除非，那个死者本不至于死去，或者起码不会以一种无法接受的方式那么快地逝去。这样的事件，就是通常人们所说的医疗事故。

查阅安阔卫生院的记录，似乎也找不到相关的内容，好像那 47 名死者生命消亡的过程中，卫生院都尽了百分之百的努力。

高鹏宇、谷艳萍、冷仙琦，都是如今人人羡慕的所谓成功人士，最起码是衣食无忧的。然而当年的他们，真的是什么善男信女吗？

反观当年勤奋刻苦考上医学院临床专业的女大夫庞广宏，却在当年的强烈刺激之下无法从事医疗工作，为了生计居然干起了人人不齿的暗娼勾当。如果不是警方调查，任谁也不会把当年与现在的她联想到一起。

人是会变的，人性的复杂也远超想象。

是什么会让一个本不至于立即奔赴黄泉的人在医院里对于剧痛、冷和金钱产生如此强烈的印象，以至于外化成多年后杀人案件中的符号呢？

还是人性！

正是人性的丑恶，才会让一个本来有希望活过来的人，经历了一起痛心的所谓"医疗事故"之后，痛苦地死去。

一起掺杂着人性丑恶的所谓"医疗事故"，都会包含着什么要素呢？

金钱。因为缺少这个黄金的一般等价物，生命变得卑贱。

冷，一语双关。既是患者持续失血过后感到的身体上的冷，也是周围因为缺少金钱而遭遇到的冷漠人性！

剧痛。最直接的痛苦，临死前的折磨。

那么，流干血呢？

几乎很快就会联想到妇产科、宫外孕、妇科肿瘤破裂或是难产引发的大出血。

从这个角度再去看那47人的名单，符合这个条件的只有一人，她在2001年10月1日那天的夜里10点到安阔卫生院的急诊室就诊，原因正是难产。医院的就诊记录上写着，当晚的值班医护人员虽然经过全力抢救，也没能挽回她和腹中胎儿的生命，她叫冯鹃。那天刚好也是农历的八月十五中秋节，一个万家团圆的日子。

冯鹃的丈夫纪福山，当年的全省武术冠军，曾经在陆军当过兵，自打冯鹃去世后，再也查不到他的消息。

武功高强，身负亡妻之仇，一尸两命！

……

如果不是找到了当年村里的会计老张，恐怕这桩案子依然会变成悬案。

刘天昊和虞乘风来到老张的家里时，老张正坐在炕头上，眯缝着眼睛聚精会神地听着老式收音机，收音机里传来单田芳沙哑的声线，讲的正是《大明英烈》，炕沿儿上放着一副拐杖。

刘天昊出示证件并讲明来意后，老张陷入了沉思中，也许他在努力地回忆从前的往事。过了好一会儿，他长叹一口气，关掉了收音机道："说来话长！"

……

2001年10月1日，农历八月十五，安阔镇某处低矮的平房。

天黑了，冯鹃挺着大肚子点燃煤气灶，都8点多了，她有些饿，想煮碗挂面。

这些天来，肚子里的孩子闹腾得很欢。冯鹃偷偷找过邻村的算卦师傅看过，说保准是男孩。这不，孩子又开始踢她的肚子了。冯鹃微微皱眉，左手略微扶住了肚子，低头道："小家伙，你着急啦？还有一个月咱们母子就能见面啦！"她回头看看客厅里挂着的和丈夫纪福山的结婚照，嘴角挂着甜蜜的笑容。

最近几天，冯鹃一直胃口不好。从怀孕开始，她的妊娠反应就十分剧烈，几乎是从刚怀上吐到现在。要不是为了腹中的胎儿，她今天晚上真的不打算吃了。

面条煮好了，清汤清水，盖着几片白菜叶，下了个荷包蛋。

冯鹃切了一小撮葱花撒在上面，小心翼翼地捧着海碗走进客厅，放到茶几上，又从旁边的包装袋里挑出了一块散装的五仁月饼。她总觉得，今晚这样的场合，还是吃一块月饼的好。

想到月饼，冯鹃忍不住来到窗前，抬起头仰望窗外夜色中的那一轮圆月，她凝视着月亮好一会儿，轻轻地叹了口气。

窗台上的几盆杜鹃花清一色的水粉，开得煞是好看，冯娟人如其名，十分钟爱杜鹃花。

轻柔地摩挲了几下花瓣之后，冯鹃转回身，用遥控器打开电视，晚会已经开始了。今年的场面很是热闹，主持人阵容强大，歌舞表演盛况空前。也难怪，"十一"国庆和中秋佳节赶上了同一天，真是多年不遇的巧合，这一天对于全中国人来说也算得上双喜临门了。这一刻，无数个家庭正围坐在电视机旁，面前是可口的饭菜、应季的瓜果、香甜的月饼、清冽的美酒。他们把酒赏月、共叙家常，喜笑颜开、好不热闹！

而此刻，却只有冯鹃一个人。

她不禁放下筷子，抬起头端详着墙上的照片。

纪福山是个好男人。虽说他出身农村，家庭条件一般，可他勤奋刻苦，自幼就跟着同村的远房叔叔习武。他天资聪颖，在习武之道上颇有天赋，再加上一股不怕苦、不服输的劲头，居然在十来岁就开始崭露头角。

周围几个村子里不学无术的大孩子和小混混听说他有两下子，总是前来找事儿。一开始纪福山并不想惹是生非，那些小青年以为他害怕了，居然得寸进尺开始骚扰他的家人，这是纪福山不能忍受的。无奈之下他被迫还击，一出手就把号称是全镇范围内最能打的绰号"小拳皇"的痞子卸掉了一个膀子。他使的是远房叔叔的绝招分筋错骨手，那个小痞子可能还不知道，他的右手算是交待了，写字、吃饭没有问题，但绝不可能再动手打架。

至此，再也没有人前来惹是生非。这件事让纪福山颇有感触——强者为尊。

周围十里八村有的小青年开始主动接近纪福山，有人甚至怂恿他去拜访所谓的"大哥"，今后就能吃穿不愁了。

纪福山嗤之以鼻，不为所动。他一心想的就是追求武学的更高境界，因为之前叔父明确告诉他，想要于武学上再进一步，必须得投名师访高友。

还好，纪福山没等太久。

城里的武校有一位热心肠的戴师傅，他经常深入民间去搜寻学武术的好苗子。这一回他来到了 NY 市，来到了安阔。乡亲们向他提起了纪福山，戴教练很感兴趣，第一时间赶到纪福山的家中。当看完纪福山打完了一套洪拳之后，戴教练只说了一句话："老天爷赏饭啊！"

随后，纪福山被特招到市武校。在这里，他就如飞鸟投林、鱼儿入海一般畅快。武学典籍唾手可得，名师高人就在身边。需要的，只是自己的勤奋刻苦，再加上天生的悟性。而这些，他纪福山全都不缺。没过两年，他已经成为武校里的重点培养对象，毕业之后又顺利地进入 NY 市武术队，曾先后多次代表 NY 市参加省里的武术大赛并且获得过两次单项冠军。要知道这是多少人羡慕而无法企及的殊荣啊！

期间，纪福山又光荣入伍，在陆军摸爬滚打 4 年后，因为文化底子太薄，没考上军校，又不愿意继续在部队服役，便复原回到了地方。

现实是残酷的，闪闪发光的奖牌，并不能换来人民币。虽说那个年代功夫片已经开始流行，可纪福山没有李连杰的运气。

纪福山决定参加省里的一场比赛寻求突破。

祸不单行，就在纪福山去省城参加完比赛返回的当天，纪福山的父母为了补贴家用，两个人一起上山采草药。可是前两天刚刚下过大雨，山路十分湿滑。年迈的母亲一失足跌落山谷，父亲为了救母亲，在下悬崖时不幸摔了下去，被人发现时，两人早已没了气息。

等到纪福山赶回家中，两位老人早已躺在了棺材里。他手中紧紧握着奖牌，号啕大哭。

在亲友和武校同行的帮衬下，丧事总算是办完了，纪福山也欠下了一屁股的债。

好不容易节衣缩食把债还得差不多了，转眼到了该结婚找对象的年龄了。纪福山也经人介绍接触过几个 NY 市内的女孩，可是人家一上来就直截了当地问他工资多少、在市里买没买房子、父母干什么工作的。

纪福山只能尴尬地笑笑。

相亲的结果，不言自明。

一来二去，纪福山有些厌倦，也有些心灰意冷了。他听从老家亲友的劝告，在安阔镇见了一个当地的女孩——冯鹃。女孩没念过什么书，初中毕业就辍学在家了，不是她不爱读书，而是家里没办法同时负担两个孩子的学费。作为冯家今后的希望，冯鹃的弟弟一定要把学上完。尽管这小子在学校的成绩跟他姐姐相比差得很远。

冯鹃的父母有一手祖传的磨豆腐的手艺，冯鹃辍学在家以后，就帮助父母在豆腐坊里干活。她很懂事，也很卖力，渐渐地，一家人的日子慢慢好了起来。

纪福山和冯鹃见过第一面之后，谈不上什么喜欢不喜欢。但是理性的声音告诉他，这是个比较适合自己的女孩。这个女孩的家庭条件很一般，可给人的感觉很踏实，和她交谈起来很放松，没有什么压力。这种感觉，算不上一见钟情，但是起码让人感觉很舒服。

舒服，就很难得。

于是，两个人有了之后的第二次、第三次见面。

他们慢慢变得无话不谈，每当纪福山谈起他在 NY 市里以及省城的见闻，冯鹃总会瞪大眼睛聚精会神地听。不要小看这一点，有时候拥有一个认真的倾听者是十分难得的。

他俩的身影开始出现在午后的公园、小镇里的图书馆、月上柳梢头的小河边……

一切是那么水到渠成，婚礼很简单，只请了周围熟识的亲友。在冯鹃的极力坚持下，老冯家没有要过多的彩礼，这无疑极大地减轻了纪福山的压力。

婚后的日子，二人聚少离多。纪福山多数时间还是待在 NY 市里的武术队，只有周末的时候才能赶回安阔。而冯鹃平时则还是在父母的豆腐坊帮忙。

虽然相聚短暂且粗茶淡饭，可二人还是倍加珍惜。那段日子，是他们俩最最甜蜜的时光。

转眼间，一年过去了，冯鹃身怀六甲有八个多月了。小两口喜上眉梢，对这个即将降临人世的小生命满怀期待。孩子还没出生，纪福山就已经起好了小名，叫豆豆。

国庆节之前，武术队接到一个通知，选拔人员和省里的武术家一道前往南方沿海城市巡回表演。这一次的时间很长，但演出费很高。

去还是不去？纪福山衡量再三。去的话，就会得到一笔对他来说十分急需的现钱。孩子即将出生，开销会非常巨大。但是长时间不在即将临盆的妻子身边，他又放心不下。

冯鹃还是那么善解人意，她鼓励纪福山参加巡演。她并非只看重那笔钱，最主要的是，纪福山可以借此机会在全省武术协会的专家面前进一步崭露头角，这是个难得的机会。想要选拔进入省武术队，一直以来都是纪福山的夙愿。虽然丈夫嘴上不说，可做妻子的冯鹃心里明白。

送走了恋恋不舍的丈夫，冯鹃依旧回到娘家帮着干活。不巧的是，前几天，冯鹃的父亲得到消息，自己远在山东的弟弟突然心脏病发去世。于是老两口带着冯鹃的弟弟前往山东奔丧去了，只留下冯鹃一人在家……

想起临别时丈夫百般不舍的眼神，抚摸着自己高高鼓起的肚子，一抹微笑悄然爬上了冯鹃的嘴角。

突然，冯鹃的眉头紧紧拧在了一起，手中的半块月饼也掉落在了茶几上。她捂住肚子，豆大的汗珠涔涔而下。

她试着做了几次深呼吸，但是情况并没有好转，肚子的疼痛感越来越剧烈，她再也坐不稳，一下子从老式沙发上跌落下来。

"应该还不到预产期，难道说……"

第二十六章　人情冷漠

钻心的疼痛间隙，冯鹃感到双腿之间有一丝热意，同时一股无力感由心而生，身体一软，瘫倒在地面上。她低下头，发现大腿根处的裤子已经被染成了殷红色。

早产！

冯鹃有些慌了，她挣扎着在地面匍匐向前，想要去拨打放在电视柜上的座机。她艰难地往前爬，前进一下就不得不喘上几口气，身后留下一串长长的血迹。

这仅仅几米的距离，在她的印象里却不知爬了多久。

终于，冯鹃使出全身力气将座机连同电话线扯了下来。她拿起话筒，颤抖地拨通了120的号码。令她奇怪的是，对方一直显示忙音。她又拨了好几遍，还是打不通。

无奈之下，她又按下了数字拨号盘旁边的快捷键。

细心的纪福山临走时把他好兄弟苗凯旋的电话设置成了快捷拨号，并反复叮嘱万一发生什么特殊情况，身边又没人，可以打这个电话，绝对靠得住。

苗凯旋的声音从话筒中传出："喂，你好！"

苗凯旋是纪福山的发小儿，是无话不谈的好哥们儿，两个人几岁时就开始跟着纪福山的远房叔叔习武。可惜他的天赋没纪福山高，没将武术当作主业，长大后在家里帮着父母干农活。

两人一起习武，一起参军，一起复原回地方，一起对付乡镇的地痞流氓，算是过命的兄弟感情。

纪福山临走时放心不下妻子，特意去了苗凯旋家里一趟，嘱咐他万一冯鹃有个什么突发情况一定要搭把手。苗凯旋拍拍胸脯让纪福山放心，包在他身上，绝不会让嫂子有任何闪失。

冯鹃有气无力，握着话筒的手不住颤抖："凯旋吗？我是冯鹃，我在我爹家的豆腐坊……我要生了！流了，很多血……"

说到这儿，冯鹃再也坚持不住，话筒从手中滑落，一头栽倒在冰凉的水泥地上，昏了过去。

"喂？嫂子！嫂子……"电话那头的苗凯旋不清楚具体情况，显得十分焦急。喊了几声之后，话筒那头没有回应，他预感情况不妙，飞也似的冲出屋子，跨上那台破旧的二八自行车，向着豆腐坊的方向猛蹬。

苗凯旋家去豆腐坊的路不算平坦，还好他是土生土长的本地人，对周围的山路再熟悉不过。他骑着车子抄了一条近道，以最快的速度赶到了豆腐坊。

一进房门，眼前的景象让苗凯旋呆住了。他冲上前去大声呼喊："嫂子，你醒醒啊！"

冯鹃没有回应。虽然苗凯旋还没有结婚，可是看见冯鹃双腿间流出的鲜血，他也明白了怎么回事。

苗凯旋抱起昏迷中的冯鹃，向院子外面跑去。还好，村里的张会计家有一台二手的桑塔纳，那是村里唯一的一辆小轿车了。值得庆幸的是，会计和车都在家。会计是个爽快人，二话不说拉上苗凯旋和冯鹃就出发了。

山路崎岖，再加上车况不佳，行进的速度并不快，但总算是比人走得快多了。

桑塔纳尽了它的最大努力，来到了镇上。黑夜里，灯光投射下的"安阔镇卫生院"几个大字分外醒目。

苗凯旋精神为之一振，低头呼唤道："嫂子，再坚持一会儿，安阔卫生院到了，你有救了！"

不知道是不是真的听见了苗凯旋的话，冯鹃终于从半昏半睡中清醒了些，呓语道："疼……"

张会计心急如焚，下意识地又踩了一脚油门，车子再次加速向前行驶，突然一声闷响，前胎爆裂，车头急速摆动，向着路边的大石撞去。

随着剧烈的撞击，车辆前挡风玻璃碎裂，左前侧严重变形，张会计的左脚也卡在了车里。

幸运的是，坐在后座的苗凯旋和冯鹃并没受到实质性的损伤。

苗凯旋率先缓过神来，见冯鹃并无损伤后，立刻看向老张："老张，你怎么样？"

"我没事……"张会计咬着牙说道，"车废了，我的腿暂时动不了了，这里离卫生院也没多远了，你先抱着她过去吧。"

"那你怎么办？"

"别管我……还愣着干什么，快去啊！"张会计看见苗凯旋没有动，急忙催促道。

苗凯旋来不及说谢谢，重重点了点头，抱着冯鹃发疯一般冲向了医院大楼。

看着二人远去的背影，张会计眼前一黑，晕了过去。

看上去卫生院的招牌似乎近在眼前，实际走起来才发现，路怎么那么长。偏偏赶上阴天，大道上连个鬼影都没有，更别提有车了。饶是苗凯旋这些年武术底子一直没扔下，然而他的双臂和双腿还是酸得如同灌铅般沉重，只靠着一股子信念在支撑。

卫生院小楼大门旁边立着一块牌子，醒目的红色箭头指向后方，下有一行小字"急诊向后50米"。

苗凯旋平抱着冯鹃发疯一般冲进急诊大门就要往里跑，被坐在大厅里的两个保安拦了下来。这二位一个叫窦英俊，另一个叫邱不空，正在喝着散装白酒。

"哎哎哎！"邱不空习惯性地拍拍肥得流油的肚子，说道："慌里慌张干什么的？"

贼眉鼠眼的窦英俊看出了邱不空的脸色，立马站起身："都快下班了，看什么病！"

苗凯旋强忍怒火，上前两步，准备向保安求助。

就在这时，走廊里传来一个懒散的声音："快下班了，明天再来吧！"随即医院的保卫科长高鹏宇慢悠悠地从一间诊室里走了出来。

若是往常，高鹏宇早就下班回家喝酒了。但今天是卫生院两大美女谷艳萍和冷仙琦值班的日子，好色成性的他，怎么会放弃这样的机会。他在门诊室正卖力地跟值班护士冷仙琦大讲新听来的荤段子，难得素有"冷美人"之称的冷仙琦听得嘴角上扬，马上就要开口微笑了，忽然大厅里传来了喊叫声。无奈之下，他只得出来察看一番。

看见顶头上司来撑腰了，两个保安的底气一下子壮了许多，腰板也不自觉地挺直了些。

"我嫂子生孩子，真着急，麻烦您喊下医生！"苗凯旋低声下气地求着。

保安歪着嘴说道："再急也得挂号排队！"

苗凯旋望着空空的大厅暗叹了一口气，但现在有求于人，只得点了点头。

"对不起！是我一时莽撞了。"苗凯旋赔礼道，"我嫂子大出血昏迷了，拜托你们行行好，能不能先治上，后续的手续我马上补齐。"

"那可不行！"高鹏宇嘴一歪，"规矩不能乱啊！不管什么病，都得先挂号！"

半昏迷状态下的冯鹃还在呓语着："疼……"

苗凯旋双唇紧绷，憋得有些发白。他没有说话，抱着冯鹃，艰难地弯下腰去深深地鞠了一躬，鲜血顺着冯鹃的小腿滴滴答答流到了地上。

看到了血，高鹏宇本能地皱了皱眉，显得十分厌恶，不耐烦地摆了摆手。两个保安心领神会，闪身让开了去路。

苗凯旋艰难地俯下身子问道："你好同志，我要挂号，妇产科急诊，麻烦快点！"

狭小的窗口打开了，露出一张精致的面孔，但面容略显疲惫，只不过那轻蔑的神情，使得本来趋近于满分的颜值减分不少，她就是卫生院乃至安阔镇都赫赫有名的美女——谷艳萍。

说老实话，在这样不起眼的小镇上还能看见如此绝色，确实出乎意料，尽管在那面孔之上隐约能看出些许轻佻之色。

"1000块押金。"谷艳萍懒洋洋地说道，显然还没有从刚刚在院长办公室里的激情中完全缓过来。不过这一回总算是物有所值，院长终于承诺年底之前想办法帮她解决正式编制，这令还是临时工的她心花怒放。至于身体嘛，她不在乎，不过是达到目的的工具罢了。

苗凯旋将冯鹃小心翼翼地放在靠墙的座椅上坐好，赶紧伸手摸兜，将临出发前从家里凑出来的所有钱一股脑地递进了窗口。

"哎哟，脏死了！"看着沾满血迹的人民币，谷艳萍皱起眉头，用笔把钱推了出去，"数好了金额，捋平整了，按照从大到小的顺序排好再递进来！"

"你！"苗凯旋欲言又止，颤抖地开始数钱，中间由于紧张，忘记了数目，不得不回过头重新来过。许久，他将钱小心地捋好，恭敬地递向窗口，"你好同志，一共是952块钱，都在这儿了。从家里出来得急，只带了这些。您看能不能通融通融，先把号挂上，剩下的钱一定补齐，我拿人格担保。谢谢您了！谢谢！"

谷艳萍一把将钱从窗口推了出来，说道："人格值钱吗？你还是凑够了钱再说吧！"

苗凯旋环顾四周，发现一楼右侧走廊画着指示箭头，底下写着"急诊门诊。"他抱起冯鹃直接冲了过去。

窦英俊和邱不空正在那里看笑话，忽然看见苗凯旋反常的举动，赶紧跑过去阻拦。苗凯旋不想过多纠缠，抱着冯鹃瞅准了二人之间的缝隙，低头侧身一蹲，同时双肩看似不经意地扭动，巧妙地卸力，迅速穿了过去。

两个保安毫无防备地撞到了一起，目睹着像泥鳅一样溜过去的苗凯旋有些发蒙。

来到门诊室，苗凯旋并没有看见大夫，屋里站着两个人，从装束来看显然是护士。

其中一个岁数较大的护士虽然浓妆艳抹，却仍旧无法掩盖住脸上深浅不一的皱纹和黄褐斑。她满脸堆笑道："小冷啊，你告诉告诉姐呗，怎么样才能减少皱纹呢？看看你这脸蛋儿，跟刚剥了皮的煮鸡蛋似的，瞅着就那么水灵，真让人羡慕啊！"

年轻的护士面无表情："少笑笑，皱纹能少点儿。"她就是号称"冷美人"的护士——冷仙琦。安阔镇上不知有多少男人为之倾倒，每天借着看病之机来一睹芳容的年轻人就没断过，却统统被她拒之门外。

被一句话噎住的老护士不知道说什么好，只得尴尬地笑笑，显得皱纹更深了。

苗凯旋虽然看出了二人护士的身份，还是违心地问道："两位大夫行行好，我嫂子大出血，救人要紧呐！"

老护士听见后颇为受用，脸上神色缓和了不少，可是嘴上仍然道："咱可不是大夫，挂号单呢？"

冷仙琦只是冷冷地看了一眼半昏迷中的冯鹃，便继续摆弄着指甲。

苗凯旋深深鞠躬道："求求你们帮帮忙，先帮着止止血好吗？告诉我大夫在哪儿，我去找！"

怀抱中的冯鹃已经开始不住地打战，机械式地左右摇头，看上去有些吓人。

"嫂子，嫂子！"

冯鹃口中喃喃道："冷，冷……"

苗凯旋心中一沉，练过武术的他多少对中医方面有些了解，失血过多的人会感觉到冷，是非常不好的征兆！

"拿挂号单来呀，要我说多少遍！"老护士一脸厌恶。

而冷仙琦则直接把脸扭向了窗户，对着外面一望无际的黑夜，不知道在看着什么。

第二十七章　一尸两命

这时，走廊尽头传来了脚步声，一个穿着白大褂的年轻女子走了过来，将手上的水往衣服上抹，随口问道："我刚上了会儿厕所，怎么那么大动静啊？来病人了吗？"

苗凯旋扭过头，从来者的穿着和胸前戴着的工牌来看，应该是名大夫，此人也就 20 多岁，长相远不及收银员和年轻女护士，但是看上去很年轻，脸上少了一些世故。

正在此时，苗凯旋忽然感到裤腿上有一股热流，他低头一看，冯鹃的鲜血顺着下半身哗哗地往下淌，就像有人用矿泉水瓶往下倒水一样，与此同时，冯鹃也不由自主地浑身抽搐起来。

苗凯旋彻底慌了，人的血要是这么样淌法，再拖延下去就是神仙也救不回来。情急之下，他抱着冯鹃扑通一声跪了下来，带着哭腔哀求道："大夫，活菩萨！我求求你了，救救我嫂子吧，您大慈大悲行行好吧！"

年轻的女医生叫庞广宏，刚从 NY 市医学院毕业不久，被分配到了安阔卫生院。虽然是学医的，可是活人流这么多血，她还是头一次看见。她本能地往后退了两步，刚要说话，却见那个老护士摇了摇头，道："小庞啊，你刚来院里没多久，有些规矩你可能还不清楚。他们钱不够连号都挂不上，后续的钱怎么拿？别说你想给掏。违反程序的事儿要是出了问题，可没人替你背着。"

听到这些，庞广宏伸出的手又缩了回去，她表情复杂，缓缓摇了摇头。

见多识广的高鹏宇则没有靠前，看见地上那一大摊血水，他皱了皱眉头，回想起刚才苗凯旋轻而易举摆脱两个保安的动作，他开始莫名不安起来。思来想去，他悄悄走回了自己的办公室，进屋将门反锁，从窗户向外看着。

就在此时，冯鹃突然停止了抽搐，睁开了眼睛，眼神异常清澈。她轻声呼唤："谢谢你，凯旋兄弟……别把今天的事告诉福山，就说医院已经尽力了，怪咱命不好。他想当武术家，别耽误他。你的恩，嫂子来生再报……"说完，冯鹃头一歪，眼睛直勾勾盯着围观的众人，再也不动了，双手无力地垂了下来。

"嫂子……"苗凯旋跪在血泊中，仰天长啸，满脸泪水。

围观的人被苗凯旋的喊声和冯鹃的眼神吓了一跳，条件反射般地后退了两步。有那么几秒钟，时间仿佛静止了一般，没有人动，连呼吸声都清晰可闻。

苗凯旋低下头，将冯鹃小心翼翼地抱到墙边，让她靠墙而立，动作极其轻柔，好像冯鹃还活着，生怕被惊动一般。

他情绪极其复杂，想起纪福山临走之前的嘱托，他不知道应该如何再见他！

"人都死了还装神弄鬼干什么……"老护士还在习惯性地冷嘲热讽，但随即感受到了此刻古怪的气氛，后半句话不由得咽了回去。

苗凯旋并未理会老护士，闭上眼睛平静了好一阵，又跪在地上恭恭敬敬地朝冯娟磕了三个响头，这才站起身，长舒一口气，转过头盯着老护士，面无表情地说道："不会说人话，就让你永远闭嘴！"

"你……你想干什么？"老护士有些诧异，出于本能向后躲了一下。

话音未落，只见刚才还在众人面前低三下四的苗凯旋忽然一个箭步，快如闪电般跃身来到老护士面前，伸出双臂，右手扣住对方头顶，左手捏紧下巴，顺时针一掰，就像打了圈儿的方向盘一般，头颈碎裂之声清晰可闻。

老护士甚至还没弄明白对方想要干什么，来不及惨哼就像面条般瘫软在地，头部偏向一侧 90 度，显得十分怪异。

"啊——"庞广宏双手抱头惊声尖叫起来，不住重复道："这事跟我没关系，是她们！"

平时面如寒霜的冷仙琦也不再淡定，双腿完全不听使唤，吓得瘫坐在地上，手拄地面往后退。

"反了你了……"窦英俊这句话喊得并没有底气，他抽出已经开裂的橡胶棍，硬着头皮靠上前。

肥胖的邱不空狞笑一声，从兜里摸出了一把水果刀。

窦英俊跳起来，在半空中抡圆了胶皮棍砸向苗凯旋。

这一招看似声势不小，放在苗凯旋眼里却毫无威胁。他轻松地闪身避过，抬起手肘撞向此时已经下落在地的窦英俊后背。

肘部是人体最为坚硬的部位，窦英俊闷哼一声趴在了地上。

苗凯旋顺势半跪，左膝盖牢牢顶住对方后背，右膝盖压住对方大臂，右手拽住对方手腕，向着反关节的方向用力一掰，只听"咔嚓"一声，窦英俊的手臂反向拧了过去，随即抬头发出杀猪般的号叫。

苗凯旋正好借势用左手抓住对方的大背头向后一扳，右手顺手拽出了老护士胸前别着的钢笔，凶狠地插向对方的右眼。

"狗眼看人低！要眼珠子干吗！"钢笔插入眼窝足有一半，以至于拔出时颇为费力，笔尖上还连带着一团血肉模糊的组织。

还没等求饶的话出口，笔尖再一次插入了窦英俊的左眼。

这一次，苗凯旋没有拔出钢笔，而是把窦英俊的头扯向冯鹃的角度，拎起来又使劲捶向地面的血泊，喊道："给嫂子磕头！你倒是磕啊！"

如此重复了几十下，走廊的地砖好像打鼓一样被砸得"咣咣"直响。鲜血飞溅，分不清是冯鹃之前淌的血，还是从窦英俊早已模糊的五官流出来的。

窦英俊开始时还挣扎两下，到最后早已没了气息，左眼窝的钢笔直直插入大脑，只露出黄豆粒大小的一截在外面。

不远处的邱不空哪见过如此骇人的场面，早就吓傻了，好像忘了手中的水果刀，整个身体像是一大坨烂肉般不住地颤抖。

　　苗凯旋将窦英俊的尸体扔到一旁，起身回头，此时的他满身满脸都是血，像是从修罗道里爬出来的恶鬼一样，杀气腾腾。

　　苗凯旋一步步走向邱不空，转眼间已到近前。邱不空似乎才回过神来，张大了嘴却没发出什么声音，抬起刀捅向苗凯旋。

　　苗凯旋冷笑一声，左手闪电般抓住了对方手腕，同时右手也跟了上去，硬生生把水果刀的刀尖拧向了对方的肚子："瞧你个死猪样儿，看看这猪油里边包的是不是猪心猪肝猪下水！"

　　"噗！"水果刀刺进了邱不空的右下腹，直没至柄。

　　苗凯旋双手握紧刀柄，用尽全身力气划开了邱不空的肚皮，而后用刀刃在一尺多长的口子上来回划动。

　　邱不空低下头，瞪大眼睛看着自己的碎肠子稀里哗啦地流了出来，随即他肥硕的躯体也轰然倒地。

　　苗凯旋愤怒地盯着大厅里剩下的人，这些刚才还无比嚣张的家伙都像筛糠一样抖个不停。

　　此时，刺耳的警笛声划破夜空，由远及近地传来。

　　苗凯旋稍犹豫，几个箭步冲到了大厅门口，下台阶跑到楼外，向着警笛声音的反方向狂奔。此时，他并没注意到，一双卑劣的眼睛正在注视他。

　　当苗凯旋发难时，躲在办公室的高鹏宇立刻拨打了派出所的电话，随后决定逃出卫生院到派出所去躲着。他将目光放在了办公室的窗户上，然而由于年久失修，他窗外的栏杆已经锈蚀松动了。

　　想想门外如杀神附体般的男子，高鹏宇不由得打了个冷战。他心一横，从桌子底下掏出平时用来应急防身的撬棍来到窗边，用尽吃奶的力气开始撬动栏杆。

　　也不知是哪里来的劲头，求生的本能被完全激发出来了，很快他就将锈烂的栏杆撬断了两根，看看露出的洞，差不多能够钻出去。有心想要再撬，但是手开始发软了，剩下的栏杆太过坚硬。

高鹏宇拼命地呼气，尽量将肚子往回缩，使劲往外钻。在头皮和肩膀划开了几道血口子之后，他终于如愿以偿地摔到了楼外的草坪上，他顾不上周身的疼痛，急忙向医院外面跑去。

跑了几步，他想到了医院的那台公用的捷达小轿车，钥匙刚好在他兜里，于是他快速跑到楼侧面的停车场，发动了捷达车开了出来，刚到医院门口，他发现了苗凯旋的身影。

躲在车里的高鹏宇心里有了底，用手蘸了蘸头上的伤口，将血蹭得满脸都是，随后，他狞笑着将油门踩到底，全速向苗凯旋冲去。

一心逃走的苗凯旋并没有注意到身后的危险，警笛声感觉已经近在咫尺，他听不到其他声响。

"砰"的一声，苗凯旋在空中翻腾着划过一道夸张的弧线，坠落到路旁的杂草堆里。

民警赶到捷达车旁，查看车内的情况。

高鹏宇喘着粗气，瑟瑟发抖地说道："就是他，是他杀了人……"

……

张会计拖着一条病腿艰难地来到了医院，他的脚被车挤得不成样子，好不容易才拔了出来，但是已经失去了行动功能。他硬撑着来到医院，总算到了门口，却被一块石头再次绊倒。

这一回他是头部着地，本来就在车祸中遭到撞击的大脑再次受到震荡，他陷入了半昏迷状态。半睡半醒的感觉中，他听到了刚才在大厅里的大部分过程，他想过去帮忙，可是偏偏怎么也爬不起来，目睹了苗凯旋被撞飞的过程，他一激动，彻底昏了过去。

……

故事讲完了，张会计点燃烟斗，沉默地抽着旱烟。

"后来呢？"小李放下了手中的笔，嗓音有些干涩。

"我这一昏迷就是半个月，醒来后什么也记不起来了，因为我的脑部受到了好几次猛烈的碰撞，没变成植物人就算万幸了。"张会计苦涩地摇了摇头道："大概两年多以后吧，我才慢慢地恢复了记忆，可那时一切都结束了，单凭我自己这张嘴讲什么都没用，那个保卫科长撞人也被认定为见义勇为。直到前些年，纪福山居然回来了，我还以为他死了呢，于是我就把当天的一切都告诉了他。他没说别的，只说了句谢谢，又塞给了我一根明晃晃的金条，从那以后就再也没见过他了……"

第二十八章　现世报

大切诺基在刘天昊的手上把性能发挥到了极致，几乎是咆哮着奔向幸福人家小区。

王佳佳几乎成了专案记者，寸步不离地跟着刘天昊和虞乘风，当她得知刘天昊此行的目标是幸福人家后，她的好奇心再次被点燃。

"凶手的下一个目标住在幸福人家？"王佳佳问道。

"院长杨伟才住在哪儿。"刘天昊说道。对于王佳佳，他心中喜忧参半，这次能够揭破案件背后的事件，王佳佳功不可没，她提供了很多关于孤魂的线索和设想，大部分意见很有建设性，用齐维的话说，王佳佳如果是警察，她一定是一名神探。

但她的工作性质又和刑侦工作有冲突，有些案件需要保密，过早地暴露侦破进展会让凶手有所防备，尤其是连环杀人案。

"根据安阔卫生院的档案显示，在冯鹃死亡那天晚上，院里的值班领导正是院长——杨伟才。当天值班的人中，护士和保安等人都一一死在凶手手下，作为医院一把手加上当晚值班领导的他，能独善其身吗？"刘天昊答道。

最重要的人物，有时候反而放在最后，很多人都会有这种所谓"压轴"的思想。这样看来，就算用排除法，杨伟才也是仅存的目标了。

通过调阅人口信息，得知杨伟才目前居住在幸福人家，一个建成多年稍显老旧的普通小区。

属地警方在得到了通知后迅速行动了起来，多名警力身着便衣开始在幸福人家小区附近巡逻或蹲守。特警支队也抽调了三个中队的警力即刻前往，对于这样一个危险的凶手，任何人都不敢掉以轻心。

一路上，刘天昊的手台响个不停。他不断地指挥调度，上传下达，忙碌又不失章法。参与行动的所有人无不摩拳擦掌，跃跃欲试，收网的时刻即将到来，兴奋之情难以言表。

幸福人家小区9号楼1单元403，户主杨伟才，父母过世，妻子早亡，未再续弦，膝下无子。

派出所的民警已经尝试联系杨伟才，却没有成功，敲了门很久也没见人回应，要么他没在家，要么……

刘天昊到了杨伟才家门口后，让早已守候的锁匠打开门锁。

家中空无一人。唯一值得庆幸的是，同样也没有发现类似凶案现场的任何痕迹。有时候，没有消息就是好消息。

社区工作人员和居委会楼长再次确认，十多年来杨伟才一直住在这儿，就在两天前，邻居们还看见过他。

小区虽然老旧，不过户型十分规整，实际面积估计足有80平方米以上，按照现在房地产商的宣传策略，恐怕要归入百平方米以上的大户型了。

房间门窗紧闭稍显憋闷，但没闻到老年男性独居而特有的气味。看来居住者没有抽烟的嗜好，也注重个人卫生，生活自理方面应该没有什么问题。

客厅很宽敞，清一色的实木家具，虽然木材并不名贵，但是古朴的年代感还是衬托出一种庄重典雅的感觉。客厅西侧的一面墙被一组大书柜占满，数不清的书籍将书柜塞得满满当当。

除去书柜，剩下的墙壁在窗户之外的部分全都被书画作品占据。有花鸟、有山水，或工笔、或写意，风格多样，然而涉及最多的题材还是仕女图。

"收集这么多名作！"虞乘风感叹道。

"是他自己画的！"刘天昊走近一处画作，指着落款处说，"虽然这些作品的署名不尽相同，有的叫'山中怪叟'，有的叫'独孤老人'，可是每张画的最后都盖着同样的印章，上面是大篆体的四个字：伟才画作！"

刘天昊顺势走进卧室，这里的墙壁也无一例外挂满了艺术品，不过风格为之一变，一水儿的西方古典油画，丰满的欧洲女性搔首弄姿，视觉冲击力很强。

看来卧室里才更能暴露一个人的真实人品，杨伟才院长貌似风雅，可骨子里的劲头不在登云子之下。

就在这时，刘天昊的手台响了："刘队，刘队，我是小李！"

"讲！"

"刚查了小区监控视频，昨天晚上10点杨伟才一个人从小区东门出去了，东门路面的监控坏了，没有拍到他的去向。"

手台再次响起，这一次是队里的内勤，根据筛查，并没发现杨伟才乘坐飞机、高铁或去旅店住宿。

"据社区的人说，杨伟才没有车，应该走不远！"虞乘风判断道。

"昨晚10点离开家，到现在还没回来，凶多吉少。"刘天昊摸着下巴，若有所思。

一幅画引起了刘天昊的注意。

画面中，近景是一个男人，背对着他们，站在草地上，右手拿着一截植物的梗，好像是蒲公英。男人用嘴吹气，蒲公英种子漫天飞舞，随着风飘向远方。画面的尽头，依稀可见一组又黑又粗的管子，总共五根，直插天际。

"这幅画好奇怪啊！"虞乘风也凑了过来。

庞广宏案中的杀人预告指向下一个被害人的线索是缺少肚子的海

马。海马这种动物很特殊，雄海马虽然是雄性，但是育儿的重担落在了它的身上，它的肚子上有个育儿袋，肚子没了，孩子也自然没了。

冯鹃事件是一尸两命，尚未出世的孩子也跟着一起殒命了。作为留到最后的复仇对象，当年医院的院长也要承担当年和冯鹃一样的后果！

"凶手的目标不是杨伟才，而是他的孩子！"王佳佳从外面走进来说道。

刘天昊看了看王佳佳，点点头说道："佳佳说得对，咱们都弄错了，乘风，看你的了，查查杨伟才平时来往的对象，尤其是经济上！"

"明白！"虞乘风旋风一般离去。

在户口本上杨伟才没有子女，并不等于实际当中没有。他当年是卫生院院长，是个货真价实的一把手，在小镇上是有分量的角色。若说他有个什么私生子之类的，也不是啥大不了的意外。

再看那幅水彩画。如果把背对着人们的男子看作杨伟才本人，那么他吹出去的蒲公英就恰好象征了远离自己、漂泊无依的子女。蒲公英要飘向何处呢？答案就在画面远处的5根管子。

"NY市钢铁厂！"王佳佳说道，"当年的NY市钢铁厂一共有5根大烟囱，是当时整个NY市最高的建筑物了，被老百姓戏称为'如来佛的五指山'。后来国企改革，NY市钢铁厂也倒闭了。厂房被一些年轻的艺术家利用了起来，时间久了还真成了气候，现在叫什么'829创意空间'。"

"就是'829'！"刘天昊指着画上的几根大烟囱："杨伟才的孩子应该就在那里。昨天他离开住处，最有可能的去向就是'829'，原因有可能是他得知其他几名当事人接连被害，预感到自己或者是孩子有危险；或是凶手引诱其到'829'去，在那里准备将杨伟才父子一网打尽！"

虞乘风从外面跑进来，边跑边说道："杨伟才的工资卡上面有很多笔转账，转账的对象是一个工作室，就在'829创意空间'。"

"都对上了，走！"

……

"829创意空间"坐落在一间宽大的厂房里，厂房内被一个一个相对独立的集装箱充斥着，集装箱内装修得很有文艺范。

厂房中心的位置是一块空地，地面上满是涂鸦，应该是年轻人所谓的"艺术"！

满头银发的杨伟才被绑在椅子上，嘴里塞着不知从哪儿来的破布。在他对面的椅子上，同样的捆绑方式，同样的坐姿，绑着一个年轻人，凌乱的长发，胡楂稀疏，一副不修边幅的模样，格子衬衫上还留有油彩的痕迹，眉宇间和杨伟才依稀有些相似。

两人的对面放着一张桌子和一把椅子。

杨伟才双眼中充满恳求之色，看向站在一旁的黑衣男子，他就是纪福山，同时他还有一个名字——孤魂。

他身形并不算魁梧，但很结实，看不出一丝多余的赘肉。皮肤黝黑，坚毅的脸庞上几道清晰的伤疤在细碎的皱纹衬托下非常显眼，剑眉星目，眼神似刀，看上去饱经沧桑。

纪福山似乎很平静，语调中听不出任何情感："知道为什么抓你吗？"

杨伟才猛地点头，堵着的嘴发出"呜呜"的声音。

纪福山坐到杨伟才对面的椅子上："你们5个人，我研究了18年。"

纪福山选择坐这个位置和审讯室中审犯人的警察的位置一致，他在充当审判者的角色。

"你一定要问我为什么不早点来杀你们对吧？"

杨伟才向一旁看了看昏迷中的年轻人，嘴里继续"呜呜"地叫着。

纪福山说道："人活着不能只为了自己，我的结发妻子，我的好兄弟，他们的双亲都需要赡养，我不能抛下不管。我在国外当雇佣兵、私人保镖、杀手，日日夜夜刀口舔血，说不定什么时候就没命……你们这些人生活安逸，根本不会明白！"

杨伟才的嘴被一块破布堵着，只能发出呜呜的声音。

"你是想让我放过他？那我的妻子和孩子呢？"纪福山开始咆哮起来，"你的亲人是亲人，我的就不是吗？"

纪福山盯着被绑着的年轻人说："现世现报！"

第二十九章　致命对弈

纪福山拔下杨伟才嘴里的破布，语气像足了法官："我给你一次申诉的机会！"

没等杨伟才说话，纪福山在父子二人的腿上各划了一刀，刀子准确地避开了动脉，少量的鲜血瞬间涌了出来。

杨伟才强忍疼痛，说道："冤有头债有主，我的事儿我承担，放了我儿子！"

纪福山一边熟练地玩着匕首，一边围着父子俩打转，并时不时地在他们身上划上一刀。

每一刀都会让他想起这些年来所受的委屈。

代表省里去南方沿海城市做武术表演，在当地遭遇台风无法返回滞留一个星期，回家后得知事发心痛欲裂，数次想去寻仇又强行忍住，在妻儿坟前立下毒誓后远走异国，多少次命悬一线逃出生天，攒下积蓄暗中赡养六位老人，等老人们都去世，他再无心思，潜回国内，调查所有当事人，周密筹划后实施虐杀行动……

"住手！"刘天昊冲进厂房内，举枪瞄准纪福山。

原本最为稳妥的方案是等待所有警力到位后进行突击，可刘天昊不愿看到冷仙琦的悲剧再次上演，趁着虞乘风和特警队员们研究制定攻击方案，他不顾阻拦冲了进来。

令刘天昊意想不到的是，工厂的大门紧闭，小门却半掩着，他几乎毫不费力地就进入了厂房。

意外再次发生，当刘天昊冲进工厂后，从空中落下一块巨大的铁板，把大铁门死死地堵住，任凭外面的虞乘风和特警如何撞击也冲不进来。

这是纪福山早就设好的机关，一旦有人推开小铁门进入便会启动机关。纪福山几乎是在刘天昊的声音刚响起便迅速躲入旁边报废机器的阴影里。

枪声响起。子弹打在废旧机器上，弹飞到房顶上。

杨伟才哀号着："警官，快救我儿子，他心脏不好。"

刘天昊眉头一皱，向四周张望一阵，依然未发现凶手的影了，只得硬着头皮慢慢上前，正要解开绑杨伟才的绳子，忽然感到脑后有一股子凉风袭来，本能地矮身跃向侧面，堪堪躲过了突袭。

纪福山变招异常迅速，立即变换方向切向他的手腕。刘天昊反应不及，手中的枪被打落在地。

纪福山几乎是一瞬间就把手枪拿到手，三下两下就把枪拆成了零件。

"身手不错，和你爸爸很像！"纪福山把枪柄扔到地上。

刘天昊一愣，随即反唇相讥："你也不错，这么老还挺有劲儿。"

从纪福山的话能听出，他和刘天昊父亲认识，但具体什么关系不知道。

刘天昊猛攻几招，企图把纪福山逼退，好腾出手救杨伟才和他儿子。纪福山只是左躲右闪，并未还击。

"只有法律才能判定人的生死，你不行！"刘天昊喊道。

"狗屁！"纪福山突然双眼通红，招式越发凌厉，几乎陷入疯狂。

刘天昊躲闪不及，转眼间挨了好几拳，左边脸颊立刻肿了起来，下巴也重重挨了一拳，晃了几下后倒在地上。

"看来你比你爹还差了点！"纪福山转身面向杨伟才，抽出匕首刺

363

向他的胸膛。

杨伟才叹了一口气，闭上了眼睛……

就在此时，一直被牢牢绑在椅子上的杨伟才儿子突然站起身来，挣开了身上的绳索，全力扑了过来。

原来，刚才刘天昊和纪福山激烈打斗的过程中，他的椅子被撞了一下，移动了位置，绑在背后的手指碰到了身后废旧机器上一块锋利的金属突起，鲜血顿时流了下来。

他顾不得疼痛，尝试着用手腕处的绳子反复摩擦金属物。全力搏斗的两个人都没有注意到他的情况。手上的绳子被磨断后，他赶紧拔掉嘴里的破布，用双手去解脚上的绳结。

此时，他看见了背对自己的凶手亮出明晃晃的匕首，准备刺向满头银发的父亲时，他毅然舍身扑上。

多年习武的纪福山就像脑后长眼一样，虽然不知道身后的情况，可仍旧下意识地侧身一躲。

没有撞到凶手，杨伟才儿子的反应也很迅速，他伸出双臂全力把杨伟才推向了一边，而仍旧下落的匕首深深地插在了他的肩头！

此刻，纪福山愣了一下，随后他拔出匕首，再次走向杨伟才。

"孤魂，等等！"王佳佳的声音传来。

原来王佳佳随着刘天昊一同进来，暗中用摄像机拍摄着厂房内的一举一动，本以为刘天昊带着手枪能轻松搞定纪福山，没想到几个回合下来，刘天昊也陷入了危机，眼见着杨伟才父子有难，她只好挺身而出，为刘天昊争取一线生机。

"孤魂，是我，王佳佳。"王佳佳从暗处走了出来。

"你怎么进来了！我还指望着你把这帮禽兽的真面目公布于众呢。"纪福山眼神中露出杀意。

王佳佳本能地退后一步，瞥了瞥微微动弹的刘天昊，说道："有些事我不明白，想要当面问你，无论你有什么冤屈，我都会帮你的。"

"太晚了。"纪福山转身走向杨伟才。

杨伟才儿子挡在杨伟才身前，脸上充满坚毅之色，说道："我知道我打不过你，但你要杀他，必须过我这一关。"

纪福山停住脚步问道："为什么要救他？"

杨伟才儿子忍着痛说道："我知道他是谁，就是一直没认过。可今天不一样，父亲救孩子，孩子救父亲，需要理由吗？"

一瞬间，纪福山举着刀的手开始颤抖起来。

人间至爱，原本就该朴实无华，无须太多言语。这原本是千千万万个家庭的日常，对于他来说，却成了遥不可及的奢望。

如果他的孩子还活着，应该也成年了吧？

如果他的孩子面临今天的情形，应该也会这么做吧？

如果……

可惜，没有如果。

纪福山仰天长啸："你没尽过一天当爹的责任，却还能有个儿子愿意为你去死！不公平……"

刘天昊终于缓过劲儿来，他再次站起身，揉了揉脖子，走过来挡在杨伟才父子身前，微微一笑道："掤捋挤按须认真，上下相随人难进，任他巨力来打吾，牵动四两拨千斤！"

"什么狗屁口诀！"纪福山不再多说，挥舞匕首朝着刘天昊猛刺过去。

这一回刘天昊没有硬抗，而是避其锋芒与之周旋。太极拳他已经好久没有施展过了，对于普通人，他都是用自由搏击的招数解决。可今天不一样，纪福山太过强大，集中国武术和自由搏击于一身，刘天昊没办法才使出曲老传授的真正压箱底的太极拳。

人们常常认为太极拳是老年人用来养生的保健操，诚然，多数时候大家看见的太极拳都是广场上的大爷大妈慢悠悠比画出来的。然而曲老教给刘天昊的可是正儿八经的实战套路。趁着纪福山大意的刹那，刘天昊缠上了对方的手腕，运用圆转的劲道，在猝不及防之间将匕首甩脱。

纪福山倒吸了一口凉气，他一咬牙，冷哼一声，再无半点保留，使出全力扑了上去。

纪福山的招式变得更加凶狠，几乎都是奔着对手的要害部位和反关节等处下手。有好几次刘天昊的手腕和肩关节险些被制住，要不是他及时使出太极拳的劲道巧妙地化解，轻则关节脱臼，重则废掉一只胳膊。饶是如此，他也结结实实地挨了对方几下重拳，只不过一时间顾不上疼痛罢了。

对方又一记重拳袭来，刘天昊急忙矮身避开拳风，沉肩顶肘，腰部发力，使出内家拳的劲道，正好顶在了对方的肋部。

没想到，刚才还出拳如暴风骤雨般的纪福山突然向后撤了好几步，眉头微皱，呼吸短而急促，似乎气息不够用。

"哦，要不行了吗？"纪福山额头上的汗流了下来，盯着刘天昊的目光黯淡下来。

"孤魂，你别打了，放手吧，我会帮你找最好的律师！"王佳佳说不出对孤魂的感觉，但她心里的确为孤魂着急。

"王佳佳，记着你对我的承诺，帮我把这些人渣的事情曝光。"纪福山咬着牙继续冲向刘天昊。

第三十章　生死抉择

刘天昊打中纪福山后心中开始合计，刚才他这一下发力不轻，可是按照对方的实力，不至于反应如此剧烈。再说，纪福山不是普通的散打选手，是正宗练武术出身，练武之人都知道，内练一口气很重要，气息不够用就更不应该了。

肋部偏上的方位对应的内脏是肺，很可能纪福山的呼吸系统出了问题，这也许是其弱点所在！

刘天昊打定主意，一定要想方设法攻击到对方的肋部，让其气息不稳，打乱节奏，并给予其重创。虽然这种思路不太讲究，可现在不是切磋功夫的擂台，而是以命相搏的战场。

刘天昊再无犹疑，手上招式变换，将太极散手全力施展开来，或拳或肘，统统往纪福山的肋腹部招呼。

打着打着，纪福山开始出现了明显的变化。虽然他也结结实实地击中了刘天昊，可是无奈对方正值青年，体力充足，功夫也不弱，并未造成实质性伤害。

反观纪福山，肋部受了几次打击后，他每次出招的间隙都会不由自主地大口大口地喘着粗气，豆大的汗珠顺着额头往下淌，出拳也越发无力，甚至有意识地护住肋部不敢轻易出拳，生怕被对方再次击中。

看出了这一苗头，刘天昊心里有了数，他开始主动抓拿对方的手腕，逼迫对方露出肋部的要害。

纪福山看出了对方的意图，他大吼一声："欺人太甚！"随即合身扑上。

刘天昊看出，对方的步法已经凌乱。他看准时机，太极拳意随心转，抢先一步迈出右脚与对方的腿形成错步，左手画出半圆将对方劲力卸去，同时右手缠上了对方脖颈，腰部发力，整个身体向右后方一转，一声大喝。纪福山的身体失去重心，斜斜飞了出去。

这一招并没有什么固定名称，只不过是太极拳意在实战中的灵活运用罢了。曲老曾经无数次教导过刘天昊，太极散手是用来实战的，千万不要迷恋于那些固定套路的什么"二十四式""四十二式"太极拳，那些都是用来参加比赛的套路，是广场大爷大妈用来陶冶情操的工具，千万不要把招式练死了，否则，还不如直接去练散打。

纪福山离地足有半米高，直直倒飞了出去。只不过，他和刘天昊都没有注意到，在他的身后，一台废旧的机器上，有一段细长的金属杆子支了出来，那似乎是机器的操纵杆，只不过不知什么原因从中间断掉了，断面参差不齐，异常锋利。

刘天昊看到的一瞬间，惊呼一声，警察救人的本能使得他下意识地伸出手想要拽住纪福山，可惜为时已晚。

纪福山的后背结结实实地撞在了废旧机器上，断掉的金属杆刺穿了他的胸膛，露出来足有一寸多，已经锈蚀的断面上沾着鲜血。他睁大眼睛，低下头看了看伤口，眼中满是不相信的神色，本就气息不够用的他开始不受控制地喘息起来。

"你别动！"刘天昊喊道，"急救车就在外面！"

纪福山开始狂笑，却只有来自喉咙里甚至像是肺部的沙哑气息声，听上去毛骨悚然："反角注定要死在磨叽上！"

王佳佳说道："直接杀人会显得你策划了的复仇计划太简单，没有仪式感，对吗？"

"没想到懂我的竟然是你！"纪福山笑道，"这几个人渣，我不光要他们死，还要为当年的罪行承担后果，仅仅一死了之太便宜他们了！冯鹃最爱杜鹃花，所以我在每个死者手中都放了一朵，就如同代表她去复仇。花旁边的信物，就是指向下一个死者的线索。那些东西不光是给你们警察看的，也是给我自己看的，给天下人看的。我要让所有人都知道，这几个人渣的死就是天理循环，无法逃脱！"

刘天昊说道："所以缺少肚子的海马，指的是一尸两命，你的目标不单是杨伟才，还有他的孩子！"

"你也不错，小警察，文武双全，像足了你爹……"纪福山吐出了一口血。

随着"轰"的一声，虞乘风带着大批荷枪实弹的特警推开铁板冲进了厂房，后面紧跟着局里和刑警大队的同志们，数不清的长枪短枪把准星瞄在了纪福山的身上。

刘天昊急忙伸手，示意大家不要开枪。

在这异常紧张的气氛中，韩孟丹从人群中走出，双手各拿一份材料立在胸前："纪福山，我是个法医。我知道你很讨厌大夫，可是下面的话我还是要说：我左手拿着的是一份病历，这个叫杨伟才的人，已经得了绝症，即将不久于人世了。我右手拿着的是杨伟才的遗嘱，里面明确写着，死后把全部财产捐献给妇女儿童基金会，主要用于帮助难产孕妇的救治。他的遗体也将捐献用作医学研究，据了解，此前已经有两个病人配型成功，分别等待移植杨伟才的眼角膜和肾脏。"

说话间，随队赶来的120急救车上的医护人员已经小跑着过来检查杨伟才父子和纪福山的伤情。

纪福山长出一口气，伸手示意医护人员不要靠前，摇头道："不用了！我该报的仇也报了。"

王佳佳急忙上前，伸手摸向纪福山的脸。

"孤魂，你就是孤魂。"王佳佳的手指碰到了纪福山的脸，又立刻缩回来。

纪福山低头看了看胸前的金属杆，惨笑一声："我就是孤魂，但从今天开始，我就不孤独了，他们娘儿俩向我招手呢！"

"我还有很多问题。"王佳佳说话时有些胆怯。

纪福山抬头向上，望向窗外的天空："鹃妹，这些年我好累！今天终于可以下去陪你们了……"

说完，纪福山纵声大笑，似乎将胸腔内仅存的那点气息统统呼了出去。

终于，他没了呼吸，斜靠在废旧的机器旁，仍然站立着，双眼圆睁，目光中的语言，没人能看得明白。

孤魂永远离开了这个世界，也许在另外一个冥冥的世界里，他不再是孤魂！

……

NY市公安局刑警大队大院，午饭后，刘天昊难得有空在石子路上散散步，身边是韩孟丹。

"指纹、血迹和DNA都比对过了，确认凶手是纪福山。"韩孟丹道。

刘天昊点点头，说道："我查了资料，他是我父亲的战友，当年我父亲在一场战斗中救过他，后来，他为了救我父亲，在轰炸中扑在我父亲身上，一块炮弹碎片插进他的肺里，旁边是大动脉，贸然取出很可能会危及生命。"

至于纪福山和刘天昊父亲的事儿，那又是另外一个故事了。

"所以你和他搏斗时，他气息不够用，如果他处于健康状态，结果就很难说了……"韩孟丹叹了口气。

虞乘风从一旁跑了过来，说道："昊子，王佳佳写了一篇关于孤魂的文章，上热搜了，很多网友对高鹏宇等人的行为大为批判，对孤魂是同情。"

"医学界的朋友们反响也很强烈，虽说这是发生在很久之前的那个年代，对现在的从医者也算是个促进吧。"韩孟丹说道。

"社会一直在进步，虽说个别人还有些不良行为，但大多数人的道德还是保持在较好的水平。"刘天昊说道。

他也看过王佳佳那篇孤魂的故事，尤其是除了案情之外的有关于孤魂本身的描写，已经触及人深层次的心灵，令他感触颇深。

刘天昊忽然停下脚步，向虞乘风问道："你们在搜查孤魂的住处时，有没有发现类似于练武之人使用的兵器？"

"没太明白，你说详细些！"虞乘风挠了挠脑袋。

"我是说……"刘天昊停顿了一下，凝神思索道，"纪福山作为习武多年的武术冠军，应该习练过兵器一类的，和高鹏宇腹部的古怪伤口有关的。"

虞乘风说道："有啊，在纪福山的临时住处，搜出了一根形状古怪的金属棒，很像古代的兵器判官笔，和插入高鹏宇腹部伤口的凶器基本吻合。不过，我还有一件事情想不明白……"

"什么事？"

虞乘风歪着头说道："高鹏宇被杀后，纪福山为什么非要让其被车撞呢？"

刘天昊道："纪福山妻子死亡事件中的目击者是当年的村会计老张，

他说纪福山的兄弟苗凯旋最后就是被高鹏宇开车撞死的。所以，纪福山才会把已被折磨死的高鹏宇再让车撞一回，以此来为其死去的兄弟报仇。"

"孤魂还真是有情有义！"虞乘风语气中透露着羡慕。

"如果他全力对我，我不是对手，其实他在布局杨伟才时，就已经抱了必死之心。"刘天昊想起纪福山被金属杆穿透胸膛的那一刻，按照纪福山的能力完全可以避开。

刘天昊若有所思，随即话锋一转，发了句感慨："孤魂还真是个人物！"

"别想那么多了，一切都过去了。"韩孟丹随手摘下树上的一片叶子，反复转着叶柄，"多亏了你，我们才能还原整个事件的真相，才能找到凶手并且最终救了两个人，还有那另外两个等待器官移植的陌生人。"

"好吧……"

"没有什么可是！"韩孟丹打断了他的话，"不要对自己过分苛责，那样活得太累了。大队长不是给假了吗，咱们晚上出去放松一下吧，队里好长时间没聚了……"

刘天昊点点头，脸上露出笑容。他到监狱看望叔叔的时候，叔叔也是这个意思，如果带着沉重的心情做事，会变得诸事不顺，若生活的态度轻松起来，也许麻烦的事情也会有转机！

"昊哥！"还没等刘天昊开口，不远处一个婀娜的身影款步而来。

韩孟丹立刻翻了翻白眼，脸撇向一边。

王佳佳自从报道了孤魂杀人事件后粉丝大涨，几乎可以和一些明星、超级大网红相提并论，但她的性格还是一如既往，大胆而张扬。

她也看到了刘天昊的潜力，如果跟着他破案追踪报道，不出 5 年，她将会成为全国数一数二的网络大咖，名利双收走向人生巅峰。而且她对这种悬疑的案件本身也颇感兴趣，她想起了齐维和她聊天时说的话，她从本质上是新闻界的大侦探福尔摩斯，刘天昊是用头脑和枪来维护正义，而她利用的是电脑和网络，职业不同，但宗旨是一样的，如果背离了维护正义，势必会被社会所淘汰。

"好久不见啦，也不知道主动联系人家。"王佳佳笑眼盈盈，从 LV 手包里拿出两张电影票："晚上去看电影吧，《无问西东》，包厢，只有两个人的哟！"

刘天昊瞥了一眼脸色铁青的韩孟丹，又看了看王佳佳，尴尬地笑笑。

虞乘风不知是哪根弦开了窍，走到王佳佳身边，伸手拿过两张票，说道："哎呀，这票我一直想买，文媛总说这个好看，让我带她去，谢谢你啊王记者！"

王佳佳愣了一下，盯着刘天昊看。

刘天昊耸了耸肩，迎着太阳向远处走去。韩孟丹和王佳佳几乎是同时间迈着脚步追着刘天昊走过去。

三人的身影在阳光下逐渐拉长。

……

孤魂并没有遗憾，在这个世界上，他已经没有任何留恋。

对于现世的人们而言，孤魂是杀人犯，触犯了法律，但对于他而言，他认为自己做了该做的事，他无愧于他的妻子、孩子、兄弟、父母。

孤魂是带着微笑离去的，因为了无遗憾。

胸口的那根金属杆带来的不是痛，而是解脱。

但愿人间不再有冷漠，不再有孤魂！

愿人间一切安好！